狂乱廿四孝／双蝶闇草子

北森　鴻

JN161821

三世澤村田之助，江戸末期から明治初期にかけて一世を風靡した歌舞伎の名女形。舞台の最中の怪我から脱疽となり結果として四肢を切断せざるを得なかった悲劇の名優である。明治３年，異彩の画家・河鍋狂斎の描いた幽霊画を発端とした連続殺人事件が，猿若町を震撼させる。幽霊画には歌舞伎界を揺るがす秘密が隠されているらしい──。滅び行く江戸の風情とともに，その事件の顛末を戯作者見習いのお峯の目を通して丁寧に活写した，第６回鮎川哲也賞受賞作『狂乱廿四孝』に，その後のお峯たちの姿を描いた未完の長編ミステリ『双蝶闇草子』を付す。

狂乱廿四孝／双蝶闇草子

北 森 鴻

創元推理文庫

POLYPHONIC FRENZY

by

Kou Kitamori

1995, 2016

目次

狂乱廿四孝／双蝶闇草子

狂乱廿四孝《きょうらんにじゅうしこう》

主な登場人物

河鍋狂斎《かわなべきょうさい》……画家
澤村田之助《さわむらたのすけ》（紀伊国屋《きのくにや》）……守田座《もりたざ》の立女形《たておやま》
澤村訥升《さわむらとつしょう》……田之助の兄
守田勘弥《もりたかんや》……守田座の座元
河竹新七《かわたけしんしち》（其水《きすい》）……守田座の座付き作者
長谷川勘兵衛《はせがわかんべえ》……大道具師
留吉《とめきち》……勘兵衛の弟子
辰巳屋治兵衛《たつみやじへえ》……蠟燭《ろうそく》問屋の主人
峯《みね》……治兵衛の娘
銀平《ぎんぺい》……根岸の寮の番人
仮名垣魯文《かながきろぶん》……戯作者《げさくしゃ》
加倉井蕪庵《かくらいぶあん》……医者
水無瀬源三郎《みなせげんざぶろう》……市中見回り、元南町奉行所同心
尾上菊五郎《おのえきくごろう》（音羽屋《おとわや》）……役者
河原崎権之助《かわらざきごんのすけ》（山崎屋《やまざきや》）……役者

プロローグ　一九九四年五月・東京

私は一枚の絵である。物言わぬ絵である。

ここは東京都墨田区《すみだ》にある、江戸東京博物館のメイン展示室だ。多くの仲間と同様、今は表装にしっかりとつなぎ止められて、展示会場のケースの中から通り過ぎる人の列をぼんやりと眺めている。

この場所は、展示会場の順路から見ればかなり後半にあたる。私の前にやってくる人の足はすでに広すぎる展示会場に疲れていて、その視線はどことなく投げ遣《や》りに見える。

だが……。

私はささやかな好奇心をもって見ている。多くの人が疲れた足取りで私の前にやってきて、その動きが止まるのを。驚きの度合いに応じて見開かれる瞳《ひとみ》の具合と、飲み込まれた呼吸の数を。

私は幽霊画である。

人は私の前で言葉を失い、意識を奪われたようにただ立ち竦《すく》む。それは、生みの親である一人の絵師が、私に与えた使命であり能力なのだ。描かれた幽霊は瘦《や》せた老婆のものである。だらしなくはだけられた胸元から、一本、二本と数を数えられそうな肋骨《ろっこつ》が浮いている。

左手足元には、行灯《あんどん》がひとつ。けれどその光はあまりにもささやかで、周囲を照らすには光の量が絶対的に足りない。もっともそのような状態だからこそ、幽霊が存在しうると言えばそれまでだ。

老婆の幽霊は笑っている。癒《いや》しようのない恨みを全身から溢《あふ》れさせながら、なおもその目はかすかに笑っているのだ。顔から袈裟《けさ》がけに、押し寄せる勢いの闇《やみ》がべったりと貼《は》りついている。そのために光を帯びた左の瞳と、闇を受けとめた右の瞳では違った色に塗り分けられている。その不安定さ、不気味さが、私の前を過ぎようとする人の足を止めるのかもしれない。いずれにせよ、生みの親が持つ技量は、私自身に遺憾なく発揮されていると言っていい。


長く世の中を見ていると、いろいろな智恵がつくものだ。ある日私を見た精神科医師がこのようなことを喋っていたのを思い出す。

「相当に不安定な精神を持つクランケだね。思いつめた目をしている。これは笑っているのではないよ。ただ顔の筋肉を自由にコントロールできなくなっているだけの話だ。

こうした症例を『境界線上』と呼ぶことがある。

大きな病におかされ、人生に絶望すると、その反動が外に向く場合があるんだ。そうしたクランケの表情によく似ている。うん、ここまで似ていると、むしろ境界線上にいると言うよりは、鬱病《うつびょう》と診断して間違いないだろう。

ある日突然、自分の不幸と他人の幸福が許せなくなるんだね。症状としては自分を傷つけようとするものが現われたり、陥《おとし》いれようとする声が聞こえたりという、被害妄想がたびたび出るようになる。やがて自分を傷つけるか他人を傷つけるかしなければならない所まで追い詰められるんだ。多分、こうした症状で精神を病むということは心の中に刃《やいば》を育てるのかもしれないね。自分を含めた誰かを傷つける以外に、納めようのない刃をね」

もう何十年も前に、精神科医は幽霊画をこう分析してみせた。それは半分あっている。だが半分までだ。

私に描かれた老婆幽霊の目がなぜ笑っているのか、ほかにもその意味を説明しようとした人間が幾人かいるが、いずれも真実には程遠いところで足踏みしている。

私は、これまた多くの仲間同様に、言葉を語る器官を持たぬ静物である。だがしかし、それは私が言葉を持たぬということではない。

私は言葉を持っている。生みの親が与えてくれたのだ。だがその言葉は全ての耳に届くものではない。ささやきに耳を澄ませ、時間の流れに消えた情景をいくつかの真実から凝視することのできる者だけが、この声を聞く権利を持つ。生みの親が、私に与えた宿命のようなものかもしれない。

生みの親は河鍋狂斎《かわなべきょうさい》という。生まれは天保《てんぽう》二年（一八三一）、下総古河《しもうさこが》の在の下級武士の家に生まれ、四歳ですでに画才を示して歌川《うたがわ》派の、後に狩野《かのう》派の門を叩《たた》いている。だが、旧来の手法を踏襲し模倣することばかりに専念する流派の面々に愛想を尽かし、狂画の世界に足を踏み入れて遂に破門同然となった。以後、狂斎は持ち前の好奇心と痴気に任せ、幕末から明治にかけての激動の時代を、絵筆の勢いに任せて活写していく。

私が描かれたのは明治三年のことだ。


おや、一人の男が前で立ち止まった。男は首を傾げて、こちらをじっと見ている。私の足元に付けられた解説の札を眺め、そしてまた私を見る。

私も男を見る。この男をどこか他の場所、他の時代で見なかっただろうか。

(そういえば)

確かに私はこの男を知っている。もしかしたら、この男は私の声を聞く権利を有する男なのだろうか。ならば私は男の脳に向かって、長い物語を送らなければならない。思い出すだけで憂鬱になりそうな、あの年に起きた一連の事件について。男がメッセージを正確に受け取るために……。

1

十月五日。守田座《もりたざ》の芝居の初日。

チョーン、チョーンと二丁の直しの柝《き》（拍子木）が鳴る前から、場内は異常な盛り上がり方だった。

「田之太夫《たのだゆう》が八重垣姫《やえがきひめ》の公演とあっちゃあ、見ねぇですますは贔屓《ひいき》の名折れだぜ」

「いやさまったく。あの惚れぼれするような艶姿《あですがた》をもう一度見られるたぁ、江戸っ子冥利《みょうり》に尽きるってえもんだ」

「ええい、それにしても焦《じ》れったいったら、ありゃしない。早く幕を開けちまえばいい。アタシなんざ一刻《いっとき》も前からこうして、涙を拭《ふ》くための手拭《てぬぐ》いを握り締めてるってのに！」

舞台正面の枡席《ますせき》、花道横の端席《はせき》、上下の桟敷《さじき》、末席に至るまで、観客がびっしりと詰まっている。弁当売り、煮花《にえばな》の売り子が座敷を回ろうとしても、それがままならないほどの盛況ぶりだ。

お峯《みね》はこの様子をじっと見ていた。身銭をきっての入場ではないから、舞台の一番後ろからこっそりと覗《のぞ》いている。

小屋内の熱気とは裏腹にお峯の目は冷やかだ。いつになくねっとりと熱い雰囲気、そして時折閉まったままの幕に寄せられる視線には、あからさまな好奇心が含まれていることを、十六歳の少女は敏感に読み取っている。

（見ておいで、田之太夫はあんたたちの肝を三尺も抜いてみせるから！）

澤村田之助《さわむらたのすけ》。その名前を知らぬ女が、この江戸――今でも東京なんて名前で呼ぶものはこの猿若町《さるわかちょう》にはあまりいない――にいったいどれくらいいるのだろうか。わずか十六歳で守田座の立女形《たておやま》にまでのぼりつめた、天才役者だ。面の良さ、凛々《りんりん》と舞台に響き渡る口跡の良さに加えて、甘い凄味《すごみ》を具《そな》えた睨《にら》みが、どれほどの乙女の胸をかきむしったことか。すでに十代で役者の頂点を極めた田之助は、

「舞いのあでやかさは天にも通ず」

とまで言われたほどだ。ところが神も仏も、実際のところはこの天才役者をあまり愛さなかったのかもしれない。あまりに美しい生き物は、かえってその怒りを買ったようだ。『紅皿欠皿《べにざらかけざら》』の舞台で受けた小さな傷が元で、田之助は右足に脱疽《だつそ》を患ってしまった。誰もが気にも留めなかった踝《くるぶし》の傷が、数か月後にはのっぴきならない悪意となって彼の舞台生命を脅かした。役者は顔が命とは言うが、舞台を勤めることを考えたらむしろ「命」は足の方に重く、濃くこもっているのではないか。足をなくすことは役者として致命傷に等しい。散々「切るの、切らないの」で焦れた挙げ句、横浜の医師、ヘボンに膝上から切断されたのが、慶応三年。

実はお峯は、五体健全なころの田之助を知らない。はじめてその舞台を見たのは、江戸に官軍が攻めてきて、あっという間の戦いが終わって「明治」とやら言う新しい時代が、唐突に始まった年の五月のことだ。

当時十四歳だったお峯には、世の中がどう転んで、どう変わったのだか、分別がつくはずもない。だが世紀末じみた胡散臭《うさんくさ》さ、荒廃のきな臭さは、少女にもはっきりとわかった。その頃からだ、お峯がしきりと父親、母親に、

「芝居を見に行きたい」

とせがむようになったのは。母親は「まだ早い」といい顔をしなかったが、三代続いた蠟燭《ろうそく》問屋「辰巳屋《たつみや》」の主《あるじ》である父親は、

「この子も、驚天動地の世を肌で感じているんだ。大人の私たちでさえ、見えないこれから先のアレコレに、お峯の小さな胸が怯《おび》えて痛まないわけがない。ナニどこかに逃げ込みたいのだ、それには芝居小屋が一番だ」

と優しく笑って、暇を見ては店のものをお供に付け、お峯が小屋に通うことを許してくれた。

もっとも、それが高じて一年前、

「私は狂言作者になりたい！」

なんぞと言いだすとは、夢にも思わなかったろうが。

その、はじめてみた舞台の衝撃をお峯はまだはっきりと覚えている。田之助が客演する市村《いちむら》座《ざ》の五月の演目は『里見八犬伝《さとみはっけんでん》』『大晏寺堤《たいあんじづつみ》』『伊勢音頭恋寝刃《いせおんどこいのねたば》』の三つ。大晏寺で、敵持つ身の春藤次郎右衛門《しゅんどうじろうえもん》を演じた田之助の右足は、すでに主人とは永遠の別れを済ませていた。立役《たちやく》（男役）ながら、役自体が足の萎《な》えた侍だけに田之助にはうってつけだったのだろう。

（あの日もやはり観客の目は珍しいもの、そう、田之助太夫がどんな役を見せてくれるのか、

今日と同じ目をしてみていたんだ）

舞台は寺の裏手にある墓場。三年の旅生活ですっかり窶《やつ》れ、足まで患った春藤は、弟に薬を買いにやらせる。孤独を嚙《か》みしめるうちに、手にした名刀、青江《あおえ》下坂《しもさか》で松の枝を抜きうちに切り落とし、

「まだ手の内こそは狂わぬ……これで足が立てば申し分もない」

という台詞《せりふ》を透き通る声で言うのを聞いて、お峯は経験したことのない心の震えを感じた。間をひとつ外せば、笑い話にしかならぬ楽屋落ちだ。それを、田之助の全身から噴き上がる哀れさ、悲しさが笑いを許さない。

鼻の奥にツンとくるものを感じ、ああそうか、私は今、泣いているんだ、と気がついたのはしばらくたってからのことだ。薄暗い舞台で、田之助の周りにだけ、不思議な光が満ちているように感じた。それが客席から集中する、若い女たちの視線によるものだということがわかったのは、しばらく小屋に通いつめ、お峯自身が同じ視線を放っていることに気がついてからだ。

あれから二年以上がたつ。片足を切ってしまうこと自体、役者としては十分な不幸だというのに、澤村田之助を襲った運命の残酷さはまだまだ序の口であったことが、この二年ではっきりとした。

最初の執刀の際に「すでに手遅れかもしれぬ。このまま手術が成功したところで、再び病魔が目覚める可能性が極めて高い」という、医師・ヘボンの不気味な予言は、わずか一年あまりで現実のものとなってしまった。

明治三年春。再びヘボンの手によって、田之助、今度は左足を膝下から切断。

「澤村田之助は終わった。もういけない」

そう感じたのは、贔屓筋ばかりではなかったはずだ。市村座、中村座《なかむらざ》、守田座の、いわゆる「猿若町三座」の各座元（経営者）もまた、同じことを考えたに違いない。あとはいかにして華やかな引退興行を、

（自分の小屋で、少しでも長く勤めさせるか）

を考えるばかりだった。中でも熱心だったのは、守田座の座元・守田勘弥《かんや》である。田之助が守田座の立女形であることを考えれば当然で、周辺の座元がその方向に話を合わせようとしていた。だが、病魔が周囲の期待を裏切り続けたように、田之助もまた贔屓筋、小屋関係者の期待を小気味よく裏切ってくれた。すでに小屋に出入りしていたお峯は、そのときのことを良く覚えている。澤村田之助という役者は、、

「さて太夫、退きの興行のことだが」

と座元たちが話しかけるのへ、

「退きの興行とは誰のだい？　あたしゃまだやるよ」

とひと言、これで全ての目論見《もくろみ》をひっくり返してしまった。

「それは願ってもないことだが太夫、両足もないじゃ……」

守田勘弥の目は、暗に『役者は無理』だと言っていた。

「足がないがどうした、いつから芝居の本はそれほど狭いものになったんだ。世に洗いざらい

の本を全てひっくり返して、それでもあたしのやる役が見つからないならフン、其水《きすい》んところで新作を書かせればよいだけのことさね」

朱塗り七寸の長煙管《ぎせる》を片手に平然と言い放つ田之助に、その瞬間お峯は感動にも似た恋慕を抱くようになった。芝居の本、つまり脚本を書かせろと田之助は言う。

（この人のわがままは、人を引きつけるわがままだ。人は田之太夫を中心に、回ったり、絡まったり、走ったりするんだ）

田之助が「其水」と呼び捨てにしたのは、守田座の座付き作者、河竹新七《かわたけしんしち》——後の黙阿弥《もくあみ》——のことだ。守田座ばかりでなく、猿若町全体が彼の新作で成り立っているところが少なからずある。町を一間《けん》歩くだけで、四方八方から「オヤ、其水師匠、どちらへ?」と声がかかるのは、街全体に彼が愛されている証《あかし》だ。間違っても呼び捨てにしていい名前ではない。澤村田之助とはそれができる役者であり、また許される役者なのだ。


昔のことをあれこれ思い出すうちに、いつの間にか幕が上がった。

『廿四孝《にじゅうしこう》』は武田《たけだ》軍記の後日談として今も人気の高い芝居である。武田氏滅亡の後、信玄《しんげん》の遺児である勝頼《かつより》は花作りの若者に姿を変え、長尾景虎《ながおかげとら》の屋敷にすんでいる。ところが同じ屋敷には勝頼が死んだものと思い、ひたすら回向《えこう》につとめる許婚者、八重垣姫がいる。

やがて出会ってしまう二人。

許婚者そっくりの若者を見て、一瞬の恋に陥る八重垣姫。

そこに長尾景虎の思惑が絡んで、八重垣姫の一途《いちず》な思いが頂点に達したとき、奇跡が起きるという伝奇活劇である。

八重垣姫と勝頼の出会いをはじめとして、屋敷の中でのやりとりを示す十種香《じしゅこう》の場、勝頼恋しさの気持ちが奇跡を起こす奥庭の場という二場構成。ことに奥庭の場は「狐火の場」とも呼ばれて、八重垣姫の美しさ、いじらしさが全面に引き立てられる。

幕開けは屋敷の中。

舞台の八重垣姫（田之助）は、座ったままの姿だ。首の付け根からストンと両の腕を切り落としたような肩の細さは、生身の女よりもはるかに女らしい。なにより目だ。足などなくても、

「澤村田之助は目と声、そして指の動きで娘心を刺す」

と言われるように、田之助が台詞をひとつ吐けば胸の奥に寒気を呼ぶし、まして目線と目線がかち合おうものなら、並みの娘の心の臓は破裂してしまうのにちがいない。

勝頼の身代わりとして自害した若者の許嫁《いいなずけ》、濡衣《ぬれぎぬ》とのやりとり。今は蓑作《みのさく》と名前を変えているために、名乗りを上げられぬ勝頼のもどかしさ。

台詞と台詞を浄瑠璃《じょうるり》方の音曲が繋《つな》ぎ、物語は進んでゆく。

台詞に泣かされ、姿のあでやかさに酔わされているはずの観客の中に、冷やかな目があるのをお峯は感じた。

（田之太夫に失望しはじめているんだ）

考えるだけでも恐ろしいことだが、事実に相違ない。両足をなくしてもやれる役はいくらも

ある。演出に少し手を加えるだけで、その数はまだまだ増えるだろう。だがそれは田之助の持つ役（芸の幅）が広がるのではなく、ただ単に役を田之助に合わせて仕立て直すだけの話だ。

　五月の公演では『碁《ご》太平記白石噺《たいへいきしろいしばなし》』の宮城野《みやぎの》役、六月公演では『明烏夢泡雪《あけがらすゆめのあわゆき》』の浦里《うらざと》役を演じた。いずれも座ったままで演じられる役だ。続く八月の『狭間《はざま》軍記《ぐんき》』では立役の三浦左馬之助《みうらさまのすけ》、このときは馬に乗っての芝居だから、やはり足はいらない。久々に「動く田之助」を見て観客は熱狂したが、それとても長くは続かなかった。

「いずれ田之助は潰《つぶ》れてしまう。潰れぬまでも先細るばかりだ」

という、言葉にならない波が次第に大きくなってあからさまに小屋へも届くようになっていった。

　そしてこの十月公演。田之助が、八重垣姫の役に挑戦するのを知って人々は驚いた。八重垣姫ははじめの場こそ座り姿が多いが、筋が進むに連れて舞台を歩き回る、立つ、座るといった所作が増えてゆく。

　澤村田之助は、この役をどのように演じるつもりなのか。


　だが、舞台が進んでも、田之助は動こうとはしない。上半身を巧みに動かして変化を付けているが、やはり下半身はひとつ所に定まったままだ。

　お峯が鋭く感じ取った失望感は、水面に広がる波紋のように観客の間に伝播《でんぱ》していく。

（やはり足がなくてはどうにもならねぇ）

痛ましさと腹立たしさが、目線の鋭さとなって舞台に集中したところにもってきて奇跡が起こった。

芝居の中の筋ではない。正真正銘の奇跡だ。

八重垣姫が立ち上がったのである。そのまま高二重《たかにじゅう》の舞台の端まで進み、振り返って今度は中央に戻ってきた。芝居の所作というよりは、ポカンと口を開けた観客に向かって、

「田之助が舞台に戻ってまいりました！　これからも御愛顧のほどよろしくお願いいたします」

という無言の口上のようだ。呼吸をいくつする間が過ぎたろう。場内には寂《せき》として声もない。

『ヤァ、なんといいやる。諏訪《すわ》の法性《ほっしょう》の御甲《おんかぶと》を盗み出せと言いやるからは、さてはあなたが勝頼様』

〽いう顔つれづれ打ち守り、許嫁ばかりにて枕《まくら》かわさぬ妹背仲《いもせなか》。お乞《たの》みあるは無理ならねど、同じ羽色の鳥翅《とりつばさ》。人目に夫《つま》とわからねど、親と呼びまたつま鳥と呼ぶは生《しょう》ある習いぞや。いかにお顔が似たればとて、恋しと思う勝頼様、抑見紛《そもみま》ごうてあらりょうか。

浄瑠璃方の音曲に、八重垣姫の台詞が重なって、せつなさの中に姫の激しい心情が吐露される。

『イヤ〱離して殺してたも。勝頼様でもない人に……』

へ戯《たわむ》れ言のはずかしや。心の汚れ、絵像《えぞう》へ言い訳。


賑《にぎ》やかな音曲が、かえって空々しいほどだ。薄氷《うすらひ》がいっぱいに張り詰めて観客の喉《のど》も肺腑《はいふ》も一瞬で凍りついたようだった。お峯一人が、体から熱を噴き上げている。

(見たか！　見たか！　見たか！)

お峯は鼻の穴を膨らませ、胸の中でこうつぶやいた。なんとか涙を流さずに、田之助の舞台を最後まで見届けようと思ったが、鼻の奥に酸っぱいものが込み上げてきてもういけない。顔の上で涙も鼻水もいっしょくたに混じりあう。

ひと呼吸おいて、我に返った観客から、

「紀伊国屋《きのくにや》ぁ！」

の、掛け声。興奮がドッと膨れ上がって場内がたちまち半狂乱になる。これから舞台はいよいよ本編の見せ場に差しかかるのだが、そんなことはもう知ったことじゃない。掛け声の間合いも取らずに、客が口々に田之助の屋号を叫んでいた。

お峯も負けずにこう叫んだ。

「長谷川《はせがわ》～！」

周囲が場違いな掛け声にこちらを振り返っても、お峯は気にも留めなかった。

（……しょう、き……ししょ……）

河竹新七は、「其水師匠」と自分を呼ぶ声にはっと目を覚ました。小屋の裏手で新しい芝居の台本を考えるうちに、つい眠り込んでしまったらしい。丸にかたばみの紋（守田座の紋）を背中に染め抜いた、半纏《はんてん》姿の若い衆《しゅ》が目の前で大きな声をあげている。其水は新七が好んで使う俳号だ。

「其水先生、不忍池《しのばずのいけ》の長酡亭《ちょうだ》で、えれぇ騒ぎでございますよ」

新七はまだ眠りから醒《さ》めやらぬ頭を二度三度振って、若い衆を見た。

「長酡亭といえば……俳諧師の其角堂雨雀《きかくどううじゃく》さんの音頭取り書画会が開かれているはずだね。それがどうした」

「どうしたもこうしたもねぇ。会に呼ばれた狂斎先生が、いつものでんで狂画を描きなぐって官憲に捕まってしまったそうでございますよ。たった今、雨雀先生とこの若い衆が、知らせに飛んでめいりやした」

「狂斎さんが？　またどうして」

「おや、其水師匠。あまり驚きではないようですね」

「当の相手が狂斎さんでは、驚くより納得がいくほうが先だ。しかも狂画がらみとなるとおおかた新政府の悪口でもまたぞろ描いたのだろう」

「あっ、大当たりで。

いつものようにお神酒《みき》を召されて描いた絵が、ちょうど会を見張っていた官憲の目に留まったから、間が悪いとしかいいようがない。おまけに先生、お神酒の量が少しばかり過ぎておいでのようで、引き立てようとする官憲に向かって悪態のつき放題」

「ふ〜む、腕は確かすぎるほど確かで頼りになる男なのだが」

新七の言葉の外に、「酒さえ飲まず、もう少し思慮が深かったなら」という思いが込められている。

「で、いかが致しましょうか。座元にお知らせ申し上げて、しかるべき方面から手を回すこともできるかと思いやすが」

「その役はわたしが勤めよう。ナニ、狂斎さんのことなら慣れっこだ、心配するこたぁないやね。それよりちょうど、次の芝居の件で座元に会わなきゃいけないから、そのときに耳に入れておこうさ」

新七が小屋の中へ入ろうとするのへ、若い衆が後ろから、

「そういえば師匠、小屋が震えておりやすよ」

と声を掛けた。

「…………？」

「田之太夫が立ち上がって、こう、こうでさぁ」

ヒョイ、ヒョイと若い衆が八重垣姫のしぐさを真似してみせる。上半身ばかりか、下半身の動きも付けて、である。想像を絶する奇跡に、小屋の中が今もどよめいていることを指しているのだ。

「正直、あれにはアタシも驚きやした。いったい紅毛人の魔術を誰が、どこで会得しましたので？」

新七の眉《まゆ》の根が、ぴくんと盛り上がった。この男が、考え事をするときの癖だ。視線が若い衆を離れて、遠くに遊んだ。

「紅毛人の魔術はよかったが、それほど怪しいものではないさ」

「ですが……」

「この世にあらぬ幽玄魔界を、さもそこにあるように見せるのが、舞台ってものだろう」

ニコリともせず小屋の中へ向かう河竹新七を、若い衆はポカンとした顔で見送った。


河竹新七が、異才の狂画家、河鍋狂斎と出会ったのは、彼がまだ市村座の座付き作者をしていた慶応三年のことだ。

江戸の町には動乱の不穏な風と世紀末じみた悲壮感とが漂っていたが、一歩小屋の中へ入ればそこは別空間だった。そもそも歌舞伎《かぶき》の芝居小屋とは、時間と空間を超越した人工の空間である。たとえば『助六由縁江戸桜《すけろくゆかりのえどざくら》』を見るがいい。主人公の侠客《きょうかく》・花川戸《はなかわど》助六《すけろく》が、実は日本三大仇討《かたきう》ちで知られる曾我五郎時致《そがのごろうときむね》で、敵《かたき》を求めて吉原《よしわら》に身を沈めるという話である。実際に起きた心中事件を元にした話で、花川戸助六も実在の人物だ。ところが曾我五郎時致と助六となると、両者の間には実に五百年もの時間の隔たりがある。これを「時代が違う」と笑うのは小屋の外の世界、小屋に足を踏み入れたなら、そうしたでたらめさも矛盾も、全て飲み込んで芝居に酔いしれなければならぬ。それを支えるのが役者の技量であり、そこにこそ歌舞伎の「至芸」があるのではないか。

見せる側と見る側が、一体となって「粋」と「華」を求める空間に、河鍋狂斎はひどくそぐわない男だった。彼を新七に会わせたのは、同じ戯作者《げさくしゃ》仲間の仮名垣魯文《かながきろぶん》だ。「おもしろい男がいるから」と小屋に連れてきたのだが、河竹新七は狂斎を見るなり「これはいけない」と直感した。

顔つきが下品なのだ。乱杭歯《らんぐいば》という言い方さえもが上品に聞こえるようなひどい歯並びが、大きく開かれアハハハと笑う度に、新七の背中に寒いものが走った。

（おや）

と思うようになったのは、しばらく話をしてからのことだ。頭の回転がひどく速いことに気がついた。手前《てめえ》の脳の回転に口がついてゆかず、言葉に詰まる度にこの河鍋狂斎という男は、「アハハハ」と照れ隠しに笑うのである。慣れてしまえばその笑いは、いかにも下品だが邪気がない。

「なにせ生まれが卑しいものだから」

とか、

「生来の無頼が頭をもたげて、師匠筋から絶縁を言い渡されまして」

などという言葉をつなげてみると、およそこの男の半生がわかってきた。卑しい生まれなどというが、父は米穀商の次男として生まれながら古河藩藩士の養嗣子となったので、歴としたと言っていいかどうかだが、下級士族の出となる。元は狩野派の絵師で、師匠から「洞郁《とういく》」の画号を許されたほどの腕前を持つも、いつしか同派に愛想を尽かして、自分から門を飛び出したというのが真相らしい。

「それでわたしになにを？」

新七の中に好奇心がむくむくと頭をもたげてきた。

「アハハ、まぁ生きてゆくための糧を欲しておりまして、ひとつ芝居小屋のほうで」

そう言いながら狂斎は、手もとに置いた小さな行李《こうり》から数枚の半紙絵を取り出した。彩色をしたものが三枚、墨のみの下絵が六枚だ。更に細かく見ていくと彩色したものの一枚はいかにも狩野派好みの「竹林と虎」の構図。新七の目を引いたのは残りの二枚である。

「こいつは……なんとまた」

一目で地獄の様を描いたものだとわかる。その画面から飛び出すような陽気さが新七を圧倒した。閻魔《えんま》大王は片手に徳利《とっくり》を握り、弛《たる》んだ腹をむき出しにして踊っている。周囲の鬼どもとて、険しい顔をしているものは一人もいない。珍妙にして強烈無比、爆発するような個性と陽気さがその絵にはあった。なによりもその技法である。

「なんでも西洋画の技法だそうで。二、三、目にしたものを自分流に解釈して使ってみたのですが」

と本人が言うように、狂斎は絵に陰影をつける技法を完璧《かんぺき》に身につけていた。おかげで地獄はより立体的に、躍動的に見える。自ら器用に絵を描くだけあって、新七は狂斎の驚くべき才能を即座に理解した。

「いいでしょう、わたしの芝居絵を早速お願いしましょう」

初対面の悪印象はいつの間にか霧散し、「この男はモノになる」という確信につき動かされて新七は即断した。五十を過ぎてなお、河竹新七は新しいものには目のない男だった。


芝居の幕を告げる柝が鮮やかな余韻を残して鳴り響く。先程からの場内の熱気は、小屋の裏手で感慨にふけっていた新七の耳にも感じられていた。

(どうやら成功したか)

田之助の一世一代の復活劇は、無事終わったらしい。

(無事で当然)

との思いと、

(本当に大変なのはこれからなのだ)

との思いが、新七の表情を複雑にする。「当然」といってもしょせんは人の技だ。どれほど念入りに策を巡らせても完璧ということはない。

(まして今回の大からくりであれば……)

失敗した後に「当然」という言葉をつなげても少しもおかしくはない。

「どちらにしても、声をかけておくか」

独りごちて小屋の裏木戸をくぐり、新七は舞台裏へと向かった。

幕が引けたばかりの舞台裏は、独特の匂いと空気が厚く層になってよどんでいる。役者の体臭、おしろいの匂《にお》い、泥絵の具の匂いなどが入り混じって息苦しいほどだ。舞台から役者部屋へと向かう大勢の人影、その一つ一つが匂いの元となっている。この匂いに違和感が無くなってはじめて「小屋の水になじむ」とも言われている。

「それにしてもよ、あのからくりには驚いた。どうなっているものやら」

「おうよ、さすがは長谷川勘兵衛《かんべえ》さんだ」

「いけるぜ、田之太夫。こいつは一番の大入りが約束されたのも同然だ」

いつになく興奮した口調で、立役（男役）の数人が通り過ぎるのを聞いた。観客以上に役者が興奮しているのだ。それほど大道具師・長谷川勘兵衛の手際がよかったということだ。

絢爛《けんらん》の衣装をまとった人の流れに逆らって、新七は舞台裏から奈落《ならく》へと通じる階段に歩み寄った。両足を失った田之助は、幕が引けるとともに男衆《おとこしゅ》に抱えられて、中二階の部屋に移ったことだろう。いずれにせよごった返した雰囲気の中では挨拶《あいさつ》もへったくれもない。熱気が収まってから顔を出せばよいと考えて、長谷川勘兵衛のところに向かおうとした。

舞台の端、揚げ幕のすぐ近くに見慣れた人影を見た。両足切断後の田之助の予後治療を行なっている、加倉井蕪庵《かくらいぶあん》である。

「やあ、やはり気になりますか」

そう声をかけようとして新七はふと歩みを止めた。薄暗い舞台裏にあって、なおも暗い蕪庵の表情に声をかけそびれたのである。同い年とは思えぬ若々しい目元に、今日はべっとりと暗い影が貼りついていた。逆に、「やぁ」と声をかけたのは蕪庵からである。

「いい舞台でしたねぇ、師匠」

そう言いながら蕪庵の顔はますます暗くなる。

「どうなさいましたか」

「それが……太夫のことだが」

不幸の予兆を知らせる虫が、背中でシクシクとうずき始めた。

「田之助がどうかしましたか」

「つい昨日、昼食を摂《と》っていると手にしびれが……」

「まさか!」

加倉井蕪庵は、つらそうに眉をひそめてうなずいた。

「そんなに早く、病は」

澤村田之助を襲う病の魔手は、今も侵攻の手を緩めてはいない。

「舞台を駆けめぐる田之助を久々に見ました。そうしたらますます気持ちが滅入《めい》りましてね。昨日も太夫が言うんです、縋《すが》りつくような目で『先生、こいつは違うよな、ただのしびれだろう。すぐに治まるのだろう、よう、お願いだからそう言ってくれよ』って。

あの病に対して、我々は余りに無力です」

「もしかしたら田之助の美しさは、滅びに向かって咲く花の最後の艶《つや》やかさなのかもしれない」

そう言葉にしながら新七は、首を横に振った。いや、そんなことはない。断じてそうであるはずがない。同じ思いが蕪庵の胸中にも駆けめぐっているのだろう。互いに顔を見合わせ二人の男は大きくうなずいた。

「ああ、まったくこいつはたまったものじゃない」

天上の仕掛け場へと上る梯子《はしご》を一人の黒衣《くろご》が、太い声で愚痴りながら降りてきた。黒衣の衣装をつけてはいるが、黒衣ではない。その衣装が一層、黒々と見えるのは、全身にびっしょりと汗をかいているためだ。見ると背中からは湯気さえ立ち上らせている。梯子を降り切るなりそこに腰を下ろし、しきりに、「たまらない、本当にたまらない」と言っているのは、大道具師の長谷川勘兵衛だ。

「勘兵衛さん！」

「やぁ蕪庵さんですか、いかがでしたか私のからくり。無事勤め上げられましたでしょうかね」

「見事だったよ、本当に見事だった。足を切る以前の太夫が、よみがえったのかと思ったほどだ」

「そこまで言われちゃあ、このしんどいからくりも楽《らく》（千秋楽《せんしゅうらく》）まで続けなきゃなるまいね」

「そんなに大変かい」

「なにせ最初の場では二寸の切り通しから、全てを操らなきゃいけませんので」

勘兵衛が、梯子のそばに立てかけた五尺の鉄の棒を上下に動かして見せた。棒の先には耶蘇《やそ》の教徒が信じる像のように、横棒が渡してあって十字を作っている。これを田之助の背中にしっかりと革の帯で固定し、高二重になった舞台の下から、縦横にしつらえた二寸の透き間を通して動かしていたのである。いわば舞台の田之助は、等身大の人形のようなものだ。しかし言葉で言うほど簡単ではないことは、容易に想像がつく。本物の人形であれば、操り手に逆らうことも、勝手に動くこともない。しかし相手は上半身は自分の意思で動く生身の人間なのだ。まして台詞は自分の口で喋る。せっかくの「泣き」の場面も、台詞と下半身の動きが合わなければ、ただの笑い話に落ちてしまうのだから。

　舞台の底に潜った勘兵衛と、舞台の上に立つ田之助の呼吸がぴったりと合わなければ台なしになってしまうだけに、勘兵衛は極限まで研ぎすまされた集中力を要求される。

　当初は、黒衣を田之助のそばに控えさせて、芝居の進行を下の勘兵衛に知らせる案も考えられていた。それが、

「ばか野郎、それじゃあ仕掛けがありますと手前で口にしているようなものじゃないか。黒衣はいらないよ。客に不思議の世界を見せてなんぼの商売だろう、あたしたちは。ようよう、勘兵衛さんよぉ、このからくりで客の度胆を引っこ抜いてやろうよ。そのためにゃあつらい思いをしてもらわなきゃいけねえが、どうだろう。首を縦に振っておくれ」

　と言う田之助の言葉に押しきられて、結局この形に収まった。いや、押しきられたというのは正確ではないかもしれない。今回のからくりを計画した座主の守田勘弥も、河竹新七も、田之助の言葉であれば全て無条件で聞いてしまうところが、ままある。澤村田之助とは、周囲を自分中心に振り回すことを許された稀有《けう》な役者だ。その分、勘兵衛は、田之助ばかりでなく周囲の配役の動きまで、寸分の狂いもなく頭に入れておかなければならなかったのだが。

「それでもって奥庭の場は、こいつがまた大仕掛けときている」

三人が話し込んでいるところへ、もう一人。黒衣姿の人影が梯子をゆっくりと降りてきた。ピタリと三人の口が止まる。見るからに陰気そうな男で、黒衣頭巾《ずきん》を取りもしない。年は十分に若いというのに、思いつめたような暗さを振り撒《ま》いている。

「え、留《とめ》。ご苦労だったな」

勘兵衛から「留」といわれた若者は、返事もせずに頭をペコリと下げただけで楽屋裏へ引き揚げていった。

「大丈夫かね、あの男は」

「からくりは私一人で動かせます。助人《すけつと》のような形で仕事を見ていてさえくれれば、およその所作は覚えてくれるかと」

「ほかの連中にはなんと言ってあるのだい?」

「特には話していませんよ。ただ今度はからくり自体が秘密ですから、まぁ、あまり神経質にならなくとも良いかと」

「ところで勘兵衛さん」

新七が声をひそめた。

「もうひとつのからくりについて、なのだがね」

「えっ、田之太夫の、ですか?」

蕪庵が、ゆっくりとうなずいた。

「少し急がなければならないようだ」

「そいつは難儀です。今のからくりをこなすので精一杯でして。新しいからくりを完成させろと言われましても、ようやく準備を始めたばかりですよ。時間のほうが」

「わかっていますよ。けれど太夫の病はわたしたちの時間を待ってはくれないのだよ。なにがなんでも急がなければならない。そこのところをどうか察してほしい。もちろん勘兵衛さんだけにつらい思いはさせないから。わたしも新しいからくりがうまく運ぶよう、本（台本）のほうで頑張ってみるつもりだ。だからお前様も、なぁ」

「わかりました、やってみましょう。ほかならぬ由次郎《よしじろう》（田之助の幼名）のためですからね」

勘兵衛も田之助も、猿若町界隈《かいわい》で育った幼なじみだ。二人だけではない。旧幕府の政策もあって、芝居関係者は全て小屋のある猿若町周辺に住むことが義務づけられていた。役者も大道具師も、音曲方も、全てはおしろいの匂いに結びつけられた縁者なのだ。その強い結びつきこそが、今回のような事態にも、敢然と立ち向かう原動力になっている。

勘兵衛が立ち去った後、「そういえば、狂斎さんが」と蕪庵が言いかけた。言いかけたまま、言葉を探すように口ごもった。

「…………？」

官憲につかまった長酡亭の一件が、早くも知られたのだろうかと、新七が言葉をつなげようとする、そのときだ。楽屋のほうから激しく争う声が聞こえた。それも一人や二人ではない。かなりまとまった人数の罵声《ばせい》が、複雑に混じりあっていた。

「喧嘩《けんか》……ですか」

と蕪庵。役者の弟子たちによる小競り合いは決して珍しいことではない。それぞれが名題役《なだい》者の看板を背負った気になっているのだから、多少の自負と自負とのぶつかりあいは仕方がない。

「それにしては……。今日の連れ（共演）は訥升《とつしょう》（澤村訥升・田之助の兄）さんだから争う理由はないはずだが」

放って置くつもりが、騒ぎは収まるどころか少しずつ大きくなっていくようだ。二人は舞台の裏の狭い通路を抜け、声の聞こえる楽屋を目指した。三階造りの楽屋の、狭い梯子を境にして、数人の若い衆が対峙するのが見えた。おやっと思ったのは、彼らの背中に入った紋だ。海老色地に抱き柏《がしわ》の紋を染め抜いた半纏を着ているのは右手、五世尾上菊五郎《おのえきくごろう》のところの若い衆だ。反対側、紺地の半纏に白く三ツ重ねの升を染め抜いているのは河原崎権之助《かわらざきごんのすけ》のところの若い衆なのだ。双方が角でも突き出しそうな勢いで、なにか言い争っている。

「どうしたのだね」河竹新七がことさら静かな声を作って尋ねた。

「こりゃあ其水先生、実は……」

菊五郎の弟子の一人が新七へ話しかけようとする。それをさえぎって、

「先生のお耳を煩わせるほどのことか！　手前《てめえ》らが黙って道を空ければ、それで済むことだ」

これは権之助の弟子の一人で、ひときわ体の大きい男だ。双方が赤い角樽《つのだる》を持っているのを見て、ことの成り行きがすぐに察せられた。互いに師匠の名代として、田之助のところに祝い

の口上を述べにやって来たのだ。この月、菊五郎と権之助は同じ中村座で座頭《ざがしら》を張っている。芝居が引ける時間が同じだから、それからやって来れば、ぶつかりあうのはものの道理だ。しかも中二階にある田之助の楽屋へは、狭い楽屋梯子を上らねばならない。どちらが先を譲るかで、もめ始めたのである。

「いつもは、ばか長い幕間《まくあい》で迷惑をかけてるんだ、こんな時くらい先を譲りやがれ」

と、権之助のところの若い衆。

「なにおう！　芸に集中するためだ、多少は幕間が長いのも仕方があるまい」

「多少じゃねえだろう。お陰で後の芝居は寸詰りだ。それさえなけりゃ、もっと早くに来ることができたのだ、この始末はどうつけてくれる」

「フン、ちょっとは幕間が長くたって、どこかの誰かのようにやれ「活歴」だの「本物に近い芝居」だのと御託《ごたく》を並べたあげくに、大事な贔屓筋に退屈のあくびをかみ殺させるよりはよほどましじゃねぇか！」

「なにを！　泥棒猫めが」

「言ったたな、泥棒猫と確かに言ったたな」

いよいよつかみ合いの喧嘩になろうとする寸前、背後で雷のような野太い声がひと言、

「ばか野郎！」

と響きわたった。それまで張りつめていた険悪な空気が音を立てて砕け、後に怯えの空気が残った。

「た、太夫……」

濡《ぬ》れ羽《ば》色の羽織をすっきりと着こなした男が立っていた。やがては市川《いちかわ》の大きな名題を継ぐことを約束された男、七代目の河原崎権之助である。決して大柄ではないのに、目も口も全体に大きく、その顔でまなじりを吊《つ》り上げるとにじみ出る貫禄《かんろく》が周囲を息苦しいほどに威圧する。

「狭いところで騒ぎやがって、手前の恥を裏方中に触れて回るつもりか」

「ですが……」

「まだなにか、俺に言わせるか」

そう言われては、若い衆に言葉のあろうはずがない。胸には瓦礫《がれき》のようにささくれだった思いが山とあっても、喉から下に飲み込むしかないのだ。だが、それは菊五郎のところの若い衆にしても同じだ。

「音羽屋《おとわや》の（菊五郎の屋号）若い衆のみなさん、どうかお先に」

腰をわずかに折って、大きな目をまばたきもせずに権之助に言われて、「ハイ、そうですか」と返せるものはいない。結局、「どうかお先に」とは「お先を譲って頂きます」の反語に過ぎないことを彼らもまた理解しているのだ。

（あいかわらず権之助、気持ちの根の深い男だ）

新七は表情に出さずに、苦笑した。これでは菊五郎側が引くしかあるまいと、思ったところに今度は別の人影の一団が割り込んだ。身の回りの世話をやく男衆に背負われ、階段梯子を下ってくるその影は、両者の間に割り込んで、

「大きな声で騒ぐない」

疲れを含んだ声で言った。

階段より下は左右を男衆に抱きかかえられるように歩く。ヒョコタン、ヒョコタンと左右の支えを杖代《つえが》わりにして、権之助の前に立ったのは先程まで舞台にいた澤村田之助だ。厚いおしろいを落とした今も、目元と口元には薄く化粧を刷《は》いている。そんなことをしなくても十分に美しい顔が、薄化粧の力を借りて凄《すさ》まじいほどあだっぽい。

「こんなところで騒ぎを起こして、興行がオシャカになったらただじゃおかねぇぞ、え？」

浅葱《あさぎ》の盲縞を基本にした女着物は、この役者にしてはずいぶんと地味だ。その裾《すそ》が歩みに従って奇妙に揺れるのは、そこにあるべき足の代わりに余り出来の良くない義足がはまっているからだ。

権之助が困った顔をした。「そうじゃないんだ、紀伊国屋（田之助の屋号）の。ナニ、祝いの口上を言わせようと人を使いにやったところがね」

「理由は関係ねえよ。人の楽屋で騒ぎをやめてくれといっているんだ」

きっぱりとした口調には、権之助も顔色を失う。田之助は言葉の釘《くぎ》をさした後で、

「山崎屋《やまざきや》（権之助の屋号）さん、音羽屋さん、共にご丁寧な祝いのお品、確かに田之助頂だい致しました。御礼は時と場所とを改めまして必ず致しますので、今日のところは双方、角を収めてお引き取り下さい」

そう宣言した。凛《りん》とした声が、小屋の中にわだかまった対立の炎に水をさした結果になった。

小さな体を抱きかかえた男衆が歩き出すと、ひと塊になった若い衆が左右にさっと分れて道を作る。そこを通りすぎながら田之助は、

「幕間がどうかしたって？　舞台さえあればよ、幕間が長かろうと短かろうとそれくれぇ。それくれぇ、なぁ……」

若い衆の一人の耳元で、ささやくように言った。男のものと言うには余りに小さく、華奢《きゃしゃ》な手の甲で相手の頬《ほお》をぴたぴたとなぶる。若い衆の表情に怯えと怒りと陶酔とが同居して、今にも顔ごとはじけそうになる。ほかの相手に同じことをされたら、たとえ師匠筋でも許さないのではないか。それほど激しい気性を持つ若い衆が、声も失うほどのなまめかしさが、田之助にはある。なまめかしさだけではない。

薄く引いた紅の匂いに混じって、人の気持ちを狂わせずには置かない破滅的な匂いが、新七のところにも漂ってきた。最近田之助が常用を始めた大門脇富田屋《わきとみたや》の『延命膏薬《こうやく》』の匂い、そして、

（今も進行止まぬ病によって、肉体が少しずつ腐ってゆく匂いである）

ことを、小屋の関係者なら誰でも知っている。あまりの凄絶《せいぜつ》さに周囲は水を打ったように静かになる。その中を田之助は男衆に支えられ、無人の野を歩むごとく楽屋裏から消えて行った。

きまり悪げに引いてゆく人の姿を眺めながら、新七は蕪庵の姿を目で捜した。ほんの少し前まで横にいたはずが、いつの間にか消えている。特に用事があるわけではない。

（もしかしたら、田之助の足の具合を看るために、先回りをしたのかもしれない）

そう思いながら、新七は自分の戯作者部屋に向かった。部屋は同じ楽屋の一階、座主である守田勘弥の部屋の隣にある。

部屋には来客があった。

「な……！」

なんですかこんなところで、と言おうとして、相手が唇に人差し指を当てていることに気がついた。声を落として「音羽屋さん」と言った。

「いつからここに？」

「先刻から」

「では今の騒ぎをずっとここで聞いていなすったか、音羽屋さんらしくもない」

「それについては後ほどゆっくりと。まずはここを抜け出し、ちょいとつき合って頂けませんか、師匠」

「いや、しかし」

「決してお手間は取らせませんから」

いつになくしつこい菊五郎の誘いを、新七は断わり切れなかった。

裏口から表通りに出ると、手回しのいいことに車が待っていた。つい先年から街を流し始めた人力車という奴《やつ》で、こうした新しいものに目がないことが、新七と菊五郎の共通点なのだ。あまり乗り心地の良くない車に揺られ、二人は大川《おおかわ》を渡って向島《むこうじま》へと向かう。すでに元号が明治に改まって二年以上が経つが、街のいたるところに「江戸」は色濃く居座っている。いやおうなしに押し寄せる新しい時代が、人々にもたらす肉体的な苦痛、精神的な苦痛を、江戸の名残が優しく和らげてくれるようだ。

「網野屋《あみのや》」と書かれた通り提灯《ぢようちん》の下をくぐるとき、どこか闇《やみ》の遠いところでばかに気の早い売り子の「鮨《すし》やぁ～鮨、こはだのぉ～鮨」という声が聞こえた。

奥の座敷に入るとすぐに、店の女主人が挨拶に来たのは、菊五郎がよほど贔屓にしている料理屋だからだろう。酒が運ばれ、「お疲れ様です」と菊五郎が徳利を差し出すのを手で押し止《とど》め、新七は、

「それほど助六が後ろめたいのかい？」

と単刀直入に聞いた。

この三月興行（守田座）で、菊五郎は『家桜廓掛額《いえざくらくるわのかけがく》』の助六を客演している。助六といえば市川一門の御家芸だ。それを横から拝借する形になってしまったことが、先程の若い衆の口げんかにも出てきた「泥棒猫」という言葉に込められている。

「まさかそんなことはありません」

「だったらどうして」

「助六を後ろめたく思ってはいませんが、どうにも山崎屋の前ではバツが悪くて」

それを後ろめたいというのだ、と責めるように新七の目つきが険しくなった。先程から妙に遠慮をしたような、菊五郎の口ぶりにも腹を立てていた。

「助六を演じるように言ったのは、この河竹新七だ。興行も成功した。自ら頭《こうべ》をたれて陰に隠

れることは、ないのじゃないかい」

「ですが、おやじさんのこともありましたから、ね」

ここで言うおやじさんとは、先代の河原崎権之助のことだ。彼は市村座の金主（出資者）であったばかりでなく、芝居小屋の寄り添う猿若町全体に影響力を持つ実力者であった。古い形の太い髷《まげ》を崩さないことから「太髷」、融通の利かない性格から「神主」などと陰で呼ばれることもあった。

現在の権之助は、七代目團十郎《だんじゅうろう》の外腹である。先代の河原崎権之助に養子として引き取られ、権之助が未婚であったことからその母親のお常《つね》によって厳《きび》しく育てられた。子供のころの名は権十郎《ごんじゅうろう》という。

先代の権之助が強盗に襲われ、命を落としたのは明治元年の九月二十三日のことだ。権十郎は二階の押入に隠れて難を逃れた。すぐに権十郎は権之助の名前を継いだが、心に別の志を持っていたことは確かだ。彼の実の父親である、七代目市川團十郎が心血を注いで育てた八代目の團十郎（権之助には兄に当たる）は、嘉永七年に大坂で謎の自殺を遂げている。空位となった「市川團十郎」の九代目を、権之助がやがて継ぐであろうことは、周知の事実であった。その決意は彼が使っている紋からも見てとれた。権之助は昨年から升を三つ重ねた「三枡《みます》」の紋を時と場所に応じて使っている。これは河原崎の家のものではない、市川の紋である。

菊五郎が助六を演じたことは、こうした権之助の気持ちをいたく傷つけたに違いない。新七にしてみれば、重々しく、荒々しいところばかりが強調される市川の助六ではなく、もっと粋でいなせで、軽みのある助六を演出したかったのだ。

事実、大先輩の中村芝翫《なかむらしかん》を向こうに回して、ほれぼれするような助六を菊五郎は演じて見せた。演じながら自らに酔い、役そのものに染まってゆく。役者にとっても最高の舞台を勤めたはずであった。

(にもかかわらず、心のどこかにわだかまりが残ったか)

それが、今夜の菊五郎の歯切れの悪さにつながっているのかと、新七は思った。

「そのことは置いておきましょう。今回のように合併興行でもない限りは、山崎屋と楽屋を隣合わせることもねぇでしょうから」

座頭が二人もいれば、若い衆も必然と張り合うようになる。ましてなにかにつけて比較されることの多い、尾上菊五郎と河原崎権之助が、二人座頭を勤めるとなれば、だ。

「ところで師匠、狂斎先生が官憲に捕まったそうじゃありませんか」

「もう耳に入っていたかい。だが、心配はない」

「心配はいらないと言われましても……」

「次の芝居の看板絵のことかい?」

「それもありますが、実は気になることがありまして」

そう言って菊五郎が脇から細長い包みを取り出して見せた。新七の胸に良くない予感が走った。

開いた包みの中には、桐の箱。ふたを開けると朱の袱紗《ふくさ》に包んだ掛け軸が入っている。中身を見るまでもなく、新七はその絵の内容を知っている。ふた月ほど前、河鍋狂斎から「五世に渡してくだされ」と頼まれたのを受け、新七が自分の手で菊五郎に渡した掛け軸である。中味はその時に見た。

幽霊画である。画面の左手に行灯《あんどん》を配し、そのぼんやりとした光の中に老婆の幽霊が浮かんでいる。

『累《かさね》』などの怪談物を得意とすることもあって、菊五郎には幽霊画を集める趣味があった。古今の幽霊画の中から、化粧法や演出方法を学びとっていたのだ。その収集品を見る機会を得た狂斎が、「これまで五世が見たこともない幽霊画を御覧にいれましょう」と仕上げた作品なのだそうだ。口約束をしたのが昨年の春のことだから、およそ一年半近くかかっての完成である。

光の加減に応じて左右の瞳《ひとみ》の色を違《たが》えて書いているところへ持ってきて、目元に浮かんだ怨《うら》みの念が恐ろしく写実的で、見るものの背中をゾクリとなで上げる。応挙《おうきょ》の幽霊画が哀れさの中に恐怖を見せるとすれば、狂斎のこの絵は、人が心の中に持つ罪悪感を幾層倍にもふくらませて、苦しめるようだ。

「この絵がどうしたんだね」

「十日ほど前に狂斎先生から妙な文が届きました。これですが」

菊五郎が、二つ折りにした半紙を懐から取り出した。開けてみるとひと目で狂斎の手とわかる洒脱《しゃだつ》な大文字で「如何《いかが》」と二文字。その左下に小さく惺々斎《せいせいさい》と書いてあるのみである。惺々斎は、狂斎が好んで使う号である。

「これを狂斎さんが？」

新七の眉根《まゆね》が大きく曲がってこぶのように盛り上がった。物事を考えるときの、この男の癖である。

「他に心当たりはございませんから、きっとこの絵についての言《こと》づてなのでしょう。ですが如何と言われたところで、あたしには訳がわからねぇ」

「むぅ……」

「確かにこの絵はよくできていますよ。見ているうちに熱でも出そうな恐ろしさだ。さすがは狂斎先生、こんな恐ろしい幽霊画はあたしも初めてですし、よくぞあのお常婆《ばば》ァの因業《いんごう》ぶりをここまで正確に」

「ちょっと待ちな、音羽屋さん。それは大きな間違いだ。こいつは先になくなった狂斎先生の奥様の病床の様子を写したものだと、わたしは聞いているが」

菊五郎は大袈裟《おおげさ》に手を振って見せた。

「猿若町に出入りするものなら誰でもひと目でわかりまさぁ。これは先代の権之助のおっ母さん、お常婆ァでございますよ。あたしは子供のころにさんざはたかれましたからね、見忘れるはずがない」

お常の厳しさが相当なものであったことは、新七もよく知っている。現在の権之助が子供のころのことだ。末は河原崎の家を継いでもらう大きな役者になってもらわなければならない。お常は幼い権十郎を長唄《ながうた》、三味線、琴、踊りといった役者としての基礎知識のほかに、茶道、華道、書道など、あらゆる習い事の師匠につけて厳しく育てた。夜が明けてから日が暮れるまで、権十郎に自分の時間などというものは存在しなかったことだろう。あまりの厳しさを見かねてか、実の父親の七世團十郎がお常に文句をつけたことがある。

『お前さんは、養子に預けた権十郎をいじめ殺すおつもりか』

それに対するお常の返事がふるっていた。

『おやま、市川の家ではどうやら子供を砂糖漬けにするのがお得意のようだ。あいにく、河原崎では砂糖壺《つぼ》に、こってりと唐辛子をいれておきますのサ』

菊五郎が言葉を続けた。

「ありゃあ餓鬼の時分でサ、あたしと由次郎とが二人して河原崎の家へ行き、権十郎を遊びに誘うと決まってお常が出てくるんです。奪衣婆《だつえば》みてえな面しやがってね、『この子は大切な河原崎の跡取りだ。お前様たちなんぞと遊んではいられない』と、こう言いやがる。子供心にも腹が立ちまして、今度は裏手に回って塀を越え、じかに誘うと、そこへお常め、下駄《げた》を持って追いかけてくるんでございますよ。おっかなかったなぁ」

「ふうむ、どうして狂斎さんはそんな絵を描いてよこしたのか。おまけに『如何』とは」

「絵をいただいたのはふた月前。出来の良し悪しを問うならそのすぐ後でしょう」

「なにぶん、変わったところのあるお人だから」

「そうは思いますが、今回の捕物《とりもの》になにか関係があるのでは、と考えますと頭から離れなくなりまして」

「それで、ますます幕間が長くなったのかい」

「やっ、思いつめるのがあたしの悪い癖だと、わかっちゃいるつもりなのですがねぇ」

どうしようもないと言うように菊五郎は盃《さかずき》を飲みほした。飲みほしたところで、「そう言えば」と、小声でつぶやいたのを新七は聞き逃さなかった。

「ほかにもなにか？」

「こいつはあたしの思い過ごしでしょうが、ひとつだけ」

畳に広げた、気味の悪い幽霊画の一部分を菊五郎が指さした。

「狂斎先生は、西洋画も学んでいらっしゃるのでしたね」

「まぁ、この日本では第一人者だろう」

「その狂斎先生が、こんなばかな間違いを犯すものでしょうか」

菊五郎が指さしているのは、老婆の幽霊にかかった半円形の影だ。新七の胸の奥にシクシクと痛みが走った。また、悪い予感である。それをおくびにも出さず、

「それがいったい？　わたしには特におかしいところがあるようには見えないが」

菊五郎がおやっと目を上げ、新七の瞳を覗き込んだ。

「この影ですが、画面の左手に行灯があるのだから、影は左から光に抉《えぐ》られるようについていなければならない、違いますか？　ところが実際には、逆に影のほうが右手から光を抉るようにかかれている。これは変ではありませんか」

菊五郎の説明はどこまでも理路整然としている。確かに影のつき方がおかしい。だからどう

だと言われれば、その後の説明には詰まる。

（だがしかし……）

酒にだらしなく、奇行が多い事で知られる狂斎だが、絵に対峙《たいじ》するときだけは別人のように真剣になるのだ。ある種の完全主義者と言ってもいい。

「どうにもあたしには、狂斎先生がわざとこれを……」

独り言をつぶやく菊五郎の目が、突然大きく見開かれた。見得でも切るように表情を凍らせ、喉からは「ヒュッ」とおかしな空気が漏れた。

「どうしなすった、音羽屋さん」

慌てて新七が近寄ろうとするのを、大きく手を広げてさえぎり、菊五郎の目は幽霊画に釘《くぎ》付けになっている。その体は完全に動きを止めた。芝居がかったところのない動作だけに、菊五郎の衝撃がいかに大きいものであるかがよくわかる。

「まさか、こんなことが」

と、ようやく声を漏らしたのはしばらくたってからだ。だが言葉もそこまでで、後は血の気を失った唇が動くのだが、声にはならなかった。菊五郎はよろよろと立ち上がり、座敷にしつらえた縁側まで歩いて、そこでぺたりと腰を落とした。

「音羽屋さん、菊五郎さん、いったいなにがどうなって……？」

「師匠、相すみませんが今日の話はなかった事にしちゃあくれませんか」

「なにを言っているのだ。話をなかった事にとは、どういう意味だい」

「意味なんざありません。菊五郎の生涯の頼みと思ってこの幽霊画の事は忘れて下さい」

そう言ったきり、掘り出したはまぐりのように閉じてしまった菊五郎の口は、遂にその夜開く事はなかった。

2

初日の幕が引けたばかりの夕六つ。お峯はいまだ夢から醒《さ》めぬ足取りで、猿若町の大通りを歩いていた。舞台の熱気と喧噪《けんそう》が、今も頭の中でうなりを上げて渦巻いている。お峯ばかりではない。守田座の小屋から出てきた客は皆、同じ目つき、同じ足取りをしている。

特に若い娘は、である。

「さすがは田之助太夫《だゆう》だよなぁ」

「艶姿《あですがた》、立ち居振る舞いの見事さをもう一度、もう一度この目に見ることができるとは、思わなかったよぉ」

「ほんに田之助太夫、見事だったねぇ」

「おいらは信じていたさ、なまなかなことで田之助太夫、姿を消すことはあるまいと」

「アレよく言うよ。『田之助はもう駄目だ』なんて、言い触らしていたくせに」

つい数刻前まで、あれほどお峯の神経に障った無責任な客の言葉さえ、今となっては心地よい風のようだ。

「まったく御一新からこっち、猿若町には良くないことばかりが続いたからなぁ」

「そういえば、アレの姿を見かけなかったが」

「おお、そういえば。なんといったっけ、あの蔭間《かげま》」

「名前なんざどうでもいいが。田之助太夫の舞台の初日には、必ずかぶりつきの席で見ていただろう」

「それで？」

「おや、知らなかったのかいお前様方。三分《さんぶ》太夫なら何か月も前に客と心中しちまったよ」

「男の方、と言ってもどちらも男なんだが、客のほうは生き残って田舎に帰ったとよ」

(三分太夫？)

河竹新七の弟子として小屋に出入りする前は、絵に描いたような箱入り娘だったお峯も、今では世情にもかなり通じている、少なくとも自分ではそう思っている。しかしまだまだ知らないことは山ほどあるのだ。蔭間が女装の男娼《だんしょう》のことで、湯島《ゆしま》天神あたりの茶屋で体を売っていることは知っている。歌舞伎《かぶき》の女形《おんながた》の中には、こうした男娼から役者になったものが、意外に多い。江戸の町では少なくとも男娼は珍しいものではなかったし、『女形を極めるなら、舞台《ぶたい》子《こ》――蔭間のこと――で色事の水に洗われなければ、どうにも野暮ったくて仕方がない』と言われるように、自ら修業のつもりで蔭間勤めをするものが多かったのである。

(田之助太夫も例外ではない)

ことを、お峯は噂《うわさ》以上の話として聞いたことがある。六歳で初舞台を踏んだ澤村田之助には、すでに十歳で上野《うえの》のお山の高僧が贔屓《ひいき》につき、花を散らされたのだそうだ。しかし十六歳で守田座の立女形《たておやま》（女形の最高位）になって、言い寄る高僧を突っぱねたとも聞く。

信心に近いほどの恋慕を抱く田之太夫が、薄汚い僧侶に抱かれる姿を思い浮かべるだけで、息が詰まりそうになる。反面、田之助の体から匂《にお》い立つように発せられる色気が、そうした経験によって作られたことを思えば、仕方のないことなのかとも思う。十六歳のお峯には、自らの胸に湧《わ》き上がる複雑な思いを、うまく整理する術《すべ》がない。

「お嬢様」

聞き慣れた声に、お峯は我に返った。向こうの人波から根岸《ねぎし》の寮の番人を勤める銀平《ぎんぺい》が手を振っている。名前の示すように、頭は白銀だが体のほうはまだまだしっかりとしている。一日の舞台が終了する夕六つ時になると、こうして寮から迎えにやってくる。その姿を見るとお峯は、河竹新七の内弟子とは名ばかりの守田座の下働きから、蠟燭《ろうそく》問屋辰巳屋の一人娘に戻る自分を感じる。

「銀平！」

内弟子ならば師匠の家に住み込むのが筋だろう。一年前、あらゆる反対を押し切った形で内弟子になることが決まったおり、「住み込みだけは勘弁してくれ」と頭を下げたのは、新七のほうだった。仕方がなくお峯は、根岸の寮から猿若町の小屋町《こやまち》に通うことになっている。やがて小屋の水にもっと慣れて、一人前に扱われるようになれば、

（師匠も住み込みを許してくれるだろう）

とお峯は思う。

「お嬢様、お勤めご苦労様です。さ、寮ではお湯もわいておりますから早く帰りましょう」

「だから、そのお嬢様はやめてください」

「そうは申されましても」

判で押したようないつもの言葉を取り交わし、二人は人混みの中を歩きだそうとした。

「あら、留吉《とめきち》兄さん」

守田座の裏手に続く細い路地に、長谷川勘兵衛の所の弟子である、留吉の姿をお峯は見つけた。思わず駆け寄ったのは、二人の陰の働きによって田之助の舞台が、見事に成功したことをほんの少し前に見ていたからだ。心の高ぶりを、声にして伝えなければ気がすまない。

「留吉兄さん、私もう、あの舞台を見たら切なくって、切なくって」

こちらを振り向いた留吉が、芒洋《ぼうよう》とした顔で少し微笑《ほほえ》んだ。表情に乏しく、

『なにを考えているのかよくわからない、ムク犬の尻《しり》』

などと留吉のことを言うものがいても、お峯はこの少年が嫌いではない。

「お峯ちゃんか。ああ十種香の場、狐火の場いずれも際立っていたね」

「ほかの小屋から見に来ていた連中も、目を剝《む》いていましたよ」

「土壇場まで、からくりについては秘密を守り通したから」

「連れの役者さんにさえ『足を切る以前の田之助に戻るから、そのつもりで間をとってくれさえすればいい』と、詳しいことを話さなかったおかげですね」

微笑んだままで留吉がうなずく。

「ところで、狐火の場からの仕掛けは、いったいどのような？」

屋敷の中での場面では、高二重《たかにじゆう》の舞台を利用した仕掛けがあったことを、お峯はおよそ知っている。だが、下から棒で支えることのできない最後の盛り上がりにかけての奥庭の場面、自由に舞台を駆け巡った田之助の姿が目に焼き付いて、離れない。いったいどんな仕掛けがあったのか、お峯の好奇心は追求せずにはいられないのだ。

「わからなかったか。それならからくりは極上々だったことになるね」

「だからそれを焦《じ》らさないで」

「宙乗りだよ。と言っても狐忠信《きつねただのぶ》のように五尺も六尺も宙に浮くわけじゃない。まずクジラの髭《ひげ》を長く水にさらして透き通らせ、見た目にわからない細引きを作る。それを使って床のぎりぎりのところに浮かせるよう、天井から介錯したんだ。それにしても田之助太夫、橋の上で宙に浮いたまま、兜《かぶと》を持って見得を切るところは本当にすごかった。見ていてため息が出てしまったよ。うちの師匠もすごいが、果たしてほかの役者であそこまで見事にやりおおせたか、どうか……」

お峯は胸の中で激しくかぶりを振った。

（できるはずがない。ひと幕ひと幕を自分の死に場所と心に決めて臨む、田之助太夫以外にあの舞台が勤められるはずがない）

前の興行で相方《あいかた》を勤めた尾上菊五郎が同じことを口にした。それほど凄絶《せいぜつ》な舞台を続ける田之助だからこそ不可能を可能にもする、そうするだけの資格がある。

言うだけのことを言ってしまうと、留吉はお峯の姿など眼中にないように一人で歩き出した。

「なんですか、あれは」

「大道具師の長谷川勘兵衛さんの所の若い衆《しゅ》で留吉兄さん」

「兄さんって……」

「小屋では年が若かろうがそうでなかろうが、先にこの世界に入った人は皆お兄さんと呼ぶの」

「おお嫌だ、そこまで河原者《かわらもの》の水に馴染《なじ》みなすったか」

その言葉にお峯は三日月の眉をひそめ、

「中村座の太夫元（権之助）がいつも言ってなさる。これからの歌舞伎役者はいつまでも河原者ではいけないって」

「どれほど時代が変わっても、河原者は河原者でございます」

銀平の言葉には取り付く島もない。これもまたいつものことだ。頑固一徹な老人ではない。むしろ日頃は洒脱《しゃだつ》すぎるところさえあるのに、それがお峯のこととなると銀平は途端に頑固者に変わるのだ。そこがいい。

「クジラの髭とは、確かに考えやがった」

「ん？」

「先ほどのからくりの話でございます。クジラの髭という奴《やつ》は鋼よりも強いと聞いたことがあります。あれなら人を吊《つ》り下げ、自由に動かしても心配はいらねぇ」

銀平は五年前に口入れ屋を通じて、辰巳屋の寮番に雇われた。それ以前は、日本中を歩き回って、さまざまな仕事をしたのだそうだ。その豊富な知識は、新七にも負けないのではないかと、お峯は密《ひそ》かに思っている。

「まして舞台は天井からの光以外は、百匁蠟燭《ひゃくめ》が何本かあるだけでしょう。細く透き通ったクジラの髭が、見えないのも無理はない」

「そんなに丈夫なんだ」

「昔のことですが、南の島にクジラの髭を使った三味線のような楽器があると、聞いたことがありますよ」

そんな話をしながら、寮までの一刻《いっとき》あまりの道程がお峯は楽しい。日本堤《にほんづつみ》を抜けて日光《にっこう》街道を右に折れ、寺が点在する町中を過ぎるとあたりはたちまち田園風景に変わる。根岸は、商家の寮が数多くあることで知られる、静かな離れ里である。

その夜のこと。

去年から町のいたるところに作られるようになった木戸が閉まろうかという遅い時刻に、辰巳屋の寮の戸を叩《たた》くものがあった。

それだけでも異常なことなのに、戸の叩き方がまたひどく切迫している。内側から戸の前に立った銀平が用心して「どちら様」と訊ねた。ここ数年の江戸の町の治安は悪化する一方だ。町の有力者連によって大木戸が設けられ、夜になると締め切ってしまうのも、自衛手段のひとつなのである。年寄りと若い娘が住む寮であると知れれば、押し込みをかけられても不思議はない。もっともそうなっても安全なよう、寮にはたっぷりとお金がかけられている。

「守田座の者で」

すでに寝間から起き出して、お峯も銀平の後ろに立っている。戸の向こうの声には聞き覚えがあった。

「お峯さんに、其水師匠から御伝言です。明日は、小屋への出座はひかえるようにとのことでございます」

お峯は銀平を押し退《の》け、戸を開けた。

「どういうことですか、それは！」

てっきり破門にでもなったのかと思った。それなら理由を問い質《ただ》さないわけにはいかない。

「………？」

若い衆の顔色に、ただならない雰囲気が感じられた。

「なにがあったのですか。驚きませんからおっしゃってください」

「実は……加倉井蕪庵先生が……お亡くなりになりやした」

「どうしてまた、急に！」

「それがどうやら殺されなすったようで。それじゃあ早く帰りませんと座元にしかられますんで、あっしはこれで」

お峯が引き留める間もなく、若い衆は逃げるように闇《やみ》の中へ消えていった。

「お嬢様」

銀平が、厳《きび》しい顔つきでお峯を見ていた。

「私は行きます。明日も小屋に」

そう言いながらお峯は、自分の膝《ひざ》が不自然に震えているのを感じた。

加倉井蕪庵の遺体は、猿若町とは目と鼻の先、山川町《やまかわちょう》の西方寺《さいほうじ》の草むらで発見された。維新の戦争で住職がいなくなり、今は荒れ寺となっているところだ。江戸の昔ほどではないにせよ、背後に猿若町、吉原をひかえているだけあってこのあたりの夜の人通りは決して少なくはない。それを相手にする屋台もまた同じだ。『おでん燗酒《かんざけ》』と書かれた提灯《ちょうちん》を下げ、担ぎ屋台を流して歩く屋蔵《やぞう》という中年男が発見者だった。

「へぇ、驚きやした。西方寺の前を通りかかりますと、野良犬が一匹ピョコピョコと出てまいります。よく見かける面で、時におでんの残り物なんぞをやっていたものですから、その夜も竹輪の古くなった奴を放ってやりました。すると口に加えたものを吐き出すじゃありませんか。『今夜は珍しくお足つきか』

なんて笑いながら見ると、これが人間様の指！　あわててワン公の出てきた寺の中を覗《のぞ》くと、着物姿の人が倒れていたという具合なんで」

屋蔵はすぐに市中見回りの詰め所に届け出た。時代が変わって一時は廃止になった番所が、一年ほど前からまた同じ仕事をするようになったものだ。新政府の役人だけではとても町の治安を守り抜くことは不可能で、江戸に残った旧幕の同心たちを集めて臨時に市中見回りとして雇っている。

やがて「ポリイス」なる奉行所のような組織ができることは町民の耳にも入っている。しかし夜盗も押し込みも待ってはくれない。それまでは昔のやり方が踏襲されているのである。

以上の話をお峯は、事件の翌日に小屋の関係者から聞いた。いつもと変わりなく小屋にやってきたお峯を、新七は「おやっ」という顔で少し見つめたが、それ以上はなにも言わなかった。仕方がないから、お峯のほうから話しかけた。

「師匠、蕪庵先生が殺されたと聞きましたが」

「うむ、それは確かだ。しかし、お峯、あまりおおっぴらに話すのではないよ」

それは無理な話だ。すでに噂が噂を呼んで、話は際限なく膨らみつつある最中だ。誰に止めることができるものでもない。

矢のように飛び交う噂の中に、気になる内容がひとつあった。

「蕪庵先生の遺体が、この三月に殺された役者の高宮猿弥《たかみやえんや》さんとそっくりの殺され方をしていたそうですが」

「そこまで伝わっていたか。困ったことだ。蕪庵先生の遺体が発見されてからまだ何刻も経ってはいない。詳しいことはなにひとつわかってはいないのだよ。よしんば前の殺しに似たところがあっても、今の状態で流される噂がどれほど迷惑なものか、わからないお前ではあるまい」

新七が言うことは、ひとつひとつに理が通っていて、返す言葉もない。どこまでも静かな口

調の中に、お峯は新七のやり場のない怒りを見た気がした。それにしても、

（せっかく朝七つに銀平を起こして飛んできたのに。まるで私が馬鹿みたいじゃない）

と思うと、急にお腹がすいてきた。いつもなら弁当代わりのお握りの包みを開くところだが、今日はその支度もしていない。

「お腹がすいたのなら、賄《まかな》い方のところに行っておいで。そんなしけた顔をされたのでは、こちらまで気が滅入《めい》ってしまいそうだ」

新七が、お峯の顔も見ずに言った。

「アレ、どうしてそれが？」

「帯の模様だよ。桔梗《ききょう》の花の柄がいつもより左にずれて見える、急いで支度をしてきたこともあろうが、朝飯を食べていないせいだと、思っただけだ」

「それじゃあ、ちょっと失礼して」

「ああ、ゆっくりと食べておいで、今日は一日新作にかかりっきりだ。昼過ぎに茶を持ってきてくれさえすれば、わたしのほうは特に用はない」

（まったく、師匠の目はどんな仕組みになっているのか）

千里眼を誇る浅草寺《せんそうじ》裏の手妻《てづま》師だって師匠の眼力ほどには物事を見通せまいと、驚かされることがよくある。もっとも河竹新七の言葉を借りるなら、

『芝居の中に、わたしは幾人もの人間を作り上げる。それは日頃自分の目に映るもの、耳に入るものを全て駆使して、初めてできることなのだよ。決して無から有を生み出す不思議の術の

持ち主ではないよ、わたしは』

　ということになる。旧弊と格式とに凝り固まった芝居の世界で、「師匠」と呼ばれながら常に新しい世界を求める、その柔軟さが名作を次々と生み出しているのかもしれない。

「月も朧《おぼろ》に白魚の、篝《かがり》もかすむ春の空、冷てえ風もほろ酔いに、心持ちよくうかうかと、浮かれ烏《がらす》の只《ただ》一羽、ねぐらへ帰る川端で、竿《さお》の雫《しずく》か濡手《ぬれて》で粟《あわ》……」

『三人吉三巴白浪《さんにんきちさともえのしらなみ》』の、あまりに有名な台詞《せりふ》を口ずさみながら、小屋の裏手に架設されている賄い小屋へお峯は向かう。ここは小屋の関係者や、稲荷町《いなりまち》と呼ばれる端役の役者たちが、食事をするために作られている。食事といっても決まった時間があるわけではない。空いた時間に各々やってきて、常時湯気を立てている大鍋《おおなべ》から汁をすくい、おひつの飯をかき込むのだ。

　入り口にかかる暖簾《のれん》をくぐると、すぐに根深汁《ねぶかじる》のいい匂いがする。

「思いがけなく手に入《い》る百両、ほんに今宵《こよい》は節分か、西の海より川の中、落ちた夜鷹《よたか》は厄落とし、豆沢山に一文の、銭と違って金包み、こいつは春から縁起がいいわえ」

「モシ姐《ねえ》さん、ちょっと待っておくんなせえ」

　小屋に先客があった。こちらに背中を向けていた男が、お峯のせりふの続きを奪うように、こちらを向いた。

「源三郎《げんざぶろう》さん！」

「いい声だねえ、いっそ役者の修業をしてはどうだい」

萌葱《もえぎ》色の着流しに蓬髪《ほうはつ》。下膨れの恵比寿《えびす》顔は年よりもはるかに老人臭く見えるけれど、たしか三十半ばほどのはずだ。元南町奉行所の同心で、今は政府の臨時雇いの市中見回りとして働いている、水無瀬《みなせ》源三郎の顔があった。

本人が、

「もともとが、武士の水よりも芝居の水のほうに魅かれていた落伍者《らくごしゃ》故に」

というように、ずいぶんと若い頃から猿若町に出入りしていたようだ。お峯が新七の内弟子になったときなど、

「いよいよ芝居の世界にも御一新が来るのですねぇ、こいつぁいい。誰がなんと言ってもすばらしいことだ」

と、無邪気に喜んでくれた一人だ。それ以来、なにかにつけて声をかけてくれる。もっとも本人が自嘲《じちょう》するほどの「落伍者」ではないらしい。一度は返上した十手を再び持たされることからもわかるように、締まりのない顔とは裏腹に剃刀《かみそり》のような頭脳を持っている、と前に師匠から聞いたことがある。抜けば榊原鍵吉《さかきばらけんきち》が免許皆伝の折り紙を与えた一刀流の達人、背中に差した二尺三寸の長十手を握れば、鬼神《きじん》も裸足《はだし》で逃げ出す捕《と》り縄術《なわじゅつ》の名手。

ただし話の後半は、仮名垣魯文《かながきろぶん》が言っていたことだから真実は半分以下と見ておいたほうがいいが。

「やはり加倉井蕪庵先生の件で？」

「ああ、だが芝居が始まったのではとても話を聞くことはできない。どうせ無駄足になるなら、せめて腹ぐらいは満たしてしまおうと、ね」

「小屋で噂を聞いたのだけれど、この三月に殺されなすった、高宮猿弥さんと傷の具合が同じだったと」

河竹新七にいたずらな詮索《せんさく》は無用と釘《くぎ》を刺されていたが、お峯は自らの好奇心に勝てなかった。

この三月。同じ守田座で一人の役者が殺された。座元の守田勘弥にしてみれば、

「役者とはいっても稲荷町《いなりまち》だ。あまり小屋としては深く関わりたくない」

ということなのだろう。いつのまにか小屋の中でも無名の役者、高宮猿弥の話題は口に上らなくなったが、お峯は事件をよく覚えている。春は名ばかりで妙に薄ら寒い日が続くその月の七日だった。高宮猿弥は何者かに惨殺されたのである。たぶん、食いつめた浪人ものに襲われたのでは、というのが大方の見方であった。

致命傷は右の首筋の血脈を断ち切る大きな刀傷だったらしい。その他にも左の頬《ほお》から鼻を通り過ぎて右の頬まで抜ける無惨な傷、右手の親指、人差し指、中指まで切断された、酸鼻を極めた死体であったという。

「確かによく似ていた」

「するとやはり首の血脈を裂かれて」

「おまけに同じく三本の指を切り落とされていたよ」

思わずヒッと息を呑《の》むお峯。あの温厚な加倉井蕪庵が、そのような無惨な死に方をしたこと自体が、とても信じられない。

「だが、よく似ているが同じには見えなかった」

「どうしてです？」

「あの時、猿弥の死体を検死したのもこの俺だ。猿弥の傷は上のほうが深く、下に行くにしたがって浅くついていた。こいつは正面からこうして」

源三郎が、横においた長十手を握り、立て膝を付いてお峯の首筋に十手を当てた。

「前から袈裟《けさ》がけに切ったものだった。ところが今度はその逆だ」

「逆袈裟？」

「というよりは、後ろから抱きかかえるようにして急所をはね切ったように見えるんだな。となると得物は長いものじゃない。むしろ短刀のようなものと見るべきだろう」

「下手人は、別にいるのですか」

「そこまではわからねぇ。わからねぇからこうして聞き込みをしているんだが」

昨夜、幕が引けた夕六つ頃には加倉井蕪庵は舞台裏にいたことが何人かの目に留まっている。新七や長谷川勘兵衛、それに留吉といるところを数人の役者が見ているのだ。

「それからの足取りがまったく摑《つか》めない。遺体が発見されたのは八つ過ぎだ。つまりは七つから八つのあいだに蕪庵は殺されて、西方寺に投げ込まれたことになる」

「殺されたのは別の場所？」

「すぐ近くの物陰にひどい血溜《ちだ》まりがあったから、そこだろう」

「でもどうしてわざわざ遺体を運んだのかしら」

「荒れ寺の中のほうが、遺体に細工がしやすいからさ」

「よくご飯を食べながら、そんな話ができますね」

しかし、下手人はそこまでして、なぜ遺体の指を切り落とさなければならなかったのだろう。

「こうは考えられませんか？　今度の下手人が、前の殺しをわざとまねて、自分の犯行を隠そうとした」

「今の段階じゃぁ、なんとも言えねえやなぁ」

そういいながら飯を自分でよそって、根深汁と沢庵《たくあん》だけで立て続けに平らげる。見ていて気持ちのいいほどの食欲である。

入り口の暖簾が大袈裟に撥《は》ね上げられて、

「ここか、探したよ」

ひどいどら声が狭い小屋の中に響いた。声と一緒に入ってきた男を見ると、初めての人間は誰もひどく異質な感じを抱くに違いない。小さめの顔の半分は占めようかという大きな瞳が、まず目を引く。ういきょうの種を思わせ、やや吊り上がった形がまたいい。眉《まゆ》は女形のようにくっきりとした三日月で、瞳《ひとみ》の涼やかさを引き立てている。声さえたてなければ、それこそ役者にしたいようないい男なのだ。

そう、声さえたてなければ、だ。声がなにせ良くない。さかりのついた猫をズタ袋につめて水に放り込んだような、みたいなことを言ったのは、確か守田勘弥ではなかったか。

「よう、魯文さん」

と源三郎が箸《はし》を持った手を上げ、男に声をかけた。

「ようじゃないぜ、いったいどうなっているんだ」

「なにが？」

「とぼけるない、狂斎さんのことだ」

美才ぶりだけなら田之助にも負けてはいない仮名垣魯文が、源三郎の前に腰を下ろしてあぐらをかいた。間髪入れずにお峯が汁をよそった椀を差し出すと、ありがとうも言わずにそれをすする。続いて飯。これも見苦しいほど口に頬張《ほおば》って、汁で流し込む。

「ほめえがふいていなふぁら、なんへ」

お峯は恐る恐る魯文に話しかけた。

「だから魯文さん、話すのはご飯を喉《のど》に入れてからにしないと」

「うるへい！」

感情が爆発しているときの魯文は、ほかの誰よりもたちが良くない。へたをすれば、お峯のような少女にさえ「やかましいやい」と平気で声を荒立てられる人間だ。

「狂斎先生が、どうかしたのですか？」

「どうもこうもない。昨日、長酡亭で官憲に引っ立てられたんだ」

「また、どうしてですか」

「そいつは俺のほうから話そう」と、源三郎が話を引き継いだ。

「昨日の書画会でね、狂斎さん、泥酔した挙げ句に『手長足長国』の住人に翻弄《ほんろう》される日本人、の絵柄で狂画を描いたんだ。ところがその日本人というのがねぇ」

「わかった。新政府のお役人に似ていたのでしょう」

「役人ならまだいいさ、よりによって薩摩《さつま》の大久保《おおくぼ》公となると、これはシャレにならねえ」

「確かに、なにがなんでも西洋文明がいいと言い張る、新政府のやり方にも問題はあるのでしょうが」

「おいおい、お峯ちゃんまでそんなことを言っちゃあ……」

「それで、狂斎先生は今どこに？」

「日本橋本材木町《にほんばしほんざいもくちょう》の大番屋だ、しばらくは出てこれねえかもしれないな」

魯文の悪声が、これに重なる。

「たかが狂画だろう、どうしてお叱《しか》りおき程度で済まされねえのだ」

「やかましいや！　こちらだっていろいろ手を回してみたのだ。そしたらおめえ、とんでもないこと……いけない、これは喋っちゃいけないんだ」

口を塞《ふさ》ぐ源三郎に、魯文とお峯が詰め寄った。

「とんでもないこと？」

「勘弁してくれ、これを漏《も》らしては俺は……」

源三郎は、そう言ったきり、背中を向けてしまった。

「狂斎さんのことは、悪いようにはしないから」と、小さな声で言うのが聞こえた。

「…………」

魯文が、形のいいまなじりをますます吊り上げたが、これ以上は追及のしようがないらしかった。憤怒の表情のまま、これまた飯をかきこむ。

「ところで」と、お峯が話題を変えた。この場の雰囲気を変えたかったこともあるし、どうしても魯文に確認したいこともあった。

「蕪庵先生のことは聞きました？」

「おう！　大変だったってな」

「三月に殺されなすった高宮猿弥さんと、よく似た殺され方をしたことは」

「聞いたよ、俺《おれ》も我が耳を疑ったさ。まさかあの夜に俺が見た浪人野郎が、またも猿若町に仇《あだ》なしやがるとはねぇ」

話はまた、三月の事件に戻る。今回の蕪庵殺しでは死体が見つかっただけだが、前の事件では重要な目撃者がいた。それがこの仮名垣魯文である。

「どことって目立つところのない役者だが、俺は猿弥を贔屓にしていたのさ。どうしてかって？　それが俺にもよくわからねえ。どこがいいのか、どこに光るものがあるのか、よくはわからねえが、こいつは物になると思ったのだ」

仮名垣魯文の言葉を借りるまでもなく、お峯も高宮猿弥のことはよく覚えている。ただし、猿弥を評価していたわけではない。最下級の「稲荷町役者」でありながら猿弥は自分を売り込む気持ちが、まるでなかったのではないかと思わせるほど、目立たない役者であった。その印象の薄さがかえって猿弥という役者を、お峯の脳裏に刻みつけている。

「そりゃあ、どう足掻《あが》いたって名題下《なだいした》は名題下、天と地とがひっくり返っても名題役者にはなれない世界だが……」

それでも名題下役者にだって上下はある。一番名題に近いところにいるのが「相中《あいちゅう》」、その下が「中通り《ちゅうどお》」、そして「稲荷町」とも「下立役《したたちやく》」とも言われるのが、最下級の高宮猿弥のような役者だ。相中ともなれば男衆《おとこしゅ》を使うこともできるし、看板に比較的大きく名前を載せることもできる。稲荷町はことあれば自分の目の前にいる中通りを蹴落《けお》としたいと考えるし、中通りは中通りで、目の上の相中の身にとてつもない不幸が起きることを、いつも願っている。そうでなければ、少しでも大名題の役者に認められるか、座元に認められるようおのれを目立たせようとする。ところが猿弥は、

「なんで役者になんぞなったのか、なにがおもしろくて稲荷町を勤めているのか、まるでわからない」

としか思えないところがあった。

（そういえば）

と、お峯は思い出した。この小屋で幾度か猿弥を見かけたことがある。無表情に椀をすると猿弥に向かって、声をかけると頭を下げて返した。しかしそれだけである。お峯が河竹新七の内弟子であることは、猿若町の人間なら誰もが知っている。少しばかり愛想《あいそ》をよくしても、損をすることはない。

「おまけに猿弥は、化粧が下手だ、それに輪を掛けて声も良くないときている。だったら役者

として芽が出る道理はないのだが……ハテ？」

自分の言葉に首を傾げる魯文に対し、

（魯文さんに『声が悪い』なんて言われちゃ、救いがない）

お峯は思ってしまう。

「だが、確かに『何事』かを感じていたんだ、俺は。それでことあるごとに猿弥を諭してはいたんだが、あいつめ、なにを考えているのか、生返事をするばかりだ。それが三月のあの日、急に文《ふみ》を寄越しやがった」

「文……ですか」

「おかしな目で見るない。俺には男娼を買う趣味はねえ！」

「わかっています、わかっています。魯文さんは人並みはずれた女好きだと、師匠が言ってました」

「ったく……新七さんも、ロクなことを吹き込まない。それはさておき、俺はてっきり江戸を離れる相談だと思った。猿若町にいたって芽は出ない、いっそ讃岐《さぬき》か小倉《こくら》にでも行けば、少しは違うと、前から勧めてはいたんだ」

文には、「夕の五つ、鏡《かがみ》が池社《いけやしろ》にて」とあった。鏡が池は浅草橋場《はしば》町《まち》の田地に作られた人工の貯水池である。池のほとりに稲荷社がある。猿若町からは歩いてもわずかの距離だ。芝居の幕が引け、ゆっくりと歩いても間に合う時刻だが、

「五つといえば、もう日は落ちている。鏡が池の周りときたらほかに人通りもなければ店屋も

ねえ。別に悪事を謀《はか》ろうってわけじゃないのだ、話をするには向いてはいない」

社の境内はちょっとした木立があって、その中に常夜灯の明かりがはかなげに揺れる、魯文が約束の場所に着いたときは、そのような状況だったそうだ。

「ところが本人が来ていない。定刻通り幕は引けたから、遅れる理由はないはずなのだ。

『おおい、猿弥。いるなら声をかけておくれ、ここでは話もできやしない、どこか屋台でも見つけて、そこで話をしようじゃないか』

俺は、大きな声を上げた、その時だ」

聞き覚えのある猿弥の、魂《たまぎ》消えるような声が魯文の耳に届いた。続いて、常夜灯の向こうに逃げ回る人影、そしてそれを追いかける人影。

「逃げているのが猿弥であることはひとめでわかった。これでも目玉の出来は人より良いのだ。

『おた、お助け！』

そんなことを叫びながら猿弥は逃げ回る。そのうちに後ろからの人影につかまってしまった。白刃が夜目にピカッときらめいて、猿弥の首の横を走っていった。

（急所をやられた！）

と思ったが、まだ猿弥は倒れない。俺か？　そりゃぁ、助けに行こうとしたが、とても近寄るどころじゃない。頭の中は真っ白になって、木偶《でく》のように立っていただけだった」

話が進むにつれて、身振り手振りが入り、魯文は自分の物語に自分で酔ってしまうことがある。大切なところを押さえないと、それこそ話半分の読物仕立てになってしまうのだ。

「魯文さんは、猿弥さんを殺害した下手人の顔を見た？」

「そいつは見ていない、なにせ暗がりだ。黄八丈《きはちじょう》の浪人者だとはわかっても頬被《ほおかぶ》りをしていたからそれ以上は、なぁ。おまけに猿弥が倒れたのを確認してそいつ、今度は俺のほうへ向き直りやがった。血刀を引っ提げ、いきなり走り出すじゃねえか」

（その時に、相手の顔をしっかり見ておけば）

と思うが、当の立場におかれてみれば、とてもそんな余裕がなかったことはお峯にも想像がつく。息を切らして小屋まで逃げてきた魯文の知らせを聞いて、命知らずの男衆が数人、鏡が池に向かって、そこで高宮猿弥の無惨な死体を血溜《ちだ》まりの中に発見したのである。

「夢中で白刃を握っちまったんだろうなぁ、指が三本切り落とされていた。それにしても、首の傷はともかく、顔に付いた一文字の傷はひどかった。相手は役者だ、役者が顔を切られて、成仏ができると思うか」

思い出すたびに悔しさが込み上げるのか、うっすらと涙さえ浮かべて魯文は拳《こぶし》を握る。師匠の新七とは、

（正反対の激情家なんだ）

お峯は胸の中でうなずいた。

似たような事件が新都、東京では続発していた。大きな時代の波に取り残された不平士族が、夜の闇に紛れて押し込み、辻《つじ》切りをしている。事件もそうした中のひとつであろうと、たいした捜索も行なわれずに、人々の記憶から消えてしまった。もちろん下手人は捕まっていない。

「で、今度は蕪庵先生だ」

ようやく水無瀬源三郎が、こちらを向いた。

「でも、源三郎さんの考えでは、下手人は別だって」

「確かに。だが二つの事件が無関係だとも思えねえ」

「お前は狂斎先生のことを心配していればいいのだ」

「あっ、またそれを言う。俺は所詮《しょせん》臨時雇いの市中見回りだ。なんの権限もないのだ、勘弁してくれよ」

「臨時雇いでも上司はいるのだろう。そいつらに話をつけろ」

「冗談じゃない！　上方《かみがた》言葉や西国訛《さいごくなま》りの田舎ものに頭がさげられるか。俺はこのご府内で江戸言葉以外は認めない」

それが自慢になるかどうかは別にして、水無瀬源三郎は箱根《はこね》の山を越えたことさえないことをしばしば誇りとして口にする。慶応三年の将軍家上洛の際、南町奉行所きっての剣の使い手であることから、警護侍に推挙までされながら、源三郎、

『箱根の先は水が合いません』

と断わったそうだ。

「ところでお峯ちゃん、加倉井蕪庵先生のことだが、誰かに恨みを買っていたということは、あるかい」

「温厚な性格で知られる蕪庵先生に限ってそんなこと、と笑いとばしてしまいたいけれど」

「なにかあるのかい！」

「いえ、師匠がいつも言っているんです。物事には必ず裏と表があって、簡単に白だ黒だと決めてはいけないって」

「そういうことか」

加倉井蕪庵は、親子三代続いた医師の家に生まれたと聞いている。父親の代までは深川元町《ふかがわもとまち》の土屋《つちや》采女正《うねめのしよう》様の屋敷の裏手に家屋があったそうだ。もとは漢方を学んだが、時代の移り変わりとともに漢方医の限界を感じ、長崎に留学したと聞く。そこで蘭方を学び、大坂の西川滴《にしかわてき》哉《や》のもとで術を極めたそうだ。

「大坂……？」

「どうしました」

「いや……別にどうだとは……」

長十手を頬杖《ほおづえ》の代わりにして、再び源三郎は黙り込んだ。

「源三郎さん？……源三郎さんてば」

「むぅ……」

魯文が、お峯に向かって小さく目配せした。お峯もそれに目で応える。

「ねぇ、源三郎さん、ひとつわからないことがあるんだなぁ」

「むぅ……」

「狂斎先生のことなんだけど……どうしてすぐに放免されなかったのかなぁって」

驚いてお峯と魯文が同時に大きな声を上げた。もっと驚いたのは源三郎自身だったかもしれない。

「雲井龍雄！」

「そりゃあ、むぅ、雲井《くもい》龍雄《たつお》の同志かも知れねぇという」

「ほかになにか理由があるのかなぁ、源三郎さん」

「む？……むぅ」


ない。

「ひでぇ、二人して枡落とし（ペテン）にかけやがる！」

「それよりも、雲井龍雄って、どういうことなの」

　雲井龍雄は、もとは米沢《よねざわ》の人。幕府の最後には、王政復古の主張を持って臨んだ在野の奇才だ。ところが、そうして成り立った新政府は王政復古とはあまりに程遠い政策を乱発しすぎた。それに飽きたらず、雲井は再び反逆の狼煙《のろし》を上げようとして失敗。捕えられて刑死を待つばかりであるという。

　雲井が密かに市井《しせい》で人気を保っているのは、それだけ新政府への鬱憤《うつぷん》が、人々の胸の裡にわだかまっているからだ。

「仕方がねえなぁ。誰かに漏らされると、本当に困るんだが。狂斎先生、雲井と書簡を交わした痕跡《こんせき》があるんだ。山岡鉄舟《やまおかてつしゆう》老を介してね」

「はぁ、それで……」

「だからといって、狂斎先生が新政府への反逆の刃《やいば》を胸に呑んでいたとは、思えない。そのうちに理由を付けて釈放されるよう、働きかけてみるさ」

源三郎は根深汁の椀を取り上げた。

「んなこと言って、また食べる！」


江戸の夜に、光は戻るのだろうか？

お峯は満月に照らされた通りを歩きながら、ふとそんなことを思った。目の前には仮名垣魯文が、ひょろりと長い影をともなって歩いている。つい今し方、後ろを振り返ってあまりに黒黒とした町の様子を見てしまった。かつて狂歌に、

『闇の夜は吉原ばかり月夜かな』

とまで歌われた江戸きっての歓楽街。満月さえも色あせてみえたその不夜城に、今は数えるほどの明かりしか、ない。これが東京という町なのだろうか、それなら江戸のままであったほうがどれほど良かったか。

すぐ右手にこんもりと盛り上がっている杜《もり》が、待乳山聖天《まつちやましようてん》。月はその上に冴々《さえざえ》と輝き、風が大川の水の匂いを運んでいる。

「なにを考えている？」

「いえ、なにも」

魯文の問いに、そう応えたのは、胸の中の複雑な思いを言葉にできなかったからだ。芝居の幕が引けるのを待って、二人は小屋を出た。高宮猿弥が殺された現場を、お峯が見たいと言う

のへ、

「ならば俺が案内してやろう。どうせ日が落ちれば悪所が待っているだけの身だ」

と、魯文が先に立ってくれたのだ。口は悪くとも優しいところのある男だ。銀平を寮に帰して、二人は鏡が池の社を目指している。

「そういえば、昨日は山崎屋さんと音羽屋さんところの若い衆も、なにか小競り合いをしたそうですね」

「ああ、あれか。話には聞いている」

「本当にあの二人、仲が悪いのですね」

「どうだかなぁ、音羽屋はともかく、山崎屋はそれほど単純じゃあるまい。二月の助六のことがあるから角突き合わせているように見せかけちゃいるが、本気でいさかいを起こす気があるのかどうか」

「見せかける？」

「贔屓筋の目があるからナ。腹を立てているように見せておけば、大きな名前の襲名になにかと役に立つ。権之助という役者は、そこまで考えて動くから恐いのさ」

「まるで、うちの座元みたい」

「守田勘弥か、確かに似ているところはある」

「でしょう」とお峯は、うなずいた。世話になっている小屋の座元を悪く言うことはとてもできないが、正直なところ守田勘弥はあまり近くにいてほしい人種ではない。目も唇も妙に薄く、酷薄な性格が表に出過ぎているようで、苦手なのだ。

「勘違いをしてはいけないよ、お峯ちゃん。山崎屋も勘弥も、策が先に立ちすぎて誤解されることが多いが、胸の中は明日の歌舞伎のことでいっぱいなのさ」

「そうでしょうか」

「紀伊国屋（田之助のこと）や音羽屋、これは歌舞伎国の根っからの住人だ。息を吸ったり吐いたりするように、芝居の台詞が口をつく。だがね、山崎屋と勘弥は、どこかで役者としての自分、座元としての自分を観察しているようなところがある。

お峯ちゃんも知っているだろう、山崎屋が餓鬼の時分にどれだけ厳しく育てられたか」

「ええ、朝から晩まで、稽古《けいこ》の明け暮れだったと」

「小さな子供が、耐えられるものじゃなかったそうだ。だから山崎屋は、いつのまにか役者の自分と本当の自分を分けて考えるようになったんじゃないかね。そうでなければ、気が変になるかもしれないもの」

「そのことが、太夫の『活きた歴史』とやらに関係するのでしょうか」

「鋭いね、お峯ちゃん。まさにそいつだ。役者の自分と本当の自分を分けて考えるから、これまでは誰も疑わなかったことに、疑問を抱くようになる。荒唐無稽な化粧は必要なのか、大袈《おおげ》裟《さ》な身振りや台詞まわし、綺羅星《きらぼし》を飾った衣装は、観客を白けさせるのではないか、とね」

「けれど、実際には山崎屋さんの芸は、酷評されていると思いますが」

元禄《げんろく》の頃から発行されて役者の格付けの正確さで知られる『評判記』を見ても、河原崎権之助は「身ぶり小さく、口跡判別しがたし」などと書かれていいところがない。陰で権之助のことを、青びょうたんだの権ちゃんだのと呼ぶのも、結局は力不足で軽く見られるからだ。

「だがね、俺はさほど権之助がまずい役者だとは思っちゃいないのだ。やつの助六にせよ、暫《しばらく》にせよ、ふしぎな『力』を感じさせやがる。やがては芝居も古い世界に終わりが来て、権之助や勘弥の率いる新しい時代が来るのかもしれねえ」

「…………」

「納得がいかねえ顔をしているな。だったら一つ教えておいてやろう、お峯ちゃんが新七さんのところに弟子入りできたのは、誰の口添えがあったからだと思う?」

「それはうちのお父つぁんが……」

「いくら辰巳屋の旦那《だんな》の口利きでも、新七さんは弟子などとらなかったさ。勘弥と山崎屋が、『明日の歌舞伎の礎《いしずえ》になる』と、説得したそうだよ」

「まさか……知らなかった」

「みんな歌舞伎が好きなのさ。どう好きになるか、それは人それぞれなのだろうがね。おや、長話をするうちにもう鏡が池は、すぐ目の前だ」

魯文はそういって、暗がりの先を指さした。手にしたぶら提灯が揺れて、大きな影が一つ、魯文の頬で右に左に揺れた。

3

八本の百匁蠟燭《ひゃくめろうそく》に照らされた舞台の上で、どう見ても「華」としか見えない生き物が、右に左に揺れていた。薄黄色をまとった光の中で、金銀緋《ひ》色、青、紫にきらめく様子はとてもこの世のものとは思えぬ綺羅《きら》錦繍《きんしゅう》だ。

『本朝 廿四孝《ほんちょうにじゅうしこう》』狐火の場である。

十月興行もすでに五日目。守田座の日中の幕は、八重垣姫を演じる澤村田之助を見ようと、連日大入りを記録している。だが観客は知らない。幕が引け、芝居町がひっそりと息をひそめる時間から、もうひとつの幕が開くことを。

そこに一般の観客はいない。そればかりか、ごく限られた小屋の関係者以外は、神経質なほど人が遠ざけられている。ため息の出そうな舞台を贅沢《ぜいたく》にも、たった三人の視線だけが、ため息ならぬ緊張の光を持って見つめていた。視線の持ち主の一人は、河竹新七。その隣に守田勘弥の姿を見ることができる。

〽思いにや、焦がれて燃ゆる野辺《のべ》の狐火、小夜《さよ》更けて、狐火や、野辺の〳〵狐火、小夜更けて幾重洩《も》れ来る爪音《つまおと》は、君を設けの奥御殿。

〽こなたは正体涙ながら。

『アレあの奥の間で検校《けんぎょう》が諷《うた》う唱歌も今の身の上、おいとわしいは勝頼様、かゝる企《たくら》みのあるぞとも、知らずはからぬお身の上。別れとなるもつれない父上……』

〽諫《いさ》めても嘆いても、聞き入れも亡き胴欲心、娘不憫《ふびん》とおぼすなら、お命助けて添わせてたべと、身を打ち伏して歎《なげ》きしが、

『イヤ〳〵泣いて居られぬ所。追手の者より先へ廻《まわ》り、勝頼様にこの事を、お知らせ申すのが近道の……』

〽諏訪の湖《みずうみ》舟人《ふなびと》に、渡り頼まん急がんと、小褄《こづま》取る手も甲斐《かい》がいしく、駈《か》けいだせしが。

父と許嫁《いいなずけ》の狭間《はざま》に立って、苦しむ八重垣姫の地の台詞はほとんど聞き取れないほど小さい。そのことでこの稽古《けいこ》が身ぶりを合わさせることに重点をおいていることがわかる。

浄瑠璃《じょうるり》方は、特別に相州《そうしゅう》から呼び寄せている。それだけ長谷川勘兵衛の作ったからくりを、外に漏らしたくはないと言う守田勘弥、河竹新七の真剣な願いが、この人目を避けた舞台を作り上げている。

幕が引けてから次の舞台の稽古をすることはそれほど珍しいことではないから、この深夜にまで及ぶ稽古をさほど奇異に感じる者は、猿若町にはいない。

「どれほど念入りな稽古をしているのだろうか」

と声が上がっても、せいぜい「あの八重垣姫じゃ仕方あるまい」とうなずくばかりである。

「ときに師匠、音羽屋さんの話は聞きましたか」

「その様子じゃ、まだお耳には入っていないようですね。最近、音羽屋さんにおかしなものがとり憑《つ》いた、ともっぱらの噂《うわさ》でございますよ」

「話とは?」

「最近というと」

「さぁ、ここ二、三日のことでしょう。幕が引けると家に飛んで戻り、あとは床の間を眺めて朝まで動かないことがあるかと思えば、突然楽屋部屋で『違う、こうであるはずがない!』とかなんとか、叫びだすそうでございます」

「床の間ねぇ……」

床の間であれば、なにかの書画がかかっているにちがいない。その絵が例の幽霊画であることを、新七は知っている。そのことを守田勘弥には話していない。

「別にどうということもない、おおかた怪談話の工夫でも思いついたのだろうよ」

「そうでしょうか」

「それよりも舞台だ」

舞台では、八重垣姫の舞いがいよいよ激しさを増している。

「いかがです?」

「全盛の田之助にははるかに及ぶまいよ。そこまで望むのは酷というものだろうな」

「ならば……」

「このからくりをなるべくなら使わぬことをわたしは祈るだけだ」

『イヤ〳〵。今湖に氷張り詰め、舟の往来《ゆきき》も叶《かな》わぬよし、歩行路《かちじ》を往《い》っては女《おなご》の足。何と追手に追いつかりょう』

〽知らすにも知らされず、みすみす夫を見殺しにするは、いかなる身の因果。

『ア、、翅《つばさ》がほしい羽根がほしい飛んで行きたい知らせたい』

舞台を移動するはずの八重垣姫が、一点でばたりと倒れた。

「どうした！」

あわてて勘弥が舞台に駆け寄る。日頃身の回りの世話を焼く男衆《おとこしゅ》も、この舞台にはいない。勘弥が駆け寄る以外には、ないのである。

新七は、舞台の反対側に目をやった。厳重に人の出入りを禁止しているはずの舞台の花道の袖《そで》に、人影があった。背後の気配で八重垣姫が楽屋裏へ運び込まれたのを感じ、新七は人影に近寄った。

「音羽屋さん、どうしなすった」

我ながら、言葉にとがめる調子があることを隠せない。

「夜分にすみません、どうしても聞きたい話があったものですから、表の若い衆に無理を言って入らせてもらいました」

小屋がちがうと言っても相手は座頭だ。表の番をさせておいた若い衆も、断わり切れなかったのだろう。

「話とは、わたしにかい？」

「いえ、長谷川勘兵衛に……」

「お前さん、ずいぶん例の幽霊画にのめり込んでいるそうじゃないか」

「お聞きになりましたか、考えれば考えるほど、あの絵は訳がわからねえ。さすが狂斎先生ですね、謎が幾重にも施されていて、とてもあたし一人では手に負えそうにない。で、謎の一部を勘兵衛に相談しようと思いまして」

このところ勘兵衛は舞台の裏方に回りっぱなしだ。落ち着いて話をする機会に恵まれなかったので、と、くどくどと菊五郎は言い訳をした。さきほどまでは気がつかなかったが、ひどい顔の色だ。ふくよかだった頬《ほお》にも窶《やつ》れが見え、蠟燭の陰影のためばかりではない、思いつめた暗い顔つきとなっている。

「幾重にも？　すると、あの影の件ばかりではないのだね」

「へえ、ほかにもいくつか判じものらしいのが」

菊五郎の上目遣いは、不快だった。この男にこの目つきは決して似合わない。鬼に会っても神仏に会っても、真正面から見返す気の強さが尾上菊五郎という男なのに、そう思うとますます腹が立ってきた。そんな新七の気持ちを知ってか知らずか、菊五郎は懐から手拭《てぬぐ》いを取り出した。

（？…………）

新七を訝《いぶか》らせたのは、手拭いに染め抜かれた絵模様の紋だ。菊五郎なら抱き柏《がしわ》が定紋。替え紋は杏葉菊《ぎょうようぎく》である。だが手拭いには鎌の絵がひとつ、その下に輪が書かれてひらがなの「ぬ」が最後を締めている。通して読めば「かまわぬ」となる。余りに有名な市川團十郎の替え紋である。

「かまわぬ、か。これと同じような判じものが、あの幽霊画にも書かれていると」

「もちろんそればかりじゃありません。とにかく絵の中の判じものが全て解けたら、いったいどんな意味になるのか、考えると恐ろしくなることもあります」

「そこまで思いつめなすったか」

「あたしの性分もありますが、それよりももっと大切なことが、あの絵には込められているような気がしましてね」

「勘兵衛さんに聞きたいこととは」

「それは、あの影についてでございます。やはりあそこに謎の要《かなめ》がある。どうして狂斎先生ほどの絵師が、あんな理屈にあわない影を入れなすったのか。あたしも考えました。もしかしたらあの影は正しいのではないか。それであれこれ試してみたのですよ。ところがやはり影は、ああはつかない。良くない頭で考えたように、光が影を抉るようにつけなければいけないんです、あの状況では」

「とすれば、狂斎さんが間違えたのだろう。絵師は誰でも頭の中で構図をこさえるものだからね」

「そうじゃなかったとしたら?」

「………」

「あたしはまったく別のことを考えたんでさ。あの絵はあの絵で十分に正しい、そして狂斎先生の才能は本物で、一分の狂いもない。ついでに言えば狂斎先生は独特の頭の働きをしていなさるお人だ。そう考えると」

「いったいなにが、見えてきました?」

「それが皆目。そこで大道具師の長谷川勘兵衛なら、なにかわかるかと、思いましてね」

話をしているところへ、勘弥が戻ってきた。

「困るじゃないか、音羽屋さん」

と一応は文句を付けるが強い調子ではない。菊五郎にはこれからも客演の形で守田座に出演してもらわなければならない。ここで強く叱りつけて、気の強い菊五郎の機嫌を損ねては、と座元としての計算が働いている。

「すまない座元、で、田之助は大丈夫だったかい。少し見させてもらったが、ずいぶんと体の動きが悪かった。やはりアレかい、病のほうが」

「まぁ、それもありますし、からくりがまだ良くなじんでいないことも……しかしこのことはご他言無用に願います。特に、体が生き腐れてしまう難儀な病《やまい》ですから、なるべくなら贔屓《ひいき》筋にも隠しておきたい」

「もちろんだ」

実のところ、贔屓筋も大勢の観客も、すでに田之助の病のことは知っている。右足を膝上《ひざうえ》から切断したときは「事故でやむなく」という話を故意に流し、それが信じられた。左足まで切断したとなっては、田之助の病が「脱疽《だつそ》」であることはいつのまにか広く知れ渡ることになった。逆に、そのことを猿若町の人間は、あまり知らない。

「ところで、勘兵衛はいるかい」

「まさか今回のからくりについて、なにか聞き出すつもりじゃないでしょうね」

「そんな野暮は言わない。別のことで用事があるのさ」

「だったらいいが、あいにくと楽屋から太夫《たゆう》を送って今日は帰りましたよ」

「帰った！」

「太夫の具合が思いのほか良くありませんでしてね。ほかに人間もいませんし、車を呼んで、付き添ってもらいました」

「そうかい。それは仕方のないことだが、帰っちまったか」

がっかりしたのか、菊五郎の背中が小さくなった。が、すぐに背をしゃんと伸ばし、

「やはり、聞かずにはおかねえ。こうなったら」

「これから、勘兵衛さんの家にいくつもりかい」

「ナニ、手間はかけやしませんさ。どうしても奴《やつ》の意見を聞かないことには、明日の芝居の幕がとても開けられそうにない」

「田之助の家に寄るのだから、すぐには帰らないだろう」

「あたしは歩いていきますよ。そうすりゃちょうど良い頃合です」

それからしばらくの間とりとめのないことなど話した後「じゃあ」と言って菊五郎は舞台の表へ出ていった。勘弥はなにか言いたげだったが、新七の難しい顔を見てあきらめたのか、これも楽屋裏へ消えた。

全ての様子を物陰から見つめる目があった。その目に誰も気づいてはいない。新七が舞台を去ろうとしないことを確認して、「目」は勘弥と反対の方向にそっと消えていった。

後に残って一人。河竹新七は舞台正面の枡席《ますせき》のひとつに、ゆっくりと腰を下ろした。舞台を見ているが、その目に今の情景は映ってはいない。さきほどの八重垣姫の舞姿が、速度を遅くして脳裏に蘇《よみがえ》っている。決して満足のゆくものではない。

(自分たちは本当に正しいことをしようとしているのだろうか)

この数日、同じことばかりを考えていた。滅びようとする田之助の肉体を、少しでも長く舞台の華として咲かせ続けるために、守田勘弥、長谷川勘兵衛とともに考えた、さまざまなからくりである。だが、

(滅びの運命にあるものは、神仏の手に委《ゆだ》ねるのが本筋ではないか)

との思いが、どこかにある。心の片隅にあって、少しずつ成長しつつある。

舞台の蠟燭の一本が、微《かす》かな煙とともに消えた。舞台の引き幕が変わるように、新七の目蓋《まぶた》

の裏の情景も変わる。あれはいったいいつのことだったか。

記憶の中の田之助は、まだ少年の面影を残していた。新七もまた若かった。

『ようよう師匠、師匠さんよぉ、あたしにもなにかいい狂言を書いておくんなさいよぉ』

暇さえあれば澤村田之助は、新七の戯作者部屋に押しかけてきて、自分の台本をねだるのが日課となっていた。当時新七は市村座の座付き。簡単にほかの座に新作を書くことはできないが、まるっきりの不可能でもない。すでに幾本ものあたり狂言をものにしており、河竹新七の名前は猿若町に知れ渡っていた。役者にとって、自分に合った狂言をものにできるかどうかは、死活にかかわると言っても過言ではない。芸域を広げる努力と同時に、己の芸を深めよとは、言葉を変えて「自分の当たり役を得よ」と言うことでもある。ようやく頭角を現わし始めた田之助が、その早熟な頭脳で以《も》って、

「自分のために書かれた狂言が、是が非でも必要」

と考えたのも無理はない。もっとも新七にとってはたまったものではない。少年でもなければ少女でもない。まして大人の男女でもありえない不思議な生き物に、しじゅうまとわりつかれるのだ。その気はなくとも、感情が危うい傾斜に傾くのを感じた。決して触れてはいけない世界の、甘露の匂《にお》いを田之助は振りまいている。

新七が顔をしかめてみせても、当の田之助にはまったくこたえた様子がない。それどころか無邪気に新七の膝《ひざ》に手を置き、しなだれかかる仕種《しぐさ》さえ見せる。

『よう。師匠ってばよう、後生だから!』

しつこさに負けたわけではないと、新七が自分に言い聞かせながら書き下ろしたのが『切られお富』である。瀬川如皐《せがわじょこう》の十数年前の旧作『与話情浮名横櫛《よわなさけうきなのよこぐし》（切られ与三《よさ》）』を改作したもので、その中で田之助は主人公のお富を見事に演じてみせた。役者個人の人格と、作中の人格とがこれほど一致した舞台も珍しい。

時には男も顔負けの修羅場を演じ、そのくせ惚《ほ》れた男の前では乙女のような恥じらいさえ見せる、静と動、血と華との二面を、田之助は一つの肉体で完璧《かんぺき》に演じ分けた。今も出刃包丁片手にお富が、男に迫る場面の艶《えん》な姿は語り草となっている。

元は男が女になり切る不自然窮まりない世界である。一線を超えれば醜悪でしかない。美と醜悪との端境《はざかい》を、芸という振子を持って澤村田之助は駆け抜けてゆく。

（その疾走は、田之助に命がある限り続くかと思われた）

のに、である。どうしてこのようなことになってしまったのか、考えるだけで新七は歯ぎしりする思いだ。

（もしかしたら我々は、神仏の説く摂理に逆らおうとしているのだろうか）

決してそんなことはないと思う。

もしかしたらそうかもしれないと思う。

やがて田之助を襲うであろう、右手の切断。それを考えると河竹新七は我知らず、自分の右手首を握り締めていた。

次々に蠟燭の寿命がつきて消え、舞台は分厚い闇に飲み込まれていった。

なにかが爆《は》ぜるようなその音に、はじめに気がついたのは小屋の不寝番だった。江戸の人間が、心のそこからおびえるものがいくつかある。その恐怖は頭の芯《しん》にまで深く根付いていて、どれほど泥酔しようと、病に伏せようと、体が勝手に反応するほどだ。まして驚天動地の戦乱がつい数年前に終わったばかりであれば、なおさらである。

音の元を確かめる間もなく、不寝番は、

「火だぁ！　火事だぁ！」

と叫んで、小屋の外に飛び出していた。

見上げると、すでに屋根の上に火の粉が上がろうとしている。小屋の東の隅が出火元なのだろう。すぐにそこへ駆けつけた。

（しめた！）

と思った。火はまだほとんど煙火だ。しかも場所が良かった。屋根の上には黒々と天水桶《てんすいおけ》の影が見えた。男は迷うことなく、壁にしつらえられた梯子《はしご》を駆け登る。半分まで上ったときに、物陰を走って逃げる黒装束の人影が見えた。だが、追いかけるゆとりはない。

（まず火を消さなければ）

そのまま、屋根に駆け上がって、天水桶を屋根に縛り付けている木の杭《くい》を外そうとした。そこで信じられないものを見た。

（火だ、ほかの小屋にも火が！）

この守田座だけではない。中村座、市村座の小屋からも煙が上がっているのだ。

「おおい、起きてくれえ、皆の衆！　火だ、猿若町が燃えるぞぉ、起きてくれえ」


尾上菊五郎は、さきほどから懐に手を入れたままの姿勢で夜道を急いでいる。花川戸《はなかわど》町《まち》を過ぎ、右手に伝法院《でんぽういん》、田原町《たわらまち》三丁目の小商い商家街を見ながら、蛇骨《じゃこつ》長屋にいたる。なにか背後で人の声が聞こえたものの、

（あと数刻で一番太鼓が鳴りだす。そろそろ早出の裏方たちが、騒いでいるのだろう）

ぐらいにしか思っていない。たとえ小屋の火の手が目に入ったとしても、今の菊五郎は気持ちを動かさないのではないか。それほど、頭の中は絵のことでいっぱいになっている。

なぜ、そこまで思いつめねばならないのか、自分でもよくわかっていない。絵に込められた力に、つき動かされている、としか言いようがないのだ。

『累《かさね》』や『四谷怪談』を持ち芸とする菊五郎は、しばしば人の恐怖について考える。とどのつまり、恐怖とは裸の心に濡手《ぬれて》を当てることではないか。とすれば、

（見るものに恐怖を覚えさせるには、まず心を裸にしなければならない）

のである。長い時間をかけて心に積み重なった感情の膜を、一枚一枚、薄紙を剝《は》がすように剝ぎとってやる。手っ取り早いのは、罪の意識を思い出させてやることだ。誰もが大なり小なり抱えている罪を、舞台の上ではっきりとした形に見せることで、人は容易に裸の心をさらけだす。そこへ今度は、濡手を当てる。濡手とはある種の衝撃である。舞台のからくりでもいい、

役者の奇抜な化粧であってもいい。

では狂斎の絵はどうか？　まさしく菊五郎が考える「恐怖の仕組み」を、そのまま形にしている。完璧な手法と心理的な効果を持ち合わせた、幽霊画として出色の作品と言っていいだろう。だが、この違和感は、いったいなにか。

（恐怖以外のなにかを、こいつは訴えかけようとしている。いや、それがわかれば、更にそこから新しい恐怖が生まれてくるような……）

意図的に隠された恐怖を、掘り返せないのである。恐怖の仕組みとは言ったが、それは菊五郎が恐怖を、理屈によって構築しているという意味ではない。人の心は、最後まで謎だ、とも思う。だが、この絵には明らかに理屈でないと解けない「意味」のようなものが、隠されているのである。

（例えば、幽霊そのものだ）

骨と皮ばかりになった老婆の目元に、薄ら笑いが浮かんでいるように見えるのはなぜか。癒《いや》しがたい恨みをもって成仏を拒否し、現世に浅ましい姿をさらすのが幽霊である。

（それならば、なにを笑う）

これから誰かに恨みを晴らせることが、それほどにうれしいのか。

なによりも、である。

（狂斎先生、なんだって幽霊にあんな余分なものを）

そこまで考えて、背後に差し迫った足音を聞いた。振り返る菊五郎の目に、まず飛び込んだのは、闇にも白い抜き身の光である。月明りを受けて、振りかぶった刀身がきらめきの線を描いて菊五郎に向かった。刀を握っているのは、ようやく浪人姿とわかるものの、顔は深編笠《ふかあみがさ》で見えない。

浪人が、いきなり切りつけてきた。

つい先日の加倉井蕪庵殺しを思い出した。更に半年前の、高宮猿弥殺しも思い出した。滅茶苦茶な刃風の下を、菊五郎は無我夢中で逃げ回った。相手の深編笠が、すこしだけ捲《めく》れて口元が見えた。赤い唇が、頰に引っ張られて、

(こいつ、笑ってやがる!)

そう思った瞬間に、菊五郎の頭の中で一つの答えが閃《ひらめ》いた。例の幽霊画である。

(あれは幽霊じゃねぇ、生きてる人間が、会心の笑みを浮かべて)

再び浪人が、大刀を振りかぶった。そして、

「江戸も……のは……許さぬ……」

浪人の声は、ひどくかすれて聞き取りづらい。確かにこのように言ったはずだと、菊五郎は胸に刻み、今度こそ駄目だと目をつぶった。

小屋の方面の騒ぎがますます大きくなった。どこからか、別の足音が聞こえてきたのは、騒ぎを聞きつけ集まった人のものかもしれない。

(助かるかもしれねえ)

そう思ったときには、声が先に出ていた。

「助けてくれ！　人殺しだ。人殺しだぁ！」

小屋の上でも、男が叫んでいた。

「半鐘は鳴らすな！　なんとか天水桶の水で消し止めるんだ」

半鐘を鳴らしては、火事が公《おおやけ》になる。そのために興行が中止になることだってあるのだ。官許の証《あか》しである三つの櫓《やぐら》を持つ守田座、中村座、市村座の各座は、なんとしてもそれだけは避けたい。

いくつかの偶然が幸いした。ひとつは風がまるでなかったこと。付け火には間違いないのだろうが、元の火が小さく、発見されたときにはまだ壁の一部が焦げていた程度だったこと。そして、出火元がいずれも天水桶の真下であったこと、などだ。

芝居小屋、遊郭《ゆうかく》には、必ず屋根に天水桶がおかれている。火事を恐れる人々の知恵だ。桶は木の杭によって固定され、外すときの角度によって、水をどちらの傾斜に流すか調整することもできる。各小屋の天水桶が、いっせいに外された。重い水の音がして、まだ燃え始めたばかりの火を簡単に飲み込んでしまう。そこへ手桶に水を汲《く》んだ人々が集まり、最後の消火の仕上げをする。

「助かった」

誰もがそう思ったはずだ。消えてしまえばなんということもない小さな火だが、下手人への怒りは抑えようがない。

「ひでぇことをしやがる」

「付け火だぜ、今度めっけたら、簀巻《すま》きにして大川に放りこんでやらぁ」

「それにしても、江戸三座を同時に手に掛けるとはなぁ」

「誰か、下手人を見なかったのか」

「俺が見た、ただし後ろ姿だが。あれは確かに黒衣《くろご》姿だったぜ」

「馬鹿な！　それじゃあ、小屋の人間が下手人だと？」

「そうとは限るめぇ、黒衣の衣装なんざ、どこでも手に入れられる」

火を消した安堵感《あんどかん》で冗舌になっている小屋の関係者は、ほぼ時を同じくして尾上菊五郎が襲われたことを、まだ知らなかった。


翌日。河竹新七は複雑な表情で守田勘弥の部屋を出た。困惑、苦渋、悲嘆、あらゆる負の表情が入り混じっている。自らの表情に押しつぶされそうなほど、思いつめた顔つきをしているだろうと、自分でもよくわきまえている。

昨夜の火事と、菊五郎が襲われた件を勘弥から聞いたばかりだ。火事はすぐに鎮火したし、菊五郎の方もほとんど怪我《けが》はない。どうやら不逞《ふてい》の浪人に襲われたらしいとすでに噂になっている。幸いなことに火事で駆けつけた人々の足音に驚いて、賊《ぞく》はすぐに逃げ出したそうだ。

（なんという不吉な波だ。暗い、救いようのない波が猿若町全体を被《おお》いつくそうとしている）

予感などという生易しいものではない。新七は、これからも続発するであろう凶事を、確かに肌で感じていたのだ。

戯作者部屋に入ろうとするところを、ひどい濁声《だみごえ》に呼び止められた。振り返る必要もない、仮名垣魯文以外に、そんな声の持ち主はいない。

「新七さん、ちょっといいかね」

魯文が、表を親指で指していた。

「ちょうど小腹が空いていたところさ、なにかつまむとするかね」

「だったらどじょうでもやるかい、今時分が一番うまいのさ」

二人は裏へ回って、表通りを避けるように路地から路地へ、川方向を目指した。特に理由がなくとも、気分的に表の喧噪《けんそう》を避けたい日はある。そんなとき、猿若町界隈《かいわい》のように複雑に入り組んだ町割りが、ありがたい。

いったん大川端に出て、そのまま河口を目指す。大川橋のたもとを過ぎ、更に川の土手に沿って、歩き続ける。あれほど暑かった夏が嘘《うそ》のようで、吹く風にはすでに山からの寒風が交じっている。

「あっという間に冬だねぇ」

と新七。

「冬の冷たい風よりも、なお冷たい風が、猿若町に吹いているようだ」

「ふむ」

魯文が、自分と同じことを感じている。人並み優れた頭の働きを持つ魯文のことだから、当然と言えば当然である。

突然、強い風が吹いた。海からも確実に寒気が押し寄せている。その強い風の中でも魯文は、瞬《まば》きひとつする様子がない。腹を立てているようにまなじりをかっと吊《つ》り上げ、風の吹く方を睨《にら》みつけている。

まもなく右手に、小さなお堂が見える。駒形堂《こまがたどう》である。目指すどじょう屋は、そのすぐ前にある。大きな赤い提灯《ちょうちん》が、人の目を引く。入れ込みの土間から、すぐに広い板の間が続く。そこへ小さな火鉢を仕掛け、平土鍋に盛られたどじょうを目の前で煮て食べるのである。膳《ぜん》がないから、どうしても前屈《まえかが》みになって食べるしかない。見るとすでに何人もの客が前屈みのまま、熱い酒と熱いどじょう鍋、そして炭火のせいで顔を真赤にしている。

二人が座ると、すぐに小女がやってくる。

「酒を二本、それに皿を二枚」

酒とどじょう鍋しかないのだから、量だけを注文すればよい。注文すると、すぐに土鍋を持ってくる。火にかけられ、それがぐつぐつと音を立てるまで、やはりわずかな時間しかかからない。

「いったい、どうなっているんだろうね」

唐突に魯文が聞いた。目は土鍋に落としたままだ。

「分からない。情けない話だが、見当もつかぬ」

煮えたところへ、山と盛り上げるようにざく切りの葱《ねぎ》を入れる。つゆの匂いと、葱の匂いが交じったところへ、今度は山椒《さんしょう》の粉。間髪を入れず口に放り込むのが、どじょう鍋のやり方だ。

「やはり今が一番うまい」

「冬が近づくと、脂を貯め込むからね」

湯呑みにたっぷりと燗《かん》の酒を注ぎ、それとどじょうを交互にやる。

「昨日の賊だが、音羽屋に『江戸者は許さぬ』と言ったとか、言わなかったとか」

「それはわたしも、たった今聞いたところだ」

「江戸者、なんてぇ言葉を使う限り、相手は上方者ということになる」

「ここしばらくは、上方とのいさかいはなかったはずだがね」

江戸の荒事《あらごと》、上方の和事《わごと》、と分けられるように、江戸と上方では歌舞伎《かぶき》の質がまったく違う。そのため、互いが反発し合うことも少なくなかった。表に出た大きないさかいこそないが、大坂に興行に出かけた名題《なだい》役者が、そこで端役《はやく》扱いされた、反対に大坂からやってきた役者が、その独特の節回しゆえに江戸の役者に馬鹿にされた、このような話は日常的に聞いている。

「考えてみりゃあ、新七さんが市村座を離れたのだって、それが原因だったものなぁ」

と、魯文。今から二年前のことだ。当時市村座の座付きだった新七は、市川左團次の後見を務めていた。だが左團次はどうしても関西訛《なま》りが抜け切れず、一段低い役者に甘んじるしかなかった。そこで新七は、自らの狂言で左團次を大抜擢《だいばってき》しようとした。それに反対していたのが、市村座の金主である、先代の河原崎権之助だ。その場は権之助を立てたものの新七は、興行後に左團次をつれ、市村座を離れると言い出して大騒ぎになった。結局、騒ぎは、権之助が惨殺された事件で幕を閉じ、新七と左團次はともに守田座に移ることになって、今に至る。

「小屋の界隈は、えれえ騒ぎだ。上方の刺客が、猿若町に入り込んだって、売り子の間にまで広まっちまっている」

「菊五郎はどんな具合だろう」

「怪我もせずにすんだのは、日頃信心している豊川稲荷《とよかわいなり》のおかげだって、さっそく一斗樽《いっとだる》を届けたそうですぜ」

「笑っていなさるね、魯文さん」

「上方の刺客なんて話を、まるで信じちゃいませんのでね」

「ふん、なぜにそう考えなさる」

「ばかばかしい。確かに菊五郎が死ねば江戸の歌舞伎に少しは影響が出るかもしれない。三座が燃えてなくなれば、もっと変わるだろうよ。しかしだからといって加倉井蕪庵先生の命を縮める理由にはならねえはずだ」

「蕪庵先生は田之助の予後治療にあたっていた」

「だがね、先生が死んじまって、すぐに代わりの医者が田之助を診ているじゃありませんか。まして、先生が上方の刺客に倒れたということは、高宮猿弥もまた同じ凶手に倒れたということになる。ねぇ新七さん、どこの世界に名前も知らないような稲荷町役者を殺して、江戸の歌舞伎をつぶそうなんて、馬鹿なことを考える刺客がいるものか。猿弥と蕪庵先生の二人にしたって、どこかでつながりがあったとは思えない。俺はね、蕪庵殺しの下手人は、猿弥殺しを真似ただけだと見ているんだ」

新七は黙って湯呑みの酒を飲む。魯文は店の小娘に、「皿を追加してくれ。あと二枚だ」と言いつけ、自分もまた湯呑みに口をつけた。

「本当に、魯文さんの推量通りならどれだけいいか」

「どういうことだい、新七さん」

河竹新七の眉の根が、こぶのように盛り上がった。湯呑みをおいて、腕を組んだまま動かなくなる。言葉を発するべきか否か、迷っていた。

「新七さん……」

「あるのだよ、猿弥と蕪庵さんを結びつける糸が。お前さん、猿弥が元は大坂の役者であったことは知っていたかね」

「いや、それは」

「確かなことなんだ、さきほど座主から聞いたことだから間違いがない。十の年に初めて大坂の舞台を踏み、芽が出ないので十三で江戸にきている」

「それにしては、言葉がきれいでした」

「苦労したのだろう。猿弥は二十七だったから、十年以上も江戸の水に慣れたことになる。言葉が変わったとしても当然だろう」

「そういえば、蕪庵先生も大坂にいた、と」

「長崎で修業し、さらに大坂の師匠のもとで十年以上働いて、十五年前に江戸に戻っている」

「新七さん、まさかそんな、お前さん！」

「気がつきなすったか、二人が大坂にいるその時に、ある事件が起きている」

「だが、あれはもう十六年も前に起きたことで」

「そうだ。だから二人もそのことを忘れてしまっていたかもしれない。しかし十六年経った今も、そのことを忘れてはいないない人物がいたとしたら？」

「つまり、あの事件の」

「下手人、その人だ」

「馬鹿な！」

馬鹿な、とは言ってみるがそれ以上に反論の言葉は魯文にはない。二人の間で炭火にかかった土鍋がいたずらに煮えたぎる音ばかりが、聞こえた。


嘉永《かえい》七年（安政元年）の八月六日。

大坂島之内《しまのうち》の旅館の一室で、一人の歌舞伎役者が死んだ。短刀を腹部に突き立て、流れる血の中で、その役者は三十二歳の短い生涯を終えたのである。役者の名は市川團十郎。わずか十歳でこの大きな名前を継ぎ、江戸の贔屓をもってして『七世の輝きを掻《か》き消す天才の出現』とまで言わしめた、八世市川團十郎であった。

彼の死は自殺として、大坂奉行所に処理された。早くから團十郎の名前を受け継いだ彼の心労は相当なものであったことだろう。父の七世は豪放磊落《らいらく》の人で知られていたが、奢侈《しゃし》を禁じる天保の改革により、江戸追放の刑を受けている。必然的に八世の肩には、江戸歌舞伎全体の期待がかけられることになる。

『勧進帳』『忠臣蔵』といった代表的な狂言を、すさまじい速度でこなす八世團十郎。その間にも父親の借財を自ら抱えるなど、まじめすぎる性格が、禍《わざわ》いしたとしか考えられなかった。

だが……。

「もちろん魯文さんもその頃はまだ二十歳半ばってあたりだろうし、詳しいことを知らなくても当然なのだが」

「話には聞いていますさ。ずいぶん早くから、大坂歌舞伎の贔屓筋による殺しだったと噂が流れたとか」

「うん、確かにそんな内容の瓦版も、出た」

「どうしてそんなことになったのだろう」

「全ては噂の域を出ない。それでも想像はつくがね。八世の團十郎は、上方歌舞伎の領域を破ってしまったのだろうよ」

「和事の、芸風のことを言っていなさるかね」

「わたしは今でも、八世の『児雷也《じらいや》』を思い出すとため息が出る。荒事とか和事とかの範疇《はんちゅう》を、全て乗り越えた独特の芸風だったサ。あれを見せられては上方歌舞伎の贔屓筋は黙ってはいられなかったろう。自分たちが守らねばならぬ心の城を、簡単につぶされた気になったとしても、不思議はない」

「そこんところも、よくわからねえ。なにをむきになっていやがるんだ、というのが正直なところでね」

「八世以後、大きく変わったことがひとつある。それは上方に興行に出かける江戸の役者が『下り興行』と、大きくうたうようになったことさ。江戸と上方に二つの極があって、どちらも拮抗《きっこう》する勢力であれば『下り』はおかしい。向こうにしてみれば当然『上り興行』と書いてもらわねば、面子《めんつ》が立たない。ちがうかね？」

「そんなことになったのも、八世が自分たちの芸風を呑《の》み込んでしまったからだ、と」

「おおかた、その辺りが事件の真相だったのだろう」

「すると新七さんは、猿弥と蕪庵先生が、ともに十六年前の事件の真相を知ってて」

「猿弥はすでに小屋の世界に入っていたから、なにかの拍子に真相を知っても不思議はない。蕪庵さんにしたところで、芝居好きは今に始まったことではなかったろう。いや、それよりもわたしはね、あの二人が下手人を知っていたのではないかと、想像しているんだ」

「確かに、そうでなければ二人が殺される理由がない。生き証人である二人は偶然にも江戸にやってきた。そこへ持ってきて十六年後のもう一つの偶然がかさなっちまった。再び江戸に差し向けられた刺客は、そこでとんでもないものを見てしまった」

ほとんど独言《ひとりごと》のようにつぶやく魯文を、新七はじっと見ていた。今、魯文の頭の中は独楽《こま》のように激しく回転しているにちがいない。

（しかし、ここまで話を大きくしていいのだろうか）

との思いが、新七の中にないわけではない。いつだったか、いたずらに詮索《せんさく》するのは良くないと、お峯に言って聞かせたのは自分ではなかったか。

「どうしなすった、新七さん。首など振って」

「いや、とんでもないことが立て続けに起きるのでね。本当にこれは真《まこと》の世界での出来事だろうか、と」

「少なくとも夢じゃないことだけは確かだ」

「ああ、確かに夢じゃない」

「その証拠に、ほらっ」

魯文の指さす方向に、二人の中年男がいる。やはりどじょう鍋をつつきながら、

「聞いたかい、昨夜猿若町に火がかけられたってよ」

「おう！　ふざけた話だ、おまけに菊五郎が襲われたそうだ。なんでも上方のえらく腕の立つ浪人ものが、差し向けられたそうだぜ」

「けっ、ぜえろくどもが嘗《な》めたことを。こうなったら寝ずの番をしてでも猿若町を守ってやらぁ」

新七にも二人の会話が、はっきりと聞いて取れた。

「もう、そこいらじゅうに広まっているんですよ。猿若町だけの問題じゃない。こうなったら江戸の町全体が、事件に巻き込まれているも同じなんだ」

「なんだか、魯文さんは楽しそうだねえ」

「ところでね」

そういって、魯文が再び箸《はし》を取り上げた。

「今度のことと、狂斎先生のこと、もしかしたらどこかでつながっているのではありませんかね」

思わぬ魯文の言葉に、新七は驚いた。

「いや、どうしても関係しているような気がする。こいつは俺の勘でしかないが」

煮詰まったどじょうを口に入れ、酒で流し込む仮名垣魯文の端整な顔を、新七はただじっと見ているだけであった。

4

お峯は舞台を正面に見る枡席《ますせき》にいた。

守田座の十月興行も十日目を迎える。この間、澤村田之助の八重垣姫をひとめ見ようとする人の数は、増える一方だ。それも、

「一度や二度で、贔屓《ひいき》ぶるねえ。おいらなんざ一日と空けずに小屋に通って観ているんだ。それでも田之太夫《だゆう》は一度も飽きさせたことがねえ。大したもんだ、ナニ、仕事？　そんなものと田之太夫の舞台と、どちらが大切かよく考えてみやがれ」

などと言う熱狂的な客も、一人や二人ではきかない。

初めのうちこそ舞台を自由に動き回る（実は自由に、ではないが）田之助を、奇跡でも見るように見つめていた観客も、今ではからくりのことをおよそ知っている。だからといってがっかりするわけではない。からくりを知ってなお、その制約の中で見事に復活を果たした田之助への賞賛は、高まるばかりだ。時に、

「長谷川～」

と声がかかるのは、長谷川勘兵衛の仕事が、人々に知られはじめた証《あか》しだ。お峯にはそれが嬉《うれ》しい。

（それにしても）

こんな客用の席でしか舞台を見ることができない自分が、情けなかった。火事と菊五郎の襲撃事件が起きた翌日、今度は根岸の寮に新七自身がやってきて、

「当分の間、出座は無用」

と言い渡していった。のっぴきならない口調には、言いつけを守らないなら師弟の縁を解く、という強い含みがある。事件が収まるまでは、危険が多いという理由は十分に理解できる。それでも納得がいかないのだ。

（師匠は、私を一人前に扱ってくれない）

つい恨みがましい思いが、ふつふつと湧《わ》く。もっとも、どこをどう見積もったら、一人前などと言うおこがましい言葉が出てくるのか、あきれる自分がどこかにいるのも事実である。仕

方がないからこうして、辰巳屋の娘に戻って、芝居を見物するしかない。

（悪い面ばかりでもない）

と思うこともある。改めて舞台という、壮大な仕掛けについて感心することが多くあった。例えば、田之助の口跡だ。時に金の棒で支えられ、また時に宙吊《ちゅうづ》りにされながらの台詞《せりふ》は、かなり苦しいのではないか。いつもの田之太夫に比べて、声がずっと小さいように聞こえる。それを舞台の壁を使って撥《は》ね返し、うまく厚みを出している。舞台裏からでは気づかなかったことが、逆に客に戻ることでよくわかる。師匠の河竹新七が、

「話の筋だけを考えるのは、二流の狂言作者だ。話の糸を紡ぎながら、音曲はどうするのか、道具立てはどうするのか、役者は誰を起用するか、そこまで考えてはじめて、狂言作者は一人前になる」

と言ったことが、よく理解できた。

「ずいぶん真剣な眼をしているね」

そう言って、父親の辰巳屋治兵衛《じへえ》が、お峯の肩に手を置いた。

今朝早くのことだ。小屋に出かけようと、寮で千鳥小紋の小袖《こそで》を着込んでいるところに、突然治兵衛が現われた。

「私も一度、猿若町の奇跡を見物したくてね」

と表情ひとつ変えずに言う。

「商いは……？」

「辰巳屋は主人が一日いないくらいで、傾きゃしない」

「でも」

お峯は内心穏やかではなかった。

（あのことが、お父つぁんに知られたに違いない）

そう思うと、首をすくめたい気持ちになる。自分では少しも悪いことをしたとは思わなくても、後ろめたさがある。案の定、娘の着付けを見ながら、

「きちんとこの間のわけを、話してくれるのだろうね」

と治兵衛は言った。声が静かな分、いいようのない重さと厳《きび》しさがにじんでいる。日頃温厚な父親の恐さを、お峯はよく知っていた。上野の山で戦争が始まる少し前だったろうか、江戸のおもだった商家の主人が、博徒の新門辰五郎《しんもんたつごろう》によって集められた。御江戸が焼け野原になる前に、一時海上に避難してはどうかという、勝安房《かつあわ》様の書状を、辰五郎が持ってきたのだ。その席で、

「田舎者にくれてやるくらいなら、いっそ先に町を灰にしてから逃げ出しましょう」

と、こともなげに言ったのが治兵衛だったらしい。そのことは今もなにかの席で話題になる。

四日前の朝早く、まだ表が暗いうちに辰巳屋の寮の戸を店の若い者が叩《たた》いた。叩き方に約束があって、拍子の取り方で辰巳屋の使いであることがすぐにわかる。前夜の火事の知らせがいち早く店に入り、治兵衛の命を受けた若い者が飛んできたのである。木戸が開けられ、建物の

中に入ると土間のすぐ向こう側の小部屋に、若い者は自分と同じ年頃の男がだらしなく寝ているのを見た。長谷川勘兵衛のところの留吉である。驚いた、驚かないの騒ぎではない。若い者の眼が、見開かれたまま瞬《まばた》きもしないのを見て、お峯はすぐに事情を説明した。

ことの起こりは銀平だった。なにがどう変化したのか、留吉のことを銀平はえらく気に入ってしまった。前の日も幕が引けるのを待ち、ぜひとも夕餉《ゆうげ》を一緒にと、留吉を寮に誘ったのだ。その席で強引に酒を勧めたのも銀平だ。しかも日頃、自分が飲み慣れている、どぶろくである。後で聞けば、留吉は生まれて初めて酒を飲んだと言う。わずかな量で、留吉が意識を失ったのも無理はない。仕方がないからと銀平の部屋に寝かせ、朝を迎えたところに運悪く、店の者が来たというわけなのだ。

ただし、使いの若い者が、どこまで信じてくれたか自信は、ない。

店の者に話したと同じ内容を、繰り返そうとしたところへ、銀平が割って入った。

「旦那《だんな》様！　悪いのはこの銀平でございます。お嬢様にはなんの落ち度もございません。旦那様に拾われて五年、ご恩を忘れたこの銀平をどうか叱《しか》り飛ばしてくださいませ」

あっと思ったときには遅かった。銀平は治兵衛の足元に頭をすりつけている。

（やられた！）

確かにこの件に関しては銀平が悪いのである。お峯になんの落ち度もないことに、間違いはない。しかし今の状況を見れば、誰だって素行不良のお嬢様をかばう、忠義者の爺《じい》やと思うではないか。

「ま、お峯のことだ、なにか間違いがあったとは思わないが、これからは気をつけなさい」

治兵衛はそう言って、懐から煙管《きせる》入れを取り出した。ほっとして火鉢に入れるかまどの火を熾《おこ》しにかかる銀平。それを追いかけて、お峯はチョンと背中をつついた。あわてて銀平は両手を合わせる。

「埋め合わせは前川《まえかわ》の鰻《うなぎ》よ」

「いっさい承知、でございますよぉ」

そう言って、もう一度手を合わせた。


小屋の熱気がまた少し膨れ上がったようだ。舞台に向けられる視線が、はっきりと形を持つほど、熱い。狐の妖力を借りた八重垣姫が、一気に諏訪湖を飛び越えようとする場面だ。舞台の最後の盛り上がりに向けて、客も役者も裏方も、小屋に息づく全ての人が一体となる。

(このひとときが、堪《たま》らない)

と、お峯は思うのだ。もしもこれが自分の手になる狂言だったなら、舞台の役者があの田之助だったなら、そう考えるだけでお峯の頭の中には白いもやがかかりそうになる。もしもそんなことが叶《かな》うなら、次の瞬間に息絶えても悔いはない。

(だったら、ついでのこと。音羽屋の太夫と、山崎屋の太夫にも出てもらって。踊りの場となるとやはり成駒屋《なりこまや》(中村芝翫のこと)さんは外せないわねぇ。それだけ豪華な舞台を、たった一度だけしか見ない？　冗談じゃない、せめて三度は、いや四度は見ないと……）

　この月、中村座と市村座は合併興行を行なっている。菊五郎、権之助という二本の大きな柱を中心にして、演目には『義経千本桜《よしつねせんぼんざくら》』『壇浦　兜軍記《だんのうらかぶとぐんき》』を据えるなど、華々しさの限りを尽くしているはずだが、評判の善し悪しさえほとんど耳にしない。それだけ、守田座の舞台が、澤村田之助という役者が猿若町に集まる人の耳目《じもく》を根こそぎ奪っている。

　しまいの柝《き》が鳴り響き、幕が引かれても人々の熱気は収まらない。初日以来の、これもまた見慣れた光景だ。このあと二幕ばかりあっても、もう客の関心はそちらを向いていない。この幕に限って弁当の売り子もまんじゅうの売り子も客席に入るのをひかえていた。それがいっせいにやってきて、売り声を上げている。

　中にはなにを勘違いしたものか、般若心経《はんにゃしんぎょう》を唱えて幕に向かって頭を下げる老人までいる。

　お峯は、そっと舞台裏に向かった。楽屋口を抜け、座元の部屋を目指す。その途中、相中《あいちゅう》頭《がしら》の澤村あやめが、長谷川勘兵衛に文句を付けているのが見えた。この相中頭、なにかと口うるさいことで知られている。

「勘兵衛さん、ちょいと評判をとっているからって、図に乗り過ぎじゃないかい」

「決してそんなわけでは」

「じゃぁ、お前さん所の若い者が、人の前を過ぎるのに挨拶《あいさつ》もしない、あまつさえ黒衣《くろご》頭巾《ずきん》もとらずに行くたぁ、どういう了見なんだい」

「本当に済まない。物事に夢中になると、周りが見えなくなるんだ、あいつは。きっと言い聞かせておくから、今度ばかりは許しておくんなさい」

（大変だな、勘兵衛さんも）

若い者と言う限りは留吉のことだろう。

評判をとった人間を妬《ねた》むのは、ほかの座の役者ばかりとは限らない。むしろ、同じ小屋の中にこそ、深い嫉妬《しっと》の根はある。

楽屋梯子《ばしご》のすぐ脇《わき》にある、座元部屋へ、

「いらっしゃいますか」

と声をかけて、お峯は入っていった。部屋には守田勘弥と、河竹新七の姿がある。なにか難しい話をしていたらしいが、こちらを向き直ったときには勘弥も新七も笑顔になっていた。

（田之太夫のことに違いない）

お峯は直感する。太夫の体の調子が決して良くないことは、耳に入っていた。

「さすがは辰巳屋の娘さんだ。その姿のほうが小屋半纏《ばんてん》よりもはるかによく似合う」

勘弥が言った。この如才の無さが、お峯は苦手だ。

「本日は父も観劇にまいっておりまして、そこで小屋の皆様を御座敷にお連れしたいと申しておりますが、ご都合はいかがでしょうか」

「辰巳屋の旦那さんが？　そりゃあもちろん、ご相伴させていただきますよ、ねぇ師匠」

「う……うむ」

「もしよろしければ長谷川勘兵衛さんも、ご一緒に。からくりのことを話しましたら、父がぜひにもお会いしたいと、申しております」

「そりゃぁなによりだ。私たちも勘兵衛さんの労をねぎらわなければと、機会を窺《うかが》っていたところなのですよ、必ずまいりますからと、辰巳屋の旦那にお伝えください」

口上を述べ、返事を受け取って頭を下げたところで、お峯は、

「時に師匠。私はいつから小屋に戻れるのでしょうか」

と小声で言った。

「ちょっとあれこれ起きているからなぁ。しばらくは……」

「自分の身は自分で守りますから、明日にでも、というわけには」

「まず、そういうわけにはいかないだろう」

「はぁ……」

もちろん、この返事は予想のうちだ。精一杯に恨めしそうな目つきを作り、二人を上目遣いに見て、部屋を出た。

(こうして心に重石を与えておけば、少しは早く戻れるかもしれない)

お峯は知らず知らずのうちに、舌をぺろりと出していた。

「ようっ!」

大きな声がして、肩を叩かれた。

「あら、源三郎さんに、それに魯文さんまで。ちょうどいい、八百膳《やおぜん》で食事でもいかがですか」

「冗談言うねぇ。臨時雇いの市中見回りが、どこで銭を作ったら八百膳に行けるのだ」

「日銭稼ぎの狂言作者も右に同じく、だ」

「大丈夫、今日は御金蔵が後ろに付いていますから」

「というと、辰巳屋の旦那かい？　そいつは強気《ごうぎ》だ、ぜひ行こう。今すぐに行こう」

「俺ちょうど、八百膳の寒鯉のあらいが食べたいと、思っていたところなんだ」

「まったく調子のいい。二人してなんの悪事を相談していたのです？」

魯文と源三郎が、互いの顔を見合わせた。

「フフ、わっちらが働こうとするその悪事とは」

「声が高ぇ、声が高ぇ、そうさわっちらが働く悪事の先は」

「将軍様の、御金蔵よ」

「二人でいつまでもやってなさいな。私たちは先に八百膳へ行ってますから」

「うそうそ、本当は一連の事件のことを話していたんだ。今度の事件には、どうも手駒《てごま》が欠けすぎているようだ。だかららちもない噂《うわさ》が乱れ飛ぶのだと、魯文さんと互いの手駒を交換し合っていた」

「らちもない噂、というと、上方《かみがた》からやってきた刺客が云々《うんぬん》？」

「まぁ、一言で片づけるわけにはいかないが、どうも胡散《うさん》臭い」

と、これは魯文。お峯に極々《ごくごく》簡単に、猿弥と蕪庵のつながり、そして十六年前の團十郎割腹事件の顚末《てんまつ》を話して聞かせた。

「ふ～ん、そんなことが……。そうだ、八百膳には座元も師匠も来るそうだから、その場でもう一度事件のことをおさらいしてはどうかしら」

「願ってもないことだね、ぜひとも新七さんに問い質《ただ》したいこともあったのだよ」

猿若町から車を使えば、八丁堀《はっちょうぼり》の料亭『八百膳』まではわずかな距離だ。最初はお峯親子と河竹新七、守田勘弥、長谷川勘兵衛の五人のつもりが、いつのまにやら水無瀬源三郎と仮名垣魯文が増え、さらに澤村田之助の兄の訥升までやってきて八人の総勢となった。人力車を四台仕立てて、町を走るとさすがに人の目を引く。

百五十年の歴史を持つ八百膳は、江戸でもそれと知られた老舗《しにせ》の料亭だ。かつて商家の若旦那が「最高級の茶漬けが食いたい」とわがままを言ったおり、玉川上水《たまがわじょうすい》まで人を走らせて源水を汲《く》み、それで茶漬けを仕立てて一両二分の金を要求したという、伝説まである。

この日の献立は、先付に鯉の肝を薄く煮立てて柚子醬油《ゆずしょうゆ》をかけ回した小鉢、小付が大根おろしに糸のように細く切った沢庵《たくあん》を交ぜ、胡麻《ごま》を振りかけて魚卵の塩漬けをのせたもの。向付に鯉の湯引きを中心として、針じょうがと和《あ》えたもの、車海老《くるまえび》の切り身に蜜柑《みかん》の身をまぶして酢《す》味噌《みそ》で和えた皿などが並んだ。元の料理にもうひと手間、さらにひと手間をかけたものが八百膳の料理だ。もちろん酒は灘《なだ》の廻船《かいせん》物の上等。

「うめぇ、なにをおいてもさすがは八百膳だ」

と、魯文も源三郎も見ていて気持ちがいいほど豪快に、料理を平らげてゆく。訥升は型を崩した若衆髷《まげ》、顔には薄紅をはいて緊張しているせいか、それほど旺盛《おうせい》な食欲は見せてはいない。

新七、勘弥、勘兵衛、治兵衛の四人は、さきほどから酒の盃《さかずき》ばかりを空けている。

「三丁目の師匠も、座元も、今回は大変でしたね」

治兵衛が水を向けると、二人はちょっとだけ困った顔をした。お峯にはその気持ちがよくわかる。田之助の舞台のからくりのことを言っているのか、それとも一連の事件のことを言っているのか、判断に困っているのだ。

「もちろん、とりあえずは田之太夫の見事な舞台のことを言っているのさ」

雰囲気を察して治兵衛は、勘兵衛の盃を酒で満たした。

「恐れ入ります、あそこまで見事にやりおおせたのも、やはり田之太夫の力量が確かであったればこそ、です」

「そうだろうねぇ、お峯からおよそのからくりは聞いていたが、あそこまでとは、想像もしなかった。いや。まったくもって兜《かぶと》を脱ぎましたよ」

「おかげでこの身は高二重《たかにじゅう》の床下のもぐらでさ。肝心の舞台を一度も見たことがないときています」

（…………？）

お峯の胸に引っかかるものがあった。

訥升が、

「実の兄にさえ、田之助はからくりのことを最後まで言いませんでした。だからどうなることかと、さすがに私も心配したのですが」

と言うのを聞きながら、お峯は次第に焦《じ》れてきた。料理が進み、空腹が癒《いや》されると、今度は事件のことが無性に気になり始めた。ところが肝心の大人たちは、まるで事件のことなど遠い世界の出来事のように、いっこうに話のまな板にのせようとはしない。だから仮名垣魯文が、

「芝居の話もいいが、気になるのはここのところの猿若町の異変ですな」

と、水を向けてくれたときには思わず手を打ちそうになったほどだ。反対に顔を曇らせたのは、守田勘弥をはじめとする小屋の人間だ。

「まぁ、私も娘をお預けしている以上、気になってはいたのだが」

と治兵衛までが言うと、話の流れは自然と事件に傾く。なんのことはない、治兵衛もその話がしたくて仕方なかったのである。

「なんでも上方歌舞伎《かぶき》の贔屓《ひいき》筋が、おかしな輩《やから》を雇ったそうじゃないかね」

「まぁ、そのような話もありますが、実のところは皆目、見当が」

歯切れの悪い言葉で、守田勘弥が事件のあらましを説明していった。

幾人かの目撃者の話と、菊五郎本人の話を合わせると、下手人はどうやら一人らしい。二つの事件に姿を見せた人物の、背格好がよく似ていたのである。とすると、この人物はまず三座にそれぞれ火をかけ、その足で菊五郎襲撃に向かったことになる。

勘弥の話は、十六年前の團十郎切腹事件にまで及んだ。

「なるほど、それで納得がいった。噂話で聞いた限りでは、そのなんとか言う役者と医者の蕪庵先生が殺されたことが、どうしても納得できなかったのだよ。まさか十六年前の團十郎事件

が、長く尾を引いていたとはなぁ」

「おお、恐ろしいこと」

澤村訥升が、大げさに掌《てのひら》で顔を隠した。

「そうとも限らないことがあるのですよ」

これは、水無瀬源三郎だ。

「十六年前と言えば、猿弥は十歳。果たして今の猿弥を見て、團十郎殺しの下手人が、十六年前の生き証人であったと、気がつくかどうか」

「それに猿弥殺しと蕪庵殺しの間に、半年もの時の隔たりがあることも妙だ」

「狂言の筋立てならば、團十郎殺傷事件に連なる一大殺人活劇は、決して悪くはない。だが、現実のこととなると、話が出来過ぎていてどうも、なぁ」

「本当に二つの事件にはつながりがあるのか。もしかしたら蕪庵先生の事件の下手人は、先の猿弥殺しをまねただけかもしれない」

「というのも、二つの殺しに共通している点、例えば右手の三本の指を切り落としているのですが、これがどうにも説明がつかない。なぜ指を切り落とさねばならなかったのか」

魯文と源三郎が、交互に事件の疑問点を挙げていった。お峯はそこに割り込んだ。

「ひとつ考えがあるのですけど」

治兵衛が少し顔を曇らせたのを横目に見て、お峯は続けた。

「指を落としたのは、そこに何かを握ったからではないでしょうか」

「つまり、襲ってきた浪人者の刀を誤って握ってしまったということかい？」

「そうではなくて、もっと別のものです。下手人を直接指してしまうような着物の切れ端とか、特別に作らせた根付けのようなものとか」

その場にいる人間の視線が、全て自分に集中するのを感じた。

「ふむ、それはいいところをついているかもしれねぇ。死人の力は思いがけなく強いと、なにかの書物で読んだことがある。今際《いまわ》の際《きわ》にしっかりとつかんだものであれば、あとで引き離すのは大変だろう」

「ええ、それがどうしても殺しの場に残しておけない物であったとしたら」

「死人の指を切り落としてでも、持ち去るしかない、か」


食事の場所にはおよそ似合わない、殺伐とした空気が重く澱《よど》んだ。が、それも次の汁物が運ばれるまでで、新しい料理が膳《ぜん》に並べられると、再び魯文と源三郎の二人は食欲の人となる。

「汁はすっぽんか、こいつは体が温まっていい！」

「この縁側の所の身に、おおっ、旨味《うまみ》が込められて……」

温物《あつもの》は、糸切りにしたこんにゃくと根野菜を汁で炊き、上から葛《くず》のとろみをかけたもの。針のように細く切って、梅酢に漬けた大根が添えられ、味を締めている。八寸にひらめの昆布締めの手毬寿司《てまりずし》。焼物はウサギの肉のほうろく焼きと、ごぼうの豆味噌焼き。蓋物《ふたもの》には、海老のしんじょが供された。強肴《しいざかな》にはクジラのかぶら骨の酢の物。最後に干柿を酒で戻し、板状に熨《の》したもので料理が全て終わった。

「さきほどの話ですが、猿弥の事件はお峯さんの推量でうなずけるとしても、次の蕪庵先生の殺しについては、いかがなものでしょうか。蕪庵さんもやはり、なにかを握り締めて死んだ、とでも？」

話を再開したのは、勘弥の薄い唇である。どこかにお峯の推量を馬鹿にしたような響きがある。

「そうではありません。これは、二つの殺しの下手人が、まったく別であれば、うまく説明がつくのです」

「つまり、蕪庵さん殺しの下手人は、猿弥殺しをわざとまねた。どうして？」

源三郎が応えるとにわかに緊張感が高まった。お峯が言わんとすることは、現在猿若町に流れる噂を一掃するものであるかもしれない。そこに期待が集中する。

「首を裂き、指まで落とすという殺し方はとても特徴的ですね。二つの殺し方が共通するからこそ、私たちは大きな間違いの曲り角を曲がってしまった気がします。つまり二つの事件が共通の下手人の仕業であるとし、挙げ句には十六年前の事件まで持ち出して、おかしな因縁話まで作ってしまった」

「全ては、噂が噂の衣をかぶってできた、中身のない天ぷらだと？」

「もっと素直に考えるべきなのです。二つの事件はまったく別の人間の手で行なわれたし、二件めの事件を起こした人間には、猿弥さん殺しをまねることで大きな利益をあげることができた」

「そこのところがよくわからない」

「つまり、です。同一人物による事件と見せかけることで、自分は容疑の外に出ることができたのです。

その人は、最初の事件について絶対に無実の証《あか》しを持っていたのではないでしょうか。二つの事件が同一人物によるなら、猿弥さん殺しについて無実の証しを持ってさえいれば……」

「次の蕪庵さん殺しについても、当然の理屈が働いて無実となる！」

パンパンパンッと手を打つ音。守田勘弥が満面に笑顔を浮かべていた。この男、こうして笑顔を浮かべてさえも、人を不愉快にさせるところがある。

「さすがはお峯さん。これは先が頼もしい、さぞや狂言作者として、大きな名前を残すことでしょうよ」

気の短い魯文がこれにかみついた。

「座元、俺たちは座興でこんな話をしているわけじゃありませんぜ」

「別に私は……だがお峯さんの推量にせよ、上方からの刺客にせよ、どちらをとっても確かな手証がある話ではない。それともなにか、ほかに材料をお持ちかな？」

勘弥の言うことは正しい。先ほど「手駒が足りない」と言ったのは、当の魯文なのだ。お峯は、

（私の考えに大きな間違いがあるとは思わない。でも、その証しがない限りは誰も納得させることはできない）

　ことを強く感じた。

（つまりは、私自身が手駒を探せばいいことじゃないの）

「ところで、魯文さん」

　それまで、いっさい口を開かなかった河竹新七が、突然仮名垣魯文の方を向いた。

「先日のことだが、お前さん、妙なことを言ってなすったね。今回の一連の事件と、狂斎さんのことが、どうのこうの、と」

　話の思わぬ展開に、座敷の人間の眼が魯文に集まった。

「そうですねぇ、ついでに言えば音羽屋の幽霊憑《つ》きも関係していると、勘が教えてくれるのですが」

　途端に魯文の言葉に、勢いがなくなった。

「どれもこれも、証拠がないことには話にならねぇ。ねえ新七さんよ、音羽屋が狂斎さんからもらった幽霊画が原因で、物憑きになってしまったというのは、あれは真実かい？」

　お峯は驚いた。幽霊画の話も尾上菊五郎の憑き物の話も、初めて聞く。

「物憑きが真実かどうかは別にして、音羽屋さんが狂斎さんから幽霊画を受け取ったのは事実だ。わたしがこの手で狂斎さんから受け取り、音羽屋さんに手渡したのだから間違いない。どうやら狂斎さん、絵になにかの判じものを隠したらしくて、それを解き明かすのに音羽屋さんは躍起になっているのだ」

「なるほど、狂斎さんならやりかねない」

「ちょっと待ってくださいな」

意外にも、お峯より先に声をあげたのは守田勘弥である。

「音羽屋さんのことはともかく、その狂斎先生の幽霊画とは、いったいなんです、判じものとは。私は初めて聞く話だ、どうかわかるように説明してやってください」

落ち着いているときはさほどでもないが、予期せぬ出来事に出会うと声がとたんに上擦《ず》り、甲高くなる。その声がまた、金切り声に似ていて、聞き苦しいのだ。

河竹新七が、紙と筆とを用意させた。そこへ、自ら筆を執って幽霊の絵を器用に描いてみせる。

「確かこのような絵柄だったと記憶する。しかし恐ろしさはこんなものじゃない。小さな子供が見たら、引きつけを起こしそうなほど恐ろしい絵だったよ」

「ふん、手前に行灯《あんどん》ですか。その後ろに老婆の幽霊か。さすがにこれではよく分からないが、特別なにかの判じものが隠されているとは思えませんねえ」

「でも、音羽屋さんはそうではないと」

堪《たま》らなくなって、お峯は言った。

「そうなのだ。なんでも狂斎さんが官憲に捕まる少し前に『如何《いかが》』と一言だけ書いた手紙が届いたそうだ」

「狂斎さんから、音羽屋にですか？」

新七がうなずく。

「音羽屋さんはこうも言っていた。絵の出来の善し悪しを問うなら、すぐに手紙が来るだろう。それをふた月も経ってからこうした手紙を書くのは、やはり判じものが解けたかどうかを問うているのではないか、と」

そうして新七は、幽霊となった老婆が、どうやら先代の河原崎権之助の母親であるお常を模したものらしいことを付け加えた。

「まぁ、あの因業婆《いんごうばば》ァのことを知っていれば、幽霊にでもしたくなる気持ちは、わからないでもないが」

と、水無瀬源三郎。その声を聞いて、治兵衛がオヤッというように顔を上げた。

「先ほど来気になっていたのですが、お前様はもしかしたら十数年前に先代の権之助さんの所にいた……」

「ワハハハッ、やはり気がついておいでしたか。そうです、あのおり辰巳屋の旦那は、よく権之助の宅に来ておいでしたな」

「へぇ！　そいつは初耳だ。水無瀬の旦那が河原崎の家に、またなんで？」

「俺、元は紙っきれみてえな旗本の次男坊だ。それで親父が奉行所の同心株を買ってくれたのはいいが、先代の権之助にえらい金を借りてね。返済のめどが立たねえから暫《しばら》くは用心棒の真似事をしていたのさ。もう十五年以上も前の話だ」

魯文やお峯は初耳だが、新七、勘弥などは既知のことであるらしい。驚いた顔も見せない。

「そういやぁ、山崎屋の奴、どうも源三郎さんには厚かましいところがあると思っていたら」

「だって昔は権ちゃんを、お坊ちゃんとお呼びしていたんだ、俺はよ」

それでようやく同心になったと思ったら、親方の徳川が潰《つぶ》れ、とどのつまりが新政府とやらの臨時雇いでは、とてもじゃないが算盤《そろばん》があわない。などとひとしきり笑ったところで、話は魯文によって幽霊画に戻された。

「新七さん、ほかにもあの幽霊画を見た人間はいるのだろうか」

「というと？」

「どうにも二つの殺しと、幽霊画のことが無関係とは思えなくて、いろいろ話を聞いて回ったのだよ。すると、意外なことに、狂斎さんの描いた幽霊画のことを知っている人間が少ないことがわかった。音羽屋の弟子たちでさえ、ほとんど例の幽霊画のことは知らないし、知っていても本物の絵を見た人間は、これまたほとんどいない」

「狂斎さんの周囲に聞いてみたかね」

「ちょうど小屋に出入りしている者があったので、聞いてみたサ。すると狂斎さん、絵を描いているところをほとんど人に見せないそうだね。そればかりか、あの絵についてはできあがりさえも、ほとんどの人間が知らなかった」

「絵があることも知らなかったのかね」

「さすがにそれはない。音羽屋が持っている幽霊画、というとすぐに『ああ、例の老婆の』と答えていたぐらいだもの」

勘弥が眉《まゆ》をひそめて言った。

「つまり狂斎さんは、音羽屋にのみ絵を伝えたかったと。ただし周囲が構図を知っているくらいだから、さほど秘密のものではなかったということかな」

「隠した判じものによほど自信があったのだろうぜ。現に新七さんもその絵を見ているが、特に気がついたことはなかったらしい」

「師匠が気がつかないほどの判じもので、なおかつ菊五郎にはわかる、というのもおかしな話だが」

お峯が、魯文に質問をした。

「二つの殺しと、その幽霊画が関係あると言う根拠は、どこにあるのでしょうか」

「そこを突かれると痛い。だが、絵の中に判じものが隠されているとなると、そこらあたりに関係があるのかもしれねぇ」

「ああ、猿弥さんも蕪庵さんも、絵に隠された判じものを……いや駄目です。だって猿弥さんが殺されなすったのは半年も前だもの。ふた月前にできあがった絵を猿弥さんが見ているはずがない」

「そこなんだなぁ、一番頭を悩ませているのが」

「やはり、素直に事件と幽霊画は別ものと考えるべきでしょうな」

と、これは勘弥の声。

果たして、簡単に判断していいものだろうか、とお峯は首をひねった。確かに猿弥が幽霊画を見る機会があろうはずがないことを指摘したのは、お峯だ。

（理屈ではそうなるにしても……）

一枚の絵と、そこに隠された判じものが一連の事件を巻き起こしたという考えは、悪くないように思える。少なくとも、十六年前の事件から連綿と続く上方歌舞伎との抗争などよりは、ずっと現実にありそうではないか。しかも、

「音羽屋さんが襲われたことも、きれいに説明がつくし、小屋に火をかけたのもうなずける」

お峯は独言《ひとりごと》を言ったようだ。源三郎が、すぐに反応した。

「まだ考えているのかい。小屋の火事とは、なんだい」

「もしも、幽霊画が事件の中心にあるとすれば、小屋の火事も説明がつくな、と。機会を窺っていた下手人は、偶然守田座を訪れた音羽屋の太夫の姿を見かけた。そこで師匠とのやりとりを聞いててっきり小屋のどこかに絵があるものと思い」

「冗談じゃない！」

勘弥と訥升が同時に叫んだ。その声のあまりの大きさに驚いたのは、彼ら自身だったのかもしれない。それほど小屋の人間にとって、火事は死活に関わるのである。たとえ推量の中においてさえ、自分たちの小屋が火に包まれることなど許せない、という気持ちが大きな声を出させたにちがいない。

「ごめんなさい、決して、私……」

お峯は素直に謝った。

「ああ、気にしてはいけません。こちらもつい大きな声をあげすぎたようだ。謝るのはこちらですよ。

けれどお峯さん、その推量にはとても大きな穴がありますよ」

「わかっています」

とお峯。魯文がいぶかしげに聞いた。

「猿弥が絵を見ていたはずがない、という穴のほかにも、なにかあるのかい」

「はい、絵が原因と考えると、二つの殺人事件が別の下手人によるもの、とする私の推量は根っこから崩れます」

「そういうことか」

「たとえ下手人が複数であっても、そこには守らねばならぬ共通の秘密があります。間違っても片方が、この場合は蕪庵さん殺しの下手人ですが、己れの保身のために前の事件をおさらいするような真似をしてはいけません」

「結局話は振り出しですねぇ」

訥升が、どこか安心したような声を上げた。勘弥も新七も、もしかしたら思いは同じなのではないか。なんとなくその場の空気が居心地の悪いものとなって、辰巳屋治兵衛の、

「そろそろお開きにしましょうか」

という声に、全員が救われた思いでうなずいた。

帰り際の廊下で、水無瀬源三郎が、

「なかなか見事な推量だったよ」

とささやいた。続いて魯文も、

「今日の話し合いは決して無意味じゃなかったよ。こうして今ある手駒が全てそろったものなぁ」

お峯は、ふいに涙がこぼれそうになった。まったく大人の男というのは、どうしてこんなにも優しいのだろう。あの守田勘弥でさえも、自分の当て推量に最後までつきあってくれたではないか。

そして、帰り道。人力車の中でお峯は、朝から気になっていたことを父親に聞こうとしていた。

「あの……例のことはおっ母さんには……」

治兵衛はお峯を見ずに、

「若い者には釘《くぎ》を刺しておいた」

とだけ言った。河竹新七に弟子入りすることに最後まで反対し、きっと今もその気持ちをかたくなに変えてはいないであろう母親。その顔を思い浮かべるだけで、お峯はつらくなる。まして寮に若い男が寝泊まりした、などと聞けばどれほど母親は胸を痛めるだろうか。そのことだけが気がかりだった。

「ああ、ここでいい」

路地の一角で治兵衛は人力車から下りた。

「お父つぁん……」

「そのうちには説得しておく。今はお前も帰りにくいだろう。だが覚えておくんだ。世の中がどれほど変わったとしても、お前が嫁に行くのはうちの敷居からだから、ね」

そのまま治兵衛は歩きだす。背中のすぐ先には、見慣れた辰巳屋の看板がある。それを見送って、今度こそお峯は大きな涙をこぼし始めた。

師匠の河竹新七にせよ、父親の治兵衛にせよ、

(まったく大人の男には、かなわない)

のである。

幕間の一人芝居

暗い。ただただ暗く、そしてむせ返るような体臭と湿気が、気分を悪くさせる。

しかも狭い。横になって曲げた膝《ひざ》を、ほんの少し開放してやろうとするだけで、ぬるりと生暖かい壁に突き当たる。それはすぐに「動くんじゃねぇ」という罵声《ばせい》を上げて、伸ばした足を手酷《てひど》く蹴《け》り返すのだ。いったいこの狭い中に、何人の人間が押し込められているのか。外は木枯らしが吹く季節だというのに、袷《あわせ》一枚でも暑く感じるのは、それだけ隙間《すきま》なく人が詰め込ま

れているということなのである。おまけに首からかけられた縄で、がっちりと後ろ手に縛られているから、不自由であること窮まりない。時に汗臭い足の裏が鼻先に投げ出されても、それを避けることさえままならない。

ここに入牢してすでに十日が経つ。

気がつくと、この場所にいた。日本橋本材木町の大番屋だ。

(前はどこにいたのか……)

暫《しばら》くは思い出すこともできず、ほかから聞いてようやく、自分の身に起きたことを知ったのだ。

「長酡亭《ちょうだてい》か……」

確か、書画会が開かれていた。朝から広間に座り込み、湯呑みで冷酒をあおっていた。いったい何杯の酒が胃の腑《ふ》に流れたことだろうか。気ままに筆を湿らせ、閃《ひらめ》きの許すままに狂画を幾枚描いたことか。そのたびに席の誰かが、酒を注いでくれた。

(儂《わし》は酒壺《さかつぼ》だ、とてつもなく大きな酒壺だ)

そう考えると、無性に気持ちが良かった。

その先の記憶が今も曖昧《あいまい》だ。誰かに小突かれ、無理矢理歩かされた記憶や、放り込まれたところでなにやら叫び続けた記憶などが、頭の中に浮き沈みしている。

「そんなことは大したことではない」

入牢《じゅろう》の最初の頃は、泥酔して描いた狂画が原因であろうと、たかを括《くく》っていた。初めてのこ

とではない。きつくお叱《しか》りの上で、

(せいぜい、鞭打《むちう》ち二十ほどか)

ぐらいにしか思っていなかったのである。ところが、

「河鍋狂斎、出ませい」

という番卒の声に引かれ、やれやれようやく放免かと牢を出たところが、いきなり厳《いか》めしい取り調べの役人の前に引き出された。

(なにかが違う)

と直感する間もなく、役人は、

「その方、雲井龍雄なる不逞《ふてい》の輩《やから》を存じておるか」

と高飛車に聞く。いきなりそう言われても、答えようがなく黙っていると、

「雲井龍雄の住居を改めしところ、そのほうからの書状が二通、確かに出てまいった。これでも知らぬと申すか?」

そう言われて、初めて雲井の名前を思い出したのである。手紙も書いた記憶がある。

雲井と初めて会ったのは、旧幕臣の山岡鉄舟の庵だった。

(あれから一年以上が経つか)

鉄舟は狂斎の絵を気に入って、扇子や小さめの屏風《びょうぶ》になにかしら描いて持って行くと、

「これは良い、実に伸び伸びとして」

などと言って必ず買い上げてくれる、上客の一人であった。たまたまそこで、雲井龍雄とい

う不思議な青年に会った。目に入るもの全て、まっすぐに見据えることのできる、

（強靭《きょうじん》な意志を持っている）

と、狂斎は雲井を見た。果たして雲井が帰った後、鉄舟は、

「ああした眼を持つ男は危険だ。この前の戦争でも、伊庭八郎《いばはちろう》という男がいたが、同じ眼をしていた。倒れようとする幕府に『一人ぐらいつきあわなければ、格好がつかないでしょう』などと言って、結局箱館《はこだて》戦争で死んでしまいおった」

「なにかやらかしますかね」

「生き残った我々は、新政府の奴《やつ》らどもがどのような日本を作るのか、見定めることこそが役目である、と諭してみたが」

「転がり出した石という奴は、壁にぶつかるか海に落ちるまで、止まることはできませんからねえ」

「他人事《ひとごと》のように言うでない。お前にしたところで、似た眼をしておるのだ」

鉄舟の予言の通り、雲井は不平士族を集め、反乱を起こそうとしたが失敗して、確か八丁堀の大番屋に捕えられていると、聞く。

その雲井龍雄のことを、役人は言っている。

「どうじゃ、雲井に書状を出したは、確かか」

「それは、山岡鉄舟様を通して出したのは事実ですが」

狂斎もまた、どこかで雲井に魅かれるものがあったのだろう。何度か「もし雲井様にお会い

になるようなことがあれば、お渡しください」と、蛙の戯画に文《ふみ》を添えて渡したことがある。

狂斎としては、

(しょせんは誰が勝っても負けても、小さな蛙の国の争いですよ)

という意味のつもりだったのだが、

「この蛙の戦《いくさ》の絵はなんじゃ。そのほうも雲井に加担しておったのではないか」

と、役人は何度も繰り返し責め立てる。毎日この繰り返しで、十日である。

よく見渡せば、牢内には興味をそそるものが多い。これで両手が使えて、絵筆さえあるなら十日でも二十日でも、狂斎は記録絵を描き続けただろう。ところが現実には両手は縛られ、二十畳ばかりの牢内に百人以上の人間が詰め込まれている。

狂斎は倦《う》んでいた。

(どうしてこんなことになったのか)

とも思う。自分が下総の下級武士の出であったとしても、今は一介の絵師である。新政府の方針にはひとこと言いたいことがあって、しばしば狂画の対象にするのは事実だけれど、それをもってして「新政府に反逆の意あり」などと言われても、困るのである。

謝って済むことなら、いくらでも謝る。雲井龍雄に加担していたと白状すれば、放免になると言うならいくらでも白状しよう。しかし牢内で、

「どうやら雲井龍雄の処刑は、来月と決まったそうだ」

などと聞かされては、白状するわけにはいかないではないか。

つい先ほど、牢の中をすさまじい美青年が見回っていった。ただ美しいのではない。右肩が不自然に盛り上がり、糸のような眼から怪しい光がこぼれている。「見る」というよりは「射すくめる」といったほうが正しい、その眼が狂斎と合った。

あれほど暑苦しかった牢の中が、気のせいか少し冷たくなった。

まだ少年といっても通用しそうな顔に凄絶《せいぜつ》な笑みを浮かべて、男が踵《きびす》を返す。後ろのほうで、

「あれが八世の首切り浅右衛門《あさえもん》、まだ十六だとよ」

と言う声が聞こえた。ずっと後のことだが、狂斎はこの少年が雲井龍雄の斬首《ざんしゅ》にあたったことを知る。だがこのときは、

「この年ですでに鬼相を持っていやがる。一度絵姿にしてみたいものだ」

と、思ったのみであった。

「すげぇな、あれで人切りかい」

「気合いもかけずに、三ツ胴を真っ二つ、だとよ」

「凄味《すごみ》のある美形といえば、やっぱりおいらは田之助太夫に銘を打つと思うぜ」

「そりゃあそうだ」

聞き覚えのある名前を聞いて、狂斎は話に耳をすませた。

「ところでよ、猿若町におかしなことが続いているのを聞いたか」

話しているのは、今朝大番屋に送られてきた新入りらしい。

「田之助太夫が八重垣姫の舞台をあけたその日に、太夫のお付の医者が殺されたってよ」

（なに！　加倉井蕪庵先生が殺された？）

「しかも、半年前に下役の役者が殺された事件があっただろう。あれと同じ殺され方をしなすったそうだ。それだけじゃねぇ。五日後には菊五郎が夜道で襲われ、こいつは大したことはなかったが、同じ夜に今度は三座で付け火だ」

自分の知らないところで、とんでもないことが起きている。

（いや、待て。本当に自分の知らないところで、と決めつけていいものか）

こうして大番屋に繋《つな》がれていることだって、十分な不審事ではないか。雲井龍雄のことなど、言いがかりに過ぎない。よく調べれば、無関係であることがたちまちわかるはずなのだ。それがここまで獄に繋がれるということは、別の何者かが働きかけているのではないか。

（何者かが、儂を牢に閉じ込めようとして、雲井龍雄などという名前を出した？）

牢内の話はまだ続いている。

「おまけによ、襲われた菊五郎だが、なんでもおかしなモノに取り憑《つ》かれちまったと、もっぱらの噂《うわさ》だぜ」

「おかしなものとは、なんでぇ」

「そこまではわからねぇ」

（フフフ、そうか音羽屋はそこまで悩んでいるか）

もちろん、音羽屋を悩ませているのが、あの幽霊画であることはまちがいない。つまり、彼が絵の中に隠された謎に気がついたということだ。

狂斎の中に、いくつもの疑問が泡のように湧《わ》いてきた。

(もしかしたら、儂がこうして牢に入れられているのも、あの絵が原因なのか?)

そうでないとは断言できない。だとしたら、誰が自分を官憲に売ったのか?

あの絵は、告発の意味を持っている。狂斎が偶然に出会った事件と、その下手人の名を隠しているのだ。

(自分は偶然にあの事件の現場から逃げる下手人を見てしまった。しかしそれは、同時に奴もまた儂のことを見たかもしれぬ、ということなのだ)

自分が事件を見たことを、相手に知られてはならない。そのことについて、狂斎はほかの人間に話したことは一度もない。

その一方で膨らむ不安感はどうしようもなかった。事件からずいぶんと時が過ぎ、さらに日日を重ねても狂斎の不安は拭《ぬぐ》い切れなかった。好きな酒の量が、ますます増えたのもこの頃からだ。

(奴も儂の姿を見ていて、密《ひそ》かに殺意を募らせていたらどうする?)

自分がいくら口外するつもりはなくとも、相手が果たしてそう思ってくれるかどうか。

いっそ、その者と腹を割って話をして、自分の気持ちをわかってもらおうか、と考えたこともある。それをしなかったのは、相手の胸の中にある狂気を、狂斎は十分すぎるほど理解していたからだ。すでにその者の狂気は常軌を逸していて、まともな話が通じるとは思えなかった。

だから絵を残そうとしたのである。見た目にはただの絵でも、事情を知るものが見れば、それは罪の告発となる、絵を。

問題は、誰に絵を渡すかだ。守田勘弥では計算高すぎて危険だ、河竹新七は頭脳は明晰《めいせき》だが、情に流されやすすぎる。そんなときに、尾上菊五郎と交わした約束を思い出した。

(幽霊画だ！　菊五郎なら申し分もない。幽霊画に判じものを残せば、芝居の世界で暮らしてきた菊五郎ならきっと内容を読み取ってくれる)

読み取ったところで、半信半疑だろう。しかし狂斎の身に万が一のことがあれば、それはただちに効力を発する告発状となる。半年以上も構図をじっくりと練り上げ、狂斎は絵を完成させた。

こうして幽霊画は、尾上菊五郎の元に届けられた。

再び、自分の身に起きた、この事態について考えてみる。もしもあの絵が原因とするなら、自分を陥《おとしい》れた人物は絵の秘密を解いたことになる。

(とすれば、あの者か)

狂斎は絵に込めた人物を思い浮かべるが、すぐに頭《かぶり》を振った。

(もしも自分を陥れるなら、こんな回りくどいことをする必要もない。これだけ物騒なご時世だ、強盗に見せかけて殺すことぐらい、なんでもない)

狂斎は、すっかり酒の抜けた頭をブンブンと回転させた。わからないことはまだある。殺された加倉井蕪庵についてだ。

(なぜ、蕪庵さんは殺されたのか)

しかも半年前に殺された高宮猿弥と「同じ殺され方をした」という話だから、首の血脈を切られ、指まで切り落とされていたのだろう。上方歌舞伎が差し向けた刺客の噂も聞いた。

（どこかで襟の合わせ方を間違えているのだ）

だから、話がとんでもない方面に広がろうとしている。

狂斎は、腹の回りを床に擦《こす》り付けた。かゆくて仕方がない。牢の中は湿気が多い上に暑い。シラミや蚤《のみ》が、目に見えて跳ねるのがわかるほどだ。数日前から、柔らかい腹や胸の肌に、異常な痒《かゆ》みを覚えている。うまく掻《か》けないから、こうして床に擦り付けるほかないのだ。

「あっ！」

狂斎は突然大きな声を出した。

自分が、とんでもない誤りをおかした可能性に気がついた。

（よく考えろ、こいつは洒落《しゃれ》にならねぇかも）

もしもこの考えが正しいとするなら、まだまだ事件が続く可能性がある。

（儂はとんでもないことをしてしまったのではないか）

そう考えると、狂斎は堪《たま》らない気持ちになった。不自由な上半身を起こし、ほかの囚人たちが騒ぐのを後目《しりめ》に、木の格子に這《は》って寄った。

「もうし、お頼み申す、もうし！」

すでに時刻は夜中といっていい。番卒も幾人かが不寝番をしているが、役人はいない。それでも狂斎は、格子の外に向かって叫び続けた。

「もうし、お役人様！」

後ろから、誰かが肩に噛《か》みついた。別の所から「馬鹿野郎！　夜中に騒ぐな」と声がする。けれど狂斎、気にかける様子もなく、なおも叫び続けた。今度は足に噛みつく奴がいる。続いて腹部に蹴り。みんな両手を後ろ手に縛られているから、噛むか蹴るしか攻撃の方法がないのだ。

「頼む！　元南町奉行所の同心で、今は市中見回り役の水無瀬源三郎を呼んでくれ、そうでなければ山岡鉄舟先生でもよい。早くしてくれ。早く、早く、猿若町が危ないのだ！　幽霊画を破いてくれ、焼いてくれ！　この世に痕跡《こんせき》を残さぬよう、跡形もなく消してくれ！」

やはり自分の描いた絵が、事件の中心にあるのではないか。こうして自由が利かぬ以上、なんらかの手を打って、一刻《いっとき》でも早く絵を処分する以外に事件を治める方法はないのではないか。

焦った。狂斎は焦った。

今度は後頭部を蹴られた。鼻血が噴き出す。それでも止まない狂斎の叫びが、大番屋の中にいつまでも響いた。

5

楽屋裏に、時折悲痛な叫び声が響く。そのたびに、役者をはじめとして小屋の人間全てが、脂汗がにじむような苦い表情になる。

「痛たたたっ、痛ぅ～痛っ。どうかしてくれ、この手を、ああこの手をどうにかしてくれってばよぉ！」

澤村田之助の、この世のものとも思えぬ苦痛の声だ。なまじ声の通りがいいだけに、聞いている者の神経を、がりがりとおろし金で擦《す》り下ろす気分にさせる。

河竹新七は、自分の戯作者部屋でこの声を聞いている。目の前には、守田勘弥。二人とも、これ以上はないほどに苦渋に満ちた顔をしている。

「なんとかなりませんか、師匠」

新七に言葉はない。ただ、眉《まゆ》の根をこぶのように盛り上げて腕組みするのみだ。どうにもすることができないのだ。医者でもない新七に、ましてや勘弥に、肉体が滅びゆく苦しみを田之助から取り去る術《すべ》などあろうはずがない。

（せめて、新しいからくりが……）

そう思っても、しょせんは気休めが着物の柄を変えた程度のことでしかない。

やがて、強い薬が効き始めたのか、田之助の悲鳴がぱたりと止む。ほっとする一面、ここ数日で薬の効き目がひどく短くなったことに気づくと、新しい痛ましさがまた湧《わ》きあがるのだ。

「いかがでしょう。ここらで例のものを」

勘弥が拝む目つきで新七を見た。

「仕方がないか。しかしね、そうなるとほかの連れ（共演者）にも了解をとらないと。しかも必要最低限の人間だけに、ね」

「わかっています、それは私が……」

「うまくいくかね。失敗は許されないよ」

「まず連れの訥升ですが、これはすでに知っているから、問題はありゃしません。音曲方は常に舞台を見ていますが、これからは簾をさげて隠すことにしましょうかと」

「問題は黒衣か」

「そうですね、ならばいっそ長谷川勘兵衛に勤めてもらいましょう。どうせ今も黒衣姿で舞台裏にいる姿をほかの人間に見せていますし、田之助太夫の新しいからくりのためだと言えば、客も小屋の連中も納得するのではないでしょうか」

「そうか、勘兵衛さんのからくりについては気がついているからね」

「元から隠し通すつもりはありませんでしたから、今のからくりについては」

「ほかの幕に登場する役者についてはどうする」

「そこがご相談です。引きはともかく、太夫の『出』の場面をなんとかすれば、大丈夫ではないでしょうか」

これは新七の仕事だと言っているのだ。部分的に本を変えることで、新しいからくりに都合よくしてくれという意味である。

「わかった、なんとかしよう」

「うまく連中がかちあわないように舞台に出て、引きは体調が悪いということですぐに若い衆に楽屋部屋に運ばせます」

「若い衆といえば……」

「それも大丈夫です。手はすでに打ってあります、二人を除いては訥升に預け替えにしてありますし、その二人にもしっかりと言い含めてあります」

さすがは守田勘弥というべきであろう。話を聞く限り手配りに抜かりはない。

「ところで太夫への話なのですが」

「それはわたしがしよう」

「申し訳ありません。なにせ太夫、私のことを嫌っておいでですから」

勘弥が、そっと唇を噛《か》んだ。

「仕方があるまい、病気のせいだ。座元が気にする理由はない」

「わかっております、わかってはいるのですが、それでも……」

澤村田之助の病は、日を追って加速度的に悪化している。それにともなって精神の部分に少しずつ日常からのズレが出始めていた。

ことに座元の守田勘弥に対して、である。澤村田之助とは元が自分のことしか頭にない役者だ。痛みが激しくなるとその部分が数十倍に強調され、守田勘弥に対して罵詈雑言《ばりぞうごん》を浴びせかける。

「どきやがれ金の亡者め」

などと叫ぶのはましなほうで、時には周囲を凍りつかせるような言葉さえ、平気で投げかけるようになっていた。病の田之助をこうして舞台に上げることと、守田座を維持するための金の都合は関係ない、と言えば嘘《うそ》になる。田之助は客を呼べる数少ない役者の一人だ。しかし、本人にだって舞台に上がらねばならぬ都合がある。病の治療に必要な金は、莫大《ばくだい》な金額に上る。舞台に上がらねば、たちまち口が干上がるのだ。

（田之助もつらかろうが、勘弥もつらい）

そこがどうしてもわからないのが澤村田之助だ。もっとも、

（だからこそ澤村田之助である）

とも言える。わがままこそが彼の本質であり、それを言わなくなった田之助など、

（澤村田之助と書いた札をさげた、肉の袋にすぎない）

ということを、新七らはよくわかっているつもりだ。

「それにしても……」

話を変えようとした新七は、勘弥の顔を見て言葉を凍らせた。その瞳《ひとみ》のなんと厳《きび》しいことか。厳しさ以上になんと悲しいことか。新七がどのような話題に持っていこうとしているのかを正確に知り、なおかつ無言をもって話題を封じ込めようとする意志が、そこにはある。ぎゅっと奥歯を咬《か》み、こちらを見据える眼が、

『なにもかも胸三寸に納めていただきたい』

と。あるいは、

『全ての責めは、この私が』

と言っている。河竹新七は話をあきらめ、沈黙に追われるように立ち上がるしかなかった。

楽屋梯子《ばしご》を上がり、女形《おんながた》の部屋が集まる中二階に立ったところで、相中《あいちゅう》役者の頭《かしら》である澤村あやめが一人の黒衣を捕まえているのが見えた。

「今日という今日は許さない。お前さん、いったい何様のつもりでいるんだ」

甲高い声で、相中頭は黒衣の襟をつかんでいる。女形の中ではかなり大柄のほうだ。一回り小さな体の黒衣は、必死になってもがくが逃れられそうにない。

（まずいな）

新七は舌打ちした。小屋の役者全体に、ささくれた気分が漂い始めている。田之助の悲痛な叫びが、知らず知らずのうちに悪い影響を与えているのである。だからといって気持ちがばらばらになるのではない。むしろ田之助をもりたてようという意志が、一種の緊張感となって小屋をまとめ上げている。緊張と恐慌は、いつだって一枚の板の裏と表の関係である、ということだ。

「ちょっと」

新七は澤村あやめに近寄り、黒衣にかけた手を離してやった。

「留さん、早く勘兵衛さんの所にお帰り」

黒衣はあわてて頭を下げ、楽屋梯子を駆け降りていった。

「師匠！」

「騒ぎなさんな、舞台に声が漏《も》れたらどうする」

「師匠のお言葉ですが、あたしゃもう我慢ができないんで。あの長谷川の所の若い者、無礼にもほどがあるじゃないですか」

男言葉と女言葉が交じって、新七の耳に響いた。

「どこの芝居世界に、役者に挨拶《あいさつ》もしない黒衣がいますかね、えっ？　だいたいあの留吉とかいう若い者、前からぬるま湯みたいな性格で気に入らなかったんでさ」

「だがね、田之助太夫を舞台に立てるためには、あの子の力が必要なんだ。無礼は承知、非礼は呑《の》み込んだ上で許しちゃくれまいか。全ては、田之助太夫のためだ」

声にあらん限りの力を込めた。相中頭のこめかみにこまかな痙攣《けいれん》が走る。日頃、声を荒らげることがなくとも、河竹新七の力は絶大だ。相中役者の命運など、新七のひとことでどうでもなることを、知らぬわけではない。

「師匠！　このこと忘れませんよ」

ものすごい顔つきで、澤村あやめが踵《きびす》を返した。その背中に新七は、

（すまない）

と何度も謝った。

楽屋部屋が並ぶ中二階の、一番奥に田之助の部屋はある。宇治茶色の暖簾《のれん》に波に千鳥が染め抜かれているのは、澤村田之助の紋だ。

「いるかね」

部屋に入ると、すぐに若い者が座蒲団《ざぶとん》を持ってきた。一番奥に長座蒲団を敷き、投げ出した足の切断箇所近くを、別の若い者に揉《も》ませながら「こんな格好で失礼します」と田之助。血の気のない頬《ほお》が、どこかだらしなく緩んでみえる。眼に潤みの輝きがあり、本人はその気もないのだろうが、とんでもなく色っぽい。

(薬が効いているのか)

蕪庵が殺されてから、新たに脱疽《だっそ》の治療にあたる医師が用いた薬は、どうやら阿片《アヘン》のようなものらしかった。

「長く使える薬ではありませぬ。なれど痛みだけは」

と、断わりを守田勘弥にいれてから、医師はこの薬を調合した。日に一度しか用いてはならぬと、きつく言い聞かされていても、田之助は痛みが始まるとすぐに、

「薬を出せ、早く出すんだ」

と叱《しか》り飛ばすらしい。

「具合はどうかね」

「今は、なんとか。この苦しみがなくなるなら、いっそひと思いに手首を切り落としたい、と本気で願うこともありますよ」

「早まったことをしてはいけないよ、薬で散らすことができるかもしれないと、お医者様も言っている」

「そいつは嘘でさぁ。いずれ、この手首はあたしの体から消えてなくなるんです」

そう言って、田之助は新七に手を差し出した。

（尊い……）

新七は心から思った。

男のものとは思えぬ、か細い腕だ。骨の回りにうっすらと肉が付いているだけで、筋の膨らみも歪《ゆが》みもない。滅びの宿命がすでに宿っている、それゆえにこそ尊いものが、田之助の腕にはあるような気がする。人が神になるとは、こうしたことなのかもしれない。

「ところで、例の件だが」

新七は、唐突に切り出した。田之助は若い者に「ちょっと煙草を買ってきておくれ、薩摩の細切りだ。お前は薬を取りに行っておくれ」と、言いつけて人払いをした。

「その手首の痛みでは、今のままのからくりで興行は無理ではないのかい」

「冗談じゃない！　こんな痛みぐらいでは、澤村田之助はへこたれたりするものじゃありません」

「だがね……」

「つい先ほども長谷川勘兵衛と話をしていたんでさ。来月はなにをやろうかって。勘兵衛は『だったら政岡《まさおか》と仁木《につき》はどうだ』と言います。なるほど先代萩《せんだいはぎ》ならば、今度の仕掛けをそのまま使うことができる。例の金尺を使っての動きで政岡を演じ、仁木はスッポンから迫《せ》り上がって凄《すご》いところを見せれば、ねぇ師匠」

田之助はすがりつくような瞳で新七を見る。それがつらい。いつだって、誰だって、澤村田之助のこの眼に負けるのである。

「だが、それもいつまでも続けられるわけではない」

ついに河竹新七は、一番つらい台詞《せりふ》を口にした。

「いつかは新しいからくりを、用いなければならないんだ」

田之助の顔から、表情一切が消えた。眼を落とし、手拭《てぬぐ》いを握り締めながら、「わかりました、早速に仕上げの稽古《けいこ》にかかりましょう」と言う。

唇に、狂気に似た笑みが浮かんでいるかのようだ。

守田勘弥は、「自分は田之助に嫌われているから」と言って、この役を新七に割り振ったが、実は巧みに一番嫌な場面を回避したのではないか。そうしたことが、勘弥は平気でできる。

この男には珍しく、新七は腹を立てていた。

自分につらい役目を押しつけた守田勘弥に。

役者として、一番聞きたくなかったであろう台詞を田之助にぶつけた自分に。

そして、一人の役者に天性の美貌《びぼう》と才能を与えておきながら、今度はまるで遊び半分のように取り上げようとする運命というものに。

楽屋梯子を下りたところで、全ての幕の終了を告げる大太鼓の音を聞いた。

（あと十日か）

十月の興行の千秋楽までの日数である。それが際限なく遠いところにあるように、新七には思えてならない。

「師匠」

と、声をかけられた。声の方向を見ると、長谷川勘兵衛がいる。勘兵衛の後ろには顔をさらした留吉も。

「おお、勘兵衛さん。ちょうど良かった、例のからくりだが、田之助太夫が今晩から稽古にかかってくれるそうだ」

「そうですか、となると、前よりいっそうに小屋の出入りを厳しくしなければなりませんな」

「その辺りは、座元がぬかりなくしてのけるだろう」

「よくぞ田之助太夫が、納得してくれたものです」

「仕方あるまい、全ては自分のためなのだから」

勘兵衛に向かってうなずいてみせ、「そういえば」と新七は話を変えた。長谷川勘兵衛は新七の言葉が終わる前に、

「相中頭のことでございましょう。それでこの留吉をつれて、今から挨拶にでもいってこようか、と」

「そいつはどうしたものか。今はよしたほうが良かろう。相手も相当に腹を立てているから、謝ったら謝ったで、よけいに話がこじれるかもしれない」

女形《おんながた》の中には、性格までも女性的になるものが少なくない。それがまともな女性の性格ならよいが、男の器の中に無理にいれたものだから、奇妙に歪んでいることが多い。

「しかし」

「今はそっとしておこう。それよりも今夜から……」

勘兵衛の背中に隠れていた留吉が、「あのう」と、初めて声を出した。

「どうしたね？」

「お峯ちゃんのことですが、やはりまだ出座は叶《かな》わないのでしょうか」

「さて、どうしたものかな」

お峯には、好奇心が強すぎるところがある。

（それが危険なのだ）

新七は、この一年お峯を見てきて、その頭の回転の速さに舌を巻くことがしばしばあった。しかも好奇心が人一倍強いとなれば、狂言作者としての、

（才能が隠されている）

ということは間違いがない。

「今は、場合が場合だけにね」

「ですがお峯ちゃん、このままでは自分一人で今度の騒ぎの下手人を探し出そうとするにちがいありません」

「それは本当かね」

「好きなんですよ、お峯ちゃんはそうしたことが」

留吉の言葉が、容易に理解できる。正しくお峯は「探索仕事」が好きなのだ。

「このままでは、かえって危険な目に遭いそうで、見ていられません。なんとか小屋に繋《つな》げて

おいたほうが」

「わかった、お前さんの判断はもっともだ。明日からでも小屋に呼ぶよう、早速に使いを出そう」

「ありがとうございます」

留吉が、にこりと笑った。

「そうだ、留さん。今晩の稽古だがお前さんは出なくていい」

「また、ですか」

「いや、これからずっとだ」

勘兵衛が話を続けた。

「もしかしたら新しいからくりに関係が？」

「どうしてそれを知っている」

「すみません、師匠の部屋の片づけをしているときに図面の一部を見てしまいました。珍しく衣装の仕掛けもあったので、つい」

「うむ、舞台の仕掛けとどうしても連動させる必要があるのでね。だが、このことは誰にも話してはいけない。それだけは頼むよ」

師匠にそう言われれば、留吉はうなずくしかない。

「そのかわり師匠、興行が終わったら必ず詳しいことを教えてくださいね」

先の上野の戦争で留吉の家は焼かれ、両親も巻き添えで死んでいる。大工であった父親と親交のあった長谷川勘兵衛が、行き場のなくなった留吉を弟子として引き取って二年以上が経つ。芝居の世界の大道具師として仕事もようやく覚え、今が一番楽しい時期なのだ。

「わかっている、わかっているから今は納得しておくれ」

長谷川勘兵衛の口調は、ほとんど息子に対するそれのようだ。留吉の姿を見送ると、新七は言った。

「留吉にはかわいそうな気がするが」

「知らぬほうが留のため、ということもあります」

「そうかもしれないね」

猿若町の朝は早い。芝居の幕が開くのは朝の六つ（午前六時）だが、その一刻《いっとき》（約二時間）前から櫓太鼓《やぐらだいこ》が鳴らされる。遠く日本橋や、赤坂《あかさか》の見附《みつけ》あたりまで聞こえるそうだ。人々はその太鼓を聞いてはじめて「今日も無事、舞台が幕を開ける」ということを確認するのだ。

幕開けは決まって『三番叟《さんばそう》』。舞台のお清めのようなもので、名もない下級役者がこれを演じる。ここからしばらくは、幕が開いたといっても、ほとんど観客もいない。練習用の舞台といってもよく、名題《なだい》下の、それも更に下役の役者が、本筋とは関係のないこの一幕芝居などを演じる。

彼らが舞台入りをするのが朝の七つ（午前四時）。いくら下役でも役者は役者だから、小屋の若い衆は更に早くから出座していなければならない。守田座の場合は若い衆が五人一組となって、交代で早番を勤めている。一人が小屋の前の掃除を始めると、一人は舞台裏へいって道具類の点検。回り舞台の歯車などに、ゴミが付いていないか点検するのも仕事のうちだ。もう一人は各楽屋を掃除して回り、その日の配役に応じて部屋の暖簾を掛け替えておく。田之助や訥升といった地位の役者であれば部屋が変わることはないが、それ以下となると日によって交代する場合もあるのだ。

「役者ってのは、まるで子供だな」

と言われるように、暖簾一つ間違えただけで「ここはおいらの部屋じゃない」と駄々をこねて、結局、帰ってしまう役者もたまにはいる。すると若い衆は座元から気を失うくらいにブン殴られる、ということになるのだ。

一人は客席の掃除を始める。左右の桟敷《さじき》はともかく、中央の枡席《ますせき》は木枠で区切られているから、掃除がしづらいことこのうえない。前日の当番のものが、最後にきちんと掃除をしておいてくれるとどうということもない仕事でも、そんなことは年に一度あるか、ないかだから、結局は骨がおれる。

最後の一人は、小屋の周囲を点検に回る。特に裏口は注意が必要だ。客の中には悪質なのがいて、帰りに裏口の木戸をこっそりと開けておき、翌日はただで入ろうとすることが、少なからずある。中にはご丁寧に閂《かんぬき》を鋸《のこぎり》で引き、鍵《かぎ》がかかっているように見せかけるつわものもいる。

そんなことがあるものだから、若い衆は「それ」を初めて見たときにはてっきり、

（こんな早い時間から、もう裏口に回ってきやがって）

としか思わなかった。裏木戸近くの黒壁に、商家の娘が着るような着物の柄が、見えた。

しかし、着物の柄は、まるで動く気配がない。だから次の瞬間には、

（誰のいたずらだ、あれは舞台衣装じゃねぇか。こんなところに持ち出して、放っておくなんてだらしのねぇ）

と思った。それにしては、妙に生々しい厚みがある。どう見ても中身が入っているような膨らみが、腰のあたり、胸のあたりにあるのが見える。しかもよく見れば、胸の上あたりには黒い髪まである。

（ちょうど力を失った首が、だらしなく垂れているような……）

冗談半分に思ったことが、まさかあたっていようとは思わない若い衆である。そのまま近寄り、着物の中に中身があるのを知って、腰を抜かした。

人が壁に縫いつけられている。下から覗《のぞ》き込むと、おしろいを落とさぬ顔に、

（隈取《くまど》り……か？）

ともとれる赤い筋があった。右の耳から左の喉《のど》にかけて一本。左の喉には更に一本。それが刃物によってぱっくりと切り割られたむごい傷であることを知って、若い衆はすんでの所で自分の意識を手放しそうになった。

（死んでいる……！）

（これは、相中頭の……）

（殺されたんだ）

（首を裂かれて……ああっ、顔に傷、そして）

眼を落とし、縫いつけられた人間の右手を見た。そこにもべったりと血の跡がある。

（指がない！　刺客だ、上方からの刺客がまた、現われやがった）

若い衆の悲鳴が、小屋全体に響き渡った。

河竹新七は、その声を戯作者部屋の中で聞いた。昨夜の廿四孝の稽古が遅くまでかかり、自宅に帰るのが億劫《おっくう》で、ここで仮眠をとっていたところだ。そばには長谷川勘兵衛も横になっているはずだ。

上半身を起こすと、すでに勘兵衛は部屋から出ていこうとしている。

「師匠は横になっていなせぇ、私が様子を見てまいります」

「そうはいくまい」

部屋から声の聞こえた裏手までは、狭い通路をまっすぐに走っていくだけの距離だ。すでに小屋に出座していた数人の役者とともに、守田勘弥の姿もそこにあった。どうやら勘弥も家には帰らなかったらしい。

「師匠！」

「話は後だ、すぐに誰か花川戸に走って、水無瀬の旦那《だんな》を呼んでくるんだ」

そうこうする間にも、壁に縫いつけられた澤村あやめの遺体は若い衆によって剝《は》がされ、そこに横たわる格好となる。遺体が相中頭と知って、新七は勘兵衛の顔を見た。

「どうして、相中頭が……」

「やはり前の二件の殺しと同じ特徴が」

「うん……」

昨夜、夜中の八つ（午前二時）近くまで田之助を交えた新しい仕掛けの稽古が続いていた。稽古の後で裏木戸も勘弥が見回ったから、その時までは相中頭の遺体はなかったことになる。若い衆が開幕の準備をすべく小屋に出座したのが八つ半（午前三時頃）。

「とすれば、相中頭は一刻足らずの間に殺害されて、ここに縫いつけられたということか」

「しかしどうして……」

今も信じられないものを見るような眼で、勘弥は相中頭の遺体を眺めている。

「誰か、昨夜のこの人の動きを知っている者はいないかい」

新七の声に、中通り《ちゅうどお》役者の一人が「少し気になることが」と、名乗りを上げた。

「どうしたね」

「夕六つ（午後六時頃）に幕が下りて、楽屋風呂で化粧を落としているときでした。かなり遅れて風呂にやってきた頭が、妙なことをつぶやいているのを聞いたんですよ」

「なんと言っていた？」

「へえ、それが、小さな声で『馬鹿な。田之助太夫が』と、確かに」

「田之助？　確かにそう言ったのかい」

話に勘弥が割り込んできた。

「馬鹿らしい。両足のない田之太夫がどうして人を壁に縫いつけることができる。第一、幕が下りたら太夫は自宅へまっしぐらだ。そのことは男衆がいくらでも証明してくれるだろう」

勘弥の話を聞いて、新七は胸の中で舌打ちをした。本人は当然のこととして太夫をかばっている。

（そのことが、一人の人間を追いつめていることに気がつかないのだ）

やがて、役者が三々五々に出座してきて、そして小屋の新たな異変に出くわすだろう。その中には、昨夜の相中頭と黒衣《くろご》のやりとりを見ているものが、必ずいる。

「いったい、猿若町はどうなっちまうんだろう」

役者の一人が、へたへたと座り込んだ。

「おびえるんじゃない。下手におびえたらおしまいだ」

と勘弥。

「だって座元、こいつは例の刺客の仕業でしょう」

「そうかもしれない、そうでないかもしれない」

「気休めはよしてください！　この死体が木戸の内側にあるということは、刺客が小屋の内部に入り込んでいるということでしょう」

「それは……」

「小屋に入り込んでいるんですよ。なに食わない顔をして、役者の世話を焼いたり、大道具や小道具をいじったりしているんだ！」

「お前さん、誰のことを言っている?」

「みんな知っていますよ、昨日の夜、相中頭と言い争って」

「戯《ざ》れ言《ごと》をぬかすんじゃない!」

そこへ、水無瀬源三郎がやってきた。その後ろに、柿色の筒そで上着を着た少年の姿がある。それまで甲高い声で言い合っていた勘弥と役者が、少年の姿を見て、はっと言葉を途切れさせた。

(どうしてこんなところに、留が)

新七もまた焦る。

役者が相中頭殺害の下手人と決めつけていた、当の本人の姿がそこにある。それまで周囲を占めていた恐慌の空気が、一気に憎悪に反転して膨れ上がる。その矛先は、まだ年若い留吉である。

「話はそこで聞いたが、留吉を責めるのは、お門違いだ」

源三郎が、言う。

「だって旦那、こいつは昨夜、相中頭にさんざ絞られて」

「そのいきさつは知らないが、幕が引けてからこっち、留吉は俺と一緒にいたんだ」

「源三郎さん!」

「本当なんだ、師匠。幕が引けてね、ちょうどどうろうろしていた留吉を、家の近くの食い物屋に誘ったんだ。そこで話が弾んで俺の家へ行き、夜半まで長話をしていたのさ」

新七も勘弥も、ほっとして顔を見合わせる。

「だが、またどうして」

「俺も元はと言えば御家人の端くれだ。上野の戦の話をしているうちに、巻き添え食ったこいつの両親のことが、急に不憫《ふびん》に思えて、さ」

「第二」と急に元気を取り戻した勘弥が、役者に食ってかかった。

「留吉が刺客であるはずがないじゃないか。十六年前と言えば、ちょうどこの子は生まれたばかり、それともなにかい。八世團十郎は、生まれたばかりの嬰児《えいじ》に、切腹させられたとお言いかい」

「まぁまぁ。座元もそれくらいにして。それよりも、真の下手人を探すことが先決だ」

遺体を検分していた源三郎が、その時顔を上げた。

「致命傷は、やはり首の傷のように見えるがこいつは様子が違うぜ。首にいったん絞めた跡がある。そこの骨が砕けているから、致命傷はこいつだ。傷からはほとんど血が流れていないところを見ると、殺してからしばらくして細工をしたんだぜ。そしてここに持ってきて、短刀で壁に縫いつけたんだ」

「なぜ、そんなことを」

「まだ、おかしいことがある。話を聞いた限りでは、殺された役者は幕が引けてから、楽屋風呂で化粧を落としたはずだろう」

あっと、その場にいたもの全員が息を呑んだ。確かにそうなのである。なぜ、一度落とした化粧を再び塗って、相中頭は殺されたのか。日頃は下膨れの恵比寿《えびす》顔を見せるだけで、なんら冴《さ》えたところのない水無瀬源三郎の、隠された明晰《めいせき》さを新七は知っている。こうして質問を続けながら、頭の中では別の歯車が音を立てて回っている。質問は、いわば自分の中の泉に向かって小石を投げて、わざと波紋を起こしているようなものだ。

「そう言えば、猿弥も化粧姿で殺されていましたっけ」

若い衆の一人がつぶやいた。

「だって、あいつはほとんど化粧を落としたことがなかったろう」

「ほい、そうだっけな」

「知らなかったか。猿弥は左の頬に、剃刀《かみそり》傷の跡があったんだ」

「それは初耳だ」

「一度、見たことがあるが、そりゃぁ猿弥の奴、怒ってね。『人には見せたくないものの一つや二つ、あってもいいだろう』と、凄い剣幕さ」

「まさか、今度も猿弥に見立てて……」

「だって、蕪庵先生は化粧なんてしていなかった」

「だから、それは下手人に時のゆとりがなかったとか」

若い衆同士の話に新七は、じっと耳を澄ませた。そこへ、

「もしかしたら」

と、割り込んできたのは留吉だ。

「とても奇妙なことですけれど、頭を殺害したものは、わざと軀《むくろ》を目立たせようとしたのではないでしょうか」

「つまり、小屋の中に恐怖を植えつけるために、わざと？」

と新七。

「ああ、そういう考え方もあるんですね。俺は別のことを考えていたのですが」

「ほう、言ってごらん」

「化粧で思いついたことなのですが、もしも頭が化粧を落としたばかりの素っぴんで殺されていたとしたら、どうなっていたのかと」

「どうなっていた、とは？」

「下手人はこの殺しにとても手間を掛けていますね。頭の首を絞めて殺した挙げ句に軀を一時隠し、その後は今度は丁寧に化粧を施し、ああそうだ、顔が裂かれていますが、傷は化粧の前でしょうか、後でしょうか」

それには源三郎が答えた。

「化粧をしてから裂いているな。傷跡におしろい粉が入り込んだ形跡がない」

「その挙げ句に、壁に縫いつけています。まさに師匠のおっしゃるように、守田座に対してものすごい悪意を持った姿が浮かびますが……」

「ふむ、つまり天秤《てんびん》ばかりだな」

「はい。こうして恐ろしい軀を見せつけることで、我々には底知れない恐怖が植えつけられます。けれどここまで殺しに手間を掛けるということは、それだけ下手人側にも危険が付いて回るのではないでしょうか」

「そうか、それを押してなお、下手人には死体を目立たせなければならぬ理由があった」

「一つは、小屋の中に下手人がいると思わせることだと思うのです。こうして小屋の中の壁に軀が縫いつけられていれば、誰だって小屋の中に下手人がいると思うでしょう」

新七には、留吉の推量の道筋がよく理解できる。たとえ遺体が小屋の内部にあったとしても、それをもってすなわち犯行が小屋の中で行なわれたとは言いきれない。芝居小屋は構造上、意外な抜道がいくらもある。外で殺した相中頭の遺体を、小屋の中に入れることなど簡単なのである。早い話が、木戸を乗り越えて閂を抜き、遺体を中に入れることも可能なのだ。

「でかしたぞ、留吉。よくそこに気がついた」

勘兵衛が手放しで喜ぶ。小屋の中に下手人がいないというだけで、皆の気の持ちようがおおいに違う。

「けれど」

新七は、留吉の浮かない表情を見た。

「目の覚めるような推量だった。ほかに気になることがあるのかね」

「特別、なにかが引っかかるわけではありません。けれど、ここまで頭の軀を目立たせるには、もっと別の理由があるような気がして」

「俺も、そのことを考えていた」

源三郎が、話を引き継いだ。

「なによりも、だ。なぜ相中頭が殺されなければならない。たとえ下手人が外にいて、内部の仕業に見せかけるにしても、人一人殺すにはそれなりの理由が必要だ、ねぇ師匠」

「もしかしたら下手人は、誰でもよかったのかもしれないな」

「馬鹿な！　それでは狂人です」

「もちろん狂っているさ。そうでなければこうまで人を惨《むご》く、簡単に殺せる道理がない」

「お言葉を返すようですが師匠、まだ下手人が一人と決まったわけではありません」

「いずれにせよ、下手人は守田座を恐怖に陥《おとしい》れるのが、目的だったとしたら？」

「また、新しい説ですね」

「それほどでもないかもしれない。これまでに出てきた推量全て、どこかであたっていて、どこかで外れているような気がする。一番の本筋がどこにあるのか、見極めなければね」

「同感です」

勘弥が大きな声を出した。

「そのためにも、小屋は一枚岩でなくては。さぁ、今日も無事に幕を開けるんだ」

この精神力のたくましさには、新七も驚かされた。てっきり今日は休演にするかと思っていた。それを見透かしてか、

「冗談じゃない、櫓太鼓を鳴らせ。今日も舞台は幕を開ける。おおい、死んだ相中頭の代役を探すんだ。誰かいないか！」

守田勘弥は人々に呼びかけた。それを見て留吉が、なにか驚いたような顔をしているのが、印象的であった。

6

浅草寺の雷門《かみなりもん》の前から、門前の広小路を抜けて稲荷町、下谷《したや》と過ぎれば上野まではさほど遠くない。

「大切なのは、事件の根っこがどこにあるか、なのよ」

歩きながらお峯は独言《ひとりごと》を言ったようだ。少し前を歩く銀平が、「へぇ?」と生返事をしても、耳に入らない。

「それがはっきりとわからないから、下手人の姿も殺しの原因もはっきりとしない」

二人は猿若町から、湯島にある河鍋狂斎の家へ向かっている。目の前に上野のお山、右手には広徳寺《こうとくじ》という大きな寺院がある。このあたりは寺町であると同時に、旧幕の大名屋敷が多くあったところだ。門前の賑《にぎ》わいが、通りを一つ内側に入ると急に鬱蒼《うっそう》とした屋敷の庭木の模様に変わる、その様子がお峯は好きだった。

全ては、江戸の昔の話である。今はもう、その頃の風景など見る影もなく、荒涼としかいいようのない無惨な荒れようだ。

「まだお考えですか、お嬢様」

「考えれば考えるほど、袋小路に入るのよ」

「そうそう、この先の袋小路は、佐竹様のお屋敷の裏手に」

銀平は銀平で、周囲の景色に気をとられている様子で、やはり話に身が入っていない。寮から呼び出され、湯島へ行くのに付いてきてくれと言われて、久々の外出だ。あまりの景色の変《へん》貌《ぼう》に、ただ驚くばかりであるらしい。だから二人の会話は、嚙《か》み合っているようでどこかずれている。

「人気の中心を、江戸歌舞伎《かぶき》に奪われた上方歌舞伎の贔屓《ひいき》筋が、浪人を雇って今度の事件を起こした、とまず考える。でもそうすると、高宮猿弥さんと蕪庵先生、守田座の相中頭《あいちゅうがしら》が殺されたことがどうにも納得ができない。

十六年前の八世團十郎殺しがからんでいたとしたって、それは刺客にとって今回の仕事の中心ではないはずなのよ。ところが肝心の仕事といえば、菊五郎さんを襲って失敗し、また、三座に火を付けたものの、これまた失敗。

おまけに相中頭の殺しに至っては、不思議が多すぎる。どうしてわざわざ壁に遺体を縫いつけるようなことをしたの。必要以上に、みなに恐怖を与えるため？　ううん、そんなことをしなくても、事件が続いて猿若町は今や狂気の一歩手前。そこまで無惨な演出に凝るより、もっと自分の安全を考えるのが、筋じゃない」

「へぇ、そうなんでございますよ。こんなにも町を無惨にしやがって、ねぇ。筋かいにだって、ひとっ子一人いやしないいじゃありませんか」

「次に下手人を複数の人間と考える。まず高宮猿弥さんの殺しがことの始まりで、次に無関係に蕪庵さんが殺されたとする。第二の殺しの下手人は、第一の殺しの時にははっきりと自分が下手人ではないと言う証《あか》しがあるから、二つの事件が同一人の手によるものだと見せかけることで、自分を容疑の蚊帳《かや》の外におくことができる」

「夜伽《よとぎ》の蚊帳ですか。そういえばこの裏手に私娼窟《ししょうくつ》がありましてね。お嬢様に申し上げる話じゃないが、そりゃあ良《い》い女がいたもんでさ。夜半にね、こう蚊帳の裾《すそ》を上げて『いざ、ぬしさんの夜伽つかまつらんと』なんて言って来られた日にゃ」

「すると菊五郎さんが襲われたのは、これもまったく別の事件ということ？　じゃあ相中頭の殺しはどうなるの。どうして前の二件の殺しを真似た上で、さらに惨《むご》い殺しようを見せつけなければならなかったの」

「町殺しでございますよ、全て町殺し。新しい時代がどうの、新政府がどうのと高飛車にかまえたところで、結局は強いものが弱いものにとって替わっただけじゃありませんか。近頃じゃ、江戸の昔は全て悪者扱いだが、だったら何百年も続いた太平の世の中も、全て悪いということじゃないですか。悪い太平の世の中の後に、今度は良い争乱の世の中がお出ましになって、ハハ、こりゃありがたくって涙がこぼれまさ」

「もうひとつ。狂斎先生の描いた幽霊画が、全ての根元にあるという考えもある。どうやら狂斎先生は、絵の中にとんでもない判じものを隠したようだ。その秘密を巡る殺人事件と考えると、話はすっきりとまとまるようだけど、問題がある。猿弥さんが殺されたのが半年前で、肝心の幽霊画を見たはずがないこと、そして」

そこまで考えて、お峯は「ああそうか」と思い立った。

（なにも猿弥殺しまでひとつの枠にくくる必要はないんだ）

まず半年前に猿弥殺しが存在して、それとは別の根を持った幽霊画を巡る事件が始まったと考えれば、矛盾はなくなる。八百膳《やおぜん》で指摘された問題、第二の事件の下手人が、第一の事件を模した理由も説明がつくではないか。

理屈としては、問題がない。だが、

（どうしても釈然としないのは、なぜだろう）

絵の中に隠された判じものが、いったいなにを意味しているのかがわからないためであることは明白だ。そして、

（事件が全てひとつの根っこを持っている気がする）

という、お峯の勘である。その根っこがわからないのである。かつて師匠の新七が、こんなことを教えてくれた。

『世の中、どれほど複雑に見えても、芝居に置き換えてみると意外に簡単なものさ。まず、事件の発端を考える。それから登場人物が何人いて、それぞれがどんな役回りをしているのかを考える。その上で、自分が話の結末をどうつけたいかを考えれば、これから先、役者をどう動かせばよいか、自ずから見えてくる』

（やはりそうだ。一番の問題は、事件の発端と、登場人物がはっきりしないから、筋立てが混

乱するんだ）

その時、後ろで「待て、そこの二人」と男の声がした。声がすぐに走り寄って、前に回った。その姿を見て、二人ははっと硬直した。薄汚れた墨色の西洋ズボンに、厚手の薩摩紬《さつまつむぎ》の袷《あわせ》。首に薄汚れたたすきを掛けて、手には小銃まで持っている。新政府の兵士である。

「その方たち、待て。今、歩きながら新政府を非難しておったな？」

「へっ？」

「たった今、町を殺したの、どうのこうのと申しておったではないか。新政府に対する批判は御法度《ごはっと》だ。そこの番屋までまいれ！」

「誤解です。私は猿若町の守田座のもの。これから湯島の知人の宅に、届けものにまいります。決して新政府の批判などはしておりません。どうかご勘弁くださいませ」

「なんだ、河原者《かわらもの》か」

兵士の顔が、好色そうに笑った。番屋につれていかれて、取り調べだけですむはずがないことを、お峯は知っている。それが証拠に二尺はなれたここからでさえ、兵士の口から酒の匂いがするのがわかる。

『明治の世の中に変わって、一番恐いのは不平の浪士ではなく新政府の屑《くず》兵士ども』と言われるように、薩摩、長州《ちょうしゅう》、佐賀《さが》あたりの兵士の乱暴狼藉《ろうぜき》には、目に余るものがあった。市中警護と称して、商家に勝手に上がり込んで金品を奪う、若い女と見れば番屋に連れ込んで弄《もてあそ》ぶ。目の前にいる兵士も、どう欲目を働かせたところで、

（その同類にちがいない）

とわかる。

銀平が、「お逃げください」と、自らの身を楯《たて》にしようとしたとき、広徳寺の反対の通りから、

「お峯ちゃん、どうした」

と声が聞こえた。

「源三郎さん！」

恵比寿《えびす》顔の源三郎が、兵士とお峯の間に立ってくれた。

「手前、元は南町奉行所の同心で、今は臨時の市中見回りを拝命しております、水無瀬源三郎と申します。この者は手前の知り合い、身元は保証いたしますから」

「黙れ、黙れ！　こやつらは新政府の批判を大声でしておった。儂《わし》が自ら取り調べるによって、番屋へつれて行く」

「そのようなことができる者たちでは、ございません。どうか御放免を」

「貴様、旧幕の分際で官軍の兵たる儂に逆らうか！」

兵士が片手で抜き打ちしようとするのより早く、源三郎が腰の後ろの長十手を抜いていた。十手の先で相手の刀の頭をぴしりとたたく。柄《つか》が簡単に割れて、裸の刀身が姿を見せた。これでは抜くに抜けない。それよりも、兵士は源三郎の抜き手の速さに瞠目《どうもく》した。そこへ、

「そんなに無血で江戸城を手に入れたのが誇らしいかい。城を枕《まくら》に討ち死にしようと、集まっ

た御家人を説得したのは、勝の大将だったが、やはりあれは、間違いだったか。てめえらのような兵士がのさばるくれぇなら、江戸、駿河《するが》に散らばる御家人八万騎、もう一度身をひとつにして騒動を起こしてみせようか！　それでもどうだ、刀を抜いて町娘に無体を働くかい」

目も覚めるような源三郎の台詞《せりふ》が響き渡った。兵士の顔が赤くなったり、青くなったりする。しかしそれ以上はことを起こす気がないのか、なにやら口の中で不満気につぶやいて去っていった。

「大丈夫だったか」

「ありがとうございます。それよりも源三郎さんこそ、あんなことを言って大丈夫なんですか」

「どうせ弱いものいじめしかできねぇ下っ端だ。気にすることはない。だが二人きりでここらを歩くとは物騒だな、ナニ、湯島の狂斎さんの家へ？　だったら俺が付いていってやるよ。大丈夫、こないだの八百膳の食事のお礼だ」

そういって、源三郎は先頭を切って歩き出した。お峯にとっても願ってもないことだった。先ほどのような危険はともかく、一連の事件について、少しでも源三郎と話したかった。

「ふーん、事件の根っこねぇ」

「どこから事件は始まったのかさえ、はっきりと摑《つか》めれば事件はかなり輪郭が見えてくると思うのですが」

「ちげぇねえ」

「源三郎さんはどう思います？　やはり事件の根は、十六年前の團十郎殺害にあると」

「それはないよ。絶対にない」

話をしながら不忍池のほとりを歩いていると、急に銀平が大きな声を上げた。

「見ておくんなさい！」

指さす方向、池の葦《あし》の根元に埋もれた白いものが見えた。

「しゃれこうべだな」

と、源三郎。銀平がすぐに池に入って、白い頭蓋骨《ずがいこつ》を持って上がった。

「こいつはそう古いものじゃねぇ。多分……」

「上野のお山の戦争の？」

「ああ、彰義隊の一人のあわれな成れの果てだろう」

源三郎が自嘲《じちょう》気味に言う。今も、上野の山の中には多くの骸骨《がいこつ》が転がっていると聞く。戦の後始末が大ざっぱで、全てを回収するとか、回向《えこう》するとかいうことができないそうだ。

「かわいそうに」

銀平が、腰のふくべを外して、頭蓋骨に酒をかけた。

「野を肥やす骨に形見の薄《すすき》かな。南無阿弥陀仏《なむあみだぶつ》、南無阿弥陀仏」

（いやだ、それじゃあ落語の野ざらしじゃない）

なにかをお峯が言おうとするより早く、源三郎が、

「んな念仏をあげていると、夜中にだれぞがかまわりにくるぜ」

と言って笑う。そんな言葉もどこふく風で、銀平は一心に手を合わせている。

湯島天神の社を横に見て、緩やかな坂を上ると右手に加賀《かが》様の広大な屋敷跡が見える。その隣が水戸様のお屋敷、いったん駒込《こまごめ》にいたる大通りに出て、御先手組《おさきて》の組屋敷などを見ながら歩くと、景色が急に変わる。それまでの民家の連なりが嘘《うそ》のような、鬱蒼とした森が広がっている。

河鍋狂斎の家は、その森の中にある。周囲は樹木以外は大根畑しかなく、よく訪れていた魯文が「湯島裏の大根屋敷」などと言ったこともあった。お峯にとっては初めての訪問である。

「そうか、はじめてか。だったら見てびっくりするぞ」

と、源三郎が言う。事実、狂斎の家の前に立ってお峯は驚いた。入り口に、屋根にも届かんばかりの量の鉄鍋《てつなべ》が積み上げてある。

「なんですか、これは」

「見ての通り、鉄鍋さ」

「そりゃあ、兜《かぶと》の山には見えないけれど……」

下のほうはすっかりと赤錆《あかさび》が出て、今にも崩れ落ちそうだ。

「狂斎さん、絵の仕事を断わらないそうだ。その癖、順番通り書くということがないから、注文者はいつ自分の絵ができあがるのかわからない。結局は、この家に大勢の人間がつめかけることになる。もちろんつめかけるうちには腹も減るから、つい、近くの料理屋から食事を届けてもらうことになるんだ」

その結果がこれである。それにしても鉄鍋ばかりとは、どういうことか。

「うん、はじめは皿料理などもとっていたが、いつのまにか駒込神社裏の『味とめ』という店一軒がなじみになっちまった。これが鍋料理のうまい店でね、集まった人間全員が鍋を食うようになったわけだ」

「冬も夏も?」

「春も秋も、だ」

また、その店の主人と言うのが不精者で、持ってきた鉄鍋をさげようとしない。片っ端から積み上げてゆくうちに、今の状態になったのだそうだ。

お峯は河鍋狂斎と話をしたことが、ほとんどない。いつも酒に酔っているようで苦手だったし、口からはみだしたような乱杭歯《らんぐいば》もあまり気色の良いものではなかった。なによりも、狂斎自身がお峯を相手にしないところがあった。

「ここに集まるのは、絵の発注者だけじゃない。ほかの画家や、版画家、狂言作者なんかが、いつのまにか集まるようになってね、それらの仕事の売り手と買い手が交渉する、大きな市場のようになっていたのさ」

だが、それも狂斎という人間がいたればこそなのだろう。そんな話が冗談のように、家の中は静まり返っている。

(狂斎さんって、意外に人たらしなんだ)

人たらしは、悪口ではない。そんなことを考えるお峯の横で、源三郎が「おおい、いますか」と大きな声を上げた。すぐに「はーい」と言う返事が返ってきて、小さな五つばかりの女の子の手を引いた女性が姿を見せた。

「これは、源三郎様」

「このたびは、とんだ事になりましたな、お内儀《ないぎ》」

「もう、慣れっこですよ。アレ、後ろにいなさるのは？」

お峯は「猿若町の、守田勘弥の使いでまいりました、峯です」と挨拶《あいさつ》をする。

「あなたが、辰巳屋さんところの娘さん。わたくし狂斎の女房で、きんともうします」

すぐに家の中に案内され、香りの良い焙《ほう》じ茶が出された。

「これは守田勘弥から。先月分の絵の代金です。それからこちらは勘弥と手前の師匠である河竹新七から、このたびのお見舞い金として」

そういってお峯は二つの紙包みを差し出した。

「ありがとうございます」

きんは、紙包みを額の上にかざして礼をのべ、奥の間の神棚にしまった。

「狂斎さん、まだ釈放の知らせはこないのですかね」

「ええ、このたびはずいぶんお調べが厳《きび》しいようで。でもね、絵のほうのお弟子さんやら版元さんが、皆さん過分にお見舞いを届けてくれましたので、生活のほうはかえって主人がいるときよりも楽になったほどで」

そういいながらきんはころころとよく笑った。その顔はとても三十過ぎの女には見えないほど無邪気で屈託がない。母親の横で、娘のとよもにこにこと笑っている。お峯はこの母娘のことが、いっぺんで好きになった。

「猿若町も大変なんですってネ」

きんが声の調子を落とした。そうしておいて、襖《ふすま》の向こうにあるらしい、狂斎の仕事場のほうに視線を流し、

「私は主人に言ったんですよ。あまり不吉な絵を描かないでくれって」

「はぁ……」

「この娘が生まれる前でしたか、主人がどんな絵を描いたかご存じですか。これが身の毛もよだつような、小町《こまち》の九相図なんですよ」

「小町の九相図……ですか？」

「よく、小町の一生を描いた襖絵があるでしょう。最後は卒塔婆《そとば》の前で死ぬところで終わる、あれの続きの絵ですよ。

死体となった小野《おのの》小町が、やがてでろでろに腐って、骨だけとなり、地に返ってゆくまでを九つの段階に分けて描いてあるんです。あまりに絵柄が恐ろしい変態画ですから、私も、

『そんな絵を描いて、子供に不幸がついたらどうします』

そう言いました。そしたら主人、

『この惨《むご》たらしい絵の後には、小町の華やかなりし頃の物語を題材に、やはり九枚の絵を描くのだ。これぞ陰陽一対、子供の門出にふさわしい絵だ』

と申します。なるほどそんな考えもあるのかと感心していたのですが、結局、酒に酔った上でのでたらめだったのですかねぇ。その華やかなりし頃の絵九枚なんて、描いちゃいないんですから。まぁ、こうして娘が無事に育っていますから、文句は言えませんけど」

そう言って、再びきんは笑う。

「その九相図と、今回の事件となにか」

「いえね、関係があるのは九相図じゃございません。ただ」

(まさか、まさか)

お峯の胸が激しくうずいた。

「捕まるしばらく前に仕上げた幽霊画が」

きんの眼が、先ほどから仕事場の襖に向けられている。

「この家にあるんですか!」

「現物はありませんよ、音羽屋さんに届けましたから」

そう言いながらきんは立ち上がり、仕事場に続く襖を開けた。部屋の反対側、内庭に向いた障子に、人が貼《は》り付いていた。とたんにそれまで笑っていたとよが、火がついたように泣き出した。

「すみませんが、ご覧になるなら部屋の中に入って、ええ、それで襖を閉めてください。その絵を見せると、この子がひどく泣き出すんです」

障子に貼り付いているのは、幽霊画だった。お峯と源三郎はあわてて仕事場に入り、襖を閉めた。すぐにとよは泣きやんだようだ。

「これは……」

「間違いないよ、これが菊五郎のところに届けられた幽霊画だ」

幽霊画そのものは色が着けられていたという。ここにあるのは墨一色だ。

「たぶんこれは、下絵だろう。それにしても、これほどとは」

「なんだか恐ろしくなるような絵柄ですね」

「さて、狂斎さんは、この絵にどんな意味を込めたのか」

「それが、事件を解き明かす鍵《かぎ》になるのでしょうか」

とよを家の外で遊ばせることにしたのか、きんが一人で仕事部屋に入ってきた。「銀平さんが、近くの社につれていってくれるというものだから」と言いながら、幽霊画を眺める二人の後ろに座った。

「どうして、こんなところに？」

「とよがいたずらで障子を破いてしまったのですよ。見ての通りの貧乏暮らしですし、障子紙を買うお足がないと言うと主人、『じゃあこれでも貼っておけ』と、この下絵を寄越したんです」

「そいつは狂斎さんらしい」

「でしょう。ところがこの絵を見た途端に子供は泣き出すし、おまけに猿若町では、ねぇあの騒ぎでしょう」

「それ、どういうことなのでしょうか」

「だって、守田座の太夫《たゆう》のお付のお医者様が殺されなすったでしょう。それにずいぶん前には若い役者さんが」

「ええ、確かに」

「お二人とも、この絵を見ていらっしゃるんですよ。ここで」

「えっ！」

お峯と源三郎、二人同時に大きな声を上げていた。

「いつですか！」

「かれこれ半年も前ですかねぇ、その頃にはこの下絵はできあがっていましてね、なにかの都合でやってきたお医者様と役者さん、そうそう、お二人とも守田座の座元の御用とかでいらっしゃいましてね。この絵を見たのですよ」

（繋《つな》がった、全ての事件が、この絵を中心にして繋がったんだ）

お峯は胸の中で歓声を上げていた。これまでもやもやとしていたものが、喉《のど》から胃の腑《ふ》へ下ったようだ。ただし、全てではない。今も謎は数多く残されている。まず、この絵に隠された判じものの正体が、皆目わからない。それを察したのか、源三郎がきんに聞いた。

「狂斎さん、この絵についてなにか言っていませんでしたか、例えば特別な意味が込められているとか」

「さぁ、仕事のことはなにひとつ言わない人ですから」

首を傾げながら「ああそういえば」ときん。

「なにかありましたか！」

「大したことじゃないんですよ。例のお医者様がお帰りになるときにね、不思議そうな顔で『どうしてあんなものを』とつぶやいていらっしゃったのを思い出しただけです」

「蕪庵先生が？」

絵を見て帰りのことだから、きっと絵についてなにか気がついたのだろう。

「先生、どのくらいの間、絵を見ていましたか」

「さぁ、たぶん家にいたのが半刻《はんとき》足らずでしたから」

「となると、見てすぐに気がついたということか」

二人して絵を眺めるが、そこには恐ろしいという以外に、なにも不思議な点はない。

「この老婆の幽霊、目が笑っていませんか」

「ああ、確かにそのようだ」

「まるで恨みを晴らすことが、楽しくて楽しくて仕方がないみたい」

「人の情念って奴《やつ》は、恐ろしいものさ」

いったい蕪庵は、この絵からなにを読み取ったのか。

「お内儀、済まないが、この絵を拝借してもいいだろうか」

きんは、願ってもないと笑顔で言った。

「本当はすぐにでも外してしまいたいのですが、私がやると主人が怒るのですよ。けれど水無瀬様が剝《は》がしたとなれば、あれも文句はありますまい。どうかよろしくお願いいたします」

「では、剃刀《かみそり》を拝借」

きんが持ってきた剃刀を操り、源三郎は器用な手つきで障子に貼られた下絵を剝がしてゆく。

「とてもお上手。まるで本職のようですよ」

「勝手になぶるがいいさ、どうせ傘の張り替えは御家人四十八手のうちの一つだ」

まもなく絵は、完全に障子から剝ぎとられた。更に源三郎は、きんが遠慮するのを無理に押し通し、代わりの白紙を障子に貼り付けた。

これ以上の長居は迷惑になると、二人が腰を上げたところにちょうど銀平も帰ってきた。

「では、座元によろしくお伝えくださいまし」

「お内儀も、気を強くもたれて」

などと挨拶を交わし、三人は河鍋狂斎の家を後にした。

家が見えなくなると、源三郎はすぐに懐から絵を取り出した。覗き込んだ銀平が、ひっと息を吞む。

「この絵は……？」

「狂斎さんが描いたものさ」

「しかも今度の事件の要《かなめ》になっている可能性が、とても高い。ねぇ銀平、これを見てなにか不審なところに気がつかない？」

「おお、くわばらくわばら。不審なところもなにも、あたしはこんな絵を見ることが苦手でございますよ。早くしまっておくんなさい」

「まったく頼りにならないんだから」

お峯は目を皿のようにして、絵を見つめる。

「あっ！」

「どうした。お峯ちゃん」

「私、わかった気がします」

蕪庵が医師であること、そしてすぐに不審な点を見つけたことを考えれば、その内容はおよそ体に関係するものとわかる。胸元をはだけ、肋《あばら》を無惨に浮かせた老婆の幽霊を、そうした目で見ると、

「ほら、ここです」

お峯は幽霊の喉を指さした。そこにはぷっくりとくびれが書き込まれている。

「喉仏か！」

「そう。いくら幽霊になってしまえば男も女もなくなるとはいっても」

「雨後の筍《たけのこ》じゃあるまいし、勝手に喉仏は生えてはこない」

「なるほど、蕪庵先生が不審に思うのも無理はないわけだ」

「やったぞお峯ちゃん、凄《すご》い眼力だ」

「駄目です。これだけではまるで意味がわかりません。これだけでは、駄目なんです」

「それはそうだが……」

お峯はなおも絵を見つめる。もし、猿弥と蕪庵がこの絵が原因で殺されたとしたら、それは取りも直さず二人が絵の秘密を解いてしまったということだ。そして下手人は、いまだ絵の秘密を解いていない菊五郎に対しては、なんとか絵を取り戻す手段を講じた。それがあの襲撃であり、三座への火付けであったとする。

（あれ？　そうすると相中頭の死はどうなるの、また宙に浮いてしまう）

せっかくほぐれかけた糸は、また新しい結び目にぶつかった。

三人の影が少し長くなり始めた。まだまだ日没までには時間が十分にあるが、それでも冬の訪れは確実にやってきている。

やってきたときと同じ道を帰ろうと、水戸様、加賀様の屋敷跡を左に折れようとすると、銀平があわてて、

「そちらは駄目です、お嬢様いけません」

と袖《そで》を引っ張った。

「どうしたの銀平」

「ですから、そちらの道はあまり……」

「だって、ここから湯島天神に抜けるほうが近くて」

二人のやりとりを水無瀬源三郎がおもしろそうに見ていた。

「つまりその……悪所が……ナニですから」

「お峯ちゃん、察してやりねぇ。さっき通ったときはまだ昼のうちだからよかった。だがこの刻限になると、湯島には悪所が山ほどある。そこを銀平は見せたくないんだ、大事なお嬢様だからなぁ」

「なんだ、蔭間《かげま》茶屋のこと」

「そんなはしたない言葉をどこで覚えなすったんです！」

「それくらい、小屋に出入りしていれば誰だって知っています」

「だからあたしは反対したんだ。お嬢様を河原者なんぞの」

「銀平！　今度小屋の人間を『河原者』と呼んだら、暇を出しますからね」

「ですが……」

「小屋にいる人はみんないい人なの。その人たちを侮蔑《ぶべつ》することは、誰にも許されないのよ」

源三郎が、急に足を止めた。

「もしかしたら」

「源三郎さん、なにか」

「さきほどの絵だよ。もしかしたら狂斎さん、このことを言っていたのかもしれない。つまりあの幽霊は女のように見えるが、実は男……」

「つまり蔭間！」

源三郎に同調しながら、お峯の頭の中では、しきりと別の声が響き渡っていた。

（思い出せ、思い出せ、思い出せ）

（思い出すって、なにを？）

（そうだ私は、どこかで大切な言葉を聞いた気がする）

（いつ？　どこで？）

「三分太夫だ！　ねぇ源三郎さん、三分太夫って誰なんです？」

「やぶからぼうに、なんだい」

「今度の興行の初日のときに、お客が『いつもはかぶりつきで見ていた三分太夫が、今日はいなかったな』『ああ、あの蔭間は客と心中したよ』と話していたんです」

「それがどうしたい」

「なんだか気になるんです。今度の事件と無関係ではないような」

「よしわかった。そうなると湯島を避けて通るわけにはいくまい。銀平、ここは黙って折れてくれろよ」

銀平は、さきほど「暇を出す」と言われたことがよほど心に響いたのか、ろくに返事もせずに二人の後を付いてきた。

湯島天神の周囲に男娼《だんしょう》が集まる、いわゆる「蔭間茶屋」が多くでき始めたのがいつの頃からなのか、詳しい記録はないそうだ。元は上野寛永寺を中心とするこのあたり一帯の、僧侶《そうりょ》のための遊び場所が始まりらしい。女色を禁じる仏教も、男色ならばかまわないという奇妙な一面を持っている。元をたどれば弘法大師《こうぼうだいし》にまで男色の歴史は遡《さかのぼ》ると言うから、日頃、厳《いか》めしい顔をして説経などしたところで、しょせんは僧侶も人間ということなのだろう。

江戸の時代の中頃には、すでに「湯島詣《もう》で」と言えば蔭間茶屋での遊びを指す意味があったと言う。男娼だからといって、男の相手をするばかりではない。中には大店《おおだな》の内儀が、華やかな女衣装をまとった『男』に抱かれる、倒錯した遊びを楽しむことだって、珍しくはない。これらの知識は全て仮名垣魯文が教えてくれた。「男は買わぬ」と言いながら、こうした世事にめっぽう魯文は強い。

茶屋が並ぶ小路は、驚くほど猿若町に雰囲気が似ていた。小屋がないことを除けば、茶屋があって——猿若町には、役者が経営する芝居茶屋が数多くある——艶《あで》やかな衣装をまとった蔭間が、供までつれて別に恥じる様子もなく堂々と通りを歩いている。ちょうど吉原で、おいらんと呼ばれる高級娼婦が、人々の尊敬と羨望《せんぼう》を集めるように、蔭間に対して「よ、ひなぎく!」などと声がかかることさえある。

「驚いた……」

もっと暗い悪所を想像していたお峯には言葉がない。銀平も湯島は初めてなのだろうか、左右に首を振って忙しい。

「似ているだろう」

「ええ、猿若町にそっくり」

「蔭間といっても、踊り、長唄《ながうた》、発句まで、人並み以上に身につけている。連中は連中で、自分に誇りを持っているのさ」

確かにそうだろう。女形《おんながた》にしてもそうだが、彼らには女が本来持っている嫌らしさや刺々《とげとげ》しさが、ほとんどない。そうした女としての欠点を、全てからだの中に秘めて、表面上は完璧《かんぺき》な女を演じている。かつて女形の芸を極めたと言われる初世・瀬川菊之丞《せがわきくのじょう》は、『女方秘伝《おんながたひでん》』と言う本の中でこういっている。女形とは、

「男の贔屓《ひいき》多く、あのやうな女あらばと思はるるやう望むことなり」

裏方ではともかく、少なくとも客の前では女としての欠点をなくした一個の完璧な生き物となる、これは蔭間にとっても女形にとっても、共通の秘伝なのかもしれない。

源三郎が、ヒョイと茶屋の裏手に回った。お峯と銀平があわててそれを追いかける。

「ちょっと待っててくんな」

一軒の茶屋の裏口から中へ消えた源三郎が、すぐに一人の老婆を連れ出してきた。さきほど見た蔭間に比べると、それこそ女としての業悪を全てなめ尽くしたような、陰険な顔つきの老婆だ。

「旦那《だんな》、あたしは忙しいんですよ。死んじまった太夫のことなど話すことはありませんって」

「そう言わねぇで、教えてくれよ。別にお上の威光をかさに着ているわけじゃないが、ここで教えてくれないと俺も剣呑《けんのん》な真似をしなくちゃいけねぇ」

お峯は銀平に目で合図をした。銀平も心得たもので、すぐに懐の財布からいくばくかの金をつかみ出して、老婆に握らせた。

途端に老婆の顔が、いやらしいほどに変貌する。欠けた歯をむきだしにして、「すみませんねぇ、心配りをしていただいて」と頭を下げ、

「三軒向こうの山吹屋《やまぶきや》を訪ねてご覧なさい。そこに御家人崩れの只之介《ただのすけ》というのがおりますから、そいつに聞けば詳しいことがわかりますよ。死んだ桔梗《ききょう》太夫のことなら、ええそうですよ三分太夫とは通り名。本当の源氏名は桔梗太夫です。太夫のことなら、只之介に聞けばすぐにわかりますよ」

「どうして三分太夫と？」

「よく似ていたんですよ、猿若町の太夫に。今を時めく田之助太夫に、化粧の具合ですかね、横顔なんざびっくりするほど似ていたんです。田之助太夫をひとばん自由にするとなれば、万金積んでも叶《かな》うかどうか。けれどよく似た桔梗太夫なら、ちょいの間三分で自由にできる、ということなんです」

お峯は、ひどく汚いものを見せられたように、顔を背けた。代わりに銀平が、

「その只之介というのは？」

「山吹屋の用心棒ですが、桔梗太夫のイロだったと、もっぱらの噂《うわさ》です」

老婆に言われた通り、山吹屋の裏手に回って、今度は只之介を呼び出してもらった。本名は蕪城《かぶらぎ》只之介。太夫を名乗るほどの蔭間のイロというから、どれほど絶世の美男子が登場するのかと思えば、蕪城只之介は背の低い、あばた面の中年男だった。体型だけ見れば、居酒屋の入り口に立っている信楽《しがらき》の狸《たぬき》のようだ。

「はて、桔梗太夫について聞きたいことがあるとは」

源三郎が腰の後ろに差した長十手の柄を、少しだけ見せた。

「実は、心中事件に不審な点ありと、申すものがおりましてな」

「なに！　不審とはどのような」

「それは、その……」

「あれは誠に良い女であった。それを三河《みかわ》あたりからやってきた遊山《ゆさん》の男などにだまされおって、今を去ること弥生《やよい》の払暁、池之端《いけのはた》で互いに首をかき切り、相対死《あいたいじに》いたした。不審な点などはない！」

「男の人は死ななかったのでしょう？」

お峯が聞くと、只之介はいくぶん表情を和らげた。

「さよう、それを聞いてよほど我が刀にかけて、桔梗の元へ送り届けてやろうかとも考えた。なれどな、その三河の商家の番頭、国につれ帰られる途中で首を括《くく》ったそうだ。さればこれも仏。今はもう、恨みはしておらぬよ」

只之介は、そう言って店の中に入ろうとした。その背中にお峯が言った。

「もしかしたら、桔梗太夫には秘密があったのではありませんか？」

振り返った只之介の顔が、尋常ではなくなっていた。目のあたりに漂っているのは、間違いなく殺気だ。源三郎が、十手を引き抜く音がした。

「なにをもってそのようなことを言う」

「そんな噂を聞いたからです。私は猿若町の守田座の河竹新七の弟子で、峯」

「なに！　猿若町の」

「ええ、有名ですよ。桔梗太夫と田之助太夫のことは」

「馬鹿なことを申すな！」

今度こそ只之介は店の中に入ってしまった。あとに残された三人の間に、安心の空気が流れた。

「あれは、できるよ」

源三郎が、十手の柄をたたいてみせた。

「それにしてもお嬢様、田之助太夫とその死んだ蔭間との噂とやらは、いったいどんなことなので？」

「知らない」

「知らないって、でも今……」

「桔梗太夫が、まるでなにかにとり憑《つ》かれたように田之助太夫の舞台に来ていたのは事実よ。そこにはなにか訳があるに違いないと思って」

「かまを掛けたのか。まったくお峯ちゃんにはかなわねぇ」

「でも、満更でたらめでもなかったみたい。あの動揺の仕方は異常だもの、きっとなにかがあるはずです」

そのまま三人は、茶屋が並ぶ通りを抜けて上野に出ようとした。

「また、登場人物が増えた。今度の桔梗太夫はどんな役割をしていたのだろう」

お峯が独言を言った。

源三郎も銀平も、何事かを考えて口をきこうとはしない。三人が通りを抜け切る直前に、お峯の袖が物陰からぐいと引かれた。

「だれ⁉」

物陰にいるのは、さきほどの老婆だった。口元に卑しい笑みを浮かべている。

「山吹屋でのやりとりを、拝見しましたよ。お嬢様、こんなにお若いのに大した度胸でいらっしゃる。ついてはこの婆が、取って置きのお話をしてしんぜようかと思いましてね」

「取って置きの話とは？」

「お嬢様が、お聞きになりたい桔梗太夫の秘密、ですよ」

そう言って、老婆は掌《てのひら》を差し出した。さきほどの謝礼程度では、話すことができないということか。あるいはやりとりを聞いて、ひとつ鴨にしてやろうとでもいう魂胆なのか。

わずかに迷って、お峯は自分の財布を取り出した。財布ごと老婆に渡す。その重さを確かめて、老婆は、

「みんな不思議がっていたことがあるのですよ。そりゃあ、世の中には自分に似た人間が三人はいるというけれど、それにしても桔梗太夫と田之助太夫は似すぎているって」

「そんなに似ていたの」

「みなは不思議がるだけでしたが、私はいつだったか、桔梗太夫に聞いたことがあるんですよ。太夫には二歳違いの弟がいるって話を」

「もしかしたらそれは……」

「桔梗太夫は確かに言いましたよぉ。『私の血を分けた弟は、猿若町の守田座にいる』と」

一瞬、目の前に閃光が走った気がした。お峯だけではない。源三郎も銀平も、表情を凍らせたまま息もしていないのではないか。

老婆は、意味ありげな笑いを浮かべてその場を去った。

しばらく経っても、まだ三人は動けない。

「そんな話があっていいものか」

源三郎が言った。

「田之助太夫の実の兄が湯島の蔭間？」

「しかも心中したとは……」

これはお峯と銀平の台詞だ。源三郎がようやく二人に向き直って言った。

「このこと、しばらくは他言無用だぜ。俺が詳しいことを調べてくるまで、どうかうかつに話を広めないでほしい」

「わかっています。こんなことが知れたら、猿若町は大事になります」

女形にとって茶屋勤めは決して恥ずべき過去ではない。それは理屈だ。だが、江戸市中の人人の耳目《じもく》をさらう女形と、猿若町に垂れ込めている不吉な暗雲、心中を遂げた哀れな蔭間と材料がそろえば話題にならぬはずがない。それこそ根も葉もない因縁話が、町全体に乱れ飛ぶことは間違いない。

（だがしかし……）

「源三郎さん、もしかしたら狂斎さんの絵に隠された判じものというのは」

「俺もそれを考えている。だがな、くどいようだが今はこの話、誰にも言ってはいけない」

念を押す源三郎に、お峯は大きくうなずいた。

7

河竹新七の、遠い記憶の中に二人の少年がいた。同じ年頃。もしかしたら片方がいくつか年上かもしれない。ずっと思い出すことの無かったこの映像を、頭の隅に蘇《よみがえ》らせて、新七は暗い顔をしていた。

（あのときの……）

少年の片方は、人形のように端整な顔立ちをしている。裏通りなどで見かけたなら、思わず人を振り返らさずにはいられぬような美少年だ。二人とも、女物の着物を着ているのは女形《おんながた》として修業中だからだろう。猿若町では、決して珍しくはない光景だ。新七を暗い気持ちにさせるのは、記憶の中の二人があまりにも異常な構図をとっているからだ。

一人が、剃刀《かみそり》を握りしめている。

（そうだ、確かにあの時、由次郎が剃刀を持っていた）

もう一人は自分の左頬《ほお》を押さえている。その指から鮮血がしたたり落ちているのがわかる。

二人はこの構図のまま、さきほどから動いていない。

やがて、数人の若い衆《しゅ》の足音が聞こえる。

「由次郎さん！」

「澤村の御曹司《おんぞうし》いったいこれは」

「坊ちゃん、なにがあったんですか」

三人の若い衆が、由次郎に駆け寄ってたちまち手から剃刀を奪ってしまった。三人は由次郎ばかり気に掛けて、もう一人の少年には目もくれない。

由次郎の目が、怒りで大きく膨らみ、その少年を睨《にら》みつけていた。視線の先の少年はというと、これは自分の身になにが起きたのかさえ、正確には判断つきかねる様子でぽかんと口を開けている。

（あの時の少年が、猿弥だったのか）

「こいつは、あたしを馬鹿にした」

由次郎が、ひとこと言った。

いきなり、若い衆の一人が猿弥を殴りつけた。傷つき、血を流しているのは猿弥のほうであるというのに、だ。そこにはいたわりの気持ちも、相手が人間であるという気持ちさえも感じられない。それをきっかけに三人の若い衆は、次々と少年を殴り始めた。

少年は、何度も引き倒され、時には腹を蹴《け》られながらも由次郎から目を離さなかった。だからといって、少年が由次郎を恨んでいたかどうか、

（どうもそうではないような気がする）

と新七は思うのだ。記憶の中で少年、猿弥は決して憎しみの目で少年、田之助を見ていなかったように思う。

（それにしても）

どうしてあの時の少年が猿弥であることに、長いこと気がつかなかったのだろうか。相中《あいちゅう》頭《がしら》が殺された夜、役者仲間の言葉で初めて思い出したのである。

もう十二、三年も前の話だ。その数年前の安政元年『都鳥廓白浪《みやこどりながれのしらなみ》』で当たりをとり、同じ年に『吾嬬下五十三次《あづまくだりごじゅうさんつぎ》』、翌々年には『蔦紅葉宇都谷峠《つたもみじうつのやとうげ》』と、次々にあたり狂言をものにしていたところで、しょせんはその当時の新七の力は微々たるものだった。刃物を振り上げた由次郎を、止める器量は、当時の新七にはなかった。

「役者が顔を切られて、相手を憎まぬはずがない、か」

明かりを入れることも忘れて、新七は考え込んでいた。戯作者部屋の暗い壁に向かって、さきほどから何度も独言《ひとりごと》を放っている。

（だから、あのようなことを猿弥は……いやまさか）

芝居の幕を告げる柝《き》が、調子よく響き渡った。

すぐに騒がしい足音がして、挨拶《あいさつ》もせずに守田勘弥が飛び込んできた。

「師匠！　新しい仕掛けは大成功でしたよ」

「客の様子は」

「いつもより増して、上々です」

「うむ、ならばよかった」

「私も身が細る思いでしたよ、ここで失敗したら守田座はおしまいでしたからね」

千秋楽《せんしゅうらく》まで、あと六日である。残りの舞台を今のままやり過ごせば、そこに新しい光が見えてくるはずである。新七が、勘弥が、勘兵衛が、いや小屋の関係者ばかりではない、江戸の歌《か》舞《ぶ》伎《き》を支えている多くの贔屓《ひいき》が望む、

（光明が見えてくるはずなのだ）

無事に千秋楽を迎えられることを、新七は願わずにはいられない。

（だが……）

光の背中には、いつだって深遠な闇《やみ》がひかえていることを知らぬ年齢ではない。与えられる光明の大きさを考えるたびに、次にやってくるだろう闇の深さが新七を苦しめるのである。

「ところで師匠、音羽屋さんの件ですが」

話題を変えた勘弥が、そっと新七の耳元にささやくように言った。誰が聞くはずもない会話なのに、勘弥の仕種《しぐさ》にはどこか芝居めいたところがある。

「例の幽霊画の件にますますのめり込んでいるようで、最近では芸に身が入っていない様子で」

「その話は、わたしも耳にした」

「狂斎先生は、いったいなんの判じものを絵に残したのでしょうか。私もさすがに気になりはじめました」

「大したことはないだろう。頭の働きは速いが邪気はない人だから」

「そうでしょうか」

「それほど気になるなら、これから市村座へ行ってみようじゃないか。幕が引けた後で、小道具大道具を取り出して、ああでもない、こうでもないと思案しているそうだ。いっそ直接本人に謎解きをしてもらったほうが」

「師匠についてきていただけるなら、それに越したことはありません。なにせこちらの座が大入りすぎて、向こうの座元には恨まれておりますから」

同じような台詞《せりふ》を以前にも聞いた。澤村田之助に次の仕掛けを持ち込む算段をしていたときのことだ。

（結局敵を作ることが得意な男なのだ）

本人にその気があるかなしかは問題ではない。傍に居るだけでいつのまにか敵を作ってしまう。だから守田勘弥が性悪かといえば、そうではない。打算的なところはあるにせよ、人並み以上の正義感も兼ね備えている。

二年前、河竹新七は引き立てていた市川左團次の処遇を巡り、それまで座付き作者として籍をおいていた市村座を二人して抜けようとしたことがあった。当時、市村座の金主であった河原崎権之助は、猿若町全体に勢力を張り巡らせた実力者であった。強欲で知られる権之助が、新七を簡単に手放すはずがなく話し合いは揉《も》めに揉めたのである。

表立って新七を助けようとするものがいなかったのは、権之助の力が恐かったからだ。見た目がどれほど派手で、大入り興行を続けているように見えても小屋の経営の内情は苦しい。金主の力は、時に配役に口を出すほどの大きいものになっていた。左團次の時もそうだった。四面楚歌《めんそか》に苦しむ二人に、助けの手をさしのべてくれたのが、若き座元の守田勘弥だ。巨大な実力者を前に一歩も引くことなく、何度も話し合いの場を作ってくれたのだった。騒ぎは権之助《し》の死という形でおさまり、その後新七と左團次が守田座に身を寄せたのは、当然のことだったと言える。

その時の恩義を、新七は今も忘れてはいない。

「左團次もようやく主役をはれるまでになりました。これで田之助さえしっかりしてくれれば、守田座の二枚看板は……安心です」

勘弥がまるで心の中を見透かしたようにつぶやくので、新七はどきりとした。

「とにかく出てみようじゃないか」と、二人は部屋を出て舞台のほうへと向かった。

客が引けてもしばらくの間は、小屋は熱気とざわめきを失わない。大道具方、小道具方が舞台の片づけをしているし、小屋の若い衆が席をそれぞれ見て回ったりしている。大入りであった日とそうでなかった日は、幕の後のこうした雰囲気さえ違っているから不思議だ。連日の大入りに支えられ、小屋の人間の動きにも活気があふれている。

「このまま、月替わりをしなくても連続興行ができそうな入りです」

「馬鹿なことは考えないことだ、当初の予定通り、田之助は来月は休演させなければ」

「わかっておりますよ。ふた月に一度の興行だからこそ、客は熱狂する。師匠はそういいたいのでしょう」

わかっていますが、せっかくの客の流れがもったいないと、勘弥の顔色が明確に言っている。

「念を押すまでもないが」

「承知しております」

表に出ると、夜気は思いがけなく冷たい。左手の建物の上に、影絵のように見えているのは浅草寺の五重の塔だ。その宝輪にかぶさるように、月が青い光を放っている。

「凶々《まがまが》しい月だ」

いつもなら柔らかな光をたたえて見えるはずの月が、なぜか今夜に限って空々しい。

小屋の裏手で「紙屑《かみくず》御用、紙屑御用」という声がして、間もなく天秤《てんびん》を担いだむさいなりの紙屑集めの男が表通りに顔を出した。すげの笠《かさ》を目深にかぶり、顔はほとんど見えないが、大きな膏薬《こうやく》を貼《は》っているのがわかる。しゃがれた声の陰気な紙屑集めだ。猿若町では大量に紙を使う。だから常時数人の紙屑集めが出入りしているのである。

「お待たせしました」

小屋の半纏《はんてん》を着た勘弥が出てきた。「このまま市村座に出張っても、まだ片づけの最中ですよ、師匠、どこかで食事でも」というのを聞いて、二人して近くの店の暖簾《のれん》をくぐろうとしたとき、突然、

「率爾《そつじ》ながら」

と声をかけられた。横の路地を見て、軽く会釈をする浪人ものを確認した。その姿格好が、こざっぱりとしているのを見て新七は安心した。どうやら強盗、辻切《つじぎ》りの類《たぐい》ではないようだ。

でっぷりとした体格は、どこか狸《たぬき》を思わせる。背も低い。

「守田座の座主殿とお見受けいたすが」

と、再び浪人の声。守田勘弥も新七と同じことを察したのか、警戒を解いて、

「いかにも、守田勘弥ですが。お前様は？」

「初めてお目にかかる。手前は湯島の茶屋で用心棒をいたしております、蕪城只之介と申すもの。以後、お見知りおきを願いたい」

湯島の茶屋、と聞いて新七と勘弥の顔に暗いものが走った。反対に蕪城只之介は、ニヤリと笑う。

「で、その蕪城さんがわたしたちになんの御用で」

新七が聞いた。

「お手前は？」と蕪城。

「わたしは、守田座の座付き作者で河竹新七」

「おお！　あなたが河竹新七殿。御高名はかねてから伺っております。これはちょうど良い、ぜひとも河竹殿にも聞いていただきたい話がござって、湯島から参上仕《つかまつ》った」

浪人暮らしが長いのだろう。もしかしたら何代か続いているのかもしれない。町人に使われる暮らしが長すぎて、まるで侍の上司にでも話すような謙《へりくだ》った言葉を蕪城は使う。

「わかりました、ここではなんだから気の利いた座敷にでも上がりましょう。ちょうど食事を摂《と》ろうとしていたところなのですよ」

勘弥は如才なく蕪城を、近くの居酒屋に案内した。小上がりの座敷に上がって、まずは酒。それから煮物、焼物、和《あ》え物などを適当に頼んでおいて、蕪城の盃《さかずき》に酒を注いだ。

「これは……上等の酒ですな」

蕪城は実にうまそうに酒を飲み干す。もちろん居酒屋の酒がそれほど上等であるはずがない。周囲を見渡せば、客は普通の町人ばかりだ。蕪城が、日頃よほどまずい酒を飲んでいるにすぎない。勘弥は蕪城に酒を勧める。飲み干す。そこへさらに一杯、もう一杯。

「蕪城さん。お話というのを伺いましょうか」

「そうでした、そうでした。実は今年の弥生《やよい》月のことになりますが、手前どもの茶屋の桔梗太《だ》夫《ゆう》と申すものが、客と相対死《あいたいじに》をいたしましてな」

「相対死！」

「それはともかく、このもの、三分太夫の通り名を持つことはご存じあるまいか。それは守田座の田之助太夫に似た顔立ちをしておりましてな。田之助太夫の興行となると、必ず初日にかぶりつきの席を取り、食い入るように舞台を見ておったはずですが」

「通り名のことはともかく。そのような熱心な御贔屓様がいらっしゃったことは、耳に入っております」

「手前、桔梗太夫と、その、親しい間柄にあったものでござるが、かの太夫からある秘密を聞いております。世にも不思議な話でござる。ぜひとも河竹新七殿にも聞いていただき、その話を買っていただきたく」

酒に酔った顔で、只之介が笑った。

「その話とは？」

「今を去ること十四年前でござる。桔梗太夫が湯島にやってきたのは。その時太夫は十五。匂《にお》いたつような美少年で、たちまち湯島の売れっ子となり申した。太夫が余りに華々しく扱われるために、誰もが気にもかけなかったのだが、実は太夫には二つ違いの弟がおりました。よく似た兄弟なれども、弟のほうは病気がち。さすがに店に出すわけにはゆかず、ずっと茶屋の寝床を温めておりましたが、ある日その弟が、湯島からいなくなり申した。秘密とはそのことでござる。なんでも、芝居町のさる名題《なだい》役者が、弟の美貌《びぼう》に目をつけ養子として引き取ったとか。


いかがか、不思議な話でござろう」

次第に新七と勘弥の額に、怒りの汗がにじんできた。

「それで。蕪城さんは、なにを望んでおられる？」

「片や猿若町にそれと知られた女形。こなた名も知れず、心中ものとして投げ込み寺に捨てられた哀れな蔭間《かげま》。この哀れな蔭間の供養料をいただきたい」

「そんな根も葉もない噂話《うわさ》に、私たちが供養料を出すとお思いか」

「なれば、その言葉の通り噂話として、江戸中に流すだけのこと。噂話は恐ろしゅうござるよ。時に真実の月の光を、簡単に覆いつくすむら雲となり申す。

現に。ここでこうして話している声を少し大きくするだけで……」

どんな話なのかも確認せずに、気安い居酒屋に入ったことを新七は後悔した。だがもう遅い。

あたりは話好きの町人ばかりだ。さきほどの紙屑集めの男も、すぐ近くの席ですげの笠を目深にかぶったままどんぶり飯を食べている。だれがこちらに聞き耳を立てているとも限らない。

こうしたことに慣れていない新七は焦ったが、勘弥は違うようだ。目を糸のように細くして蕪城を見つめ、話が終わるのを待っている。そして、

「桔梗太夫の供養料で納得がいかなければ、噂話の始末料と考えていただいてもよい」

蕪城が話し終わると同時に自分の財布をぽんと投げ出した。

「楽に三月は暮らせるだけの金が入っている。だがこれはそのなんとか太夫の供養料でもないし、噂話の供養料でもない。隣の師匠が次に話を書くための、おもしろい材料を持ってきてくれた、その礼金だ」

「名目はなんでもよい」

「ただし！」

勘弥が声を少し荒らげた。

「話の礼金は一回限りだ、次はない。これだけははっきりさせておきますよ」

蕪城只之介が、懐に財布を押し込んだ。名残惜しそうに盃の酒を嘗《な》め、立ち上がる。

「もちろん、同じ話で金を二度も受け取るほど手前は図々《ずうずう》しくはない。だがな、座主。次にはもっとおもしろい話を持ってこよう。そうだ、秘密を知った人間を、人を使って次々と殺害してゆく、売れっ子役者の話などどうだろうか」

「お前さん！」

勘弥の言葉を無視するように、蕪城の背中が悠々と居酒屋の暖簾をくぐってゆく。残された二人は、厳《きび》しい顔でそれを見送るしかない。

「どうしますか、なにか手を打たないと」

「それよりもここを出よう、話は後だ」

急いで店の払いを済ませ、二人は表に出た。市村座に行くという話はどこかに消え、すぐに小屋の裏手に回って、戯作者部屋に戻った。

「水無瀬の旦那《だんな》の姿を、今日見た人はいるかね」

部屋に入る前に、新七は若い衆に聞いておいた。「すぐに聞いてまいります」と、その若い者は飛び出していったから、間もなく知らせが入るだろう。

「噂話はともかく、浪人者をなんとかしませんと」

「それはそうだ、これ以上騒ぎが大きくなるのを防がなければならない」

そのためには、水無瀬源三郎の力が必要だった。このとき新七は、昨日の昼間に源三郎とお峯が、さきほどの蕪城と会ったことを知らない。

若い衆が部屋にやってきて、「水無瀬様の居所が摑《つか》めました」と言う。

「どこにいる?」

「なんでもお峯さんの住む、根岸の寮に。魯文先生もご一緒のようです」

「そうか。すぐに行くから車を呼んでくれないか」

遊興の町浅草には、すでに七軒もの人力車の詰め所ができている。ここから一番近いのは、吉原入り口の車の詰め所で、歩いてもすぐのところにある。

車の到着を待ちながら、新七の頭の中ではさまざまな話の筋が錯綜《さくそう》し始めている。膨大な量の選択肢を巧みに絡ませ、その中で最も良い筋を選択し、ほかの筋と交差させる。大まかの筋立てができれば、今度はそれを「転がす」作業に入る。不測の事態を予測し、どう対応するかを考える。

（全ては狂言本だ。しょせんこの世の全ては）

ただ違うことがひとつある。今度の本の登場人物たちはみな、自分の意志を持って勝手に動き回るということだ。

（うまくみんなを動かさなければ）

守田座に未来はないのだ、と思った。

根岸の辰巳屋の寮に着くか着かないかのうちに、夕五つ（午後八時）の鐘の音が聞こえた。大木戸が閉まるのが夕四つだからあと一刻《いっとき》しかない。

寮の戸をたたき、中に入るとお峯と源三郎、仮名垣魯文が若い衆の言った通りひとつ部屋の中にいた。真中には鍋《なべ》が湯気を上げているのだが、どうも様子がおかしい。とても鍋を皆でつつきながら、歓談していたふうではない。

「これは、師匠に座元まで。おふたり揃ってどうなすった」

羽織を脱ぐのももどかしく、新七は源三郎にこれまでの次第を話した。

「蕪城只之介！」

三人の口から、次々と同じ言葉が吐き出された。

「どうしたんだい、なぜ皆がその名前を聞いて驚く」

新七の問いに、まず答えたのはお峯だった。新七はお峯たちが河鍋狂斎の家で、例の幽霊画の下絵を見つけたことを知った。源三郎が自分の後ろにおいてあった下絵を前に持ってきた。

「間違いない。これは狂斎さんが音羽屋さんに描いた絵の下絵だ。構図もまるで同じだ」

新七の言葉にうなずくように、今度は源三郎が、下絵に隠された判じものの手がかりを述べる。お峯が見つけた老婆の喉仏《のどぼとけ》について、だ。そしてお峯が客から聞いた三分太夫の話を思い出し、湯島に出かけたこと。そこで蕪城只之介に会ったこと、茶屋のやり手婆さんから妙な噂話を聞いたことなどが、新七に告げられた。

話を聞きながら、新七の眉の根が少しずつ盛り上がった。

「そうか、そのためか」

ここにくる途中、勘弥と話すうちにどうしても腑《ふ》に落ちない点があることに気がついた。

「なぜ、今頃になって蕪城はわたしたちのところへやってきたのか。こんな話があるなら、蔭間が心中をしたすぐ後にでもやってくるのが常套《じょうとう》というものじゃないか。これほど時をあけたのはなぜか、と話していたのだが」

新七の言葉に促されるように、お峯がおずおずと聞いた。

「もしかしたら、私たちが……」

「間違いないだろう。蕪城只之介も、その噂話についてはずっと半信半疑だったに違いない。だが、お前さんたちがやってきたことで、反対に確信してしまったのだ」

「私たち、なんてことを！」

「悔やんでももう遅い。それよりも蕪城をなんとかしなければ、猿若町が大混乱になる恐れがある」

それを防ぐためには、どうしても水無瀬源三郎の力が必要なのだ、と新七は言った。

「俺は、なにをすればいいのですか」

「とりあえずは、只之介を縛り付けておく必要がある」

「どれくらい？」

「できうる限り長く、だ」

お峯が不安そうに言葉をはさんだ。

「けれど、いくら半年、一年と牢に入れたとしても、恨みがよけいに募るだけではないでしょうか。世間に出てくれば、かえって手酷《てひど》い強請《ゆすり》をかけてくると思いますが」

「だから、それまでに別の噂を流しておく。奴《やつ》が握っている田之助と桔梗太夫が、実の兄弟であるという噂話を、帳消しにするような噂を」

新七の言葉に、魯文が異を唱えた。

「新七さん、そんなことをするより、田之助が澤村総家の御曹司であることを、きっちりと説明するほうが簡単じゃないですかね」

「それは理屈だ。だが世間の口さがない連中は、つまらない真実よりはおもしろい嘘《うそ》に流されやすいものなのだよ。それはあんたもわかっているはずだよ、魯文さん」

「ちげえねぇ」

「師匠は、どんな噂を流すつもりですか」

「そうさなぁ、死んだ蔭間には悪者になってもらうしかあるまい。なまじ顔形が似ているために、いらぬ妄想を抱いて死んでいった哀れな蔭間の一生、というのはどうか」

「それならいけるかもしれねぇ。涙があっていいや。江戸の人間の気風《きっぷ》に訴えかけるものがある」

「となると、後は蕪城只之介を押さえつける手段だが」

「そいつはまかしてくれ」

源三郎が、みなの話に加わることなく幽霊画に見入っている、守田勘弥に近づいた。

「座元、さきほどの話によれば、只之介は座元の財布を持っているのでしたな」

「あ？　ああそうだ。西陣《にしじん》から取り寄せた逸品だからすぐに捨てることはあるまい」

「それなら安心だ。ちょっと歯を食いしばっておくんなさい」

「へっ？」

顔を上げた守田勘弥の頬を、源三郎がおもいっきり張り飛ばした。しかも握り拳《こぶし》を固めたまま。勘弥は体を二回も転がして、部屋の端まで飛んでいった。驚いたのは新七である。

「なにをする！」

しかし源三郎は涼しい顔で、

「座元を殴り倒したのは水無瀬源三郎ではない。酒に酔った挙げ句、ちょうど通りかかった守田座の座元にからんで財布まで奪っていった、蕪城只之介だ、そうですね座元」

「なるほど、それなら半年やそこらは牢《ろう》に入れておくことができる」

皆は納得したが、肝心の勘弥に声はない。近寄ってみると、柱の角にでも頭をぶつけたのか、勘弥は白目をむいて気を失っていた。それを見て源三郎は一言、

「しまった、力を入れすぎたか」

と言ったきりだった。


帰りの車の中でも、勘弥はしきりと頬をさすっている。

「痛むかね」

「そりゃあ痛みます。源三郎さん、手加減というものを知らないのだから」

「その顔なら、届けを出せば役人もすぐに納得してくれるだろう」

さきほどから頬がお多福のように腫《は》れ上がっている。文字通り、顔が歪《ゆが》んだ感じだ。

「ずいぶん熱心に、幽霊画を見ていたね」

「それです！　師匠、まさかあの絵は……」

「よけいな詮索《せんさく》はせぬことだ。肝心の狂斎先生は今もって牢内だ。我々がどれほど想像をたくましくしても、真実は狂斎さんの胸の中にしかない、違うかね」

根岸の寮を出る直前だった。新七の前にお峯が座って「出過ぎた真似をしてすみませんでした」と頭を下げた。新七は、お峯が詫《わ》びを言うだけのために座ったのでないことを見抜いている。その推察通り、お峯は、

「本当のところはどうなのでしょうか。やはり田之助太夫は……」

「お峯、この世界は過去など関係ないのだ。同じ小屋にいる市川左團次を見てご覧、あれは元は大工のせがれで、先代の小團次が目をかけ養子にしたのだよ。大切なのは血筋や昔の生業ではない。今の名跡に果たしてその人間の芸が付いていっているか、ただそれだけなのだ」

突き詰めて考えれば、一人の人間にとって真実とは、その瞬間の自分以外にはないことになる。

「あの絵についても、同じことが言える」

「そうですね。でも狂斎さん、なんでまたあんな絵を」

「あの人もまた、胸の中に鬼を秘めているからさ。描かずにはいられなかったのだろう」

そう言いながら新七は、自分が胸の中に秘めた鬼について、考えないわけにはいかなかった。

(鬼と言うなら、むしろ自分のほうがふさわしい)

8

二人を乗せた人力車は、暗い夜道を猿若町へと帰っていった。

新七と勘弥が帰って、寮に残された三人は言葉もなかった。昨日、偶然のサイコロがいくつか転がって、お峯と源三郎は桔梗太夫《だゆう》と蕪城只之介の名前を知った。名前ばかりではない、思いも寄らぬサイコロの目は、一連の事件に新しい（だが忌まわしい）展開をもたらした。

源三郎はあれからすぐに、湯島周辺の顔役のところを回って桔梗太夫の心中の一件について調べて回った。あのあたりは古くからの住人がまだ多くいて、調べは思いがけなくはかどったという。そこで魯文を交えて、話を整理することにしたのだった。

「偶然かどうかは知らないが、桔梗太夫が死んだのは猿弥殺しの夜の二日前だったそうだ」

この言葉はお峯と魯文を仰天させるのに十分だった。

「無関係であるはずがないとは思っていたが、そんなにも！」

「だが先走っちゃいけない。心中ものが嫌われるのは知っての通りだ。桔梗太夫はろくな検死を受けずに、投げ込み寺に運ばれちまった。だから今となっては、あれが本当に心中であったか、それとも謀殺であったかは判断のしようがないのさ」

桔梗太夫の遺体は池之端で発見された。早朝、部屋に残された遺書を見つけた下働きの老婆がすぐに店に知らせ、若い者が周辺を探し回っていたから、発見が早かったのだそうだ。一夜の客であり、桔梗太夫の道連れとなった三河の商家の一番番頭・文三《ぶんぞう》は、まだかすかに息が残っていた。すぐに医者に運ばれ、回復を待って御定法通りの裁きを受けたことは、すでに確かめてある。

「遺書？」

「間違いなく桔梗太夫の手で、書かれたものだったらしい。前日に泊まった文三の話を聞くうちに、『つらさは同じ我身の鏡。ともに手を取り西へ参り候』つまり、身の上話に同情して心中を決めたと書かれていたそうだ」

源三郎とお峯が話す間、魯文は何事かをじっと考え込んでいた。

「どうしました？　さきほどから黙りこくって」

「うん？　ああ。その蕪城只之介という男なぁ」

「蕪城がどうしたね、魯文さん」

「ほら、背が低いと言ったろう。それが気になって仕方がない。今思い出したのだが、あの、猿弥が殺された夜、俺は下手人の姿をはっきりと見ている。それがね、猿弥よりもずいぶんと背が低かったことを、今思い出したのさ」

「なんだって！」

「俺が殺しの現場を見たところは、緩やかな傾斜の下側だ。顔を見たわけではないからはっきりとは言えないのだが、下手人は猿弥よりも背が低いように見えた」

「ちょっと待ってくださいな、すると猿弥さん殺しは……蕪城只之介が？」

お峯は混乱した。目の前に思いがけない材料が並べられ、その捌《さば》き方がわからずに立ち竦《すく》む料理人の気持ちとは、こんなものだろうかと思った。

そこへ、新七と勘弥が連れ立ってきたのである。

長い沈黙を破ったのは、水無瀬源三郎だった。

「まさか、蕪城がこのような形で現われるとは、な」

「だが、こうなると蕪城が猿弥殺しの下手人であるという推量は成り立たない」

「どうして？」

「下手人が自らを脅しのねたにするかね」

「そのような例は山ほどあるさ。下手人だからこそ、動かぬ証拠を握っているとも言えるのだから」

「だが、蕪城は桔梗太夫の情夫だったのだろう。それを何故……」

源三郎が黙り込んだ。言葉にしようとしたことを、なにやら無理に飲み込んでしまったような、中途半端な顔をした。

二人のやりとりを聞きながら、お峯は別のことを考えていた。

確かに蕪城浪人は猿弥殺しの下手人であるかもしれない。もしかしたらその直前には桔梗太夫を殺し、さらに蕪庵先生を、守田座の相中頭《あいちゅうがしら》をも殺した下手人かもしれない。

(だが、そうでなくてもさほど問題はないのではないか)

そんな気がしている。人が四人も死んで、大した問題ではないということがあるはずもない。それでもあの背の低い狸《たぬき》のような浪人が、さほど重要な人間には思えないのだ。

(そのことを、ほかの二人も感じている)

さきほどからあれこれと考えを出し合っているが、肝心のところが出ていない。なんのことはない、言葉のやりとりで、誰がそのことを口にするかたらい回しに押しつけあっているだけのことだ。

只之介が下手人であろうとなかろうと、その後ろには絢爛《けんらん》たる闇《やみ》がひかえている。闇の正体、その人の名前をさきほどから、三人は言いあぐねている。

「仮に桔梗太夫の事件を殺しと考えよう。すると下手人はどうやって太夫を殺したことになる?」

「例えば酒に眠り薬を混ぜておく。二人が寝入ったところで」

「だが、遺書の問題がある。それに男のほうのとどめを刺し損ねたというのも、腑《ふ》に落ちねぇ」

「俺もそう思うよ」

「なんだ、言いだしっぺがそれでは推量にならんな」

フイに源三郎が話を変え、低い声で言った。

「良い『女』だったそうだよ、桔梗太夫は。情が細かくってサ、酔客が並べるその場限りのでたらめにだって、時に本気の涙を流したそうだ」

「だからこそ、初めての客と心中する気になったのか」

「いや俺には、そいつが殺しのもとを作っちまった気がするんだが」

「なるほど、な」

急に男二人の話がお峯に見えなくなってきた。

「お願いですから、わかるように話してくださいな」

お峯のほうを向いた源三郎の顔が、余りに沈んだ表情をしている。魯文はと見れば、これも同じだ。二人してずぶ濡《ぬ》れで大川から上がってきたような顔をして、

「心中に見せかける手段がどのようなものだったか、今はわからない。遺書のことにしたって、謎は謎だ。だがね」

「蕪城のこともそうだ。下手人であろうがなかろうが、本当はどうでもいいことなのさ。問題は桔梗太夫と猿弥が殺されたのが、ともに三月だということなんだ。お峯ちゃん、三月と聞いてなにかを思い出さないか」

そういわれても、お峯にはよくわからなかった。

「田之助太夫は、何月に復帰した」

あっと思った。

（太夫の復帰は五月）

その直前の三月、四月は、猿若町全体に、いや江戸の町全体に、

（田之助太夫はもういけないという、絶望の空気が膨れ上がって……）

いたのである。本来ならもう少し休養をとらねばならない田之助は、噂を一掃する思案もあって五月には舞台に戻った。

「だがそんな太夫の意志が外には伝わらなかった。情の深い兄は、絶望的な噂のみを聞きつけ心配のあまり弟を訪ねてはきやしなかったか、そしてどう言ったろうね」

「…………」

そうだ、やはり事件の話はこの方向に向かなければ、終わることはできないのだ。いつのまにか仮定であった兄と弟の話が、魯文と源三郎の話の中で事実に変わっていた。

(師匠は左團次さんの話まで持ち出して、この件をわざとぼかしてしまったけれど)

それはいたずらにお峯の確信を深くさせるだけであった。魯文と源三郎の二人も、思いは同じではないか。

「俺は大方こんなところではなかったかと、想像するんだ。

『両足を無くしたって気を落としちゃぁいけない。そうさいざとなったら湯島においでナ。二人して茶屋勤めをしようじゃないか』

こんなことを言われた『弟』は、どう思っただろうか」

(憎悪はたちまち殺意にまで昇華しただろうか)

たぶんしただろうと思う。炎のような気位を持った、あの人ならば。

「人を狂気に駆り立てるのは、なにも理不尽な悪意ばかりとは限らないのさ。時には情けや優しさだって、爆発するような殺意を生んでしまうんだ」

耳を塞《ふさ》ぎたくなるような、忌まわしい推量だ。だが、この推量が、

(これまで出し合った筋立ての中で一番真実に近い)

とお峯には思えてならない。それを否定する材料はなく、また受け入れる勇気もなく、お峯はただ「私にはわかりません」と言うしか、なかった。

翌朝、町の木戸が開くのを待ってお峯は澤村田之助のところへ向かった。田之助太夫が小屋に出座するのは決まって九つ半（午後一時頃）。足を切って以来、夜遊びをしなくなった太夫は、朝が相当に早いと小屋の誰かに聞いた覚えがあった。

お峯は歩きながら、懐に入れた紙包みをそっと押さえた。そこには、源三郎から預かった幽霊画の下絵が入っている。

源三郎は朝一番で番屋に向かい、ほかの見回り役に蕪城只之介のことを告げているはずだ。今はまだ、はっきりとした結論を出せる段階ではないが、只之介が少なからず事件に関与していることを考えれば、この際番屋に入ってもらったほうが、なにかと都合が良い。

「これ以上、血腥《ちなまぐさ》いことを起こさないためにも、蕪城浪人にはかわいそうだが不便な思いをしてもらおう」

そう言ったのは魯文である。きっと今頃湯島の茶屋には、守田座の座元を暴行した罪で蕪城を捕えるべく、捕り方が向かっていることだろう。お峯は源三郎に、

「ちょっと確かめたいことがありますから、幽霊画を貸しておいてくださいナ」

と頼んだ。

実は、昨夜魯文と源三郎に告げていないことがあった。お峯は絵の中にもう一つ、判じものを解く鍵《かぎ》らしいものを発見していたのである。

（このことを直接、田之助に確かめたい）

そう思って、絵を借り出したのだ。

鍵は、幽霊画の手前の行灯《あんどん》にあった。薄い光をこもらせた行灯の片面に、十字の桟が入っている。気がつかなければなんということもない、極々《ごくごく》普通の絵柄だが、

（周りの枠と、桟とを一つにして考えれば）

紛れもなく「田」の字を作っているではないか。河鍋狂斎が、このような絵柄を無神経に作ったとは思えない。やはり幽霊画には、

（見た目は女に見えるが、実は男）

という意味と、

（そのものには「田」の字がつく）

という、二つの意味があったのである。それは取りも直さず、澤村田之助を指していることになる。だが、お峯の推量はそこで行き詰まった。絵の中に田之助の名前が隠されていたところで、「だからどうした」と言われれば、言葉が続かない。もちろん、狂斎がたったそれだけのことを絵に残すはずがない。全ての判じものを解明すれば、「澤村田之助が云々《うんぬん》……」という言葉が浮かび上がってくるはずなのだ。

お峯は堂々巡りの思考の中で、唐突に、

（絵を、田之助本人に見せよう）

と思い立った。理由はなんとでもつく。幽霊憑《つ》きになったと噂になっている音羽屋の話題を持ち出し、「この絵が原因だそうですよ」とでも切り出せば良い。

その瞬間の田之助の表情を、お峯は見たい。

（きっと動揺するだろう。もしかしたら憎悪に満ちた目で、私を睨《にら》むかもしれない）

田之助の、その目を想像するだけでお峯の胸は感動にも似た高ぶりを感じる。

もう一度絵を、着物の上から押さえた。そこにはっきりと感じられるほど、お峯の心臓は激しく鳴っている。


芝居町の一軒家に、田之助は住んでいる。戸口に桔梗《ききょう》の鉢植えがいくつも並べられているのは、内儀《ないぎ》のお貞《さだ》の趣味なのだろうか。

（桔梗太夫……）

のことを思い出すと、気分が暗くなった。それを振り払い、

「ごめんくださいましな」

お峯は家の中に向かって声をかけた。すぐに、少女のような顔つきのお貞が姿を見せた。

口入れ屋の相模屋《さがみや》政五郎《まさごろう》の娘で、この時二十四。すでに年増《としま》といっても良い年齢なのに、お峯と並んでも姉妹のようにしか見えない。相模屋と辰巳屋は同じ並びに店を構えていたから、お峯はお貞のことをよく知っている。一年前、河竹新七の元に弟子入りするという話を、最初にまじめに聞いてくれたのはお貞だった。

「お峯ちゃん、がんばんなよ。お峯ちゃんだったらきっといい狂言作者になれるよ」

二十三まで嫁に行きそびれ、肩身の狭い思いをしていたお貞は、お峯におのれの生きる姿を写し見たのかもしれない。さすがに、そのお貞が田之助の後妻に納まるという話を聞いたとき

には、お峯も仰天した。まして、田之助は片足を失い、残る左足も切断を待つばかり、というときにである。

「あらお峯ちゃん！」

お貞が顔を見るなり、笑った。その笑顔を見ると、お峯の胸はうずいた。

「久しぶりに顔を見たくて」

と口から嘘がついて出る。

「そうなの、私もうれしい。さぁ、上がって」

どうして田之助の家を訪ねようと思ったときに、お貞のことを思い出さなかったのだろう。

（田之助の動揺する顔を見たい）

と思った瞬間から、頭の芯《しん》に鈍い痛みが走って、それ以外のことは考えられなくなってしまった。でなければ昨夜の話の中でも、絵のことを源三郎らに言わぬはずがない。

（私はなにをやっているのだろう）

「ちょうど今から遅い朝御飯なのだけど、食べていくでしょう」

お貞が聞いた。

「あ、いいえ」

「そういわず食べておいきなさいな」

話しながら、すでに膳《ぜん》の支度を始めている。そして、

「お前さん、お峯ちゃんが」

と奥の間に声をかける。すぐに、「入ってもらいな」と、田之助の間延びした声が聞こえた。

お峯はこのようにのんびりした田之助の声を、初めて聞いた。

奥の間に入ると、田之助が長火鉢の前で煙管《きせる》に火を点けようとするところだった。黒仕立ての小紋を楽に着て、髪は長いままを額の上と、切り際でまとめたいわゆる玉結《たまむす》び。

横に投げ出した腰から下が、着物の中身がないからこそ妙にはかなくて色気がある。何気ない着こなしも、この役者が着ると全てが美しい。『田之助』という名前さえ付ければ、小袖《こそで》から紅、おしろい、下駄《げた》、髪の結い方まで、なんでもたちどころに売れるというのもうなずける。田之助が身に着ければなんでも美しいが、誰が着ても田之助のようになれるというわけではない、ここの所さえ誤解しなければ、の話だが。

「お加減はいかがでしょうか」と言ったあとで、お峯は凍りついた。

田之助の横に、無造作に開かれた反故紙《ほご》の束があった。

「それは……!」

「まったく、なんの予感がしたものやら、これを読み終わったところにお前様が訪ねてくるとは、ねぇ」

田之助の横にあるのは、先月お峯が書いて、河竹新七に渡した世話物狂言の台本である。

『狂言作者は才能があるか否かを問われるよりも、本を書き続けられるか否かを問われることのほうが本分と知れ』

というのが新七の口癖である。そのため半年前からお峯は、定期的に自作の狂言を新七に見せるようにしている。

その本が、田之助の手元にある。

「其水師匠が、面白いから読んでみろと言うのでね」

その言葉だけでお峯は、心臓が喉《のど》から飛び出そうになる。

「まぁ、辛《から》いことを言わせてもらえば、まだ黄表紙に毛の生えたような出来だ。だが、悪くはない、独特の軽味があっていいと思いますよ。

筋はもう少しひねったほうがいい。最初の二、三枚を読むと最後の場まで読めるようでは、駄目だ。

台詞《せりふ》がいいね。特にこの、

『朝の露かと失《う》せにし恋や恋、夢幻の悪戯《いたずら》なるか川風に、遠くながむる筑波《つくば》のふもと、終《つい》の涙も乾かぬうちに、娘心に春の風』

という台詞がいい」

田之助の言葉を聞きながら、お峯はほとんど夢の中をさまよっていた。口跡の良さで知られる澤村田之助が、自分一人のために、

(しかも私の書いた本の台詞を！)

朗々と読んでくれただけで、もう気持ちはすっかり桃源郷を駆け巡っている。お貞がいつ朝食の膳を自分の前においてくれたのか、わからないほどだ。

「軽味がいいのさ。年が若いせいだな、本当に若い人間と気持ちが若い人間とは根もとの所で

違うのかもしれねぇ」

有頂天の中に、小さな異物があった。真綿を敷きつめた床を、裸足《はだし》で飛び回っているうちにふと感じた小さな刺《とげ》。それは胸の奥でささやく微《かす》かな声だった。

（………）

「最近では、其水師匠の新作の台詞が重く感じられて仕方がなかったのさ」

お膳に並べられた朝食は鯵《あじ》の開きを焼いたものに味噌汁《みそしる》と飯。佃島《つくだじま》のあさりの佃煮と、これは田之助の体力を付けるためだろう、卵焼き。田之助はお貞とお峯の顔を交互に見ながら、実に柔らかい笑顔を浮かべて、膳を平らげてゆく。

（違う、違う）

胸の奥でささやく声が、少し大きくなった。

「やはりこれからは、お前さんのように新しい才能が花を開かなくっちゃな」

声はさらに大きくなる。

（違う、違うんだ。田之助太夫はこんな柔和な顔をしていてはいけない人だ）

（もっと凄絶《せいぜつ》に、滅びに向かって）

「どうだろう、次のといっても来年あたりになるが、私の芝居の本を書いてみないかい。いきなり新作では骨が折れるだろうから、師匠の旧作を、お前さんなりに変えてみては」

お峯の中でなにかが弾《はじ》けた。胸が苦しくて仕方がない。強烈な吐き気を覚えた。

「すみません、そのお話はまた後日」

それだけ言うのがやっとで、お峯は下駄を突っかけ、田之助の家を飛び出した。背後で「お峯ちゃん！」とお貞の声が聞こえても足は止まらず、まっすぐに大川に向かって走っていった。込み上げる苦しさに顔がゆがみ、脂汗と涙が噴き出す。こんな顔は誰にも見せたくはない。

土手を駆け降り、葦《あし》の原をかき分けて水際に座り込んだ。たもとの手拭《てぬぐ》いを水に浸し、涙を何度も拭《ふ》く。その間にも吐き気は間断なくお峯を襲う。拭いても拭いても涙が溢れてくる。体の中のからくりがどこか壊れて、涙を止める元栓が開きっぱなしになったようだ。

じきに吐き気が治まると、今度は得体の知れない寂寥感《せきりようかん》に襲われた。賽《さい》の河原を裸足で歩む時には、きっとこんな気持ちになるのかもしれない。

「どうしたの、いきなり」

背後の声はお貞である。

「あの、私……」

お貞が、お峯の横に同じように座り込んだ。

間近に迫った冬の日差しが、水面を無数の光の帯に変えて、そこを荷運びの船がいくつも過ぎてゆく。

「大丈夫、体がどうこうしたわけではないの」

「びっくりしたわ、まさか赤ちゃんができたとは思わなかったけれど」

「そんな、いつもと違う太夫にびっくりしただけです」

「優しくなったでしょう、あの人。病の痛みが襲ってこない限り、いつもあの調子なの。まるで人が変わったみたい」

河面に向かってつぶやく声が、穏やかな風にも搔《か》き消されてしまう。

「こんなことを言うと怒られてしまうけど、優しすぎるあの人の傍に居ると、どうしようもなく歯がゆい気持ちになってしまう。私はこんなぬるま湯のような人の女房になったんじゃない、澤村田之助は、自分のためなら女房の一人や二人、笑って踏みにじるような人でなければ、なんて思ってしまうのよ」

あなたも同じことを感じているのではないの、というようにお貞がお峯を覗《のぞ》き見た。

「でも、所帯を持つならそのほうが」

気持ちと反対の言葉が口から出た。

「そうね、子供もできることだし」

「えっ？」

「来年の夏には子供が生まれるのよ、田之助の子供が」

「あの、そのことを太夫は？」

「人に言ったのは、お峯ちゃんが初めてよ」

お貞は、膝《ひざ》をパンパンと払って、立ち上がる。

「いつだったかな、田之助が夜中にぽつんと言ったの。私に聞かせるためじゃないと思う、きっと独言《ひとりごと》ね。

『咲くだけ咲いたら、あとは散るのを待つばかり。しょせん役者は椿の花か』

って。あと何年、今のような所帯ごっこが続けられるかわからないけど、私は最後の瞬間まで、澤村田之助の女房でいたいと、その時思った」

にっこりと笑ってお貞は「じゃあまた遊びに来て」と言い残し、家に戻っていった。

その夜。幕が全て引けてから、お峯は新七の戯作者部屋を訪れた。

「どうした、顔色が良くないようだ」

「今朝、田之助太夫の家を訪ねました」

そういって懐の幽霊画を取り出した。

「見せたのかね？」

それには答えず、じっと新七の顔を見た。行灯の光で、目尻《めじり》の皺《しわ》がいっそう深く見える。

「師匠、私はお酒を飲んでみたいのですが」

新七はうなずき、部屋の隅から一升徳利《どっくり》を持ち出した。なぜか、とも駄目だとも言わない。

たぶん新七なら黙って酒を出してくれるに違いないと、お峯が思った通りだった。

湯吞みを二つ、そこへ酒をなみなみと注ぐ。これまで白酒や、正月のおとそぐらいは飲んだことがあるが、本物の酒は初めてだ。そのことを知ってか知らずか、新七の注ぎ方には遠慮がない。自ら湯吞みの日本酒を一息に飲んでみせ、お峯にも「さぁ」と目で促した。

「いただきます」

飲む前に酒の表面をふっと吹く。歌舞伎《かぶき》の仕種《しぐさ》の一つだ。嘘か本当か知らないが、こうして表面を吹くと、酒の気が抜けて量がたくさん飲めるのだそうだ。一口飲んで、そのまま喉《のど》に流し込む。

「どうだね」

「甘いです、とてもおいしい」

「お峯はずいぶんといける口かもしれないね」

喉から胸にかけて、ぽっと火が点《とも》った。それがうれしい。

(こんな気持ちがほしかったのか)

酒が好きで好きでたまらない河鍋狂斎のような人はともかく、河原崎権之助や澤村田之助のように、さして好きでもない酒を人が飲むのはなぜだろうかと、不思議に思っていた。

河竹新七にしても、酒を自ら嗜《たしな》む習慣がほとんどないくせにこうして仕事場に徳利を置いている。

「忘れたいことがあるからさ」などと言う人もいるが、それがわからない。この世に忘れていいことなどあるはずがない。酒を飲んだくらいで忘れられるものもない。

(だけど、心の中が寒くて仕方がないときに、ほんのわずかでも暖かさを与えてくれるんだ、お酒は)

もう一口飲んだ。新七が特別に部屋においている酒だからきっと上等なのだろう。口に含むと柔らかい香りが広がる。飲み込んでも、喉に引っかかることなく胃にすとんと落ちる。そこで暖かい火を点す。そしてまた飲む、この連続だ。

しばらく時をおいて、

「田之助太夫が、私に自分の芝居の本を書かないかとおっしゃいました」

と告げた。

「わたしもそのつもりだった。お峯は頭の働きが速い。それにものごとをほかの角度から見る眼力があるから、そろそろ一本持たせようかと考えていたところだ」

ですが私は、と言いかけて口をつぐむ。田之助の所に幽霊画を持ってゆき、そこで太夫の動揺の具合を見て、自分の推量が正しいか否かを確かめようとした。

（自分が醜い）

と思えて仕方がないのだ。

新七がもう一杯、自分の湯呑みに酒を注いで、また一気に飲み干した。

「幽霊画のほうは、どこまで謎解きができた？」

と問われた。少し酔いが回ったようだ。目の前の新七の顔が、微《かす》かにゆらいでみえた。だが頭ははっきりとしている。

「幽霊画に描かれた老婆が、田之助太夫を指していることまでは」

「それはどのような根拠で？」

促されるまま、喉仏のこと、行灯の桟に隠された文字のことをしゃべった。

「謎の本質まではわかってはいません。けれどそれが田之助太夫の出生の秘密に触れるものではないか、との推量は成り立つと思います」

（本当にそうなのか？）

また、新たな疑問である。今朝、お峯は思いがけなく人として丸くなった田之助を見てしまった。果たしてあの田之助に、自分の出生の秘密を知る者を次々と殺してゆくほどの「修羅」があるものだろうか。お貞は言った。「病の痛みがない限り、いつもあの調子」であると。ならば、自分のからだが腐乱してゆく地獄の苦しみの中では、以前通り抜き身の刃物を思わせる、澤村田之助に戻るのだろうか。

ひと通りの話を聞くと、新七は腕を組んだまま動かなくなった。眉《まゆ》の根が盛り上がる。そして、

「もう少したったら、市村座へゆく。お前さんもついておいで」

と言った。

「市村座、ですか？」

となると、菊五郎が関係しているのかと、お峯は思う。幽霊画の所有者であり、絵を見るなりそこに判じものが隠されていることを見抜いたのは彼である。

（そういえば、音羽屋さんはこの絵をどのように見ているのだろうか）

お峯が幽霊画の下絵を見たのは一昨日のことだ。それからまるで回り舞台のように次々と場面が替わり、新しい登場人物が現われたりで、菊五郎のことを思い出すゆとりがなかったのである。

「音羽屋さんが、この幽霊画についてなにか」

そう聞いても新七はただ「行けばわかる」と繰り返すのみだ。そのうちに小屋の若い衆《しゅ》が部屋にやってきて、「始まったようです」と告げていった。

「では行こうか」

新七が腰を上げる。お峯はそれにしたがって、小屋の裏手に出た。守田座と市村座は小屋の裏でつながっている。間に垣根があっても、子供でも飛び越えられる程度のものだ。そこから市村座の裏手に抜け、中に入ろうとすると市村座の若い衆が飛び出してきた。

「これは其水師匠」

「入らせてもらうよ、音羽屋さんに新作のことで話がある」

「それが……今日は誰も小屋に入れるなと太夫元（菊五郎）が」

「たいして手間は取らせない。それでも駄目だと、言うつもりかね」

「あっ、いえ。決してそんなことは」

たとえ守田座であろうと市村座であろうと、猿若町の人間で河竹新七をぞんざいに扱うものはいない。新七が是が非でもと言えば、通さざるを得ないのだ。

裏手から楽屋に入り、そこから舞台へ向かう。基本的な作りは守田座と同じだが、市村座の楽屋は守田座よりもずっと広い。仕掛けと演出に凝る尾上菊五郎の舞台は、どうしても道具類が大がかりになる。それで数年前に楽屋の一部を改装したのである。

そのまま舞台に向かうのかと思うと、新七は楽屋から舞台の脇《わき》の狭い通路へと入ってゆく。通路は裏方たちが移動するためのもので、人一人がやっと通れるだけの広さしかない。

「ここから前に回って、しばらく様子を見る」

お峯はなにがなんだかわからないから、そう言われればうなずくだけだ。

小屋の前に回り、気配をなるべく消して客席に入った。

舞台の真中に、部屋が作られている。部屋と言っても芝居用の道具の一つだから、客席に向いた面の壁はない。四畳半ほどの小部屋の作りである。

「そうだ、行灯はもっと左に寄せて」

菊五郎が、かぶりつきから舞台に向かって指示を出している。お峯が、「音羽屋さん」と声をかけようとするのを新七が止めた。小さな声で、

「もう少しだけ、様子を見るんだ」

とささやく。

（いったいなにが始まろうとしているのか）

「ようし。これで道具の位置は決まった、それじゃあ出てきてくれ」

その声に応じて、舞台の袖《そで》から弟子の一人がやってきた。その扮装《ふんそう》を見て危うくお峯は大きな声を上げそうになった。新七が、「やはりここまで考えたか」とつぶやくのを聞いた。お峯にも菊五郎の意図がはっきりと読める。

弟子は老婆の扮装をしている。元の体型もあるのだろうが、驚くほど絵の中の幽霊に似ている。

（音羽屋さんは、あの絵を舞台に再現しようとしている！）

なぜ、そんなことをする必要があるのか。お峯は必死になって考えるがわからない。結局は、舞台で行なわれることを見るよりほかにないのである。

「そのまま、行灯の後ろに立ってくれ。その位置じゃねぇ！　もう少し左に寄って」

菊五郎は、幽霊に扮した弟子の立つ位置をなおしながら、懐から細長い紙の枠を取り出した。ちょうど掛け軸を幾分の一かに小さくした枠で、それを目の前にかざして舞台を見ている。あくまでも絵に忠実であろうとしているのである。

（いかにも完全主義者らしい）

菊五郎にはこんな逸話がある。

その時十四歳。菊五郎はまだ十三代目の市村羽左衛門《いちむらうざえもん》を名乗っていた。河竹新七の書き下ろしで『鼠小紋《ねずみこもん》東君《はる》新形《のしんがた》』を演じたときのことだ。菊五郎の役柄は蜆《しじみ》売りの三吉。その役作りのために彼は日本橋まで出かけ、同じ年頃の本物の蜆売りの少年を一日中追いかけてその売り声をまねたという。のちに大道具の一つである店屋の看板の、虫食いの跡まで再現させたと言われるほどの写実主義は、すでに少年時代から始まっていた。

「駄目だな、もっと行灯から離れてみてくれ」

「行灯の光が弱すぎるのかもしれねぇ、灯芯《とうしん》を少し長くしてみてくれ」

「壁に近すぎるか。全体をもっと右寄りに」

次々と菊五郎は指示を出すがどうしても気に入らないらしい。

お峯が見ても、やはり本物の絵とはどこかが違っているのだ。懐から下絵を取り出した、その物音で菊五郎がこちらを振り返った。

仕方なく二人は舞台の前の菊五郎に近寄った。

「これは……師匠！」

「黙っていて悪かった。あまり一生懸命なのでね、声をかけそびれちまった」

「こりゃあまた、お恥ずかしいところをお見せして」

「邪魔ではなかったかね」

「気にしないでくださいよ。それよりも田之助の八重垣姫、ますますすごい人気じゃないですか。こないだ見た狐火の場の稽古《けいこ》じゃ、太夫が急に倒れるからびっくりしたが、調子は良いようですねぇ」

「まぁ、な」

菊五郎の視線がお峯の持っている幽霊画に注がれた。

「それは……」

「実は、うちの身内にも幽霊憑きが出てしまった。ならばいっそ、幽霊憑き同士話し合えば、悪い憑き物が早めに落ちるのではないか、と思ってね」

「ふうん、そうですか」

「太夫元、あれは幽霊画を実物に置き換えたものですよね」

お峯の言葉に菊五郎はうなずく。考えようによってはおかしな話である。河鍋狂斎はあくまでも絵の中に判じものを残しているのだ。絵をいくら現実の世界に置き換えても、そこからなにかがわかるとは思えない。

「不思議そうな顔をしているね、お峯ちゃん。どうしてこんなことをするのか、納得できないでいる顔だ」

「ええ、少し」

「お前さんは、絵の中の判じものをどこまで読み取っている？」

お峯はさきほど新七に語った通りのことを、菊五郎に繰り返した。ただし田之助の出生の秘密が隠されている、とまでは告げなかった。あまりに確証がなくて、言うにはためらわれたのだ。

「驚いたな、そこまで読み取っていなすったか。まったくたいしたものだ」

「では、やはり……」

「間違いなく、絵の中には田之助の名前が隠されているよ、だが」

菊五郎は再び舞台に目を向けた。「もう少し行灯だけを右に寄せてくれ、それからがんどうを使って左から光を当てるんだ」と指示を与え、

「問題はそこからなんだ。その先の謎解きは、お前さんには酷かもしれない」

「どういうことなのでしょう」

「あの絵は、逆さの黒衣《くろご》なんだ」

と、菊五郎は謎めいた言葉を口にした。それっきり、お峯がどれほど、

「逆さの黒衣とは、どういう意味なのですか」

と問い質《ただ》しても、菊五郎は口を開かない。

（逆さの黒衣？）

お峯はまたその言葉を繰り返しながら、舞台と絵とを見比べる。菊五郎が、黙って掛け軸を差し出した。広げると、それは本物の幽霊画だ。絹本と呼ばれる布に描かれた本物の幽霊画は、下絵をはるかに凌駕《りょうが》して、見る者の恐怖心を鷲掴《わしづか》みにした。

「すごい……」

お峯は言葉を失った。

「絵も恐ろしいが、そこに隠された意味はもっと恐ろしい」

「ですから」

舞台の後ろで、やけに気ぜわしげな足音がして「おい！」と、野太い声が響いた。

「寺島《てらしま》（菊五郎の本名）の！　こいつはいったい、なんの趣向だ」

「山崎屋の太夫元！」

お峯は驚いた。そこに立っているのは河原崎権之助だ。

だが権之助には、新七もお峯も見えていないらしい。まっすぐに菊五郎に向かって歩み寄り、

「もう一度だけ聞く、こいつはいったいなんの趣向のつもりだい」

人一倍大きな瞳が、ますます大きく見開かれて菊五郎を睨みつける。そこへ朱を入れれば、碇知盛《いかりとももり》そのままになりそうだ。

お峯は思い出した。

（そうだ、絵の中の老婆は、先代の権之助さんのおっ母さんにそっくりだと……）

生涯独身であった先代の権之助の母親であり、現在の権之助を厳《きび》しく育てたお常を幽霊に仕立てたものだと、前に聞いていたのだ。

「寺島の！」

「や、これは」

菊五郎は下を向いてはっきりとしたことは言わない。お峯は手元の掛け軸をわからぬように畳み込んだ。

（絵は見せないほうがいい）

瞬間的にそう思ったのである。新七を見ると、黙ってうなずいてくれた。

「お前さんが幽霊憑きだって噂は聞いていた。おおかた次の納涼興行の新しい趣向を考えついたのだろうとしか思わなかったが」

育ての親ともいうべきお常を、晒《さら》しものにされて気持ちがいいはずがない。権之助の怒りはまぎれもなく本物である。いつだったか、魯文が「山崎屋が音羽屋と角を突き合わせているのは、ただの見せかけだ」と言ったことがある。だが、目の前の権之助は今、河原崎権之助としてではなく、堀越秀《ほりこしひでし》（権之助の本名）として、菊五郎に怒りを燃やしている。

（音羽屋さんは、ここで幽霊画の判じものについて話すだろうか）

「黙ってねぇで、なんとか言ったらどうだい」

それでも菊五郎は、下を向いたままだ。お峯には今夜の権之助が大きく見えて仕方がない。

日頃「青びょうたん」などと陰口をたたかれているのが嘘のようだ。

ようやく、

「わかった、話そう」

菊五郎が顔を上げた。

「だが、今夜じゃねぇ、あと一晩だけ待ってくれないか。明日だ、明日の晩こそなにもかも説明しよう」

そしてお峯と新七のほうを向き、

「明日の晩、同じ刻限に守田座の座元と長谷川勘兵衛も一緒に、ここへ来ちゃあくれませんか。ただし田之助には内緒にして、お願いでございます」

と言って、深々と頭を下げた。権之助もこの時になって初めて、新七らの姿に気がついたらしい。決まりが悪そうに「では明日の晩に」と会釈をして、引き上げていった。

「いいのかい、あんなことを言って」

権之助の姿が見えなくなるのを待って、新七が聞いた。少し考える時間をおいて、菊五郎は、

「大丈夫です。ほとんど謎は解けていますから。あとはうまく話を組み立てさえすれば」

もう一度菊五郎は、大丈夫ですと言った。

「音羽屋の太夫元」

とお峯。

「太夫元はこの幽霊画が、猿若町で起きている一連の事件の真中にあることを、ご存じでしょ

うか」

先ほどから気になって仕方がなかったことである。判じものに夢中になっていた菊五郎が、周囲のことにまったく関心を持たなくなったことは十分に考えられる。もしかしたらそれ自体がひどく危険なことで、猿弥も蕪庵も、相中頭も全ては絵の秘密に触れたために命を落としたのだと、知らせておかなければならない。

「ん？　およそはね、わかっていた」

「では、蕪庵さんや猿弥さんが、この絵を見たことも」

「猿弥のことは知らないが、蕪庵さんはなくなる幾日か前に、あたしの所にやってきて実物の絵を見ているもの」

「そうだったんですか」

「あたしを襲った浪人者が『江戸ものは許さぬ』と言ったが、あれも話が出来過ぎている」

菊五郎は、猿若町に流れている「上方からの刺客」の噂も耳にしていたのである。

「きっとこの絵に隠された意味を、ほじくりかえしてほしくないものがいるのだろうと、最初から見当をつけていたが」

そこで言葉を区切って、あらぬ方向を見た。

「明日はつらい場になる。だが、公けにしないわけにはいかないだろう」

新七の目の合図を受けて、お峯は「それでは明日」と、その場を離れた。菊五郎は挨拶《あいさつ》も返してはくれない。

帰りの夜道で、お峯は新七に、

「いったい誰が、山崎屋さんに知らせたのでしょうか」

と聞いてみた。幽霊憑きの噂は聞いていても、権之助が幽霊画を見たはずはないし、まして絵の中の幽霊がお常にそっくりであることを知るはずもない。

「当然、音羽屋さんが幕の引けたあとの舞台であんなものを作っていると、知るはずがないのに」

「……わたしだ」

「え!?」

「わたしが若い者を使って、権之助に知らせたのだよ」

前をゆく河竹新七の背中を、お峯は信じられないものを見るような目でいつまでも見ていた。

9

「逆さの黒衣《くろご》か」

河竹新七は、小屋の近くの居酒屋で酒を飲みながらその言葉を、何度か吐いた。昨夜、菊五郎が漏らした謎の言葉である。

ちょうど今時分から、守田座では田之助の本朝廿四孝の舞台が幕を開ける。今日を含めて、あと四度、

（幕が開いて、無事に閉まればとりあえずは良い）

「ではそれから先はどうなるのだ？」

手にした盃《さかずき》に話しかけてみる。答えなどあるはずがない。先を見れば絶望と言う断崖《だんがい》が、待っているだけである。一日でも長く、田之助を舞台に上げる工夫で見えた光も、その背後の闇《やみ》を照らすほどのものではない。

今夜、菊五郎が河原崎権之助、守田勘弥、長谷川勘兵衛、自分とお峯の前で例の幽霊画の秘密を解き明かすことになっている。新七、勘弥にとってはこの夜が大きな賭《か》けになる。

そのことを思うと、日が高いにもかかわらず酒を飲まずにはいられない。

（菊五郎がどこまで真実に迫るのか）

その鍵《かぎ》が「逆さの黒衣」という言葉に込められているようだ。

先ほどから何人もの人間が新七に向かって、「おや、師匠珍しい」と声をかけてゆく。およそ昼間から酒を飲む姿など、人に見せたことのない新七である。この時間、居酒屋にいるのは小屋の関係者が圧倒的に多い。関係する幕が終わった者、これから控えている者、小屋で用意する賄《まかな》いに満足しない、そして自分の懐から出した金で食事をとる余裕のある者だけが、こうして外の店にやってくる。

その話が先ほどからしきりと耳に入る。

「昨日の夜もヨ、俺っちが帰ろうとすると、小屋の裏口辺りを怪しい人影がウロウロしているじゃねぇか。こいつはてっきり例の刺客だと思って、おいらこうして腕捲《うでまく》りしてよ」

「ここであったが百年目、思う仇《かたき》は貴様か！　と殴りかかったか」

「いや、『どちら様で』と頭を低くして尋ねた」

「なんでぇ、だらしのねぇ」

「ところがそれが、音羽屋の贔屓《ひいき》筋の指しもの職人よ。腹にわざわざ温石《おんじやく》（温めた石を布で巻いたもの）まで抱いてよ、話を聞くとよっぴて小屋の周囲を見回っているらしい」

「暇な男だね。昼間の仕事はどうしたんだい」

「夜に備えて、昼は板戸を締め切って寝ているそうだ」

このひと月というもの、猿若町は小屋の内と外とで異様な興奮状態にある。内側の興奮を支えているのは言わずと知れた田之助の八重垣姫だ。そして外側にいるものを興奮させているのが、一連の事件なのである。贔屓の中には、話に登場した指しもの職人のように、おのれの生活を引き換えにしてまで小屋を守ろうとする者があとを絶たない。にわかに発生した見回り役同士が、誤解の末に大きな喧嘩《けんか》になったという話も一度や二度ではないのだ。

深夜にわたって密《ひそ》かに行なわれている八重垣姫の稽古《けいこ》にさえ、善意という名の好奇心をむきだしにした贔屓が迷い込んできて、場違いなところで、「紀伊国屋！」などとかけ声をかけて新七らをあわてさせたことがある。

（なんとかしなければならない）

新七は考えぬいた末に、菊五郎の幽霊憑《つ》きの顚末《てんまつ》を権之助に伝えるよう、手配したのである。この興奮を抑えつけるためには、なにか大きなきっかけが必要だ。新七の目から見ると、異常な興奮の元は小屋の関係者にあることは明らかだった。小屋に出入りするさまざまな人々、それこそ新七の後ろで飯を食っている二人のような、有象無象の人々が落ち着いてさえいれば、なんということもない騒ぎなのである。

（小屋の人間がしっかりしないから、周りがますます騒ぐ）

時代が明治に変わってからというもの、町の治安は極度に悪化している。殺し、強盗、喧嘩など日常茶飯のことだ。一連の事件も、そうした物騒な世の中に湧《わ》き出た小さな泡に過ぎないことを、どうしても印象づける必要があった。

「新七さん」

仮名垣魯文が目の前に座った。座るなり店の小女が差し出した盃に徳利《とっくり》から酒を注ぎ、

「ひでぇじゃないか」

と言う。

「なにが、ひどい」

「まったくとぼけるのがうまいね。今夜市村座で、例の幽霊画の謎解きがあるそうじゃないか。俺を除《の》け者にするなんざ、了見が少し違っちゃあいないか？」

「そのことか、誰から聞いたね」

「誰だっていいさ、それより俺と源三郎も同席させてもらっていいんだろうね」

「まぁ、仕方があるまい」

二人に話が漏《も》れるように仕向けたのは新七自身である。今朝から勘弥は蕪城只之介の件で水

無瀬源三郎の所を訪ねている。その時に、

「さりげなく、謎解きの話を匂《にお》わせてほしい」

と、勘弥に申しつけたのである。

(話を聞くのは、なるべく大勢のほうがいい)

しかも事件の渦中にいる人物であれば、なおさらだ。

「音羽屋は、どこまで謎を解いたと言っている?」

「それを今夜話すのさ、あわてちゃいけない」

「もっともだが、ね」

「ついでに、こんな馬鹿騒ぎも今夜でおしまいにしたいものだ」

「人が三人も死んでは、そうもいかないだろう」

それには答えず、新七は黙って盃を空けた。店の主人が、目で縄暖簾《なわのれん》を指した。そこに留吉の姿がある。

「お入り、飯でも食べていけばいい」

新七が声をかけても、留吉は暖簾の外に立ったままだ。もう一度「お入り」と言って、ようやく暖簾をくぐった。

「師匠、今夜の集まりのことで……」

「お前さんも知っているのかい」

「はい、それで俺も」

「勘兵衛さんはなんと言っている」

「それは……お前には関係のない話だから、と」

「直の師匠が駄目だと言うものを、私がどうかすることはできないよ。それに大した集まりじゃないんだ。今夜は幕が引けたらすぐにお帰り」

「でも、相中頭《あいちゅうがしら》が殺された夜のことで……」

「それは今夜のことと関係はない、だから今日はあきらめなさい」

語気を少し強めて言うと、留吉は半分泣きそうな顔になって、「すみませんでした」と店を飛び出していった。

「あそこまで強く言うことはなかろうに」

「……………」

「例の相中頭が殺されたとき、一度はあの子に疑いがかかったのだろう。まんざら関係がないとは言えないんだ。同席させても良かったんじゃないかね」

「あまり、知らないほうがいいことだってあるだろう」

「だったらお峯ちゃんはどうなる？」

「あの娘はもう、どっぷりと謎につかっちまってる。どこぞの誰かさん二人がおかしなことばかりを吹き込むものだから」

「ひでぇなぁ、これでも若い娘だからとずいぶん話にも気を遣っているんだぜ」

幕の終わりを告げる柝《き》が響き、音曲方の景気のよいすがきがここまで聞こえてくる。

「ちぇっ、今日は妙にすががきが空々しいや」

じゃあ、あとで、と言い残して魯文が店を出る。新七は一人黙然と、酒を飲み続けた。

夕の七つ。市村座の前に立つと、すぐに印半纏《しるしばんてん》を着た若い者がやってきた。新七の顔を認めると、「どうぞ」と中へ案内する。小屋の周りには同じ半纏を着た若い衆が数人、周囲を見回っている。

「ずいぶんと物々しいね」

「今夜は、誰がどんな無理を押し通そうとも、よけいな人を中に入れてはいけないと太夫《たゆう》に言われております」

「魯文さんと水無瀬の旦那《だんな》は？」

「先においでになっていますよ」

菊五郎が、これほど厳重に人を締め出す気でいるとは、新七も気がつかなかった。あらかじめ魯文と源三郎も呼んであると、

（音羽屋に伝えておいて良かった）

新七は、舞台を通り抜けて菊五郎の楽屋に案内された。ここは菊五郎が思いついた趣向をすぐに試すことができるよう、小さな三間ばかりの舞台がしつらえられている。こうした贅沢《ぜいたく》、わがままがきくのも、元はといえば彼が市村座の座元であったからだ。小屋の経営を維持するためには、菊五郎のような人気役者が数多くの舞台を勤めなければならない。そこで実の弟に

市村座座元の市村羽左衛門の名を譲り、自分は五世尾上菊五郎として、ほかの小屋にも出演している。

すでに、部屋には新七以外の全ての人間が集まっていた。舞台の隅で膝《ひざ》を崩しているのが魯文と源三郎。お峯、勘兵衛、勘弥はきちんと正座をしている。

人のかたまりから少し離れたところに座っているのが、権之助だ。ほかの人間は、ここで行なわれる幽霊画の謎解きが、一連の猿若町で起こった事件の一つの答えであるという予感があるから、その表情はいくぶん緊張している。憮然《ぶぜん》とした顔で座っているのは、権之助のみだ。そもそも彼は幽霊画のことなど知るはずがないし、昨夜の一件について説明を受けるだけのつもりでいる。

（それがどうしてこんな、大人数が集まらねばならない）

憮然とした顔が、明らかにそう言っている。

「遅れてすまなかった」

「別にいいんですよ、それじゃあ始めましょうか」

菊五郎が言うと、表の若い衆が「わかりました」と部屋の前から離れていった。

「ちょっと待ってくれ、寺島の。いったいなにを始めるつもりなんだ。私は昨夜の舞台の説明を聞くだけのつもりでここにきたんだがね」

権之助が言った。

「わかっているよ。だが、それを説明するにはどうしても、長い話をしなきゃいけない。ほかの人にも聞いてもらわなきゃいけねぇし、かと言って無責任な噂《うわさ》を流すわけにもいかないのだ。ここはひとつ半刻《はんとき》ばかりの辛抱だ、俺のわがままを通させてくれ。

それともう一つだけ。今夜ここで聞いた話は、全て各々の胸三寸に仕舞い込んで決して外には漏《も》らさぬように、どうかお願いします」

菊五郎は皆に頭を下げて見せ、化粧台の下から桐の細長い箱を取り出した。

「山崎屋の、お前さんも知っての通り、猿若町には今とんでもねぇことが立て続けに起きている」

「フン、上方の刺客云々《うんぬん》か。ばかばかしい話だ、無責任にもほどがある。十六年前に大坂で死んだ兄さんのことまで持ち出し、面白おかしく話に尾鰭《おひれ》を付けて噂を流す奴がいて、いい迷惑だ」

「確かに無責任な噂だ。ところでお前さんは、事件のことをどう思う」

「どうって、驚天動地の御一新の直後だ、頭のおかしな奴《やつ》が現われたって、不思議はあるまい」

権之助は、まさしく新七が望む考え方をしている。

「だったらどうして、高宮猿弥、加倉井蕪庵、相中頭の澤村あやめと、全てが同じ殺され方をしたように見せなければならない？」

「それこそが、頭のおかしい証拠じゃないか。まともな奴ならあんな真似はしない」

「つまりお前さんは、三つの事件は同じ下手人の手によるものだと、思っているのだな」

「うむ……」

「山崎屋がくる前に、そこのお峯ちゃんと魯文さん、源三郎さんが、おもしろい話をしてくれた。猿弥の事件と蕪庵先生の事件とは、別の下手人がいるという話だ」

八百膳《やおぜん》でのお峯の推量が、ここでもう一度権之助に語って聞かされた。

「なるほど、二つの殺しを同じ下手人の仕業に見せかけることで、自分を容疑の外におく、か。そいつは確かに気がつかなかった」

「その推量が正しいか否かは別にして、あたしには今回の事件の下手人が決して狂っているとは思えねぇ。たとえ気持ちのどこかにほかの人間とは違う色を持っていたとしても、全体にひどく冷静で、算盤《そろばん》の確かさのようなものを感じるんだ」

「だが、それと昨日の件となんの関係がある？」

菊五郎が箱の中から袱紗《ふくさ》に包まれた掛け軸を出した。

「こいつも源三郎さんたちから聞いた話の受け売りだよ。今回の一連の事件を解き明かすには、どうしても押さえておかなきゃいけないつぼがある。それはつまり、事件の発端がどこか、ということなのだ」

「そいつは考えるまでもない、半年前の高宮猿弥殺しだろう」

「だが、十六年前の八世殺しだ、とする噂もある」

「ばかばかしい話をぶり返すんじゃない。そんな安芝居の狂言、誰が本気にするというのだ」

「ところがナ、今回の事件の一番不可解な点が、実はそこなんだ。発端が摑《つか》めねぇから事実が見えてこねえ。挙げ句に十六年前の因縁話まで持ってこなければならなかったと、あたしは睨《にら》んでいるんだ」

「なにが言いたい、音羽屋！」

菊五郎の手が、掛け軸の結びの紐《ひも》を解いた。軽く振る仕種《しぐさ》を見せると、絵は生き物のように転がって皆の前に姿を現わす。

「山崎屋は初めてだろう。こいつは三月近く前に河鍋狂斎先生からあたしに届けられた、幽霊画だ」

「狂斎さんの……？」

昨夜舞台で見たものが、絵を忠実に再現したものであることを権之助は初めて知ったことだろう。

「どうしてこんな」

「この絵が届いてしばらくして、狂斎先生から一通の手紙が届いた。そこにはひと言『如何《いかが》』と書いてあるばかりだった。あたしは考えたよ。如何とはどういう意味だ、もしかしたら狂斎先生、この絵の中に判じものを隠しているんじゃないかと」

菊五郎は絵解きに夢中になっていったいきさつを説明した。

「どうやら蕪庵先生もこの絵には興味を持ったようだ。なんでも半年以上も前に下絵を見て以来、気になって仕方がなかったのだそうだ。先生はあたしの家で実物の絵を見て、そして数日後には殺されなすった。そうさ、猿弥と同じむごい方法でな」

「知らなかった……」

「あれこれ噂が流れたのは知っていたが、あたしは事件の後ろにはこの絵があるに違いないと、確信していたんだ」

「じゃあ猿弥も？　やはりこの絵が原因で殺されたのかね」

膝を崩していた源三郎が、口をはさんだ。

「同じ半年前に、下絵を見ているんだ」

「殺される直前に猿弥は、俺に相談したいことがあると、文を寄越している。絵の中に隠された意味を解き明かしたかどうかは謎だが、なにか気がつくことがあって俺に伝えたいと思ったのだろうよ。だがそのことを逆に下手人に知られちまったのか、鏡が池のほとりの境内で、俺の目の前で殺されたのは周知の通りさ」

これは仮名垣魯文のダミ声だ。

「そうか、わかった。この絵の中に隠された判じものを解くことは、すなわち猿若町に差し迫る暗雲を、追い払うことになると言うのだな」

「まさにその通りだ。決して山崎屋の、お前さんのおっ祖母《か》さんにつっかかってどうの、芝居にしようのこうのと言う了見の話じゃあ、ねぇ」

「そして音羽屋の。お前さんはその判じものの謎を解いたというのだな」

「たぶん……今夜はそいつを皆に聞いてもらいたくて、ここに集まってもらったのだ」

「ならば納得した。さて、その判じものとやらをゆっくりと聞こうじゃないか」

部屋にいる全員の間にほっとした空気が流れた。新七はその様子をやや後ろのほうからじっと窺《うかが》っている。ここまでは新七が予想し、頭の中で描いた筋書きとほぼ一致している。

（問題はこれからなのだが……）

「まず、じっくりとこの絵を見てほしい。いくつかおかしな点があることに気がつくだろうか」

菊五郎が問う。お峯、源三郎、魯文は答えのうちの何割かを知っているがあえて発言をしようとはしない。菊五郎の質問が、権之助に投げかけられたものであることを察しての気遣いに違いない。

「まずは喉仏《のどほとけ》だな。いくらあの人が孟母《もうぼ》も裸足《はだし》で逃げ出す激しい気性を持っていたとはいえ、いくらなんでも喉仏まではなかった」

「そこだ！　あたしは考えた、こいつはお常婆さんを表わす意味とほかにもう一つ、男が女に化けていることを指しているのだ、とね」

更に菊五郎の指は、行灯《あんどん》の桟を指している。

「こいつは、漢字の田の字だ」

「おい音羽屋の！　これはすると」

「ここに田之助を呼んでいないのは、そんなわけなのだ」

「むう、確かにそう言われれば絵の中に田之助の名前が書き込まれていることはわかる。しかしだからといって」

「そうさ、ただの言葉遊びと言われればそれだけさ。だが、こいつについてはどう思う？」

菊五郎が幽霊の胸のあたりを指す。長谷川勘兵衛の顔を見て、「お前さんならわかるかと、前に相談に行こうとしたんだ」と言った。

「やせて肋《あばら》が見えるだけですが」

「そうじゃねぇ、この影だ！　影のつき方がおかしいとは思わないか、えっ！　からくり師の勘兵衛さんよ」

激しい言葉の指摘に、あっと声を上げたのは魯文だった。

「俺たちはいったいどこを見ていたんだ、確かに影がまるで逆についている」

お峯もようやく菊五郎の言っていることに気がついたらしい。

「ああ、行灯が左にあるのなら、影は左からの光に抉《えぐ》られるようについていなければならないはずなのに」

「逆に、影のほうが光を右から抉っている……」

「もしかしたら音羽屋さん、私に話してくれた逆さの黒衣《くろご》とは、この影のことなのですね」

「それを今から説明しようってのだ、おおいっ！」

菊五郎が三つ、手をたたくと若い衆がやってきてすぐに舞台に行灯と障子を組み立てていった。そうする間にも、菊五郎は化粧台の横から衣装を取り出し、驚くほどの速さで着こんでゆく。顔を作る。そうして行灯に灯を入れて、

「よく見てくれよ」

と言ったときには、舞台には絵の中の世界が忠実に再現されていた。

（ただし、影だけは別だ）

いよいよ話が佳境に入ったことを新七は感じている。

（だがそれは音羽屋の組み立てた話の佳境だ、本当の佳境はその次にやってくる）

「後ろの行灯を消してくれ」

菊五郎に言われて、源三郎が壁の間際におかれた行灯の灯を指でもみ消した。

「どうだい、やはり影は絵のようにはつかないだろう」

菊五郎の言葉に権之助らはうなずいている。

「あらゆる状況を考えてみたよ。絵は平面だ。もしかしたら幽霊と行灯との間にはもっと距離があったのかもしれないとも思った。あるいは、画面の中には描かれていないが、別の行灯があった場合はどうかとも考えた。だがどうやってもこの影の謎は解けなかったんだが……」

「それは音羽屋の。もしかしたら狂斎さんが間違えて影を付けたとは考えられないか」

「まるでないとは言えないが、あの完全主義者の狂斎先生のことを思うと、どうにも納得がいかねぇ」

「しかし絵の中に影を付ける技法は西洋からのものだ。少しぐらい間違えたって」

権之助は河鍋狂斎という人間をあまり理解していないようだ。狂斎はそのような単純な間違いを犯すような絵師ではない。どれほど奔放に走っているかのように見える絵筆にも、無意識ながら緻密《ちみつ》な計算を働かせることができるのだ。

（まして、自ら絵の中に判じものを残したとすると）

曖昧《あいまい》な表現はそこにはいっさいないと考えてよい。その点では菊五郎の視点は正しいと、新七は内心舌を巻く思いだ。

「答えはあったんだ、確かにひとつだけ。逆さの黒衣を考えれば良かったんだよ」

「逆さの黒衣？」

菊五郎がもう一度手をたたくと、どこからか黒衣が一人現われた。その姿があまりにまがまがしく思えて、新七は心の臓に冷たいものを感じた。

黒衣は菊五郎扮《ふん》する幽霊の前、行灯との中間に立った。驚愕《きょうがく》の声が、あちらこちらから聞こえる。まさに今、舞台には絵の世界がそのまま再現されている。影は絵の通り右手から左の光を侵すようについた。黒衣の姿など絵の中にはないではないか、と疑問に思う者はいないらしい。

（やはり皆、芝居の世界に生きている者であれば、当然か）

元もと黒衣は歌舞伎《かぶき》の世界だけに存在する特異な『影』である。黒い衣装を着て、そこにいながら誰も人であるとは思わない。時に役者の衣装を脱がせ、時に狐の人形を動かす姿は誰の目にもはっきりと映っているのに、人はそこに人がいるとは思わないのである。それは約束事であると同時に、歌舞伎の歴史が数百年かけて育ててきた特殊な『眼』でもある。

（なるほど、こう解いたか）

「逆さの黒衣の意味をわかってくれただろうか。黒衣はそこにあっても見えないもの。この絵は影だけがついていて、本当はそこになければいけない人の姿が、わざと消されているんだぜ」

部屋の中の緊張感が、息苦しいほど高まっている。まるで化粧台も行灯も、人も光もビード口の中に閉じ込められたようだ。菊五郎の言葉に、誰も反論も異論も唱えることができない。

菊五郎は黒衣を下がらせ、しばらく間をおいた。よほどほかの人には聞かせたくない話なのだろう。そうしておいて一気にこう言い放った。

「これはいったいどういう意味だ？　なぁ山崎屋の。この絵はこう言おうとしているんじゃねえのか。

『澤村田之助は、お常婆さんゆかりの誰かを消しちまった』

とな。え、どうだい」

「それじゃあ、これまでの事件の発端は」

お峯の放心しきった声が、白々しいものに聞こえた。

明治元年の九月二十三日。浅草今戸《いまど》橋《ばし》の近くにある自宅でくつろいでいるところを浪人者に襲われ、先代の河原崎権之助は命を落としている。下手人はいまだ捕まっていない。

「二年前のお義父《とっ》つぁん殺しから始まっていたのか」

菊五郎は扮装《ふんそう》を解いて、座り込んだ。

「狂斎先生は、なにかの偶然で事件の下手人を見ちまったんだ。そこでこの絵に自分の見たものを塗り込めたのではないか、とあたしは思う」

「しかし、どうしてまたそんなことを」

と魯文。

「下手人の姿を先生が見たということは、逆に下手人も先生を見たかもしれねえということでしょう」

「だったら自身番にでも訴人して、あっ！」

「そうなんです。明治元年の九月といえば、徳川様が倒れて江戸の町には奉行所も同心も誰もいなかったじゃないですか」

突然、守田勘弥が立ち上がった。その様子を見ながら新七は、

（正真正銘の佳境が今から始まる）

ことを感じた。全ては新七の書いた筋書き通りだ。

「そんな馬鹿なことがあるもんか！」

「座元がいきり立つのはわかるが、ほかにこの絵に与える解釈があるかい？」

「絵のことなんざ知らない！　だがね、うちの田之助太夫が先代の権之助を殺す理由など、これっぽっちもないじゃないか」

その時だ。お峯が口を開いた。

「それはあると思います」

「なに！」

「きっとそれは、田之助太夫の出生の秘密に関することではないでしょうか」

（ここでお峯の台詞《せりふ》が飛び出したか、まぁそれでも良い）

田之助の出生の秘密、と聞いて菊五郎と権之助の表情が変わった。といっても驚きの表情ではない。ひどく奇妙なものを見るような、目つきだ。それに気づかぬまま、お峯は湯島天神の

近くの茶屋で、猿弥とほぼ日を同じくして死んだ桔梗太夫の話を聞かせた。

「蔭間《かげま》の桔梗太夫には、小さな頃に別れた弟がいました。それが田之助太夫であったと、つい最近も蕪城只之介という浪人者が、座元の所に脅しをかけてきたじゃありませんか。もしかしたら先代の権之助も、それを知って田之助太夫になにか……」

守田勘弥がその言葉を遮った。

「あれは、根も葉もないことを言い触らされては困るから、その口止めに金を与えただけだ。太夫の実の兄が湯島で蔭間？　お願いだからそんな与太話をほかの所でしないでおくれよ」

お峯の顔から思いつめた表情が消え、不審げに歪《ゆが》んで凍りついた。

「じゃあ、あれは本当に根も葉もない……？」

お峯だけではない。源三郎、魯文の顔も同様だ。そこへ更に畳み掛けるように、

「根も葉もないどころか、茎だってありゃしない。第一あたしは由次郎が生まれたばかりの赤ん坊の頃から知っているもの。十二、三で湯島からもらわれて来たなんて話は、その蕪城とかいう浪人者のでたらめだぜ」

菊五郎が乾いた笑いとともに吐き捨てた。

「そんな、じゃあどうして蕪城を牢《ろう》に？」

「だから……おかしな噂を流されたのではせっかくの太夫の人気に水を差す。浪人者を牢にぶち込んでおいて、その間に別の噂を流すと、説明したじゃないか」

「だけどそれは！」

「お前たちが私たちの言葉をどう解釈したかは、知らない。だが私たちは徹頭徹尾、真実しか話していないつもりだがね」

お峯が操り手のいなくなった人形のように、力なくうなだれた。それまで自分が構築してきた推量が徹底的に壊されたのである。

（むごいことだ。決して許されるものではないな……わたしは）

お峯の気持ちを考えるとなにか声をかけてやりたい気持ちになるが、新七にはまだことの成りゆきを見守る仕事が残っていた。

勝ち誇ったような勘弥の声が続いている。

「絵のことにしたって、全ては推量でしょう。音羽屋さん、それとも田之助太夫《だゆう》が先代の権之助を殺さねばならない理由が、ほかにありますか？」

（どうする五代目！）

菊五郎の顔が曇ったのを新七は見逃さなかった。

「あったさ、立派な理由が」

「ほう、それは！」

「あの時の田之助が、足を切って役者生命の存亡の危機に立たされた田之助が、一番に望んでいたものはなんだっけなぁ」

「それは……」

今度は勘弥が詰まった。お峯の肩を撫《な》でていた魯文が、

「なるほどな、新七さんの新作狂言か」

「その通りです。事件の直前、座付きであった市村座を辞する決意を師匠がなすったと聞いて、一番喜んだのは田之助でしょうよ。これで師匠の新作を心置きなくねだることができる。役者としての最後の華を、ぞんぶんに咲かせることができる、そう思ったにちがいない」

「ところがそれを邪魔するものがいた。強欲で知られる先代の権之助、か」

「老獪《ろうかい》かつ姑息《こそく》な引き伸ばしで、師匠を引き留めようとした権之助に怒りが爆発したのではないでしょうか」

「そして、絵に隠された秘密を知った人間を次々と？」

「両足を切ってはもう、自分でことを起こすことは不可能ですから、たぶん人を雇って」

周囲の雰囲気が急に冷えてゆくのに反して、新七の胸の中では今、最大級の緊張感が大きなうねりになろうとしていた。

（先ほどから黙っている権之助が、どう出るか）

彼がここで反応しないようなら、新七自ら動くしかない。

「ちょっと待ってくれ」

（動いたか！）

権之助が、それまで閉じていた目をかっと開いた。

「音羽屋の。お前さんらしくもない、大切なことを忘れてはいないか？」

「大切なこととは」

「お義父つぁんが殺された事件の夜、俺がどこにいたと思う？　俺は同じ家の中にいたんだ。二階の押入に隠れて助かった俺は、下手人の逃げる姿をはっきりと見ている。それは間違っても、片足の男などではなかったよ」

「なんだって！」

「確かに見たんだ、下手人を。両足を使って、驚くほど速く走って逃げる後ろ姿を見てしまったんだよ」

黙り込む順番は、菊五郎に回ってきたようだ。果たしてそれを素直に受け入れるかどうか。

「待ってくれ、確かに田之助本人じゃないかもしれないが」

「別の人間では意味が通らない。狂斎先生は、田之助本人の姿を見たからこそ、絵に残す気になったのだろう。もしも田之助に頼まれた誰かが下手人だったとして、どうしてそれが狂斎先生に田之助の手のものだとわかる？」

「…………」

ついに菊五郎は、沈黙を受け入れたようだ。新七は今こそ自分の台詞の順番がやってきたことを知った。

「結局のところは、邪気のない人の描いた絵だ。判じものの意味があってもなくても、さほど気にしなくてもいいということだろう」

「それじゃあ、狂斎先生の誤解だと？」

「まぁ、思い込みの激しい人だから、そのようなこともある」

権之助が不審そうに聞いた。

「すると、一連の事件が絵に関係していたというのも」

「まぁ、音羽屋さんの考えすぎということだ。今の世の中を見てご覧。強盗事件なんざ掃いて捨てるほど起きている。それこそ山崎屋さんの言い分じゃないが、大きな時代の波に取り残されて、ちょっと気持ちのネジのずれた誰かが、こんな陰惨な事件を起こしてしまったとしても不思議ではないだろう」

「やはりそこに落ち着きますか」

「なにか不審なことでもあるかね」

「いいえ、お義父つぁんの事件の謎解きを除いては、あまりに寺島の推量が見事だったものですから」

「その事件を外したのでは、意味がない」

新七は、我ながら残酷な言葉を重ねていると、嫌な気持ちになった。だが今は仕方がない。

「いろいろあったが、これで素人の捕物双六《とりものすごろく》は終わりにしようじゃないか。誰も上がりがいなかったということで、どうかな」

源三郎と魯文が、明らかに不満気な顔をこちらに向けた。お峯は下を向いたままだ。長谷川勘兵衛はこちらに向かって軽く会釈して、立ち上がった。

勘弥が勢いづいて、

「そうですよ、誰も恨みっこなしということで」

と笑ったところで、自然にお開きの雰囲気ができあがってしまった。きっと何人かの胸の中には不満のおき火がくすぶっているにちがいない。その火の手を上げるだけの材料がないから黙っているだけのことなのである。立ち上がろうとはしない菊五郎を残して、あとの人間が次次と帰り支度を始めた。権之助の、

「今夜は楽しませてもらった」

という言葉に新七はどきりとした。もしかしたら菊五郎が反論の狼煙《のろし》を上げるかもしれない。だが杞憂《きゆう》に過ぎなかった。菊五郎はやはり座ったままだ。

(ようやく終わった)

本当に座り込みたい気持ちなのは、新七である。

(これでいいのだ。多くの人を傷つけてしまったが、これでいい)

無理にでもそう思うしか、今はない。河竹新七は人の心を傷つけて、平気でいられる人間ではなかった。

「師匠」

夜風の中からお峯の言葉が聞こえた。夜道は危ない上に、今夜に限って車が捕まらなかった。だから根岸まで送っていこうと、二人で歩きはじめてすぐのことだ。まだ、猿若町の通りの途中である。あまりに疲れていて、そのことにさえ新七は気がつかなかった。

お峯は少し後ろを歩きながら、新七に向かって話しかけている。

「ん？」

「本当にあれで終わって良かったのでしょうか」

「いいも悪いもない、お前さんも音羽屋も、言いたいことを全て吐き出した上で、それが間違いであることを思い知らされたはずだ」

「それはそうですが」

「この話は今後いっさいしないから、そのつもりでいなさい」

よく通るお峯の声が、今日に限って癇《かん》に障るのは、ただ疲れているためだけではない。

「では最後にひとつだけ」

「しつこい！」

「じゃあ聞いていただかなくてけっこうです。私は私で独言《ひとりごと》を話すだけですから」

（この娘はまったく！）

「もうひとつ気になることがあるのです。相中頭の澤村あやめさんが殺された夜のことですが、おかしな話があるんです。あの夜、贔屓筋の何人かが猿若町の界隈《かいわい》を見回りしていたそうです。ところが」

新七は、お峯に向き直った。

「どうしてもやめないなら、師弟の縁を切るがそれでもいいかね」

「今夜の師匠は変です！　まるで事件を全て闇に葬りたいかのような態度が、私には解《げ》せません」

新七は焦った。人通りはまだいたるところにある。よりによってこのような場所で、する話ではない。もしかしたら自分は、お峯とそれを補佐する二人の人間の能力を過小に評価していたのかもしれない。

「わかった、では声を少し小さくして話しなさい」

「あの夜、見回りをしていた人に一人一人、源三郎さんが聞いて回ったのです、すると奇妙なことに誰一人として、怪しい人影を見た人がいないのです。五人もの人間がよっぴて通りを歩いていたんです。あれだけの大がかりな殺しをやれば、誰かに影くらい見られても不思議はないはずなのに」

話しながら歩くうちに、いつか大きな通りを過ぎてあたりは田圃《たんぼ》ばかりのくらい夜道である。

（まずい、この状態はまずすぎる！）

すでに芝居町を過ぎるあたりから、新七はその「気配」を感じている。二人の後を、つかず離れず追ってくる人影を、目の端で認めている。

「これはなにを意味しているのでしょうか。もしかしたら下手人は、素直に小屋の中にいると考えたほうがいいのではないでしょうか」

背後に差し迫った足音を聞いた。新七は悪い予感が急速に現実化して行くのを感じていた。振り返るなり、

「お峯、逃げなさい！　逃げるのだ」

そう叫ぶと同時に、小さな影のようなものが脇《わき》をすりぬけ、次に後ろ頭にひどい衝撃を受け

た。

（逃げろ、逃げろお峯！）

河竹新七の記憶は、そこで途切れた。

10

そもそも私たちは、田之助太夫《だゆう》に仇《あだ》なすために事件を解明しようとしたのだろうか。それは違う。自分の好奇心を隠すつもりなどないけれど、魯文さんも源三郎さんも猿若町のことが心配だったんだ。みんなこの町が好きで好きでたまらない。そりゃあ江戸の世の中は潰《つぶ》れて東京なんて奇妙な名前になってしまったけれど、やはりここだけは昔のままの猿若町であってほしかった。烏がカァとなく前に一番太鼓が鳴って、夜明け前から始める数々の演目。江戸の女たちも男たちも、たまに見る芝居をどれほどに楽しみにしてきたことか。その猿若町をどうにかしようとする連中を許すわけにはいかない。そんな気持ちで下手人捜しを始めたのに、いつのまにか双六の道筋はとんでもない方向に進んでしまったんだ。

菊五郎さんと私たちが見つけた二つの道。それは同じ澤村田之助という希代《きたい》の役者へと続く道だった。最初は嘘《うそ》だと思った。けれど話が込み入るにつれ、どうしても全ての事件が田之助太夫に向いてくる。

そのうちに私の中でなにかが変わってしまった。

だって田之助太夫だもの、こんなことがあっても当然じゃないか。人は田之助太夫を中心に動いている。あの策士の守田勘弥の座元ですら、太夫を自由に動かすことなんて出来やしないんだから。太夫がそれと望むなら、幾人もの血が流れても仕方がないじゃないか。

（……ちゃん、お……）

うるさいなぁ、ちょっと黙ってくれないかな。今、大切なことを考えているの。そんなに大きな声で邪魔しないでほしい。

だったらどうして、こんな捕物騒ぎに血道をあげることになったのか。私の好奇心が強すぎると言ってしまえばそれだけかもしれない。でも本当にそれだけなのだろうか。本当に許せなかったのは、誰だったのだろう。

師匠！　私にはとても信じられない気持ちなんですよ。新七師匠ともあろう人が、あんな姑《こ》息《そく》な手段で私たちのこさえた道を抹殺しようとしたなんて。師匠は白浪作者なんて呼ばれることがあるほど、大泥棒や悪人物の名作狂言を書き続けた人だけど、そこに描かれる悪人は皆、魅力的だった。それは師匠の心の中が、基本的に正義だからじゃないですか。正義の人が描く悪だからこそ、人はその哀れな心根に共感し涙するのでしょう。

もちろん師匠は誰かをかばっているのだと思います。そして師匠があえて正義の心をねじ曲げてまでかばうのは、澤村田之助太夫以外であるはずがない。やはり一連の事件の中心には田之助太夫の姿があるのです。

私は師匠がやっていることは間違いだと思う。だって、美しく咲いた花は美しく散らせるのが道理というものでしょう。ましてて太夫はこの世に本来咲いていてはいけない、人の手が造り出したあだ花です。ならば散り際《ぎわ》を美しく飾るのも人の役目ではないですか。どうしてそこのところがわかってもらえないのでしょうか。

確かに、私や菊五郎さんが組み立てた筋書きは、大きな穴だらけでとても使い物にはならないかもしれない。けれど私たちはまるっきりの見当違いを犯していたでしょうか。それもまた違うはずです。だってそうでなければ、師匠があんなにも大げさな舞台をこさえる必然性がないもの。

ある程度真実を衝《つ》いていたからこそ、師匠は焦ったんです。だから山崎屋の太夫に菊五郎さんのやっていることを流し、更に私の推量まで打ち砕くために、わざわざ事件に関わる人を一か所に集めたのでしょう。


（しっかり……だから………ちゃん）


本当にうるさいってば。今大切なことを考えているのだから、邪魔しないで。

考えてみれば、今回の事件は師匠に踊らされっぱなしでしたね。とぼけないでくださいよ、蕪庵先生が殺されなすったとき、猿若町に流れた上方からの刺客の噂《うわさ》は師匠が流したものではないですか？

蕪城浪人が強請《ゆすり》にやってきたとき、師匠はおっしゃいましたよね、「別の噂を流すから、それまで時間がほしい」と。そうなんです、噂を流すことで事件の道筋を歪《ゆが》めるのは、師匠にとってはお手のものだったんですね。けれど師匠は人を殺すようなことはしない。最も効果的に相手を無力にする方法を知っている人だもの。きっと牢《ろう》に入っている蕪城が、娑婆《しゃば》に出てきたときには驚くでしょうよ。こんなひどい目に遭わせた守田勘弥と河竹新七から、たっぷりとお金を巻き上げようと乗り込んでくれば、猿若町には別の噂が広まっている。自分の持っているネタが、まるで役に立たなくなっているのですものねぇ。

それはそれで痛快なのだけど。アレ？　この構図はどこかで見たことがあるな。

まぁいいか。ねぇ師匠は、芝居が一人の人間によって成り立つものではないと、あれほどしつこく教えてくれたじゃないですか。それなのにどうして……。

そうです師匠。私が許せなかったのは、師匠なんです。尊敬し、信頼していた師匠がこんな理不尽なことをするなんて。これは憎しみなんかじゃありません。もしかしたら師匠が座元らと進めている大きなからくりに、巻き込んでもらえなかった悲しみや悋気《りんき》なのかも。

どうか教えてください。師匠、私はどうすればいいのですか？　もちろん師匠は口をつぐんでなにも答えてはくれないでしょうし、言葉を頂いたところで、

「忘れることだ」

ぐらいしか言ってくれないことは、重々承知しているんです。それでもあえて問わずにはい

られない気持ちは、ああ、きっと師匠には届かないでしょうね。

（お峯！　しっかりするんだ、お峯）

わかった、わかったってば。そんなに強く揺すぶんなくったって。ちゃんと帰るってば。

「ここは？」

お峯は、自分が蒲団《ふとん》に寝かされているのを知った。枕元《まくらもと》に銀平の顔、父親の治兵衛、仮名垣魯文。それだけではなかった。

「おっ母さん！」

母親のお時《とき》の顔がそこにあった。

「私いったい」

「猿若町の帰り道に、襲われたんだよ！」

お時の顔が涙でくしゃくしゃになっている。

（やせたナ、おっ母さん……）

母親の顔を見ながらお峯は、市村座からの帰り道のことを思い出した。

（そういえば！）

あの時、お峯は新七に澤村あやめ殺しの件について話していたのだった。いや、その件を話すことによって新七を責めていたのだ。突然新七が「逃げろ！」と叫んだ。すぐ脇《わき》をものすごい速度で黒い影が横切り、新七の頭に向かって白い光を振り下ろすのが見えた。

（師匠が切られた！）

そう思う間もなく、影はお峯に向き直り、下に向けた真剣をいきなり下から振り上げた。目の前に月明りを反射した刀身が走り、それっきりお峯の意識はない。

「源三郎さんがね、すんでのところで間に合ったのさ」

「源三郎さんが？」

「ああ、お峯ちゃんが菊五郎の部屋に忘れた矢立《やたて》を届けようとして、ね」

「そうか、また源三郎さんに助けられたんだ。……あっ！」

「どうした！」

「師匠は、新七師匠はどうしました！　ああそうだ、私のことなんかより師匠が賊《ぞく》に切られてしまったんだ、どうしよう！」

「大丈夫だよ、新七さんは刀の峰で殴られて気を失っただけだ。外方（外科）の先生に手当をしてもらって、昨日から小屋に出座している」

「昨日……って」

「お前様は、丸二日も寝ていたんだよ」

蒲団の中で体を動かしてみるが、どこにも痛みはない。

「源三郎さんが絶妙の拍子で長十手を賊に投げつけた。それが腕にあたってね、奴《やつ》は逃げ出したんだ」

　母親が感極まったようにすすり泣きの声を上げた。

「普通の娘でいてさえくれたら、今頃はどこかの店から養子をとって……」

「よさないか、いまここで」

「いいえ、ここだから言うのです。役者町なんぞにかかわるからこのような恐ろしい目に遭って。私はもう我慢ができません。早速に寮を引き払って、お峯は店につれて帰ります！」

「そんな！」

「これ以上、お前が危ない目に遭うのを、黙ってみていろと言うのかえ」

「それは……でもおっ母さん、店にいてもここにいても危ないことには変わりがないの。だって下手人は、是が非でも私を殺そうとしているのだから」

「よくもそんな恐ろしいことを！」

「それよりも一刻《いっとき》も早く、下手人を捕えることのほうが、よほど安心への近道なの。わかってちょうだい」

「そんなことを言われて、わかったとうなずく親が、どこにいますか！」

　二人のやりとりを聞いていた父親の治兵衛が、間に入った。

「待ちなさい、お時の言い分はもっともだし、お峯の言うことにも理がある。わかった、店につれ帰ることはしないが、ここに店の若い者を何人か泊まり込みをさせよう。それは承知だね、お峯」

元よりお峯に異論はなかった。

「だが、事件の下手人を捕まえると言っても、手がかりの糸は全て途切れたぜ」

と魯文。そこへ銀平が水無瀬源三郎と留吉の来訪を告げた。治兵衛が、母親を促して帰ろうとする。

「あっ、ここにいてくれても構わないのに」

「いや、止しておこう。お前たちの話を聞くと、よけいに不安になりそうだ。お時と私は店に帰って、すぐに若い者をここにやらせるよ」

「お父つぁん」

「くれぐれも気をつけるんだよ、まぁ水無瀬の旦那や魯文先生が付いていてくれるなら、さほど心配はあるまいが」

治兵衛は懐から財布を取り出し、魯文に渡した。

「なにかと費《つい》えがいりましょうから、それはここから。足りなくなったらいつでも店のほうに取りに来てくださいよ。番頭に話しておきます」

そう言って母親をつれて、部屋を出ていった。入れ替わりに源三郎と留吉がやってきた。

「大変なことだったたな、お峯ちゃん」

「源三郎さん、また助けられてしまいましたね」

「もしかしたらそういう巡り合わせがあるのかもしれねぇナ、まぁこいつは冗談だが」

「留吉兄さんもわざわざありがとう」

「どこにも怪我《けが》がなくって、よかったねぇ」

そう言う留吉の顔色を見て、お峯はおやっと思った。芒洋《ぼうよう》とした表情がなくなって、どこかに怯《おび》えたような影がある。

「留吉が、な。どうしても俺たちの仲間に入りたいとよ」

「仲間もなにも……」

「これまで気になっていたことが、今回お峯ちゃんが襲われたことではっきりとしたようだ。それを話しておこうと思ってね」

そこへ、銀平が鍋《なべ》を持ってきた。

「まぁまぁ、殺風景な部屋で話をしても、良い考えには結びつきませんぜ。まずはこれでも食べながら」

お峯は蒲団を畳んで、寝間着の上から綿入れを羽織った。部屋の真中に片手で持てる程度の小さな七輪がおかれ、湯気を立てる土鍋がかけられた。江戸の湾内で獲れたスズキをたっぷりと使った味噌《みそ》味の鍋である。

お峯の腹がぐうと鳴った。

「嫌だ、恥ずかしい」

「無理もねぇ、眠りっぱなしの間は腹になにも入れていなかったのだから」

「具がなくなったら飯でも入れて、雑炊にいたしやしょう」

「たまらねぇな、こりゃあ」

たちまち鍋が空になり、そこへ出汁が足されて飯が入る。荒く切った葱《ねぎ》をたっぷりとあしらったところで、卵を溶いてかけまわす。

「俺はね」

留吉が話を始めたところで、全員が箸《はし》を置いた。

「どうしても相中頭《あいちゅうがしら》の殺しは腑《ふ》に落ちなかったんだ」

なぜ、一度落とした化粧をわざわざ塗り直さなければならなかったのか。わざわざ目立つように遺体を壁に縫いつけたのはなぜか。

「相中頭本人がそうする理由がない以上、化粧は下手人の仕業ということになる。するとここに矛盾が生まれる」

「下手人の狙《ねら》いがわからなくなるわけですね」

「遺体を一時別の場所に隠し、それから化粧を施して壁に縫いつける。そうすることで下手人が得をすることとはいったいなんだろう。どうしても見つからなかった答えが、お峯ちゃんが襲われたことでわかった気がするんだ」

「というと？」

「師匠だよ。師匠がまず襲われて、次にお峯ちゃんが襲われた。ところが師匠は刀の峰で殴られただけだろう。下手人はお峯ちゃんだけを殺そうとしたんだ。同じことが相中頭の殺しにも言えるとは思わないか。もしも遺体が目立たぬところに隠されていたら、どうなっていただろうか。あるいは遺体が素っピンのままであったら、果たしてそれが澤村あやめであることがすぐにわかったろうか」

留吉はひと言ひと言、言葉を慎重に選んで話す。それがひどくもどかしい。

「事件の直後、座元がこういった。『すぐに代役を探すんだ』。俺ははっとなったよ。もしかしたら下手人は、興行が中断しないよう気を遣ったのではないか、とね」

「そんなことが」

あるわけはないと、お峯は最後まで言葉が続かなかった。

「だったら新七師匠が殺されなかった理由もはっきりしている。師匠が死んでは猿若町が無事で済むわけがないもの。まだある、音羽屋の太夫元が無事だったのも、それから三座への付け火が大したことがなかったのも、全ては下手人がどこかで猿若町を守ろうとしていたからではないかな」

「間違っても上方の刺客が、江戸歌舞伎《かぶき》をつぶそうとしてやったことではない、か」

源三郎が言った。その言葉を聞きつけた銀平が、ふっと表情を変えたことにはお峯は気づかなかった。

「なんともおかしな話だな、さんざ小屋に仇《あだ》なすようなまねをしていながら、小屋に気を遣っているとは」

お峯は先ほどまで見ていた夢を思い出していた。

「つまり下手人は小屋の中にいる、と言いたいのですね、留吉兄さん」

「おい、お峯ちゃん！」

自分がどれほど恐ろしい言葉を口にしてしまったか、お峯はよくわかっている。しかし真相に迫るためなら、

（ここでためらってはいけない）

と思うのだ。

「源三郎さんも魯文さんも気がついているのでしょう。河竹新七師匠が、誰かをかばっているということに」

（ついに言ってしまった！）

師匠といえば親も同然、弟子は常に師匠の背中を見て大きくなる。この縦のつながりは生涯崩れることなく、たとえ仲違《なかたが》いしてつながりを断ったところで、弟子が師匠をそしることは絶対にありえない。

その禁忌を、お峯はあえておかした。

だが、源三郎の顔にも魯文の瞳《ひとみ》にも、驚きの色はない。留吉だけが、

「お峯ちゃんは強いね、俺にはとてもできないまねだ」

とつぶやいた。

（強いわけがない……）

本当は口にするのもつらい内容だ。

「そういえば、留吉兄さん、舞台は？」

日がまだ、かなり明るいことにお峯は初めて気がついた。

「そうだ、太夫の舞台は大丈夫なのかい」

「ああそのことですか。それなら心配はいりません。元は勘兵衛師匠のからくりは一人でも動かせるように作られていたんです」

田之助を支える鉄の棒は、高二重《たかにじゅう》の舞台の溝にはめ込むところで小さな出っ張りが付けてある。同じく天井から吊《つ》るすクジラの髭《ひげ》の細引きにも、動きがないときには重さがかからない仕掛けの弾み車が付いている。

「だから一人でも十分に動かすことができるし、それに太夫は軽いから」

言葉の裏に、足まで切っているからね、という響きがある。

「だったら留吉、お前さんの仕事は?」

「燭台《しょくだい》を持って師匠の周りを明るくすることと、台本の先を捲《めく》ることです。それも師匠がほとんど暗闇《くらやみ》でも動けるように稽古《けいこ》したおかげで、仕事があったりなかったりだったんです」

「それで幕の初日も、舞台を見ることができたのね。高二重の中に入り込んでいれば、舞台を見ることができないはずなのに、と不思議だったのよ」

「特にここ数日は、師匠が新しいからくりを取り入れたらしくて、ご用は無しです」

お峯と魯文が小さく笑う。そこへ、

「話を逸《そ》らしちゃいけねぇナ」

源三郎が苦い顔で言った。まっすぐにお峯の目を見て、

「話を続けよう。前から思ってきたことなんだが、事件に幕を引くのはお前さんの役目のよう

な気がする」

　お峯はふいを突かれたように目を丸くした。

「私の、ですか。けれど私は見当違いの推量ばかりを並べて」

「違うね。本当はそうは思っていないはずだ。だから新七さんが、誰かをかばっているなんて考えを言うことができるんだ」

　魯文が二人の言葉に割って入った。

「だが、源三郎さんよ。一昨夜のことでもわかるように、全ての道筋は途切れちまったぜ」

　お峯は再び考える。

（師匠、どうしてあんなにも残酷なことをなすったのですか）

　河竹新七という人は、自分以外の意見や作品を決してけなさない。どれほど下らない話でも、必ずそこから見るべき点を汲《く》み上げて、「ここのところが良い」と誉める人なのだ。

　あの夜の冷酷な態度は、とてもお峯の知る新七ではなかった。

（だからこそ！）

「そこにこそ、師匠の焦りや誤算があるはずなのです」

　源三郎と魯文がお峯を見た。ことに源三郎は、「ほら見ろ」というように魯文に向かって顎《あご》をしゃくっている。

「新七師匠は、私の推量も音羽屋さんの推量も、放っておけば良かったのです。本当に箸にも棒にもかからないものなら、放っておけばうたかたのように消えてしまうでしょうよ。蕪城浪人にしてもそうです。

けれど師匠は放っておけなかった。どうしても私たちを袋小路に追い込んで、下手人捜しをあきらめさせたかった。それは取りも直さず、私たちが真実という双六の上がりに差し迫っていたからにほかなりません。確かに私たちが求めた道筋は途切れたかのように見えますが、実は完全に途切れたわけではないのです」

うなされるようにお峯はしゃべり続ける。

「もっと別の道があるんです。ひどく近いところに。それがわからない」

もどかしさが叫び声になりそうだった。お峯は自分がすでに全ての材料を受け取っていることを直感的に知っている。

銀平が、鍋を下げにやってきた。

「あっしなんざ学がねぇから、皆さんのお考えを聞くとただただ感心しちまうばかりなんですがねぇ」

「それでも道が間違っていたのでは仕方がない」

「本当に間違ってたんですか?」

「なにが言いたい、とっつぁん」

「ずいぶん昔におもしろい話を聞いたことがありますよ。初めて象を見る男を三人集めましてね、それぞれ目隠しをして象に触らせるんです。すると足を触った男は、『象は大きな丸太のような動物である』と言う。耳に触った男は、『いいや、象とは団扇《うちわ》のような生き物だ』と言うし、鼻に触った男は、『お前たちは全て間違っている、象とは蛇に似た動物だ』と言うんです。みんな間違いじゃないんだが、正しくもない。この話に似ている気がしましてね」

魯文が感心したように銀平を見た。

「学がないとは、大した謙遜《けんそん》だ。そいつは唐《から》の国の古書に書かれている逸話だぜ」

「誰も間違ってはいないし、かと言って正しくもない」

「お峯ちゃん。どうやらお前さんは我々と同じものを見、同じ話を聞いてもまったく別の話の筋を考えつく能力に恵まれているらしい。

今度みたいに下手人に襲われたのも、その力のせいじゃないかと思うんだ。

俺も魯文さんも、これ以上考えるのはやめた。そのかわりお前さんの手足になろうじゃないか。お前さんが望む話は全て集めてやろう。そのかわり、頭の中できっちりと下手人を追いつめるんだ。どうだい、できるかい」

源三郎の言葉に魯文もうなずく。迷っている時間はないのだと思った。お峯の勘が教えていた。

(二日の間、寝ていたとすれば、明日はいよいよ千秋楽《せんしゅうらく》。それを過ぎると下手人は再び闇《やみ》に紛れてしまう)

「やります」

先ほどから、真実はなにかの拍子に顔を見せているのだ。

「悪いけど、俺はこれ以上は……」

留吉が立ち上がろうとした。魯文が、

「ここまで来て、それはないだろう」

と肩を押さえた。

「だけど俺は……」

「魯文さん、いいの。留吉兄さんは長谷川勘兵衛さんの一番弟子だもの。私のように不肖の弟子ではないから、師匠を裏切るわけにはいかないのだと思う。そうでしょう、留吉兄さん」

「長谷川勘兵衛って。勘兵衛さんも今度のことに関わっているのか？」

今度は源三郎が驚いた。

「もしも、私の考えが正しいなら」

お峯は留吉を見る。留吉はその視線を受けとめることができない。

「お峯ちゃん、許しておくれ。俺は上野の戦争で孤児になっちまったところを師匠に拾われたんだ。師匠に背《そむ》くことはできないし、破門でもされたら行くところがなくなっちまう」

「だけど留吉兄さんは、それを押して私の所に来てくれた。事件の重要な手がかりを与えるために」

「俺は……猿若町が好きなんだよ。だけど師匠はもっと好きだ」

「わかっています。だからあとひとつだけ教えてくださいな。それで十分だから」

留吉が帰ると、魯文と源三郎がお峯を仰ぐような形に座った。

「さぁ、お前様が俺たちの諸葛孔明《しょかつこうめい》だ。なんでも言いつけてくれ」

「ちょっと待った、あっしを忘れてもらっては困ります」

「銀平のとっつぁん！」

銀平がわざとらしく腕捲《うでまく》りをして、魯文のとなりに座った。

「お嬢様には、ちょいと借りがござんしてね。それを返さないうちにはどうにも寝覚めが良くねぇ」

その口跡があまりに芝居じみていて、お峯は思わず噴き出す。

「あら、前川の鰻《うなぎ》はどうしたのかしら」

「そいつはそいつ、まぁ、次のお給金が入るまで勘弁していただかなくてはなりませんので、とりあえずは利子の支払いということで」

「さぁ、三人も手足がそろったんだ。なんでも言いつけてくれよ」

「わかりました、それでは源三郎さんはすぐに湯島へ。確かめてほしいことがあります」

お峯が、いくつかの項目を並べると源三郎は、「合点、夕刻までには帰ってくる」と飛び出そうとした。

「集まるのは守田座で。私もすぐに出かけます」

次に魯文にも同じように、調べてほしい項目を上げる。

「お安い御用だ。で、俺も守田座に行けばいいのだな。もっとも調べが終わったらすぐとなりに行けば良いだけだが」

「銀平、すぐに日本橋のお店に出かけて。そこで若い人を五人ばかり、その人たちに手伝ってもらって……」

細かな指示を与えると銀平は、いかにもうれしそうに寮を飛び出していった。

（さて、私も出かけなければ）

立ち上がろうとして、お峯は強い眩暈《めまい》を感じた。そのまま座り込んで目をつぶる。

（今夜、全てが、片づくのだろうか）

眩暈によって渦を巻く目蓋《まぶた》の裏で、蝶《ちょう》が飛んでいるのが見えた。なぜか蝶の羽の模様は、八重垣姫の長いうちかけの模様に酷似している。

「きっと師匠は、田之助太夫を少しでも永く舞台の上で舞わせたかったのですね」

言葉にして初めて、お峯は新七の心を知った気がする。だが、

「ごめんなさい、やはり私は今夜、師匠に背きます」

お峯は、ゆっくりと目を開けた。

11

舞台では、蠟燭《ろうそく》の光を頼りに本朝廿四孝の十種香の場の稽古《けいこ》が繰り返し行なわれている。

（明日は千秋楽《せんしゅうらく》か）

河竹新七は舞台を見ながら、同じことばかりを考えていた。

安堵感《あんどかん》と後ろめたさが複雑に胸の裡《うち》で交錯している。

田之助の台詞《せりふ》が、他には誰もいない舞台に響き渡る。初めのうちこそ相州から雇い入れた浄瑠璃《じょうるり》方を使っていたが、今はもう台詞のみで十分なのだ。ここ数日で八重垣姫の動きも声も格段に良くなった。それだけ、新しいからくりがなじんできた証拠だ。

「師匠」

横に立つ守田勘弥が、小さな声で話しかけた。

「どうでしょう、あと七日ばかり追加興行を打つというのは」

「まだそんなことを言っているのか」

「ですが、客は今の舞台に十分満足しておりますよ」

「それとこれとは話が違う。今はまだ、大きな危険を冒すべきときではないだろう」

「危険でしょうか。私には完璧《かんぺき》な舞台に見えますが」

勘弥の言葉を聞き流して、新七は舞台に向かって大きな声を出した。

「そこで大きく体を入れ替えるんじゃない！　もっと小さく回るんだ、そう、人形振りの仕種《しぐさ》を思い出して」

「師匠、あの」

「ここの座元はお前さんだ。どうしてもやりたいなら、私にそれを止める力などありはしない。ただし、これだけは言っておく。どうしても無理をするなら、私はこの件からいっさい手を引く。いやこの守田座から、身を退かせてもらうことになるが、それでもいいね」

「そんな師匠！　今ここで師匠に退かれたら守田座は櫓《やぐら》が成り立ちません」

守田勘弥の頭には、こびりついて離れない恐怖がある。今から五年も前になるが、その当時、守田座――森田座――は、控えの櫓である河原崎座に興行権を奪われた形になっていた。官許の三座のほかに、控えの芝居小屋の制度を設けたのは、なにがあっても芝居の火を絶やしてはならないという関係者の知恵から始まっている。それを悪用したのが、今回しばしば話題に上った先代の河原崎権之助である。元は控え櫓の河原崎座の座主で、森田座の経営が立ちゆかなくなったのを機会に、興行を始めた。そこまでは良かったが、問題は現在の勘弥の代となり、森田座が名を守田座と改めて興行を再開しようというときになって起きた。権之助は興行権を返そうとはしなかったのである。奉行所に訴え出て、守田座が権利を取り返すまでに、莫大《ばくだい》な日時と費用がかかっている。その後、河原崎権之助が金の力にものを言わせて市村座の金主におさまったのは、周知の事実だ。

「どんなことがあっても櫓を下ろしてはならない」

このことが、勘弥の胸に深く戒めとなって残った事件だった。

新七はそれを知っている。自分が座から退けば、守田座は成り立つまい。一度は恩を受けた勘弥でも、これだけは譲れないという気迫が、言葉の裏にある。

それっきり勘弥は、追加興行の話をしなくなった。そのかわり、妙に粘っこい視線で新七の顔をじっと見る。本来なら追加興行ばかりか、次の月の興行にだって田之助を出したいのだと、その目が言っている。一旦は納得したふりをしても、いつまでも同じことを言い続けて最終的

には自分の思うように事を運ぶ。守田勘弥とは、

（そうした粘着質な性格で敵を作る人物なのだ）

と新七は思う。

八重垣姫が、舞台の端から導かれるように移動をする。裾《すそ》を長めに仕立てさせたうちかけには、四季の草花が縫い取られている。花に包まれ、不思議な愛の力に導かれて八重垣姫は奇跡を見る。いとおしい勝頼の気配をすぐそこに感じるのである。

（奇跡だ、これはまさしく奇跡なのだ。人は逆らってはならぬ）

新七は自分に言い聞かせた。

「師匠！」

勘弥が新七の袖《そで》を引っ張った。

「まだ言うのかい、私は追加興行には……」

「違います、興行のことでなくてなにか匂《にお》いが」

そう言われて新七も、おかしな匂いに気がついた。

「なにかが焦げている！」

すぐに小屋の表のほうで「火だぁ」と言う声が聞こえて、見知らぬ顔の若い衆《しゅ》が飛び込んできた。顔は知らないが、小屋の印半纏《しるしばんてん》を着ているのだから内部の者に違いない。

「すぐに幕を引くんだ！」

このようなときでも新七は冷静さを失わない。

（冷静に対処しなければ）

自分では確かにそう思ったのだ。飛び込んできた若い衆に舞台の幕を引くように命じ、自らは守田勘弥とともに、舞台の上に飛びあがった。八重垣姫は、どうしていいかわからずに、立ち竦《すく》んだままだ。

「幕を引いたらすぐに火を消しにかかってくれ、ここはいい。私たちに任せていいから早く幕を引いて、火を消しにいくんだ！」

守田勘弥が悲鳴のような声をあげて命令している。若い衆が舞台から消えたのを確かめて、新七と勘弥は八重垣姫に近寄った。長谷川勘兵衛も駆けつける。

「早く着替えるんだ」

姫の衣装の一部から糸を抜き取った。すると八重垣姫の衣装ははらりと床に落ちて、黒衣《くろご》姿がそこに生まれた。頭巾《ずきん》を被《かぶ》ってしまえば、もう誰かはわからない。

長谷川勘兵衛が高二重《たかにじゅう》の床の一部を叩《たた》いて、羽目板を外した。

黒衣が、走って逃げようとした。そこへ、

「やはりこういう仕掛けだったのですね」

と声がした。舞台にいる四人の人間が、全て動きを止めた。舞台の端から出てくる人影に、表情を凍りつかせた。

「お峯……」

新七はお峯の姿をそこに見た。そして、「体は大丈夫なのか」と問う必要がないことを一瞬で覚った。

「ということは、火は？」

「すみません。うちの若い者に言いつけて、入り口近くに置いた七輪で紙を燃やしただけです」

そういえば、と新七は記憶をたぐった。さきほどの若い衆を、辰巳屋で見かけたことがあることを思い出した。

ひと息ついた勘弥が、とたんに金切り声でわめき出した。

「なんてことをしてくれるんだ。この娘は！　世話になっている辰巳屋の縁者だから目を掛けてやれば調子に乗って、もうお前の顔など見たくはない！　出ていってくれ、二度とその胸くそ悪い顔を見せないでくれ」

あらん限りの声で、勘弥がお峯を罵倒《ばとう》するのを、新七はまるで他人事《ひとごと》のように聞いていた。新七の目の前には、黒衣が一人いる。たった今まで八重垣姫の衣装を着ていた黒衣だ。舞台の中央から、数歩進んだところで動きを止めている。

「出ていけ！　出ていってくれと言うのがわからないのか」

新七はお峯を見た。

（なんてつらそうな顔をしているんだ）

こんなときこそ、師匠として声をかけてやるべきなのだろう。しかし新七はなにも言えなかった。

お峯の後ろから、仮名垣魯文と水無瀬源三郎が現われた。

「驚いたな、こんなからくりがあったとは」

魯文がひどい悪声で言う。

「うむ、お峯ちゃんから話を聞いても信じられなかったが」

と源三郎。

(二人も来ていたのか、道理で小屋本来の若い衆の姿が見えないはずだ。とするとお峯め、ついに真相にたどり着いたのか)

やれやれ仕方のない娘だ、とでも言いたげに新七は首を横に振る。この夜、小屋の周囲には数人の若い衆がいたはずなのだ。おおかた、源三郎の当て身でも食らって、寝ているのかもしれない。

「お峯ちゃん、その黒衣はいったい……」

「そう、今回の一連の事件の下手人です。高宮猿弥という役者をこの世から消し去り、蕪庵さんもまた手に掛けた。音羽屋さんを襲って三座に火をかけ、更には相中頭《あいちゅうがしら》の澤村あやめさんを殺害し、私と師匠を襲った人」

新七は舞台の床に座った。勘弥にも目で合図をする。

「今は獄中にいる河鍋狂斎さんが、先代の権之助殺しの下手人として指摘したのも、この人です」

「だからそれは……」

お峯が黒衣に近づいた。源三郎が腰の後ろの長十手に手をかけている。お峯は背中を向けたままの黒衣の腕をまくってみせた。そこには源三郎が投げつけた十手の跡がくっきりとついていた。

「あなたは長谷川勘兵衛さんのお弟子の留吉兄さん」

お峯の指摘に、声を上げたのは魯文だった。

「まさか！　そんなことがあるはずがない」

「でも事実です。少なくとも小屋に出入りする人間は、この黒衣姿を見てそう思っていたはずです。勘兵衛さんもこの人のことを『留吉』と呼んでいましたしね」

黒衣がこちらを向き直った。

「新七師匠、私、まさか師匠が田之助太夫《だゆう》をもう一人造り出そうとしているとは思いもよりませんでした」

「いつわかった？」

「わかったのは今日です。でももっと早くに気がつかなければいけなかった。だって舞台の初日、私は留吉兄さんに会っているんです。そのとき兄さんは田之助太夫の八重垣姫の舞台を見ていたと言いました。勘兵衛さんと舞台の下に入ったのでは見ることのできない舞台を、です」

「からくりは勘兵衛さん一人でも動かせたのだよ」

「そうです、けれど、私は源三郎さんから聞いているのです。蕪庵さんを最後に見た役者の一人が、師匠と勘兵衛さん、黒衣姿の留吉兄さんが楽屋で蕪庵さんと話をしているのを見たって。いくらなんでも二つのところに一人の人間が同時にいるはずがありません。つまりこれは二人一役の仕掛けなのでしょう」

「そうか、まさか蕪庵さんが殺されるとは思わなかったからな。あまり神経を遣い過ぎてもおかしな目で見られると、注意を払わなかったのが失敗だった」

相中頭が殺された夜、本物の留吉をつれて澤村あやめの所に挨拶《あいさつ》に行くと言ったのは、勘兵衛なりに「二人一役」の仕掛けを気遣ってのことだったのだ。留吉には、「頭巾をとらずに相中頭の前を通ったら、奴《やつ》め私を留吉と間違えたらしい。あれこれ説明するのは面倒だから、お前ということにして一緒に謝りに行っておくれ」そう言い含めたと後で聞いた。そうと知っていれば止めはしなかったのにと思っても、すでに遅い。あの夜の新七は冷静ではなかった。

「小屋には大勢の人間が出入りしますからね。どこかで留吉兄さんを見かけた人と、黒衣姿で『留吉』と呼ばれる人物を見かけた人とが重なっても、そんなことを気にする暇人が小屋にいるはずがないと、踏んだのではありませんか。でもこのことで私は、小屋にもう一人、別の人間がいることを知りました。その人間は普段は長谷川勘兵衛の弟子の留吉として、なに食わぬ顔で舞台の裏を歩いていたのですね」

長谷川勘兵衛のほうを見ると、顔面を蒼白《そうはく》にして話を聞いていた。その顔色の悪さが、お峯の話を中断させているようだ。しきりと勘兵衛を気遣うようにそちらを見ている。

「続けなさい。勘兵衛さんは大丈夫だ」

「わかりました。小屋に入り込んだ謎の人物の目的はなんだったのか。謎を謎のままにおいておく必要はどこにあったのか。これを解く鍵《かぎ》は、音羽屋さんの一言でした。師匠覚えていらっしゃいますか。私がお酒を飲んだ夜、市村座につれていってくれましたよね。そのとき音羽屋さんはなんと言ったでしょう。『こないだ見た狐火の場の稽古じゃ、太夫が急に倒れるからびっくりしたが』こう言いましたよね。

屋敷の中の場面では、確かに田之助太夫は倒れることがあります。溝から出した金の棒で支えられていますから、操作を間違えると倒れることがあるのです。けれど狐火の場では、この場では八重垣姫は絶対に倒れないのです。だって天井から細引きで吊《つ》り下げられているんですもの。もし八重垣姫が澤村田之助太夫の演じているものであれば、この場では自分の意思で倒れるということはありえないのですよ。違いますか？」

「見事だ、あの時はしまったと思ったよ。お前さんが気がつかないようだったので、胸をなで下ろしていたのだがね」

黒衣が突如としてお峯に襲いかかった。懐から取り出した短刀を振りかざすのへ、いち早く反応して源三郎が、黒衣の手を十手でしたたかに打ち据えた。

「じたばたするなよ、せっかくの締めの場面なのだ」

なおも暴れようとする黒衣の、腕をとって背中に固め、そのままうつ伏せに倒してしまった。

「お峯ちゃん続けるんだ」と言う源三郎に、お峯がにっこりと笑ってみせた。その余裕はとても十六歳の少女には見えない。

「もしかしたら私の考え違いかもしれないとも思いました。そこで魯文さんに確認をとってもらったのです」

「確かに、夜の稽古で見たのは狐火の場だったと、菊五郎は証言してくれたよ。ついでに自分の姿を見て、急に八重垣姫が倒れた仕種が、妙にわざとらしかったとな」

魯文がお峯を補足する。

「私は、細引きによって吊り下げられる必要のないもう一人の澤村田之助太夫がいることに気がつきました。きっと、そのときにはまだ体の動きに自信がなかったのでしょう。長く姿をさらして菊五郎に怪しまれるよりは、その場で倒れることを偽田之助太夫は選んだのでした。

ではいったい、誰が田之助太夫に成り代わっているのか。

ここで私が八百膳《やおぜん》で言った推量を思い出してください。二度目の蕪庵殺しの下手人は、なぜ一度目の高宮猿弥殺しをなぞらなければならなかったのか。それは蕪庵殺しの下手人が、猿弥殺しで絶対に下手人でない証《あか》しがあるからだという、あの話です。では一番目の殺しで絶対に下手人ではないという証しとはなんでしょうか。誰かと一緒にいたのでしょうか。けれど半年も前の話です。証言をしてくれる人の記憶だって曖昧《あいまい》でしょう」

そう言いながらお峯がしゃがんで、黒衣の頭巾に手をかけた。

「でもこの人物には自信があったのです。二つの殺しが同一の下手人の手によると思い込ませることができれば、自分は絶対に安全だと。なぜなら」

お峯が黒衣の頭巾を外した。そこには田之助演じる八重垣姫そっくりの顔がある。懐から出した手拭《てぬぐ》いで、八重垣姫の頬《ほお》を力任せに拭《ふ》いた。

「自分は、第一の事件で殺されたことになっていたから!」

頰に大きな傷跡があった。

「お前は高宮猿弥！」

魯文が呆気《あっけ》にとられて目を大きく開けている。

「そしてあなたこそが、死んだ桔梗太夫の弟でもあります」

「俺は、お前が殺されるところを確かに見た。死体だってここにいる源三郎と検分したんだ。まさか……」

高宮猿弥が、凄《すさ》まじい目でお峯を見ていた。更にそれを見ている自分は、

（能面のように表情を無くしているだろう）

と新七は思う。それにしても猿弥の、どこにこれほどの激しい表情が隠されていたものか。身代わり田之助を立てるという計画が進められて、もう半年以上になる。しかしこんな顔の猿弥を見るのは初めてであった。

お峯の言葉が続いている。

「驚くのも無理はありません。けれど魯文さんが見たのは本当の猿弥さんじゃなかった。事件の二日前に死んだ、お兄さんの桔梗太夫だったのですよ」

「そいつはおかしい！　俺は確かにこの猿弥が殺される現場を、といっても本当は殺されていなくて俺の前にいるわけだから、ああ俺はいったいなにを言っているんだ、なぁお峯ちゃん？」

「死体を生きているように見せかけただけですよ」

「そんなことができるものか！」

「いいえできました、長谷川勘兵衛さんなら」

魯文と源三郎の視線が、蒼白の表情の勘兵衛に向けられた。

「足を失った田之助太夫を、あたかも自由に動かすことのできるあのからくりを使えば」

「そうか！」

「体を十字に組んだ金の棒で背中を縛り、首まで固定します。腕は脇《わき》のところへ鉤《かぎ》の手の金具でも入れればあたかも前に突き出したように見えるでしょう。その棒を下から支えて、境内を走り回れば、逃げ惑う姿に見えるはずです。わずかな常夜灯しかないあの現場では、足下なんて見えるはずがないもの」

「それであの場所を選んだか。だが、俺は声まで聞いた」

「猿弥さん本人は、侍姿だったのですよ。自分に扮《ふん》した桔梗太夫の死体を追いかけていたのです。勘兵衛さんが下から支えているから、どうしても本当の背丈よりも高くなってしまう。それで追いかける侍の背丈が低く見えたというわけです」

「なるほどな、追いかけながら叫び声を上げれば、俺にはどちらの声かよく分からない」

「一度は刀を振り上げて魯文さんを追い返し、そのあとで死体にあれこれ細工を始めたというわけか。顔を一文字に切った理由はわかる。いくら己とよく似た兄弟とはいえ、わずかな違いはあるだろう、それをごまかすためと、本来あるべき顔の傷をごまかす二つの意味があったのだろう。だが、どうして指まで」

と、源三郎。その時だ、押さえつけられた猿弥が、「起こしてくれ、もう暴れないから」と声をかけた。念のために源三郎は十手で猿弥の肩を押さえ、いつでも攻撃を与えられるようにしておいて、その体を起こしてやった。

「剃刀《かみそり》を握っていたからさ」

猿弥は体を起こすと、しゃがれた声でそう言った。

「兄さんは首をかっ切った上に、手には剃刀を握り締めていた。それがどうしても離れないので、やむなく指を落としたのさ」

猿弥がお峯を見ている。すでに憎悪の光はその目にない。あきらめた顔になると、再び田之助としか思えない美貌《びぼう》が表に出る。

「あれは三月のはじめだった。湯島にいる兄さんから人を使って文《ふみ》が届いた。内容を見て驚いたさ、これから客と心中するから後の始末を頼むとあるんだからな」

「そこでお前は投げ込み寺に捨てられた兄の死体を使って、自分自身を消してしまうことを考えた」

「そうだ、以前から田之助太夫の代役の話を私は持ちかけられていた。二つ返事で承諾したよ。私は、十三年前のあの事件から、いつかは田之助太夫のために死ぬのだと心に決めていたんだからね」

（猿弥が顔を切られた事件か！）

新七は思った。やはりあの事件が、猿弥を大きく変えたのである。

「事件とは？」

「馬鹿な話さ。湯島の稚児《ちご》茶屋から猿若町にやってきて役者になった私だが、すぐに名題《なだい》下は人間扱いされないことを知った。それでもいいと思ったよ。稚児で体を売るよりずっとましだと思った。兄はそうは考えなかったようだがね。

そんなときに由次郎坊ちゃんと会った。私はすぐに自分と由次郎坊ちゃんの地の顔が似ていることに気がついたよ。だからといって、どうなるものじゃない。蒟蒻《こんにゃく》にどう絵付けを施したって、びいどろにはなれっこないのがこの世界だ。それが……。

自分でもどうしてあんなことをしたのかわからないが、ある日私は坊ちゃんとそっくりの格好、そっくりの顔を作って本人の前に出ていったんだ。

認められようとか、ましてや身代わりになろうなんて思ったわけじゃねぇ。きっと笑ってほしかったのだと思う。

けれど坊ちゃんは、顔を見るなり鏡台の脇から剃刀を取り出して、私に切りつけた。そのとき思ったんだ、この人はこんなに幼いのになんて強い誇りを持っているんだ。浮き草のように流れる自分たちとは、違う世界に住む人なんだと、ね。きっと自分の誇りと名誉を守るためには、人の命を奪うことだってためらわないだろう、と。ならば、汚れるのは自分の役目だ。この人を守るために汚れるのは、自分以外にはいないと、そのときに心に決めたのさ。

それからはわざと化粧を下手くそにして、太夫と自分とが似ていることを、誰にも気づかれないようにしていたが」

「座元は早くからそのことに気がついていたのだな。お峯ちゃんに言われて、もう一度湯島に話を確かめに行ったのは俺だ。桔梗太夫の弟が実は田之助太夫だという話があったのでな。もしかしたらそれも含めて根も葉もない話かとも思ったが、どっこい古い人間に話を聞くと、確かに桔梗太夫の弟はいると言う。しかも猿若町に、だ。それがまさかお前で、田之助太夫の身代わりなんぞというとてつもないたくらみが後ろにあるとは、想像もつかなかったが」

源三郎が言う。

「兄さんの手紙を受け取った私は、すぐに蕪庵に相談した。あいつも身代わりの計画に一枚嚙《か》んでいたからね。

『これは千載一遇の機会だ。私が死んだことにすれば、身代わりを疑うものはいなくなる』

そう言ったら蕪庵、喜んで協力してくれたよ。そこの仮名垣魯文に殺害の現場を見せたうえで追い返し、その後にうまく顔に傷を付けたり、指を切り落としたのは蕪庵さ。犬の血で血溜《ちだ》まりを作り、それらしく見せかけたのも奴だ」

猿弥は人が変わったように冗舌になった。聞かれもしないことを次々と話してゆく。お峯の顔が険しくなった。

「お黙りなさいな！　蕪庵先生をさも自分と同罪のように話すのはやめなさい。あなたは全て田之助太夫のためであるかのように言うけれど、どうしても自分を殺さなければならない理由があったはずです。つまり、狂斎先生が描いた、あの幽霊画です」

高宮猿弥が、凄味《すごみ》のある笑顔をお峯に向けた。ちょうど田之助が演じる『切られお富』そのままの、

（見事な毒婦顔だ）

新七はしばらく、猿弥の顔に見とれていた。

「まったく、なにもかも見通してやがる。

まさにその通りだ。狂斎があんな絵さえ描かなければ、私は自分を殺そうなどとは思わなかったろう。だが私は、奴の家で絵の下描きを見ちまった。音羽屋のように、影がどうの、隠された意味がこうのとは考えなかったよ。ただ、二年前のあの夜のことを、こいつは知っているということだけはすぐにわかった。そして奴が下手人を田之助太夫と間違えていることも、な。でなければ、あんなまわりくどい告発などするものか。事件の夜、今戸橋の権之助の家から、掘割伝いに小船で逃げ出す私を、あいつは見たにちがいない。私も確かにそれらしい人影は見ていたんだが、その時はまさか狂斎とは思わなかった。絵を見た途端に、そうか奴だったか、と気づいた次第さ」

「そしてあなたは、絵の秘密に気がついた蕪庵さんも殺してしまった」

「狂斎の家で下絵を見て以来、奴なりに考えていたらしい。絵に隠された太夫の名から権之助殺しまでを読み取ったばかりじゃない。『片足しかない太夫に殺しはできまい。となるとこれは太夫によく似た人間の仕業だ』と、そこまで推量を働かせたのは、さすがとしか言いようがない。

よりによって廿四孝の舞台の初日だった、あいつは私が小屋から出てくるのを待ち構えて、『もしやお前は、先代の権之助を殺しやしなかったか』

と馬鹿な質問をしやがった。そんなことはどうでもいいじゃないか、えっ？　互いに田之助太夫のために知恵を搾りあっているんだから、と言っても蕪庵は引き下がらなかった。『自分は、とんでもない人間に力を貸してしまったようだ。こうなったら水無瀬の旦那《だんな》に全てお話しして、過去の罪を暴いてもらう』

とまで言いやがった。水無瀬の旦那がそんなことできるわけがないのに、よ。

仕方がなく、私は蕪庵の首を刎《は》ね切って殺したんだ。前の高宮猿弥殺しと同じ下手人に見せかければ、私が疑われないと思ったのはあんたの推量通りさ」

「相中頭の澤村あやめさんは？　あの人までが絵の謎を解いたとは思えない」

「フン、あんな奴に判じものが解けるものか。だが奴は、黒衣姿の『留吉』に腹を立てていた。事件の夜も一度は新七師匠に止められ気持ちを押さえたように見せかけたが、本当はそうじゃなかったんだ。物陰に隠れて私が通り過ぎるのを待ち構え、いきなりこの頭巾をとってしまいやがった。そんなことさえしなければ、今も舞台で端役なりとも勤められたものを、馬鹿な女《おんな》形《がた》だ。私は、『田之助太夫の影を勤めているんだ、嘘だと思うなら今夜五つすぎに舞台に来てみろ、証拠を見せてやる』そう言って五つちょうどに舞台裏で待ち合わせをしたんだ。そこで首を絞めて殺してやった。死体は楽屋道具の中に隠し、稽古が終わって今度は裏手の壁に縫いつけておいたのさ」

「その際も、遺体が相中頭であることがすぐにわかるようにわざわざ化粧を施し、舞台に穴が空くのを防いだのね」

「当たり前だ、太夫が命を削って勤めていなさる舞台だ。一日だって穴を空けてなるものか！」

「そのことは、音羽屋さん襲撃や、三座への付け火にも言えることだった？」

「音羽屋を襲ったのは、勘兵衛さんに会わせたくなかったからさ。勘兵衛さんは、私たちに協力しながらもどこか、納得のいかない顔をしていなすったからね。それに……。

新七師匠が、事件を霧の中に隠すために上方からの刺客という噂を流そうとしてくれていた。ここで音羽屋を刺客のふりをして襲えば、噂がより本当に近づくと思った。小屋に火を付けたのも同じさ、わざわざ天水桶《てんすいおけ》の下に火を付けて、すぐに消せるように細工をした」

全ては終わったとばかりに、猿弥が視線を逸《そ》らせて上のほうを見た。

「最後に教えて。どうして先代の権之助を殺したの」

「わからないかな。奴が新七師匠の移籍を認めなかったからさ。太夫はあれほど新七師匠が市村座を退くのを楽しみにしていて、『次は万金を積んでも守田座に来てもらうんだ』と楽しそうに話していたんだ。ところが権之助の奴！　私は、迷わずに権之助を殺すことにしたんだ。

田之助太夫が望むことを邪魔する奴は、誰も許さない」

「もし、他の人間があんたの正体に気がついたとしたら？」

「十人が二十人でも殺してやったさ。それで田之助太夫の舞台が一日でも長く勤められるなら！」

言葉の後に凄まじい笑い顔が浮かんだと見るや、突然、猿弥が腰を上げて源三郎に向かってトンボを切った。反動のついた足が、源三郎の顔を襲う形となった。

「あっ！」

源三郎が避ける。着地するなり猿弥は、楽屋に向かって駆け込んだ。皆が呆気にとられるうちに、猿弥は二階の桟敷席に駆け上がり、そこから大きな声で、

「いいか！　なにもかもが一人でやったことだ。田之助太夫や新七師匠に累が及ぶようなことがあれば、七代たたってやるからそう思え！」

そう言って桟敷の席から身を乗り出した。

「田之助師匠、お先に失礼いたしますぅ！」

言葉とともに皆に向かって猿弥が降ってきた。頭を下に向けて、手を後ろに組んだまま。枡席《ますせき》にぶつかる瞬間、この世で二度と聞きたいとは思わない、くぐもった音がした。

「なんてこったい」

新七は天を仰いで、「こんなことが」と繰り返す。

高二重の舞台の一部が、跳ね上がった。

「出してくれ」

黒衣姿の男が上半身を出して、魯文らをはっとさせた。長谷川勘兵衛が黒衣を助けて、舞台に引っ張り上げた。黒衣の足のところが、ひどく頼りない。頭巾をとって、

「馬鹿野郎、早死にしやがって」

と言ったのは、澤村田之助である。

「どうした、あまり驚いていないようだね、お峯ちゃん。もっとも仕掛けの全てを見通してい

たようだから、当然か」

「猿弥さんは、声が良くないと聞いていました。とすると、台詞だけは太夫本人が担当しなければなりません」

「そうさ、あたしはこの高二重の中に入って、奴の動きに合わせて台詞を言っていたのさ。勘兵衛がうまく仕掛けを作って、声が下から聞こえることをわからなくしてくれた」

「声を壁で何度も弾いて、出所をわからなくしたのですね」

「お前さんは本当に頭がいい。大道具師になっても成功するだろうよ」

なぁ、と田之助は勘兵衛を見て笑ったが、勘兵衛は曖昧にうなずくだけだ。

「次の狐火の場では、兜《かぶと》のおいてある社の中から声を出すのさ。まったく良く考え抜いてあるぜ、たかが澤村田之助一人のために、よ」

そう言って田之助は上を見る。炎のような感情を必死に抑え、化粧気の少ない顔を田之助は固くさせている。

「新七師匠！」

お峯の叫び声が、新七の胸に突き刺さった。

「師匠は最初から、気がついていたのでしょう」

「ああ。気がついていた。狂斎さんから菊五郎に渡してくれと、預かった絵を見てすぐに、狂斎さんの意図も誤解も気がついていた」

「だったらそのときになぜ？　師匠のひとことがあれば、こんなにも人が死ぬことはなかったのに」

「お前の言う通りだよ。いくらでも責めるがいい。わたしはあの絵から猿弥が犯した権之助殺しを察して、なおそれを黙認する立場に走ったのだから。だが、まさか蕪庵さんが絵の秘密に気がつくとは思わなかったし、菊五郎があれほどの執念を持って秘密に臨むとも思わなかった。わたしさえ権之助殺しに口をつぐんでいれば全ては丸く収まると判断したんだ。

結局わたしは、人の執念や英知を軽く見すぎていたのだろうか。

蕪庵さんが殺され、それでもわたしは猿弥をかばう立場を崩さなかった。それどころか、上方からの刺客が云々《うんぬん》という噂まで流して、探索の手を混乱させたのだ。猿弥と同罪だと糾弾されても、異論はない」

「そこまでして、守るべきものがあったのですね」

お峯が、あえて田之助の名前を出さないことが、新七には嬉しかった。もう十分に自分の元から一人立ちさせてもいい心遣いである。

「源三郎さん、いこうか。だが太夫と座元は勘弁しておくれよ。できれば勘兵衛さんも、だ。話の筋を書いたのは全てわたしだ。猿弥が死んで、あとは私が捕まりさえすればことは収まるだろう」

覚悟を決めて新七が立ち上がる。勘弥が驚いてその前に立ち、田之助が不自由そうに床を這《は》ってやはり新七の着物の裾をつかんだ。

「ありがとう。責任はとらなければならぬよ」

だが、源三郎は首を横に振るばかりだ。

「俺は、猿若町に仇なす十手を持ち合わせてはいないんです。全て猿弥の死で終わったことにしましょうよ。いや、それだって俺たちの胸の中だけにことを収めて」

新七は源三郎の瞳《ひとみ》の奥を覗き込んで、そして深々と頭を下げた。

「物騒な東京の町で起こった、不幸な未解決事件にするおつもりか」

「それが一番、正しい選択であるなら」

新七は、もう一度深々と頭を下げた。源三郎は、

「猿弥も葬ってやらねばなりますまい。さて、すでに死んだことになっている高宮猿弥の名前では、無理だが」

「それならば、あたしに名前をつけさせてくれませんか」

そう言ったのは田之助だ。しばらく考えた後、

「澤村御影《みかげ》というのは、いかがです」

「澤村御影、か。それはいい、とてもいい名前だよ」

お峯は田之助に駆け寄った。

「ごめんなさい、私はもう太夫の新作を書けないけれど、本当に太夫の言葉が嬉しかった」

「なぜ、書けない?」

「私はもう、小屋から出ていきます」

お峯はさきほどの勘弥の言葉を真《ま》に受けている。

「馬鹿なことを言ってはいけない。優秀な狂言作者を追い出すようなまねは、この澤村田之助が舞台に立つ限り、守田座ではありえないことだ。そうだろう、座元」

田之助は勘弥がなにも言えないのを見ながら花のように笑った。意地の悪さを含んだ、舞台にのみ咲くことが許される毒の花だ。

「そうさ、足が無いぐらいどうってこたぁない。よしんば両手を切ったところで、この澤村田之助が舞台を下りるわけがないんだ。強い薬を使おうが、複雑怪奇なからくりを使おうが、澤村田之助は、舞台にあってこそ澤村田之助なのだから」

宙を見据えながら、半ばつぶやきのような田之助の声だ。

舞台の空気が心なしか冷たくなった。魯文が、舞台の蠟燭を次々に吹き消していった。

そして暗転。闇《やみ》の中で微《かす》かなすすり泣きの声が聞こえたが、それが誰のものなのか知ることはできない。

エピローグ　再び一九九四年五月・東京

私は一枚の絵である。物言わぬ絵である。

言葉にならない、私の長い物語は今終わろうとしている。目の前の男は、この物語をどのように受けとめただろうか。遺伝子から遺伝子へ連綿と続く記憶の素子が、一瞬のうちに見せた幻と捉《とら》えるだろうか。それとも彼の先祖がついに漏《も》らすことのなかった歴史の一端を、不思議の因縁で結ばれた一枚の絵が、解き明かしてくれたと捉えるだろうか。

この男を私は見たことがある、といった。そう、長谷川勘兵衛のところにいた、留吉という少年の面影を確かにこの男は引き摺《ず》っている。

男が去ろうとした。

まだ帰ってはいけない。物語はまだ終わってはいないのだ。私は力を振り絞って男に最後のイメージを伝えた。

事件が終わって翌月の十一月は、澤村田之助は休演。

師走《しわす》に入ってから、河鍋狂斎が仮釈放となった。皮膚病が悪化し、その治療のために釈放されたのである。家に帰るなり狂斎は湯を沸かし、一刻《いっとき》もかけて体の隅々まで洗ったそうだ。そうして服を手早く着替えると、猿若町の守田座に河竹新七を訪ねてきた。

十二月には珍しく、雷をともなった雨の日だった。伺うという知らせを受けた新七は、

「お峯、灘の上等を一升ばかり用意してくれないか。それから肴《さかな》を、鰻《うなぎ》なんざよしたほうがいい。精進暮らしが長かったろうから、急に脂の濃いものは胃弱の元だ。魚屋にいって白身の刺身を二、三見繕ってもらっておくれ」

お峯が酒屋に一升徳利《どっくり》を持って向かい、魚屋に寄る間に狂斎は新七の元にやってきていた。

「アハハ、よく降る、実によく降る」

という声は河鍋狂斎そのものだが、姿形は別人のものだ。

「狂斎さん、あんた……」

新七の絶句も当然のことで、あれほど大柄だった狂斎が、二まわりほどもやせ細っていた。肌の色も異常に青白い。それこそ例の幽霊画である。

お峯が、すぐに茶碗《ちゃわん》に酒を注いだ。嬉しそうに茶碗の縁に口をつけ、狂斎は息を吸い込むように一気に茶碗の中身をあおる。

「うまいねえ、アハハハ、五臓六腑《ろっぷ》にしみわたるほどうまい！」

「それにしても長いお勤めでしたね」

新七の言葉に、狂斎がいたずらっこのような笑いを返した。

「いやぁ、まいりました。しかし慣れてしまえば大番屋も悪くはない。人の恨みやつらみが凝り固まって、毒にまで昇華しているところが実によろしい。すべからく狂画師は大番屋で暮らすべきです」

そう言って、狂斎が改めて座り直し、新七の前に手を突いた。

「今回のこと、水無瀬源三郎さんより全てを聞きました。儂《わし》の描いた絵が元で、とんでもないことが起きてしまったようだ」

「手を上げてください。狂斎さんとて面白半分に描いたわけではないのでしょう。たぶん、自分の身の危険を感じたのではありませんか」

「それはそうだが……とんでもない見当違いをしてしまった。絵師として恥ずかしい、実に恥ずかしい。船に乗っていたのでというのは、言い訳にはなるまいよ」

「あの時の田之助は片足だった。杖《つえ》さえつけば、船の櫓《ろ》を漕《こ》ぐこともできるからね」

「そこだ。杖の有無をよく確認せずに、田之助太夫と早合点した儂は、やはり絵師失格だ」

「そこまで、御自分を責めなくても」

「牢《ろう》内で自分の考えの甘さに気がついて、愕然《がくぜん》としましたよ」

「どこで気がつきなすった」

「まずは儂が、雲井龍雄とつながりがあるなどという理由で、勾留が延ばされていると知ったとき」

「それで？」

「こんな筋書きを思いつくのは新七さん、あなただけだ。そこで考えた。どうして新七さんは儂をこんな目に遭わせるのか。

最初は仕置きか、とも思いましたよ。つまらない絵を描いた儂へのね。新七さんは自ら絵筆を握るほどの才人だし、猿若町の内情には誰よりも詳しい。絵に塗り込められた判じものを即座に読み取ったとしても、不思議はない。だがあの絵は、作者である儂に危害が及んで、初めて真実の重みを持ち得るんだ。そうでなければ、どれほど重大な告発の意味が隠されていたとしても、酔漢の寝言ほどの値打ちもありゃしない。そう考えると、この仕打ちはいかにも大袈《おおげ》裟《さ》すぎて納得がゆかない。

今度は話を逆に考えてみた。もしかしたら新七さんは、儂の命を守る為に、牢に放り込んだのか、とね。確かに権之助殺しの下手人が、あの絵の秘密に気がつけば、儂の口をふさぐことぐらい考えるだろう。だが儂は、そうはならないと踏んだうえで、音羽屋に絵を渡したんだ。あれの幽霊画趣味は有名だ。一点、二点、数が増えたところで、誰が注目などするものか。もっとも、牢内でも耳にしたことだが、音羽屋があれほど謎解きに熱中するとは、少々予想外だったがね。今は両足が不自由で、動きもままならない田之助が、あの幽霊画を目にすることは、まずない。まして音羽屋が判じものを解き明かしたという噂《うわさ》だって耳にしたことはなかった。なんといっても、絵を渡してふた月しか経っていなかったのだから。

そこでようやく、気がついたわけさ。自分の犯した過ちに、ね。

権之助殺しの下手人が、もしもあの絵を見る機会があったとしたら……。すぐに下絵のことを思い出したよ。猿若町にかかわりを持つ者で、なおかつ下絵を見ることのできた、あの二人をね。蕪庵さんが殺されたとすれば、残りは一人だ。

儂は頭の中で猿弥の厚化粧を剝《は》がしてみましたよ。驚きました。どうしてこれまで気がつかなかったものか。その顔こそは、権之助殺しの夜に見かけた、あの顔だったのですからねェ。

あの絵は確かに勘違いだけれど、ある一面では真実を捉えている。絵を見て、すぐにそのことに気がついた新七さんは、迷ったことだろう。とりあえず絵をなきものにすれば一番良いのだろうが、そのためには田之助太夫と高宮猿弥の関係まで話さなければならなくなる。それだけは避けなければならない。挙げ句、新七さんが選んだのは私が狂画で失敗するのを見越して、密《ひそ》かに官憲に雲井龍雄との書簡のやりとりの件を伝えるという、方法だったのでした」

改めて狂斎が頭を下げた。

「あなたのおかげで、命拾いをしました。絵の秘密に気がついた蕪庵先生をあっさりと殺してしまうほど、猿弥が狂気にまみれていたのは、まったくの誤算でした。

それにしても、半年前に下絵を見た時点で、なぜ儂を狙《ねら》わなかったのか」

「まだまともな神経を持っていたのですよ。罪がばれてもまだ自分のほうから逃げるという、ごく普通の神経を、ね」

「そうですか、するとやはり田之助太夫のことが」

「手まで脱疽《だつそ》に冒されはじめた以上、自分が田之助の替わりになるしかない。半信半疑だった身代わりのからくりが、現実に動き始めたことで猿弥の心の歯車は狂い始めたのでしょう。もしかしたら、そうしたことがあるかもしれないと思って、あなたを一番安全な場所に匿《かくま》うつもりでした。一年でも二年でも。やがて澤村田之助という役者が、この世にいなくなるときまでね」

さきほどからお峯がひと言も口をきかないのは、この話をすでに新七の口から聞いているからに違いない。

「あの蕪城只之介という浪人者も同じ理由で大番屋に送ったのですね」

「これ以上は、血を見たくなかった。あんなくずのような男でも、首を裂かれれば血が流れますからね」

「蕪城は牢の中でわめいておりますよ。『俺は田之助太夫の秘密を知っている』とね。ところが誰もそれを信用しない。どうやら源三郎さんが、先に別の噂を流しておいたようです」

「まあ、今となってはどうでも良いことだが」

それっきり二人は黙り込んで、ただ酒ばかりを酌み続けた。

私は、音羽屋の元から借り出されて河竹新七の戯作者部屋の壁に架けられていた。二人が酒を酌み交わすのを見つめるばかりであった。幽霊画を前に酒を悠然と飲む二人の姿を、まだ生まれたばかりの私は頼もしいと思ったものだ。

これが事件に関する私の記憶である。

おや、男は帰ってしまったようだ。仕方がない、私はこうしてまた、物語を語るべき人間が現われるのを待つことにしよう。人に比べて私の寿命は長い。待つことには慣れているのだから。そうそう、長い寿命の中で聞いた、別の会話を思い出した。事件と関係があるともないとも言えない、ある夜の会話だ。

もしかしたら、ただの幻であったかもしれない。私にしたところで、どうにもあやふやな記憶なのである。

私はやはり菊五郎から借り受けられて、ある部屋の壁に架けられていた。前にいるのは二人の男だ。

「事件が終わった夜のことが、どうしても気になりましてね。猿弥が死ぬ前に言った言葉ですよ、『水無瀬の旦那《だんな》がそんなことできるわけないのに』確かに奴《やつ》はそんなことを言いましたよね」

「そうだったかね」

「年は取っても耳は確かなんです。聞きようによっては、水無瀬の旦那は猿若町に不利になることはしない、という意味にも取れますが、あたしにはどうも腑《ふ》に落ちなかった」

「なにが腑に落ちない？」

「いろいろなことが重なりすぎて、です。あれは湯島に行ったときでした。途中の不忍池で白骨を見つけたとき、あたしが落語の『野ざらし』の一部分を経がわりに唱えたのを覚えていらっしゃいますか。そのとき水無瀬の旦那はこうおっしゃいました。『んな念仏をあげていると、夜中にだれぞがかまわりにくるぜ』と」

「………」

「野ざらしによく似た話が、上方《かみがた》にもありましてね。『骨釣り』といいます。水無瀬の旦那がおっしゃった『誰かがかまわりにくる』というのは、まさしく骨釣りのサゲの台詞《せりふ》なんですね。どうして箱根から向こうに越えたこともないお人が、上方でしかやっていない話を知っているのか。

まだあります。お嬢様が襲われ、寮で目が覚めたときでした。最後の詰めをしようという段階でもまだ、水無瀬の旦那は上方からの刺客の話にこだわっていらっしゃいました」

「だからどうした？」

「そして、猿弥の台詞です。もしかしたら猿弥は本当に十六年前の八世殺しの下手人を知っていたのではないか、とふと思ったんです。その下手人は上方の贔屓《ひいき》筋が放った刺客などではなかった。あたしもあの当時は大坂にいましてね、事件を不思議に思っていたのですよ。上方の刺客云々《うんぬん》を語るよりも、もっと身近に殺しの理由を持った人間がいるじゃないか、とね」

「それは誰だい」

「大きな名前を持った役者が外の妾《めかけ》に生ませた子供を、養子として引き取った男がいましたね。その子に大名題を……」

「なるほど、な」

「そして、その男に雇われていた若い凄腕《すごうで》の剣士も。いかがです、間違っていますかね」

「答えるわけにはいかねぇ。わかってくれないか」

「当然でしょうね。そうなると、あの夜に水無瀬の旦那がわざと猿弥を逃がした理由もわかる」

「わざと？」

「はい、旦那ほどの腕があれば猿弥のトンボなぞ大げさに避ける必要はなかったのではありませんか。猿弥の覚悟を覚って、旦那はわざと逃がした。ついでに自分の秘密も守るために。違いますか」

「その話、どうするつもりだ」

「買ってもらえませんか」

「貧乏侍に言う台詞じゃないぜ」

「いや、ですから前川の鰻《うなぎ》をお嬢様におごるということで」

「それならなんとかなりそうだ。全て承知した」

「助かりました」

私の話は、これで全てである。

『狂乱廿四孝』参考資料

歌舞伎のわかる本・弓削悟（金園社）
河鍋暁斎・落合和吉（筑波書林）
河鍋暁斎翁伝・飯島虚心（ぺりかん社）
江戸の役者たち・津田類（ぺりかん社）
大江戸リサイクル事情・石川英輔（講談社）
団十郎と菊五郎・小坂井澄（徳間書店）
花闇・皆川博子（中央公論社）
百万都市江戸の生活・北原進（角川書店）
大江戸観光・杉浦日向子（筑摩書房）
歌舞伎手帖・渡辺保（駸々堂）
楽屋のことば・戸板康二（駸々堂）
役者の伝説・戸板康二（駸々堂）
かぶき入門・郡司正勝（牧羊社）
芝居名せりふ集・演劇界編集部編（演劇出版社）
明治演劇史・伊原敏郎（早稲田大学出版部）
大道具長谷川勘兵衛・十七代長谷川勘兵衛（私家版）

以上の著作物を参考にさせていただきましたが、物語の構成上、意図的に事実と異なる表現を用いた箇所がいくつかあります。従って全ての文責は、作者が負うものであります。

双蝶闇草子《ふたつちょうやみぞうし》

主な登場人物

澤村田之助《さわむらたのすけ》（紀伊国屋《きのくにや》）……幕末から明治初期に活躍した悲劇の名女形《おんながた》

河鍋暁斎《かわなべきょうさい》（狂斎）……幽霊画を手掛けた異彩の画家

河竹黙阿弥《かわたけもくあみ》（新七《しんしち》）……守田座《もりたざ》の座付き作者

峯《みね》……新七の弟子。戯作者《げさくしゃ》見習い

銀平《ぎんぺい》……根岸の寮の番人

仮名垣魯文《かながきろぶん》……戯作者

水無瀬源三郎《みなせげんざぶろう》……市中見回り、元南町奉行所同心

米《よね》……勝田屋《かつたや》の下働き

早峯水鳥《はやみねみどり》……東敬大学四年生。田之助を卒論のテーマに選ぶ

鮎川知美《あゆかわともみ》……水鳥の親友

各務達彦《かがみたつひこ》……東敬大教務課の職員

深瀬鴇雄《ふかせときお》……田之助の墓所にいた謎の男

灰原《はいばら》……練馬署の刑事

田端《たばた》……練馬署の刑事

幕　前

『澤村田之助《さわむらたのすけ》（三代目）。歌舞伎《かぶき》役者（1845～1878）
　初めは澤村由次郎《よしじろう》を名乗り、嘉永《かえい》二年七月江戸中村座《なかむらざ》「忠臣蔵」八段目道行「千種花旅路嫁入《ちぐさのはなたびじのよめいり》」に子役として遠見の小浪《こなみ》役で初舞台を踏む。安政六年正月中村座「魁道中双六曾我《はつどうちゅうすごろくそが》」で三代目澤村田之助を襲名し弥生姫《やよいひめ》とお袖《そで》の二役。万延《まんえん》元年正月守田座《もりたざ》「百千鳥賑曾我《ももちどりにぎわいそが》」に立女形《たておやま》として粧姫と一重の二役。文久元年二月中村座「御国松曾我中村《おくにのまつそがなかむら》」と市村座《いちむらざ》「鶴春土佐画鞘当《ちよのはるとさえのさやあて》」に掛け持ちで勤め大評判を得る。この頃、田之助髷《まげ》・田之助襟・田之助下駄《げた》が大流行する』

　今となっては諳《そら》んじることができるほど幾度も読み返したその一文を、早峯水鳥《はやみねみどり》は小声で復唱してみた。そうすることで、なにか良い思案でも浮かぶかと思ったが、それほど世の中は甘くはないようだ。依然、脳裏にあるのはいくつかの単語と、切れ切れの文章ばかりで、それらをどのような思考の糸で紡げば「論文」とやらの体を成してくれるのか、いまだに見当もつかないでいた。

　——三世・澤村田之助……明治初年の歌舞伎界を席巻した天才女形《おんながた》、か。

すっかりと薄まったアイスコーヒーを一口啜《すす》ると、小さくなった氷が乾いた音を立てた。キャンパスのざわめきが、次第に遠のいてゆく気がした。テラスに一人座り、大量生産のグラスを前にして、水鳥の時間だけが次第に凝固してゆく。水底の見えない深い淵をただひたすらに落ちてゆく感覚の中で、水鳥はたった今提出してきたばかりの卒論のテーマについて、考え続けた。

水鳥の通う東敬《とうけい》大学では、卒業論文のテーマ提出は夏休み前、前期試験が始まる直前と決められていて、今日がその期限となっている。直前まで悩み抜いた末、『三世・澤村田之助とその時代』というタイトルと概要を簡潔にレポート用紙にまとめ、窓口に投げ込むように提出してきた。

迷いながら、といっても他に腹案があるわけではなかった。というよりも、三年次に「近世芸術論」の講義を受け、そこで三世・澤村田之助という役者の名前と、その業績を知って以来、水鳥の中では卒論のテーマは、彼以外に考えられなかったといって良い。四年に進級する前から資料を集め始め、他の学生からは、「時空を超えた恋愛だね、まるで」とからかわれるほど、夢中になった。確かに恋といっても良いかもしれなかった。明治初年当時、彼のファッションは「田之助髷」や「田之助襟」といった、最新のモードとして大流行を見せている。いわば、庶民の——ことに女性にとっての——文化の象徴の一つだったのである。それほど市井《しせい》の人々を狂乱させた彼の魅力とは、なんだったのか。調べを進めるうちに、いつの間にか水鳥の意識は、当時の人々とシンクロし始めたのかもしれない。だが、そこに大きな落とし穴があった。

夢中になればなるほど、わからなくなっていったのである。

――澤村田之助とは、どのような存在だったのだろう。

題材は動かしようがないし、動かす気もない。けれど澤村田之助のなにを書き抜き、なにを論ずればよいのかが、わからなくなってきた。ただ、彼の人気のほどを資料的に並べ立て、ほぼ同時期に活躍した九世・市川團十郎《いちかわだんじゆうろう》、五世・尾上菊五郎《おのえきくごろう》といった人々や、守田座の座主（経営者）である守田勘弥《かんや》、田之助の名を世に知らしめた名作『処女翫浮名横櫛《むすめごのみうきなのよこぐし》』をはじめとして、数々の名作を世に送り出した戯作者《げさくしや》・河竹黙阿弥《かわたけもくあみ》のことを列挙するだけでよいのか。そうしたことを考えると、胸の奥深いところでしきりと、否定の声を聞くのである。

否定の声は、ともすれば自らの思慮のなさを嘲《あざけ》り、そして怨嗟《えんさ》する罵声《ばせい》となる。

――これは……いけないわ。

締め切りは年明け早々だが、そんなものはすぐにやってくる。自分の表情が極端に重く、そして暗くなってゆくのがわかった。

フイに背中を指先でつつかれ、「ヒィッ！」と、肺の中にある空気をみな絞り出した。

「――だからドリってば！」

友人の鮎川知美《あゆかわともみ》の声で、ようやく深い淵の底から這《は》い上がることができた。

「お願いだから驚かさないで、知美。キャンパスで心不全死じゃア、五体を授けてくださった二つ親に申し訳もねえ」

「こいつあ、すまねえ、って歌舞伎ごっこをするために声を掛けたわけじゃあないのよ」

「知美が驚かすから、平常心を失ったの」

「さっきから声を掛けているのに、ドリったら知らん顔なんだもの」

「あははっ、ごめん、悪かったわ。ちょっと考え事を」

「どうせ、愛しい愛しい、田之太夫《たのだゆう》のことでしょう」

「……うッ……」

田之太夫とは田之助の俗称、あるいは愛称である。

「しかしまあ、どこが良いのだろうねえ」

鮎川知美は国文学科の同級生で、おまけにゼミまで同じであるから、当然の事ながら水鳥の卒論のテーマを知っている。なんの飾りも細工もない水鳥のキャンバス地のバッグから無遠慮にファイルを取りだし、知美がその中ほどを開いた。

伊原敏郎著『明治演劇史』のコピーの束が挟まれている。明治時代の歌舞伎の世界、そこで起きた様々な出来事と、役者たちの素顔を知るためにはなくてはならない、第一級の資料である。コピーの第六章に当たる部分に、田之助に関する記述と、彼の素顔を写す肖像写真が載っている。

「どうも……この……顔が、ねえ」

知美が、首を傾げるのも無理はない。天才的女形というからさぞや美しい、本物の女性よりも女性らしい姿形を想像すると、失望あるいは落胆を感じるかもしれない。写真の田之助はのっぺりと面長で、目も鼻も口も、顔の真ん中に寄せ集めたような人相なのである。あるいはそのような化粧であったのかもしれない。写真は、彼がいったんは引退を決意した折、最後の舞台で演じた「芸者・こきん」に扮《ふん》したときのものだ。

「でも、この姿に幕末から明治にかけての民衆、特に若い娘たちが夢中になったことは、事実なんだもの」

「そのあたりがよくわからないんだなあ」

そう言って、知美が一人のアイドルの名前を挙げた。今や日本全国を席巻するビッグネームである。

「田之太夫は、彼よりも遙かに有名だったのでしょう」

「もしもあの当時、テレビやラジオといったメディアが存在していて、なおかつ自由に公演ができる空間、施設が全国に存在していたとしたら、間違いなく昨今のタレントを蹴散《けち》らすくらいの人気者であったはずよ」

「でもね、言いたかないけれど、田之太夫の人気を支えたのは彼の力量ばかりではないでしょう。その……なんというか」

知美がいわんとすることは、すぐに理解することができた。

この不世出の女形の人気を支えた要素の一つに、彼が背負わざるを得なかった悲劇、悲劇というにはあまりにも過酷な運命性が、確かにある。立女形という、いわば役者の頂点に上り詰めた彼を思いがけず襲ったのは、役者としては致命的な病苦であった。

伊原敏郎の『明治演劇史』には、こう記されている。

『（慶応元年）右の三月興行から足を痛めて十月は全く休んだ。この足痛《そくつう》が彼《か》れの命を奪うほどの難儀な病であるとは、このとき、本人も誰も予想しなかったであろう。俗説には、彼れの美色を愛した東叡山の僧が、寺を逐《お》われて来たのを冷遇したので投身して死んだ。その怨念が崇《たた》ったとか、または坊主でなくて柳橋の芸者だとかいうけれど、実は「紅皿欠皿《べにざらかけざら》」の時、継母《ままはは》に責められて松の木に吊され（るシーンを演じたとき）、その綱の切れて舞台に墜落したため、足に負傷したのが病源である。踵を紅絹《べにぎぬ》で包んで出勤していたのを、市中でその真似をして、痛まぬ足をわざと紅絹で包んだ者があったという』

その傷はやがて悪化し、田之助をのっぴきならないところまで追い込んでゆく。痛みを堪え、あるいは痛んだ足に負担が掛からぬように配役を考えて舞台に立ち続けた田之助だが、ついにはそれも敵わなくなるのだ。

脱疽《だつそ》。細胞組織の一部が壊死《えし》を起こし、それが次第に広がってゆく難病である。現代においてさえ確たる治療法はなく、病魔に冒された部分を切断する以外にないと聞いている。ましてや当時の医学で、これを完治することなど不可能だった。

発病して二年後の慶応三年。横浜に来日していたアメリカ人医師・ヘボンによって、右足を膝上《ひざうえ》から切断。しかし、それさえも田之助の役者としての命脈を完全に断ち切ったわけではなかった。

「片足でも、舞台を勤め上げたそうね」

と、知美が言うのへ水鳥は頷《うなず》いた。

「そう。翌年にはヘボンが本国から取り寄せた義足を取り付けて舞台に立っている」

「役者しかなかったんだ」

「舞台を彼から取り上げたら、それこそ塵《ちり》一つだって残らなかったんじゃないかな」

「凄絶《せいぜつ》だねえ」

「だからこそ、市井《しせい》の人々は彼に夢中になった」

しかしそれだけではなかったはずだ、と水鳥は思う。ただ美しいだけではなく、また凄惨なだけでもない。そうした状況を全てひっくるめた上で、田之助は明治初年の歌舞伎の世界に燦《さん》然《ぜん》と輝いていたのである。

知美が手にしたバッグから手帳を取りだし、その一部を切り取って手渡した。

「頼まれていた件、わかったよ」

「ワオ！　感謝、感謝、でござりまするう」

「ま、いろいろつてを使ってみたからね。報酬は高くつくよ」

手帳には「受用院《じゆよういん》」と、知美の性格をそのまま現わしたような、角張った文字で書かれている。その下には住所と電話番号。

「一応確認はとっておいた。確かにそこで間違いはないそうよ。ただし、関係者以外の人間が、墓所に立ち入るのは、あまり歓迎できないとのことだから」

「そうかあ、でもなんとかしてみる。知美、ありがとう」

二週間ほど前のことになる。テーマは決まったものの、いまだその内容は五里霧中であった水鳥は、ふと「澤村田之助の墓所を訪ねてみよう」と思い立った。どうしてそんなことを思ったのか、うまく説明することはできない。田之助の墓と対峙《たいじ》してみたところで、なにか天啓めいたものが得られるはずもない。また、そうしたオカルトの範疇《はんちゅう》に属する事物を、水鳥は殆ど信用していない。にもかかわらず、墓所を見てみたいと痛切に思ったのである。オカルトは信用しないが、直感と欲求には可及的速やかに対処する、それがモットーの水鳥はすぐに行動を開始した。

歌舞伎関係者の人物辞典を早稲田《わせだ》大学の演劇博物館で調べると、田之助の墓所は「浅草誓願寺《あさくさせいがんじ》」とあった。意外に簡単に判明したことに拍子抜けしたが、ことはそれからが大変だった。浅草誓願寺は大正十二年の関東大震災で倒壊、すでにその場所になかったのである。ではどこに移転してしまったのか。電話帳を調べると、都内だけでも「誓願寺」という名前の寺は複数ある。一軒一軒電話をかけても、二日もあれば確認できるだろうと思ったのだが、考えが甘すぎた。全ての誓願寺に連絡を取ってみたが、どこの寺からも「そのような方のお墓はありません」という返事が返ってきたのである。

そのことを、部屋に遊びに来た知美に何気なく話したのが五日ほど前のことだ。すると、「だったら、わたしが調べてみようか」と、知美から意外な提案が返ってきた。なんでも遠縁にとんでもない歌舞伎フリークがいるとかで、現役の役者にもつてがあるという。藁をもつかむ気持ちで調査を依頼したのだが、本当に田之助の墓所がわかるとは思ってもみなかった。

「ところでねえ、せっかくの歓喜に水を注すようで悪いけれど、ドリ、あんた就職はどうするつもりなの」

「きゅうっ……」

痛いところをつかれて、水鳥は肩を落とした。弱いところに情け容赦なく塩を擦《す》り込むことができるのが知美というキャラクターであるし、それがまた彼女の良いところでもある。

進級早々、大手都市銀行に就職が内定した知美と違って、水鳥はいまだ活動さえ始めていない。

四年制女子大生の就職は、すでに氷河期などと半ばジョークでいえるような状態にはなく、夏休み前に内定が取れなければ来年度の就職はほぼ絶望的、とさえいわれている。

「ドリの実家って、なにか商売でもやっているの」

「吹けば飛ぶような地方公務員です、はい」

「採用試験に有利なコネがあるとか」

「どちらかといえば上司に疎《うと》まれているような父親で……自ら『木《こ》っ端《ぱ》役人《やくにん》』などと称しておる次第です」

「親戚に有力者は」

「一切ありません。まるで清貧を絵に描いたような一族でして」

受け答えをしながら、あまりの情けなさに「ふへへへ」と、力無く笑ってしまったほどだ。

こうした性格、よくいえばのんびりとした、悪くいえば成り行き任せの性格は今に始まったことではない。なんとかなるさと自分に言い聞かせ、実際になんとかなってきたから良くなかったのか。徹底した挫折感でも味わえば、もっと別の生き方ができたのかもしれないと思うこともないではない。

――しかし。

と、水鳥にも反論はある。確かに長期ビジョンに欠けるきらいはあるが、決して怠惰ではない。むしろ、目の前にあるものを長期ビジョンの名の下におざなりにしたくないからこそ、敢えて目の届く範囲の事象に集中しようとするのである。これを現在の状況に置き換えると「大学は知的欲求を満たす場所であって就職斡旋所ではない」ということになる。

「で、どうするの？」

「どうしようかなあ。どうしてもだめだったら、奨学金を申請して大学院にでも進学しようかな」

「甘い！　絶対に甘い」

執拗に迫る鮎川知美をなんとかなだめんと、水鳥は無理矢理話題を変えた。

自分ばかりではない。同じ文学部の歴史学科などは、もっと就職状況が悲惨であるという話。元々が教員になるか、博物館・資料館などの学芸員になるか、あるいは出版の世界に足を突っ込むか、要するに非常につぶしの利かない歴史学科では、就職率の低下が教授会でも問題になっているという。

歴史学科の名前が出た途端、知美がわずかに眉《まゆ》をひそめた。

「歴史学科ねえ」

「なにかあったの？」

「文学部歴史学科の高野《たかの》教授の話、ドリの耳には入っていないの？」

「全然」

高野教授という名前は知っている。顔も、たぶん判別できるだろう。ただそれだけのことだ。噂《うわさ》話の類《たぐい》となると歴史学科は疎か、同じ国文科のことさえも水鳥はなにも知らない。元からそうしたことへの好奇心が、欠落しているのである。

「ここ二週間ばかり、休講が続いているらしい」

「そりゃあまた……ずいぶんと羨ましいことで」

でも、決して珍しいことではないでしょうと言い置いて、同じ歴史学科で民俗学を教える助教授の名前を挙げた。異端の民俗学者として知られ、その学説及び講義のユニークさが、学外にも名前を知られた女性研究者である。すると知美の口からは「あの人は別格」とにべもない答えが返ってきた。

「どうやら、学会へ発表する新説を巡って、一悶着《ひともんちゃく》あったみたい」

「はあ、でもそれがどうしたの」

「どうしたって……もしかしたら教授は失踪したのかもしれないのよ」

「歴史学科の学生は喜ぶでしょう。たぶん、試験はレポートの提出で済むだろうし、そうなれば最低限の成績は保証されるし」

もういいとでもいうように、知美が額のあたりを指で押さえた。

「ドリは、スキップしながら田之太夫のお墓にお参りしてきなさい」

「は～い。さっそく明日にでもいってみま～す」

「それが片づいたら、すぐに就職活動に掛かるのよ」

「わかってるって。じゃあ、知美さま、行ってきま～す」

水鳥はキャンパスをあとにした。


澤村田之助の墓所は、練馬《ねりま》区練馬の「受用院」にあった。簡素な花束を手にしてその門の前に立ったまま、水鳥はしばらくの間動けなかった。澤村家の関係者でもない自分が訪ねたところで、墓まで案内してくれるはずがないという思いと、墓とは本来誰が参っても良いのではないかという思いが、複雑に交差している。

しかも、日差しまでもが水鳥を責め立てるように容赦なく降り注いでいる。たちまち額には汗の玉が浮かび、それが間もなく頰《ほお》に伝った。

何度か汗を拭《ぬぐ》い、ハンカチを握りしめたときだ。

「どうかしましたか」

背後から声を掛けられて、その場に凍りついてしまった。

「お墓参りなのでしょう。だったらどうぞ中へ」

ゆっくりと首を後ろに回すと、背広姿の中年男性が視界に入ってきた。すでに夏も盛りだというのに、薄い茶の上下を一分の隙もなく着こなしている。炎天下にもかかわらず汗一つかいていないその姿に、ふっと陽炎《かげろう》のような人影が重なった気がした。

………ちゃん!


耳に飛び込んできたというよりも、耳の中から響いてくるような、微《かす》かな声を確かに聞いたと思った。思わずあたりを見回すが、門の前には自分と中年の男性の姿以外、人影はない。

「どうしたのですか」

「いえ……あの、わたしは早峯水鳥と申しまして」

「早峯さんですか。わたしは深瀬《ふかせ》鴇雄《ときお》です。この寺になにか御用でも。どうやら親族の墓参りではないようだが」

「あの……実は澤村田之助の墓に、お参りをしたいと思ってやってきたんです」

「と言うと、三世・田之助の?」

「はい! 田之太夫のお墓にどうしてもお花を供えたくて!」

「そりゃあまた、ずいぶんと珍しい。田之助のことがあれこれ芝居に掛かったり、キネマになったときにはあなたのような人も多かったが、今となっては、いや、本当に珍しい」

しかし、またなんで今さら田之助なのか。深瀬鴇雄と名乗った中年男性の問いに、水鳥はかっと頬を染めながら、夢中でこれまでの経緯を話し始めた。

大学の講義で初めて澤村田之助を知ったこと。その途端に、自分の中では、彼を卒業論文のテーマにしようと思いこんだこと。あれこれ調べてゆくうちに、次第に田之助の実像が浮かび上がってゆくのに、逆に論文の主題が遠ざかっていったこと。そうしたことを話しながら、ふっと我に返ると、深瀬が一度として口を挟むことなく、水鳥のたどたどしい話を聞いてくれたことに、気がついた。

「やだ、すみません。わたしなんだか一人で夢中になってしまって」

改めてよく見ると、深瀬という人物には形容しがたい品性のようなものが感じられる。凛《りん》とした、とでも表現すればよいのか。美男子ではない。けれどその立ち姿はどこまでも涼しげで、彼の側に立つだけで、猛暑を忘れてしまいそうだった。

「良いのですよ。そうですか、卒業論文で田之助を。そりゃあ、墓の下で彼も喜んでいるでしょう。いや、もしかしたら『当たり前でえ』と、嘯《うそぶ》いているやもしれんなあ」

奇妙に古めかしい、それでいてなんの違和感もなく耳に届く言葉である。どこか遠い場所を見るような深瀬の視線が、すっと水鳥に向けられた。その刹那《せつな》、またもや陽炎のような人影が、その立ち姿に重なるような錯覚を覚えた。

——…………!?

目の前の映像が、微かに歪《ゆが》んだ気がした。

「良いでしょう。この寺の人間とは懇意にしています。わたしから説明しておきますから、どうか田之助の墓に参ってやってください。墓は」

そう言って、深瀬が丁寧に田之助の墓所がある場所を説明してくれた。「いや、今日はよい人に巡り会えたものだ」と、寺の庫裏《くり》の方へと消えてゆく深瀬の後ろ姿を見送ったまま、水鳥はしばらくの間その場所から動けなかった。

我に返り、決して広くはないが手入れの行き届いた墓地へと歩き出した。深瀬の教えてくれたとおりに右に曲がり、左に折れると、すぐに目的の墓所は見つけることができた。田之助の名前を確認し、花を供える。しばらく黙禱してみたが、もとより卒論のアイデアがまとまるわけもない。

――でも、なにか……。

先程来の不可思議な感覚が、まだ続いていた。宙を踏みしめ、その危うさに眩暈《めまい》するとはこのような感覚であろうかと、ふと思った。立ち上がると、急に目の前が暗くなった。視界が限りなく狭くなり、目の前にある風景が全て反転した。

立っているのか、しゃがんでいるのかさえもよくわからなくなる。

――暗いナ……どうしてこんなに暗いのだろう。

おまけに、寒い。先程までの熱気が嘘《うそ》のようだった。五感が全て閉ざされた気がしたが、そうではないようだ。微かに聴覚だけがその働きを維持している。

「……………ちゃん。早くおしよ」

――早くって、いったいなにを。

「お峯《みね》ちゃんったら。早くしないと通し狂言が始まっちまうじゃないか」

――お峯ちゃんって、だれのこと。

「廿 四孝《にじゆうしこう》の八重垣姫《やえがきひめ》は、田之太夫の当たり役。これを見ないで江戸っ子なんざ、ちゃんちゃらおかしいってねえ」

声に混じって、ひどく陽気な謡曲が聞こえている。声は一つきりではない。様々な人の声が、いくつも反響し、綯《な》い交ぜになって耳に届く。


「大丈夫ですか」

ひどく静かな声が、水鳥の意識を現実に戻した。

眼を開けると、自分を覗《のぞ》き込む老人に近い年齢の僧形の顔が、眼に入った。

「あの……ここは？　わたしはどうしてこんな所に」

どうやら座敷に寝かされているらしいとわかって、水鳥は僧形の老人に質問してみた。

「澤村田之助の墓の前で倒れていたのですよ」

「倒れて……というと」

「どうやら日射病の一歩手前であったようですな」

「はあ」

「今日はずんと日差しも強い。あんなところで長いこと立っていたら、誰でも気分が悪くなるのは当たり前」

老人は、戒めるような口調でそういった。

上半身を起こすと、すぐに水の入ったコップが差し出された。そのタイミングがあまりに絶妙で、礼をいうのも忘れて、水鳥はグラスに飛びついた。喉《のど》の渇きは、目が覚めたときから感じていた。よく冷えた液体が、喉を通って食道へと落ちてゆく。その時、まさに「甘露」という言葉を実感した。グラスの底まで飲み干して、思わず両手を合わせてしまったほどだ。

「それにしても、奇妙な場所にいたものですね」

老僧の問いに応えて、水鳥は深瀬に語ったことを再び話すと、

「そうですか。国文学科の学生さん。しかしあまり感心はしませんな。やはり寺の方に一言声を掛けておくのが、筋というものでしょう。たまたまわたしが墓地を見回っていたからよいようなもので、あのまま日向に倒れていたら、最悪の事態になったやもしれませんよ」

どうやら、寺に関係のある人物であるらしい。その口調は穏やかだが、はっきりと水鳥の無礼を責めている。

「違うんです。あの深瀬という人が」

「深瀬？」

寺の門前で深瀬という中年の男に出会ったこと。彼はこの寺の人間をよく知っていて、墓参りのことは自分が話しておくからといったことなどを、つっかえながら説明した。

すると。

「深瀬という人物は、この寺の関係者にはおりませんよ」

「そんな！　たとえば檀家とか、あるいはお寺の方の知り合いとか」

水鳥の言葉に、老僧はゆっくりと首を横に振った。

「でも、確かにいたんです。うす茶色の上下の背広を品よく着込んで。この暑いのに汗一つかかずに」

すると老僧は、じっと水鳥の顔を見つめた。その言葉の中に嘘はないか、あるいは狂気の色は見えないか。審議の目つきがしばらく続き、そして、フイに柔らかくなった。

「なるほど、仏閣とは異形の世界と現世を結ぶ接点でもある。そうした不可思議があっても致し方ないか」

「あの……」

「ゆっくりと身体を休めて、お帰りなさい。そして……あなたは二度とここに来ない方がよい。わたしにはそんな気がする」

そう言って、老僧は部屋を出ていった。


その夜。水鳥は奇妙な夢を見た。

夢ではない。田之助の墓所で見た白日夢の続きである。それも、現実感をさらに強くした、ちょうどバーチャルの世界に迷い込んだような、名状しがたい感覚の中に水鳥はいた。

暗闇《くらやみ》に身体が浮かんでいるようだ。

相変わらず、にぎやかな謡曲が聞こえ、人々の雑踏までもがはっきりとわかる。

闇の濃度は均一ではなく、周辺が薄闇、中心に向かうにつれて濃く、深くなってゆくようだ。

しかも、中心には重力のようなものがある。抗《あらが》う気持ちと努力を放棄すると、そこに向かって吸い込まれてしまう。そんな気がした。


「早くおいでッたら、お峯ちゃん」

違う、と闇に向かって叫ぼうとした。自分はお峯などという名前ではない。だが声が出ないのだ。闇への求心力が一層強まった。臍《へそ》のあたりからぐいと引き込まれる感触が、背中の方へと広がってゆく。

「お峯坊、こないだの戯作は、ありゃあなかなかのものだったぜ」


また違う声が水鳥を呼んだ。伝法で、それでいて甘い毒を含んだ声だった。

それがスイッチとなった。

――だめだ、わたしはとても逆らえない。

水鳥は抗うことをやめた。途端に身体は、深い闇の中心部へと落ちて、吸い込まれてゆく。早峯水鳥という形が、落ちてゆく過程で分解され、別のものに変わるのをはっきりと感じた。

第一幕　猿若町殺場草子

1

通りを吹き抜ける風がざわめき、なにかを告げようとしている。

前髪の乱れをなぶる川風と、得体の知れない熱気のようなものを感じて、お峯は思わず立ち止まった。

——…………ってば！

確かに本朝の言葉には違いがないけれどもどこか不思議な軽みのある、そして己のものではあり得ない名前で呼ばれた気がして、お峯は周囲を見回した。

「どうしたね、お峯ちゃん」

二歩ばかり先をゆく仮名垣《かながき》魯文《ろぶん》が、誘われるように振り返った。ういきょうの種を思わせる涼しげな双眼《そうがん》。それがわずかに吊《つ》り上がった様子がまたいなせだ。眉《まゆ》の形は女形《おんながた》のように細いながらも、くっきりと目元を引き立てている。

「……えっ⁉」

「だからどうかしたかと聞いているのさね。通りのど真ん中で思案顔たあ、花盛りの娘ッ子にはとんと似合わねえ」

釜《かま》をひっくり返して梶棒《こんぼう》でひっぱたくような胴間声《どうまごえ》が、お峯に浴びせかけられる。

道行けばすれ違う娘たちが皆振り返るほどの美丈夫、役者にしたっておかしくはないとまでいわれる仮名垣魯文だが、補いようのない欠点がある。彼を褒めそやす言葉は全て、無言の魯文に与えられたものといって良い。ひとたび口を開けば、全ての賞賛はたちまち霧散し、絶句のみがあとに残る。要するにとんでもない悪声なのだ。

おまけに人並みはずれて饒舌《じょうぜつ》ときているから、余計に質《たち》が悪い。

『盛りのついた猫を、ズタ袋に押し込んで水に放り込んだって、もちっとはましな声を出す』

いつかそう言って嗤《わら》ったのは、守田座・座元の守田勘弥である。まさに言い得て妙。

守田勘弥については、お峯にも含むところがないではない。それだけ気性について毀誉褒貶《きよほうへん》、賛否両論のあるお人ではあるし、彼と猿若町《さるわかちょう》を巡って変事が続いた一件からまだ一年と経ってはいない。役者、戯作者《げさくしゃ》、浄瑠璃《じょうるり》方と、様々な人々が綺羅錦繡《きらきんしゅう》の如くに入り乱れる芝居小屋という空間を、ただ一人の手腕でもってまとめ上げる器量については、全く申し分がない。それでもなお、周囲をして、

「なれど、守田勘弥という人物は……なあ」

と次の言葉を濁らせ、嘆息させるところが、彼にはままある。

その、守田勘弥の使いで、お峯と仮名垣魯文の二人は湯島《ゆしま》の河鍋暁斎《かわなべきょうさい》宅に向かっている。

「なんだか、気乗りのしない顔つきだが」

「ウウン。そうじゃないの。ちょっとおかしな声を聞いた気がして」

「止せやい。こちとら神仏の類《たぐい》は愚か、お稲荷《いなり》さんの霊験だってこれっぱかりも信じちゃいないのだ。どうも世相が乱れると、そうしたものに誑《たぶら》かされる輩《やから》が増えて仕方がない。まさか、お峯ちゃんまでもが、連中の仲間入りじゃあるまいね」

「止してくださいな。神仏を信じないとはいわないけれど、世迷い言を口にするほど」

「無垢なままじゃいられないってか」

「これでも当代きっての戯作者・河竹新七《かわたけしんしち》の一番弟子でござんすから」

「ちげえねえや」

猿若町を出て下谷《したや》広小路《ひろこうじ》、新寺町《しんてらまち》、稲荷町《いなりまち》と伝ってまっすぐに下り、右手に上野のお山、左手に湯島の丘陵を見ながら歩く路筋が、お峯は決してきらいではない。

いつもならば、である。

街のそこここに残る「江戸」は奇妙に懐かしい気持ちを呼び起こしてくれるし、大通りをゆく人力車、そしてときおり見かける洋装の人々の姿は新しい世が開けてゆく息吹をはっきりと伝えてくれる。旧と新、静と動との対比が、若いお峯の気持ちを否応なしに高ぶらせるのである。それが今日に限ってひどくくすんで見えるのは、お峯の気持ちが暗く沈んでいるからに他ならない。

三百年の長きにわたってこの国を治めてきた徳川幕府が倒れ、代わって明治の新政府が新しい世の中を作り始めてすでに四年。お峯はこの年十七になる。本来なら蠟燭《ろうそく》問屋・辰巳《たつみ》屋の一人娘として婿《むこ》でも取り、御店《おたな》の内差配の一つも勉強していなければならないのだが、今もって守田座の座付き作者・河竹新七の元で戯作の修業に励んでいる。母親のお時《とき》は、そうした娘の所業について無論いい顔をしない、するはずがない。ことあるごとに使いに長い文《ふみ》を持たせ、早く店に帰って遅ればせながらの花嫁修業に精を出しておくれと、文面に涙のあとを滲《にじ》ませて説得してくる。つい先日も同じ内容の文が、寝泊まりする根岸《ねぎし》の寮に届けられた。

ただし、お峯の気持ちを沈ませ、ささくれ立たせているものの正体は母親の文などではない。お峯ばかりではない、極一握りのひねくれ者を除き、猿若町に関係する人々、そしてご贔屓《ひいき》筋の人々が、皆同じ気持ちを抱いているといってよい。

不忍池《しのばずのいけ》を右手に流し、上野広小路から湯島天神裏門坂へと入る。そこから先の路地を右に左に進むと、やがてかつての加賀《かが》中納言《ちゅうなごん》様、水戸《みと》様の広大な屋敷跡が広がる。ほんの数年前までは、ここいらあたりは鬱蒼《うっそう》とした木々に埋もれ、垣間見る書院造りの豪華な屋敷、庭に設《しつら》えられた築山の優雅な佇まいは、見る者をして溜息を吐かせるほどであったという。

あくまでも江戸の昔の話である。

「なんて無残なことをしやがるのだ」

何度もこの光景を眼にしているはずの魯文が、肺腑《はいふ》から絞り出すように言った。

木々は根っこから引き倒され、屋敷は見事に瓦礫《がれき》と化した。築山はそぎ取られて池の埋め立て土となり、今はただ荒涼とした畑らしきものが広がるばかりだ。

この荒涼こそが、新都東京を象徴していると、お峯は思う。古きものをたたき壊し、眠りを目覚めさせたあとには無残な荒野が広がらねばならぬ。そこから新時代という名の新たな芽吹きを見るためには、さらなる雌伏《しふく》の時が必要なのだ。無残ではあるけれど、これが明治という時代を生きる自分たちに課せられた、宿命なのではないか。

「なあ、お峯ちゃん、そうは思わないか」

「…………」

魯文の問いには答えずに、お峯は歩き続けた。

武家屋敷を、「地均《じなら》しして茶畑・桑畑に作り替える」という政策をうちだしたのは、かつての佐賀藩士で新都を預かることになった大木喬任《おおきたかとう》である。大木は明治二年に稀代の悪令「桑茶政策」を実行に移し、徹底した手法で江戸の町を破壊していった。後に彼自身がこの政策を「今から考えると馬鹿な考えで、確かに己の大失敗であったに違いない」と述懐しているほどであるから、無謀な政策であったことは確かなようだ。しかし、大木の言い分をほんの幾ばくかでもすくい上げるなら、彼が新都を預かった当時、この街は完全な廃墟と化しつつあった。士族の多くは国元へ帰藩し、同時に得意先を失った御用商人たちは次々と店を畳んで街を捨てていった。

それでもどこかに逃れることができるものは良い。まだ幸せな部類にはいるだろう。残されたもの、そして生活の糧を失った者はそこで野垂れ死ぬしかない。

明治元年十月から翌二月までに、新都で餓死したもの三百名。生きる気力を失って自死したもの二百名。大木が預かったのは、新都とは名ばかりのこうした荒廃の一途を辿《たど》るしかない東京だった。「馬鹿な考え」であろうとなんであろうと、大木はなんらかの殖産興業政策を打ち出す必要があったのである。

さらに歩みを進めると、あたりの風景が一変した。それまでの整然とした——かつての、ではあっても——街並みが、途端にのどかな田園風景に変わる。どこまでも続く田畑と、その所所に点在している鎮守の森。御一新の争乱などというものは、一炊の夢に過ぎなかったのだよと、それら一つ一つが語っているようだし、実際にそんな幻を見ていたかのような気になってくる。

「もうすぐだな」

「ええ、暁斎先生いうところの、大根屋敷までは、あとほんの僅《わず》か」

河鍋暁斎。

下総古河《しもうさこが》の下級武士の生まれで、幼い頃より画業にその尋常ならざる才の片鱗を見せつけ、最初は歌川《うたがわ》派に入門、後に日本画の狩野《かのう》派に属して「洞郁《とういく》」の号を許されたほどの人物である。

ただし、本人にいわせると、

「生来の下品が祟《たた》って、師匠筋から絶縁されて」

今は芝居絵から浮世絵、注文次第で極彩色のふすま絵もこなせば、書画会で狂画も描いてみせる。新しい時代となって以来、師匠筋の狩野派がさっぱりと振るわないのに比べて、暁斎はこの激動の時代を自由闊達に泳ぐ魚のようだ。

もっとも、自由と闊達とが高じて書画会でしくじりを起こすこともしばしばで、昨年、池之端《いけのはた》で俳諧師の其角堂雨雀《きかくどううじやく》が主催の書画会では、政府のさる高官を虚仮《こけ》にした狂画を描いてしまったがために大番屋に収監。ようやく年末に放免になり、それまで名乗っていた「狂斎《きょうさい》」を、今の「暁斎」に改めた。

「それにしても、よく晴れ上がってやがら」

五月の蒼天は雲ひとはけとてなく、どこまでもどこまでも突き抜けるように広がっている。日差しはまだ夏のそれではないが、歩きづめの二人にとっては十分にきつい。懐から手拭《てぬぐ》いを出すと、魯文は額に滲んだ汗をふき取った。

荷車一台がようやく通れるほどの畦道の向こうに、こんもりと盛り上がった木々の群が見える。そこの左に大きく回り込むと、暁斎宅である。

その曲がり角から人影が一つ、不意に現われて、まだ浅い陽炎《かげろう》にゆらりと揺れた。

――………!?

いくら日差しがきつかろうと、この季節に陽炎が見えるというのもおかしな話だ。が、お峯には確かに人影が、揺れて見えた。

盲縞の小袖《こそで》を一分の隙もなく着込み、小幅ながらもしっかりとした足取りでこちらに向かってくる。人影が近づくにつれ、まず目を引いたのはそのしのびずきに結った髪であった。白い、などというものではない。十分な豊かさを感じる髪の量だが、そこには一本の黒い毛も混じってはいない。見事なほどの白い髪、日差しを浴びて艶々と輝く様は、白銀か水晶を思わせる。

二間先まで女の人影が近づいたその刹那《せつな》、お峯は背筋にすっと冷たいものを感じた。世迷い言を口にするほど無垢ではないといったのは、つい先ほどの自分だが、

――でも、私は信じる。これはこの世のものではない。異界の生き物、だ。

直感がそうささやくのを、お峯ははっきりと感じた。

そもそも見た目からして普通ではない。透けるような白髪の女性なら、どこにでもいるだろう。守田座の飯炊きをやっているお虎婆《とらばあ》さんなど、その部類にはいる。けれどその白髪の下には、相応の年輪を刻んだ――魯文にいわせると、十分なほど因業な――顔がついているのが世間一般の習いというものだろう。にもかかわらず、目の前に迫った人影の顔には、皺《しわ》一つない。決して娘の肌ではあり得ないが、白髪頭にはおよそ似合わない、見ようによっては十分に艶《えん》な色気を感じさせる細面の顔が、口元に微《かす》かな笑みを浮かべて近づいてくる。

すれ違いざまに、「ご機嫌よろしゅう」といった声は少しかすれていて、それが絶妙の気でもって人の理性に微かな爪痕を残す。現世と幽世との端境《はざかい》から聞こえてくるようで、思わずその場に立ち竦《すく》んでしまったほどだ。

見れば、魯文も同じように釘付《くぎづ》けになっている。

「相変わらずの……化け物だな、ありゃア」

「誰です、いったい」

「そうか、お峯ちゃんは知らなかったか。ありゃあよ、勝田屋《かつたや》の下働きでお米《よね》というのさ」

「勝田屋……というと、確か日本橋大伝馬町《にほんばしおおでんまちょう》で小間物屋を営む」

「おお、そうよ。小間物屋から荒物屋まで、手広く店を広げている勝田の総本家だ」

あれでいくつに見える、との魯文の問いに、お峯は応えることができなかった。年齢不詳というよりも、齢の観念とは別の世界に住む住人としか思えなかったのである。

「あれで、とうに七十を超えているのだぜ」

「………嘘《うそ》！」

「だから、化け物なのさ。全くどこで誰の生気を貪《むさぼ》ってやがるのか……おっと、こいつは口が過ぎたか。辰巳屋の治兵衛《じへえ》さんに唇をひん曲げられちまう」

無論、その程度の軽口で顔を赤らめるほどうぶではない。お峯がしばし受け答えを忘れてしまったのは、魯文の「化け物」という言葉があまりにつぼにはまって聞こえたからに他ならない。

——それにしても。

ちょっとした木立の先には河鍋暁斎の邸宅きり、他には四阿《あずまや》一つとてない。だとすれば、勝田屋のお米は暁斎宅を訪ねての帰りということになる。

「どうして、その勝田屋の下働きの人が」

「さあナ、おおかた旦那《だんな》が狂斎さんに絵の注文でもなさったのだろうよ」

「そりゃあまた、無茶な。仕上がりがいつになりますことやら」

河鍋暁斎という絵師は、決して注文を断わらない。が、それと絵師としての勤勉さとは、どうやら彼の中では別物であるらしい。気が向けば畳一畳の大絵も即座に描きあげるが、気が乗らねばいつまでたっても絵筆を取ろうともしない。

「ところがそうでもないのだ。相手が勝田屋ならば、な」

「またどうして」

「勝田屋は、貧乏時代の狂斎さんにとって、かけがえのない恩人だからさ」

慶応が明治と変わったその前後には、多くの絵師が糊口《ここう》を凌ぐのに必死になっていた。ましてや奔放が過ぎて狩野の一派からは絶縁状態の狂斎にとっても、生きてゆくのが精一杯の時代であった。そんなとき、狂斎一家の米櫃代わりを務めてくれたのが、「幕末の三舟」の一人に数えられる山岡鉄舟《やまおかてつしゅう》、そして勝田屋であった。

ことに勝田屋の主人は狂斎の絵を好み、しばしば極彩色の錦絵を注文したという。

「なるほど、そういうわけで」

「勝田屋の旦那の注文であれば狂斎さん、他の仕事をおっぽってでもすぐに絵筆を持ち変えることだろうよ」

「そう言えば勝田屋といえば、先年にご不幸が」

「ああ」という、魯文の顔が不意にくしゃくしゃに歪《ゆが》められた。そのままいきなり鼻を啜《すす》り始めたから、お峯は驚いた。

「どうしたんです、魯文さん」

「なっ、なんでもねえわさ。俺としたことが小娘じゃあるまいに、ええい、腹の立つ」

目尻に浮かんだ透明なものを、魯文が拳《こぶし》で引きちぎるように拭った。

「あれは二年前のことでしたね」

勝田屋にはお田鶴《たつ》という名前の少女がいた。その娘が急の病でこの世を去ったのが二年前のことである。

「天性慈悲心に富んだ……ありゃあいい子だった。それこそ、観音様が現世にあの子の姿を借りて降臨されたかと思えるほどの……慈悲善根を老若男女、物乞いの末に至るまで施して、挙げ句に恩に報いの一声をかける間もなく、あの子は逝《い》っちまった。思えば俺が神仏をからっきし信じなくなったのは、あのことがあって以来のことだものなあ」

仮名垣魯文の意外な一面を目の当たりにして、お峯は返す言葉を失った。

晩斎宅に到着し、広い庭先から土間への入り口を避けるようにして、直接奥の間の縁側へと向かった。

「もうし、暁斎さんはご在宅かな」

たった今まで勝田屋のお米がいたのだから、在宅でないはずがない。仮に暁斎が不在の折でも、内儀《ないぎ》のきんがいつもの屈託のない笑顔で迎えてくれるはずだ。にもかかわらず、家の中からはなんの返事もない。

「どうしたのでしょうか」

「わからねえ。わからねえが……もうし！　暁斎さん、いるのだろう。俺は酒屋の取り立てでもねえ、料理屋の掛け取りでもねえ、ご存じ……」

周囲になにもないとわかっていてさえ、気が引けてしまうような悪声で魯文ががなり立てる。するとようやく、「わかっているさね、魯文さん」と、低い声が奥の間のさらに向こうの間から聞こえてきた。

「なんでえ、いるんじゃねえか」

「すまなかったな、ちっと片づけものがあったものでなあ」

のんびりとした足取りで姿を現わした暁斎の手には、右に五合の鶴頸徳利《どっくり》、左の指にはぐい呑みが二つ器用に挟まれている。

縁側に座り込むなり、暁斎は徳利の中身をぐい呑みへとあけた。それへ口を付ける前に、

「師匠、これは座元から」

お峯は懐の金包みを取りだし、暁斎の前においた。先月の芝居絵の代金であると告げると、それを受け取った暁斎は額のところで押しいただき、

「これはわざわざご丁寧に。まことに痛み入る」

その言葉使いに、お峯は奇妙な違和感を覚えた。時に芝居がかった言葉の使い方をする暁斎ではあるが、今日のそれはいつもとは明らかに違う。

「そういえば、ずいぶんと艶な来客があったみたいだな。それで女房を追い出したのかい」

「なにをいっているんだ。きんは娘の具合が良くないので上野まで出かけた。勝田屋のお米殿

は、相も変わらずの絵の注文、その代理じゃよ」

ぐい呑みの中身を一息に空けて、暁斎が苦笑いを浮かべた。

「わかってらあな。それにしても久しく見なかったが、あのお米」

魯文の言葉がそこで途切れた。

その原因が、暁斎の目つきにあることを、お峯は素早く感じ取った。一目見たものは決して忘れることがなく、古今の衣装、建築物の造形にも詳しい、だからこそ本邦一と噂《うわさ》される絵師・河鍋暁斎の目が、糸のように細くなって魯文を凝視している。その光に、仮名垣魯文ともあろうものが気圧《けお》されているのである。

「時に師匠」と、お峯が助け船を出した。それまで凝り固まっていた周囲の気が、ふっと弛《ゆる》んだ。

「うちの師匠が申し伝えてくれと」

「ほお、新七さんが」

「この二十日ばかり、芝居町からお足が遠のいているご様子。なにかこちらに不都合でもありましたでしょうや。そうでなければ次なるお仕事の談合もあります故に、どうか守田座戯作者部屋まで、ご足労を願えませんでしょうか、と」

一気に捲《まく》したてると、暁斎はぐい呑みを置き、腕を組んだまま思案顔になった。

「……ふむ」

その仕草に、逆にお峯の方が不安になった。こうした掛け合いを、暁斎がことのほか好むと踏んでの捲したて、である。相手が黙り込んだのでは、思惑違いではすまされない。これで暁斎が機嫌を斜めにして、「では、守田座とのつき合いも金輪際」などと言い始めたら目も当てられない仕儀となる。

「……あのう、暁斎師匠……」

やがて。

暁斎が、乱杭歯《らんぐいば》を唇の内側にしっかりとしまい込んだまま、石地蔵と化した。

「申し訳ないが、あとわずかばかりの猶予をくれまいか、と新七さんに伝えておくれでないかね」

「あと少し……といいますと」

「情けない話ではあるが、今もまだ気持ちの整理がついておらんのさ。いましも腐り果てようとする、大輪の花を見送る気持ちの、な」

その言葉が耳に届いた途端、お峯もまた、今このときばかりは忘れようとしていたこの世のおぞましい現実に、心の臓を鷲摑《わしづか》みにされた気持ちになった。

いましも腐り果てようとする大輪の花。

この一言が、火事場の半鐘のように幾度も胸の中で繰り返される。

「嗤《わら》ってくれても構わぬよ。己でも不甲斐ないと思っておるのだ。だが、思うたところでどうにもならぬ。ましてや、己を題材に絵筆を握ることなど、儂《わし》にはとてもできそうにない」

「……わかりました。新七師匠にはそう伝えておきます」

それだけをやっとの思いで口にして、お峯は暁斎宅をあとにした。

魯文は魯文で、暁斎になにか話があったのだろう。ややあってから、畦道を歩くお峯に駆け足で追いついてきた。

「らしくねえなあ、暁斎さん」

ぽつりという魯文の、言葉そのものがどうしようもないほどに湿り気を帯びている。

「仕方がありません、こればかりは」

お峯ばかりではない。猿若町芝居町に関係する人々に共通の、悲痛の思いが暁斎の言葉に凝縮されているのである。

——田之太夫《だゆう》。

澤村田之助。十六歳で守田座の立女形《たておやま》に上り詰めた天才女形《おんながた》。天賦の美貌よ、芸よと騒がれながら実の所、天は彼のことを少しも愛してなどいなかったのではないか。幕府が倒れた同じ年、まるで江戸と運命を共にするかのように田之助は、脱疽《だつそ》によって片足を切断。が、それでも義足をつけて彼は舞台に立った。お峯が初めて田之助を見たのはこのときだ。そして、田之助演じる春藤次郎右衛門《しゅんどうじろうえもん》を見たときから、お峯は芝居小屋の戯作者を夢見るようになった。

さらに天の悪意は、田之助から残った足までも奪い去った。

もう駄目だ、いかな田之太夫でも両の足がなければ役者として生きては行けぬ。そうした周囲の思いを、田之助はまたもや裏切った。大道具・長谷川勘兵衛《はせがわかんべえ》の工夫によって、見事復活を果たした田之助の『本朝廿四孝《ほんちょうにじゅうしこう》』は、観客の度肝を抜いて大当たりとなった。そこには、体の不自由な田之助を一目見ようとする下手物《げてもの》趣味の眼も、失われたはずの芸を懐かしむ懐古の眼も、全てを裏切る小気味よさが込められていた。

天がどれほどの試練を与えようとも、澤村田之助にはそれを見事に跳ね返すだけの器量と、そして彼を支える多くの贔屓《ひいき》衆、裏方衆がいる。田之太夫こそは、いましも消えようとする江戸の華そのものなのだ。江戸の全てが消えたとしても、田之助だけは消してはならぬ。そうした決意と思いは、所詮《しょせん》は流れに浮かぶ泡沫《うたかた》に過ぎなかったのかもしれない。年が変わった早早に、田之助、三度発病。

脱疽に伴う激痛は、彼の両の手を襲ったのである。

女形は手の動きについて、特に気を遣わねばならない。どれほど華奢《きゃしゃ》に見えようとも、所詮は男の手だ。そもそもの大きさからして、女のそれとは異なっている。だからこそ女形は、敢えて着物袖を拳一握り分は長めに仕立てさせ、指先のみで細やかな仕草を表現しようとする。そこにまた、男でも女でもない、性の端境《はざかい》ともいうべき妖艶さが滲むのである。

役者の身体全体を支える命は足に宿る。

女形の色気を支える命は指先に宿る。

足を失い、そしてまた今度は手さえも失おうとしている田之助は、

——茎も葉も失い、ただ水の中を漂う一個の花。

その流れ行く先を、誰も読みとることなどできようはずもない。

「だがさ、まだ手を切り落とすとは決まってはいねえのだろう」

己の言葉に潜む嘘に辟易《へきえき》するかのように、魯文の口調はどこか卑屈で、居心地が悪そうだ。脱疽という病気が、いったん発病したらあとは切断する以外にないことを、猿若町の人間は田之助の病によって知っている。だからといって、

「あとは、その日が来るのが遅いか、早いかの」と、お峯はどうしても口にすることができなかった。

「おっ、おい、お峯ちゃん。いったいどうしたというのだ、いきなり」

「どうしたって？」

「だってお前さん、急に、その……なんだ」

そう言われて、お峯は初めて自分が涙を流していることに気がついた。頰《ほお》に伝う感触とその生温かさが、いささか異常に思えるほどの滂沱《ぼうだ》の涙である。

――どうしちまったんだろう、この私は。

田之太夫に対して哀切の思いがないはずがない。けれどその一方で、太夫を襲った滅びの運命こそは、彼の凄絶《せいぜつ》な美しさがその裏側に持つ、ある種の宿命のようにも思えるのである。だからこそ、自分は太夫の行く末、その滅び行く様をしっかりと眼に焼き付けておかねばならない。その思いと滂沱の涙とは、およそ無縁の存在ではないか。

お峯は自分の流す涙にひどく戸惑った。胸の奥深い場所で、「こんなのは私じゃない」と、大きな声で叫んでいた。

そのためか、お峯は、

「田之太夫がこんな時に、あのお米と出くわすたあなあ」

魯文の謎掛けのような言葉を聞き逃してしまった。

2

猿若町に戻り、守田座の楽屋木戸をくぐった瞬間、お峯は我が身の変調に再び気がついた。ちょうど一幕終えたのか、楽屋へと続く裏通路、楽屋梯子《ばしご》には役者が溢《あふ》れていた。

「よう、お峯ちゃん」「相変わらずきゃんだの」「新作の戯作はできたかい」「其水《きすい》師匠（新七のこと）に、どうかよろしくよろしく言っておくんなさいな」「おいらにも次は良い役を回してくれってよ」

行き交う役者、特に名題下《なだいした》、中通《ちゅうどお》りと呼ばれる端役の役者たちがしきりとお峯に声を掛けてゆく。役者の世界は徹底した上下の関係によって成り立っている。名題下も長くなればなるほど、名題昇進など夢のまた夢と、諦めが顔を覗《のぞ》かせる。だが若い名題下は、違う。いつかはこんな端役ではなく、名題たちを食らい尽くすような大役を演じてみたい、そのためには戯作者の河竹新七の口添えがどうしても必要となる。お峯にかけられる一言一言には、若い名題下たちの熱い欲望が込められているのである。

あたりには彼らが発する濃い体臭と、化粧の匂《にお》い、舞台絵に使われる泥絵の具のすえた匂いなどがみっしりと立ちこめている。小屋に出入りを始めた当初のうちこそ戸惑ったが、今では気にもならないはずのその匂いに、お峯は、なぜかむせた。

胃の腑から、悪甘いものがこみ上げてきて、思わず表へと駆けだしていた。物陰にしゃがみ込み、胃の中にあるものを全て吐き出した。おかしい。絶対におかしい。こんなことがあるはずがないと、思いながらも吐き気がおさまらない。やがて黄色いものまで吐き出しながら、お峯は己自身に問いかけていた。

「大丈夫かね、お峯」

低い声と共に、背中をさすられるのを感じた。硬い掌《てのひら》の感触が誰のものか、改めて思案するまでもない。声の主は、新七以外にはあり得なかった。

「………師匠」

すみませんと言いたかったが、言葉が続かなかった。

「ふうむ。下世話な事はいいたくはないが、お峯、まさかなにかまちがいでも起こしたのではあるまいね」

「はあ？」

「だから、小屋に出入りをしているうちに、役者の誰かと、その、なんだ」

振り返って新七の顔を見上げると、眉の根をぐいと盛り上げて怒りの表情を作りながらも、そこはかとない含羞《がんしゅう》を漂わせている。「いやですよ、師匠」と言おうとして、お峯はぷっと吹きだした。河竹新七が、戯作の師匠であると同時に、猿若町における仮親たらんとしていることは、この言動からも明らかだ。お峯の身になにか間違いでもあったらと、陰に日向に気にかけているのである。

「そんなことがあるはずがないでしょうに」

言葉にした途端、胸の中がすっと楽になった。先程までの苦しさが、嘘のようだ。

「まっ、そうだろうね」

「泥絵の具の匂いに少しばかりむせただけです」

「珍しいこともあるものだ……あるいは身体のどこかが悪いのかもしれぬな。それならそうといってくれさえすれば、遠出の用など言いつけたりはしなかったのだが」

「そうじゃありません」

自分でもよくはわからないが、不意に体に変調をきたしただけだといおうとして、お峯はやめた。その言葉が、新七に余計な心配をかけることは火を見るよりも明らかであった。

「ところで、暁斎さんの按配《あんばい》はどうであったかな」

「あまり芳しくはありません。どうも芝居町に近づくのを躊躇《ためら》っておいでのようで」

「それは……田之助のことがあるからだろうか」

「そのようです。腐りゆく花を見るのが、おつらいとか」

話のついでに、暁斎宅を勝田屋の使用人であるお米が訪ねていたことを話すと、新七の表情が一変した。引き結んだ唇に力がこもり、眉の根を拳のように盛り上げたまま、大きく目を見開いた。

「それはまことかね」

「魯文さんの話によると、おおかた勝田屋の旦那が新たな絵を注文したのでは、と」

そう言えば、とお峯は思いだした。あのお米について、魯文は魯文でなにか奇妙なことをいっていたのではなかったか。その言葉を思い出そうと試みたが、一言半句として甦りそうにない。新七といい魯文といい、なにゆえにあのお米という老婆にこだわりを見せるのか。お峯は新たな興味に胸をときめかせた。

「むう。どうにも困ったことになりそうだね」

「あの……勝田屋のお米さんとは、どのようなお人なのですか」

猿若町と縁の深い人なのか。いったいどのような素性で、そしてまたいかなる経緯があって勝田屋に奉公するようになったのか。

次々と問いを放ってはみたが、それには答えずに、新七はお峯を戯作者部屋へと誘った。


その夜。なんの連絡も前触れもなしに、根岸の寮を父親の治兵衛が訪ねてきた。ちょうど寮番の銀平《ぎんぺい》が夕餉《ゆうげ》の支度を整《ととの》えているところで、

「おや、いつもこんなに夕餉は遅いのだね」

治兵衛はやや当惑した面もちで、座敷にふわりと腰を下ろした。

「旦那様はお食事は」

銀平の問いに「すませてきた」と穏やかに告げたが、膳《ぜん》に瓜の雷《かみなり》干しがのっているのを見るや、「そうだな、これで軽く冷やを一杯いただきましょうか」と、言葉を改めた。

「相変わらず、お好きなんですね。お父っつあん」

お峯がそう言うと、治兵衛はにっこりと笑みを返してきた。

瓜に菜箸を突っ込んで種を抜き、これに包丁を入れて螺旋状に切ったものに立塩でしんなりさせ陰干しにする。ざくに切り、三杯酢をかけ回したものに大葉の千切りをどっさりと乗せたのが、瓜の雷干しである。夏になるとよほど食が細るのか、治兵衛はこの料理をことのほか好んで食べる。

間もなく銀平が酒の支度をして現われ、親子差し向かいの久々の膳が始まった。

銀平は土間で茶飯をかっ食らっている。盃《さかずき》が膳と唇との間を幾度か往復した後、

「で、お峯。お前はこれからの行く末、どのように考えておいでだね」

唐突に放たれた治兵衛の問いに、お峯は喉《のど》を詰まらせた。慌てて茶を流し込み、一息ついて後、

「あの……それについては」

と、今度は言葉に詰まった。

お峯が新七の所に弟子入りをしてから、はや二年近くが過ぎようとしている。その間に戯作の真似事は幾度か試みたものの、手がけた本が舞台に掛かったことは、一度としてない。元々治兵衛にも期するところがあったればこそ、一人娘であるにもかかわらず、方々に手を回してお峯を新七の所に預けたのだろう。新しい時代の到来によって押し寄せる荒波を、切り抜ける術《すべ》でも身につけさせるつもりであったのだろうか。

が、お峯は熟知している。父親が、ただ娘に甘い一辺倒の人ではないことを。己が進むべき道を、自身で見つけることを良しとすることと、好き勝手に生きることとの間に明確な一線を画すのが、辰巳屋治兵衛という人物である。

さしたる才も見いだせないまま、芝居小屋にずるずると出入りすることを良しとするはずがない。

「どうしたのだね、なにか言いたいことがあるのだろう」

手にした茶碗を膳に戻し、お峯は背筋をきちんと伸ばした。

「今日……師匠からいわれました」

「師匠とは、河竹新七さんのことだね」

「もちろんです。他に師匠はいません。師匠はこうおっしゃいました。お峯もそろそろ改作に手を付けてみてはどうか、と」

「改作というと?」

改作とは戯作者の見習いが、まず手始めに行なう創作活動といって良い。古典の名作の登場人物、あるいは筋立ての一部を借り受けて、全く別の本に仕上げることをいう。たとえば、澤村田之助の名前を不動のものとした『切られお富』は、河竹新七が瀬川如皐《せがわじょこう》の旧作『切られ与三《よさ》』を、男と女の設定を入れ替えて改作したものである。

そうしたことを説いて聞かせると、治兵衛は腕を組んだまま、「うむ」と、一言唸って沈黙した。そのまま時が止まってしまったかと思われるほど、長い長い沈黙の後に、

「よくわかった。お前の好きなように、今しばらくしてみるが良い。師匠にいわれたこと、肝に銘じながら、全身全霊を傾けて御覧」

治兵衛がきっぱりと言った。

「ありがとうございます」

「いや、それを聞いて私も安心したよ。お時《とき》は私が説得しておこう」

「おっ母さんは、つつがなく」

「あれこれ心労は多いようだが……そちらは気にせずとも良い。お前はお前の目指すところを、一心不乱に、な」

それだけ言うと、治兵衛は来たときと同じように、音もなくふわりと立ち上がった。

今は自分の思うところを突き進みなさい。けれどそれでだめなら、すっぱりと戯作者の道を諦めて店に帰っておいでと、治兵衛の背中がいっている。声なき声を、お峯はしっかりと聞き分けていた。

「旦那様、お帰りで」

食事を終え、土間で控えていた銀平が慌てて立ち上がった。

「銀平、お峯のことをよろしく頼みましたよ」

「お任せくださいやし」と、白髪頭の銀平が胸を叩《たた》いてみせた。若い頃は諸国を旅して回ったというこの老人を、父親がいたく信頼していることは、傍目にもよくわかる。そして銀平は銀平で、お峯の守り刀を自任していることも、その言動から明らかである。

——少し、頼りない守り刀ではあるけれど。

いつだったか、銀平が「あっしのやっとうは本場仕込みでございやすから」と自慢げに話してくれたことがある。どこで習ったのと問うと「お玉が池の千葉道場」と答えが返ってきた。じゃあ、あの千葉周作《ちばしゆうさく》先生の北辰一刀流《ほくしんいつとうりゆう》の。いえ、その道場に通っているお人の友達から。なんだ、で、どれくらい修行したのと問えば、指を四本出してみせる。四年ではない。よく聞けばただの四日であるという。

博識であるのは違いないし、無類の好人物であることも確かだ。ただ、少しばかり調子に乗りやすく、万事において大袈裟《おおげさ》なのが玉に瑕といえなくもない。

すっかりと冷えてしまった膳をそのままにして、お峯は父親を木戸まで見送った。

寝間を調《ととの》える銀平に、お峯は思い切って聞いてみた。

「ねえ、勝田屋のお米さんという人のことを、知っている?」

「お米……ああ、あのお人ですかい」

「やっぱり知っているんだ」

「知っているもなにも……だってお嬢さんこそよくご存じのはずじゃありませんか」

「どういうこと?」

「おや、先ほど其水師匠のお話をしていらっしゃったのでは」

「エエ、田之太夫の当たり役、切られお富は師匠が改作したものだと」

布団を敷く手を止め、銀平が不思議そうな顔を作った。「だったら」と言いかけて、言葉を改めるように、

「お米婆さんが、どうかしなすったので?」

と言った。

「今日、暁斎先生のお宅で見かけたの」

「河鍋の師匠ですか。そりゃあ、また……奇妙なところで」

奇妙なのは銀平である。どうしてお米が暁斎宅を訪ねることがそれほど珍しいことなのか。

銀平ばかりではない、新七も、魯文も、お米という老婆に関してそれぞれ異なる反応を見せたではないか。

勝田屋のお米とは、いかなる人物なのか。

その答えの一つを、お峯は四日後に知った。

3

銀平を伴い、日本橋の絵草紙屋、書籍問屋をお峯が訪れたのは、新七から新作執筆に必要であるからと数種の書籍を買い求めるよう、いいつかったからである。

「なんだかこう……日本橋も寂《さび》れちまいましたねえ」

あたりを見回しながら、銀平がぽつりとつぶやいた。

かつて大江戸八百八町といわれた時代には、ここらあたりは人と荷車が溢れるほどだった。夏には埃《ほこり》と乾ききった馬糞が舞い上がり、

——眼を開けて歩くのがやっとだったというのに。

今はもう、その面影すらもない。通りに面した商家は至るところで戸板を閉めきりにし、廃業と転居の張り紙を掲げている。

「今じゃここは日本橋大通りなんかじゃねえ。戸板通りだなんて陰口をたたく輩《やから》もいるそうで」

「戸板通りはひどすぎるけれど」

と言いながらも、お峯には戸板通りという言葉以上にぴたりとツボにはまる名前が思い浮かばない。それほどまでの寂れようである。

「ここらあたりが玄冶店《げんじだな》でさあ。昔は粋な黒塀がつつつぅ～っと続いておりやしてね。所々に見越しの松なんかが覗いた日にゃア、これがまたぞろ粋で」

言われなくても知っている。瀬川如皐の名作『与話情浮名横櫛《よわなさけうきなのよこぐし》——切られ与三——』の舞台、源氏店とはここのことだ。御上のお達しにより、江戸の町名をそっくりそのまま使うことが許されなかったゆえの、苦し紛れの改名である。

「粋な黒塀に見越しの松……いやだ、それじゃあ切られ与三そのままじゃないの」

「おっと、こいつはとんだ釈迦に説法で」

そう言った銀平の腹がぐるぐる、と鳴った。呼応するかのように、お峯の帯の内からも同じような音が。二人して顔を見合わせ、ひとしきり笑ってから、中食を取ることにした。

いくら寂れているとはいっても廃墟ではない。ましてや江戸の中心であった日本橋玄冶店。しばらくあたりを歩き回るうちに、「天松」と白い文字で染め抜かれた利休色《りきゅういろ》の暖簾《のれん》を見つけだした。店の前に立つだけでかやの油とゴマの油が入り交じった、良い香りが漂ってくる。

「ここにしましょうか。たまには良いでしょう」

「ちょっと贅沢《ぜいたく》じゃありませんかねえ。このご時世に天ぷらというのも」

「大丈夫。ちゃんと師匠から御金蔵を預かっていますから」

「そいつは豪儀だ。だったら遠慮会釈は梨地の蒔絵、さっそくに御入店と洒落《しゃれ》こみやしょうよ、ねえ、お嬢様」

暖簾を掻《か》き分け、框《かまち》をくぐると同時に、どこかで聞き覚えのある声が耳に飛び込んできた。しかも周囲に憚《はばか》られるほどの罵《ば》詈《り》雑言《ぞうごん》、その繰り返しである。「馬鹿野郎、人様を舐めるのもいい加減にしやがれ。俺がそんなに安く見られる玉か。そんじょそこらの小娘、売娼《ばいしょう》と、この俺を一緒くたにするんじゃないよ」「いつからお前は、俺の連れ合い気取りをするようになった。腐れ親父のコンコンチキめ。おととい出直してきやがれってんだ」

どうやら二階が、貸間になっているらしい。そこから聞こえてくるのは男の声ではない。少しかすれ気味の、けれど十分に張りのある妖艶な女声であるからこそ、その凄《すさ》まじさはより一層に増すようだ。

「あれは……確か、勝田屋のお米さんの声じゃあ」

「なんですって⁉」

続いてなにかを引き倒す音。絹が引き裂かれる音。よくわからない罵声と悲鳴とが重なって、転がる音、ぶつけられる音、器が砕ける音といった、あらゆる破壊の音が綯《な》い交ぜになった。罵声の中に「お富《とみ》」という言葉を聞いた気がした。

奥の調理場から主人らしき男が飛び出してきて、階段を駆け上がろうとした。それよりも早く、二階から人影が転がるように下りてきた。

お米ではなかった。年の頃はあまり変わりはないが、でっぷりと肥え太った老人である。と言っても見知らぬ老人ではない、お峯のみならず、猿若町の住人ならば、誰もがよく見知っている顔がそこにあった。

「きっ、貴様は新七の所の」

すでに七十歳に近いのではなかったか。それにしては肌艶の良い、ある意味では見苦しいほどの脂ぎった赤ら顔が、さらに赤くなってお峯のことを「貴様」扱いした。

「あなたは……瀬川如皐師匠!」

老人は、猿若町三座のうち、中村座の座付き作者・三世瀬川如皐であった。つい先ほど話題に上った、切られ与三の作者である。

如皐は凄まじい怒りの表情を崩すことなく、お峯と銀平を押しのけるように店を出ていった。あまりの展開にどう動いて良いものか、あるいはなにを話せばよいのか互いにきっかけが摑めず、その場に立ち竦《すく》んでいると、しばらくたってから再び二階から人影が駆け下りてきた。人影の額から、一筋の赤い血が流れているのがわかった。

「勝田屋のお米さん！」

上物の着物の袖は引きちぎれ、襟元が激しく乱れている。それがまた退廃した女の色気の残り火のようで、まだ十七になったばかりのお峯は、思わず目を伏せた。

片足を引きずりつつ、如皐を追いかけようとしたお米が、店の框に足を引っかけたのか、物音とともに店の外へと転がっていった。

慌てて追いかけると、お米は立ち上がる気力もないのか、表に転がったまま肩で息をしている。

「大丈夫ですか」と訊ねるのが躊躇われるほど、あまりに無残な姿であった。お峯はなにも言わずに、懐から手拭いを取りだした。せめて額の血だけでも拭おうと手を伸ばすと、

「余計なお節介をするんじゃないよお！　小娘がッ」

思いがけない強い力で、お峯の手は振り払われた。それがなにかのきっかけになったようだ。よろめくように立ち上がると、お米は再び歩き出し、そしてその先でぱたりと倒れた。お米の所まで駆けて行き、脇《わき》の下に腕を差し入れて上半身を起こそうとした。するとまた、先ほどと全く同じ罵声がとんできて、今度は頰に鋭い痛みが走り抜けた。お米が爪を立てたまま、頰を横殴りにしたのである。

荒い息をなんとか整え、立ち上がったお米は続く板塀を身体の支えにして、歩き出した。

追いかけようとするのを、銀平の長い腕が背後から伸びてきて止めた。

「放っておいてやんなせいまし」

「でも、銀平！」

「あれにはあれの意気地ってものがあるのでしょう」

いつになく気むずかしげな銀平の顔を見ると、お峯は彼女を追いかけるきっかけを失ってしまった。

その代わりにある言葉を思い出した。

「ねえ、銀平。確かに如皐師匠は『お富』という言葉を口にしましたね」

「……………確かにそのようで」

「あれはいったい、どういう意味なの」

しばらく考え事でもするように頭を垂れた後、銀平が口ごもるように驚くべき事をいった。

「お米というのは、御一新を機に変名したあれの名です」

「じゃあ、それまでの名は？」

「……お富。玄冶店のお富といえば、このあたりでは知らぬものとてない良い女でしたよお」

「玄冶店のお富って、まさか」

「切られ与三の話は、あのお富に見立てて如皐が書き下ろしたものでさあ」

しかもお富、いやお米が長年にわたって如皐の情人であることは、広く知られているという。

――それで。

お米が暁斎宅を訪ねたと聞いて、銀平が「奇妙な」といった訳を、お峯はようやく知ることができた。暁斎は誰もが知るとおり、河竹新七の舞台絵、提灯絵を描くことを専門としている絵師である。そして、新七、瀬川如皐は猿若町を背負って立つ戯作者であることも……本来は周知の事実であるはずであった。しかし現実は少しばかり異なっている。旧幕の時代こそ、如皐の本は十分にもてはやされた。『切られ与三』、『佐倉義民伝《さくらぎみんでん》』といった戯作は全てそのころのものだ。

だが時代が移り、明治の世になってからというもの、如皐の影は猿若町で薄くなるばかり、これがどうしようもない事実である。三座の本の殆どは、新七の新作に頼っていて、如皐はたまに改作を小屋にかけるか、あるいは新作を書き下ろしてもさして当たらない。そうした鬱屈が、極めて歪んだ形で新七とその周囲に向けられることになったのは、半ば当然の結果といえた。陰に日向に、如皐は新七たちへの讒言《ざんげん》を繰り返しているという話が、至るところから聞こえてくるのである。

その如皐の情人が、間違っても暁斎の所を訪ねるはずがない。

銀平はそのことをいっていたのだ。

「切られ与三は、二十年ばかり前の弘化《こうか》年間、長唄《ながうた》の師匠だった芳村伊三郎《よしむらいさぶろう》を見立てたものだといわれちゃあいますがね」

「じゃあ、その時の相手というのが」

「当時、お富はすでに五十。ところが言い寄る男はそれでも後を絶たず、あたりの女房衆をやきもきさせたって話でさあ」

銀平が懐かしむような口振りで話しているのは、今から二十年ばかり前の、お米がお富であった頃の話ばかりではないはずだ。とうに失われてしまったもの、新しい時代という大きな花火の元で抹殺されていった古き良き者たちへの追悼の言葉ではないのか。

お峯にはそんな気がしてならなかった。

十日後。お峯が新七の戯作者部屋に呼び出された。「其水師匠がお呼びで」という、小屋の男衆《おとこしゆ》の言葉を聞いた途端、背中に衝撃が走った。

人形振りでも演じるかのように、ぎこちない動きで楽屋梯子を登りきり、一番奥の部屋へ出向くと、新七とともに懐かしい顔が並んでいた。

「ああっ、源三郎《げんざぶろう》さん！」

着た切り雀の萌葱《もえぎ》色の木綿袷《あわせ》。元は南町奉行所の同心で、今は市中見回りの役を仰せつかっている水無瀬《みなせ》源三郎が、新七と対峙《たいじ》している。

「よお、お峯ちゃん。しばらく見ねえうちに、別嬪《べっぴん》になったじゃないか。やはり小屋の水がよほど肌に合っていると見える」

「源三郎さんこそ」と言いかけて、お峯ははっと胸を突かれた。下膨れの恵比寿《えびす》顔で、本来の年よりもずっと老人臭く見えていた源三郎の面立ちが、わずかふた月見ないうちに一変しているのである。頬が落ち、目尻のあたりにも苦み走った皺が刻まれている。

「なにがあったんです」

「なにもありゃア、しないさ。市中は至って平穏無事。不平士族共の不穏の動きも、今のところこれなし」

源三郎の言葉には、明らかな嘘の匂いがした。頬が落ちているとはいっても、疲れや粗食で窶《やつ》れているのではなさそうだ。むしろ、無駄なものが削ぎ落とされて、精悍であるとさえいえる。

「水無瀬さんの話によると、数年の間に本格的な官憲の組織ができあがるのだそうだ」

「官憲？　すると、軍隊のようなものですか」

「いや」と、答えたのは源三郎だった。

「軍隊は軍隊で別に編成される。市中の安全を確保するのが、新たに作られる組織の役目だということだ」

「ははあ」

「ところがよお、聞いておくれでないか。そのための予備組織が作られたはいいが、こいつが右を向いても左を向いても旧薩閥《さつばつ》。ごわすだの、いきもはんだの、俺の知らねえ言葉が飛び交っていてよお」

おまけに勇猛で知られる旧薩摩《さつま》藩の藩士たちだけあって、その修練たるや、生半可なものではないという。

「その挙げ句が、そのおやつれになったお姿」

「まあな。こいつの方がいいというお女中方も、いないではないが」

二人のやりとりをじっと聞いていた新七が、やがて静かに、

「お峯、改作の方はどうなっているかね」

「はっ、はい。それにつきましては」

「なにか良い素材は見つかったか」

「あの……『国姓爺《こくせんや》』ではいかがかと」

「国姓爺か。ふむ」

眉の根をこんもりと盛り上げ、新七がかっと目を見開いた。

源三郎が、湯呑みにつがれた冷や酒を呑み干し、新七の戯作机の横に置かれている徳利にそっと、手を伸ばした。

河竹新七は、本質的には煙草も酒もたしなまない。誘われれば盃の一つや二つは空にするが、自らそれを求めることは滅多にない。それでも常に戯作者部屋に徳利が用意してあるのは、殆ど来客用といって良かった。

新七からの応答を待ったが、そこにはただ沈黙という名の気の淀みがあるばかりだ。こうしたときの新七になにを問うても無駄であることを、お峯は知っていた。また、周囲がどれほど騒ぎ立てようとも、それは彼の耳に届くことが一切ない。沈黙は新七の周囲にのみ張り巡らされた、薄い膜のようなものだ。

「ところで源三郎さん、どうして芝居町に?」

「そこなんだ。忘れるところだったよ。実は其水師匠に聞いてみたいことがあってね」

「源三郎さんのお勧めと、なにか関係があるの」

「これが大ありなんだ」

昨日のことだ。浅草寺周辺の歓楽街、中でもことに怪しいとされる曖昧茶屋《あいまいぢやや》で、女の死体が発見されたという。

「あら、そんな話はまだこちらまで、届いていないけれど」

「上が、な」といいながら、源三郎は唇に人差し指をあててみせた。

「なるほど。口止めですか」

「あまりに殺されようが無残でな。市中に不安を与えてはいかんと、ありがたいお達しがあったのだよ」

いくら政府が新しくなっても、そこに一片の不満がないわけではない。今でも不平士族が市中に息をひそめ、反撃の狼煙《のろし》を上げる日を手ぐすね引いて待っているとの噂が、方々から聞こえてくる。要するに、そのような時節に、あまりむごたらしい話は相応《ふさわ》しくないということだろうか。

「……そんなにむごたらしいのですか」

「鋭い刃物で全身を四十カ所も滅多切り。とどめは心の臓への一突きだ。辺り一面血の海でね、昨夜は殺し場の夢に魘《うな》されたほどだ」

「でも、どうして師匠に話なんて」

その時だ。考え込んでいた新七がようやく口を開いた。

「国姓爺の改作。まことによろしいだろう。わたしが助を取る。思う存分書いてみるがいい、お峯」

「ありがとうございます」

「ただし、これだけは胸に刻んで忘れないでおくれ。澤村田之助は、ついに両の手指に手術を受けることに相成った」

「それはいつ！」

驚いたのはお峯ばかりではなかった。源三郎までもが役儀を忘れたように身を乗り出している。

「今宵、横浜に発ってヘボン医師の施術を仰ぐ」

ヘボンは、田之助の両足を切断した医師でもあった。

「大丈夫だ。大丈夫だよお峯ちゃん。両手が切り落とされたって、なんてこたあない。足をなくしてでも立派に舞台を勤め上げた田之太夫だもの。手がないくらい、どうってこたあないよお」

源三郎の言葉を、お峯は聞いてはいなかった。

なぜ新七が突然にこのようなことを言い出したのか。その唇が、今から恐ろしいことを告げようとしていることを、お峯ははっきりと感じていた。

「田之助は、次の初春興行をもって舞台を退く」

「そんな馬鹿な！」

お峯と源三郎の声が重なった。それに追い打ちをかけるように、

「お峯の改作をもって、田之助の退きの興行を勤めさせる」

かっと頭に血が上って、あらゆるものが聞こえず、そして見えなくなった。眼の内側にも、赤い紗幕《しゃまく》、黒い紗幕が掛かったようだった。

——田之太夫が、舞台を退く！

しかもその退きの興行の本を、お峯に任せるという。

意識が急に遠いところに旅立ったようで、お峯はその場に倒れ込んだ。


目が覚めた後。

お峯が耳にしたのは、改作の一件と同じくらいに衝撃的な源三郎の話であった。

曖昧茶屋で発見されたのは勝田屋のお米、かつては玄治店のお富とまでいわれた、あの凄絶な美を備えた老婆であった。

第二幕　異界転生変

1

　キャンパスの一角に設置されたベンチに座り、「あーっ、あっああ――」と声をあげてみた。どことい って変わりのない、いつもの声。即ち早峯水鳥本人の声である。両の掌《て》を目の前に広げてみた。他の人よりも少しだけ短めの、だからこそ十二歳の時に大好きだったピアノのレッスンに見限りをつけたという、苦い思い出の刻み込まれた指が十本並んでいる。右手の小指の付け根にある傷跡は、二週間ほど前に誤ってカッターナイフでつけてしまったものだ。今は傷口もふさがって、赤い糸のような痕跡《こんせき》を残すばかりとなっている。日頃は滅多に取り出すことのないコンパクトを取りだし、我が顔を映してみた。あと数ミリ上に吊《つ》り上がってくれたらいいのにと、鏡を覗《のぞ》くたびに思う目尻。これはこれで愛嬌があるのだと、常に言い聞かせている少し上向きの鼻。

　――誰が見ても、早峯水鳥そのものだ、うん、これは完璧にわたしだ。わたし以外のなにものでもない、間違いない、絶対に。

しつこいほどに自己確認を行ないながらもなお、水鳥は昨夜の夢のことを考えると我が身の存在感がふらりと揺らぐのを感じずにはいられなかった。

「明治四年という時代に……わたしは確かにいた」

言葉にしながら、我が掌をじっと見つめた。

二日前に見たあの夢はいったいなんだったのか。否。夢というにはあまりに生々しすぎる、ある種の現実世界としかいいようがない、それほどにリアリティのある夢だった。

時は明治四年、浅草猿若町の芝居町で、水鳥は「お峯」と呼ばれる少女として生きていた。お峯は守田座に出入りしながら、彼の河竹黙阿弥の元、戯作者《げさくしゃ》としての修業を積む身であった。江戸が東京に変わって、荒れ放題となった街並み。通りを過ぎてゆく、少し塩の匂《にお》いの混じった風。それに舞う埃《ほこり》の感触。芝居町のそこここに染みついた、泥絵の具と化粧の甘やかな、それでいてどこか退廃的な匂い。

夢のなかで己の五感が見聞きしたものを、水鳥ははっきりと記憶の中に甦らせることができた。そしてこの二日、自分が現実の世界にいるのか、あるいは夢の続きなのか、判然としない日々が続いている。

「わたしが早峰水鳥であることは間違いないけれど、同時にわたしはあの河竹黙阿弥の弟子のお峯でもある」

自分でなにを言っているのか、わからなくなりそうだった。

タイムスリップという言葉は、遙か昔に聞いたことがある。時間旅行が自在にできて、あちらこちらの時代を自由に見て回ることができたらさぞ楽しかろうと、思ったことが水鳥もあったが、それは自分の未来やその時おかれた現実に、冷静な判断を下すことのできなかった少女時代の思い出話でしかない。ましてや百三十年昔の江戸を見た実感があるといいながら、その場所にいたのは水鳥本人ではない。いや、感覚は水鳥だが、人格は全く別人なのである。果たしてこれをタイムスリップなどといって良いものか。

「夢……だな。うん、あれはただの夢だ。田之太夫のことばかりを考えているから、ついあんなリアルな夢を見てしまったんだ。そうに違いない。そうでなければ……」

精神の歯車が、どこかで狂いを生じたのだとは思いたくはなかったし、このようなことを他人に相談できるはずもない。

「即座にカウンセラー行きを勧められるに違いないよねえ、さすがに」

よくよく考えれば、例の田之助の墓のある受用院で出会った不思議な老人、深瀬鴇雄のことも気に掛かる。いかにも寺と深い関係にあるといった風でありながら、寺の住職はそのような人物を知らないという。そもそも彼と出会ったところから、身の回りの変事が始まったのではないか。

「あるいは、田之太夫の墓を眼にしたときから」

その場で暑気あたりを起こして倒れたときから、と言い換えても良い。微《かす》かな意識の底で、水鳥は確かに誰かの声を聞いた記憶がある。あれは確かに「お峯ちゃん」と呼んでいたのではなかったか。

不意に、糸がからみつくような感触を覚えてあたりを見回したが、そのようなものが現実にあるはずもない。外気の温度は三十五度を超えているというのに、水鳥ははっきりと背中に寒気を覚えた。背中ばかりではない。肘《ひじ》から先の両腕が粟《あわ》立っている。その場に倒れそうになったが、なんとか全身にありったけの力を込めて、座ったままの姿勢を維持した。一度立ってしまうと、姿勢を維持する自信がなかったのである。水鳥はそこから一歩として歩き出せる気がしなかった。片足を上げ、次の場所へと移動させて降ろした途端に、全身が瓦礫《がれき》のように崩れてしまう。そんな気がした。

――助けて、誰かわたしを助けて。どうしてこんなことになってしまったの。

「大丈夫ですか。顔色がずいぶんとお悪いようですが」

言葉付きこそ丁寧だが、釜を棒でひっぱたくような悪声がかけられた。悪声であろうが構わない。お願いだから、わたしをどこかに避難させて欲しい。言葉にならない悲鳴を上げつつ、振り返った水鳥は、

「魯文さん！」

思わず大きな声をあげていた。

ういきょうを思わせる涼しげで大きな眼。役者にしたくなるほどの美形でありながら、一声発するだけで周囲をがっかりとさせるほどの悪声の持ち主。「大丈夫ですか」と声を掛けてくれた男は、夢の中で見た仮名垣魯文そのままであった。違っているのは髪型と、身につけているものだけだ。

不意に、憑《つ》き物が落ちたように身体が軽くなった。

「大丈夫ですか」と、男が再び言った。

「はっ、はい。ちょっと眩暈《めまい》がしただけでして。それに寒気も」

「それはいけませんね。熱中症かもしれない。医務局へ行かれた方がよいのではありませんか」

「それには及びませんけれど……やはり少し休んだ方がいいかも」

「だったら、そこの校舎の第二教場を使うといいでしょう。確か……今の時間は空いているはずです」

男が指さしたのは、学内でもっとも古いといわれる、木造の校舎だった。古いのは建物ばかりではない。そこに設置された諸施設も老朽化し、今では週に数コマしか授業が行なわれていないのではないか。全部で五つある教場の中、男が指示した第二教場には、壁に自殺した学生の影が浮かぶという、まことしやかな怪談話まで伝わっている。数日前までの水鳥であれば、「そんなものが出るなら写真にでも撮っておきたい」くらいのことはいったであろうが、今はとてもではないがそのような気にはなれなかった。男の容姿が夢の中に登場した仮名垣魯文そっくりであることも、大きく作用している。

遠慮しておきますというべきか、それとも身体が軽くなったのを幸いに、この場から逃げ出すか。僅《わず》かな逡巡《しゅんじゅん》の間に、男は先に立って歩き始め、仕方なく水鳥はそれに従った。

「あの……大学の方ですか」

教場が空いていることを知っている上に、誰に断わるでもなく第二教場の引き戸を開けた男の態度から、大学の職員ではないかと推測して、訊ねてみた。

「ええ、教務課の各務《かがみ》といいます。各務達彦《たつひこ》です」

そう言って男は教場の長椅子を組み合わせ、ここで休むようにいうと、「お茶を買ってきます」と言うと教場から出ていってしまった。お構いなくという隙さえ与えられず、水鳥はいわれるままにそこに横になった。

身体が軽くなったとはいえ、先ほどの悪寒はまだ幾分か身体に波紋を残している。膝《ひざ》から下を椅子の横に垂らしたまま、横たわると気持ちが柔らかくなるのがわかった。

「お待たせしました」と、各務が間もなく戻ってきた。手にした缶の緑茶を木机に置くと、無造作に横たわった水鳥の額に掌《て》をあてる。その素早さ、缶の冷気を残す掌の心地よさに、なにをするんですかと抗議するのも忘れてしまった。

「熱はないようですね」

「かなりひどい悪寒を感じたのですが」

「今年の夏の暑さは異常だから……もし体調が悪いようなら、医者につれて行きましょうか。うちの医局は、いってはなんだが小学校の医務室よりも貧弱だから」

「たぶん、大丈夫だと思います。ずいぶんと楽になりましたから」

そう言って上半身を起こすと、水滴を表面に浮かせた缶が手渡された。口に含むと、日本茶独特の香気と冷たい水分の感触とが、乾いて粘度を増す口内をたちまち潤してくれる。

「暑いときには水分の補給が一番ですよ」

各務はそう言って自らも缶のプルトップを引いた。

言葉付きはあくまでも丁寧で、なおかつ性格の優しさが滲《にじ》み出るようだ。

――だが、しかし。

問題は各務の凄《すさ》まじいばかりの悪声である。夢の中の仮名垣魯文がそうであったように、その声質ゆえに、各務のどのような優しい言葉もその効力を半分も生かすことができないのではないか。たぶんそれは、女性に甘くささやきかけるときも同じだろうと、思ったところで、水鳥は自らの不謹慎を反省した。

「先ほど、おかしなことをおっしゃいましたね」

「へっ⁉」

「僕のことを『魯文』と呼びませんでしたか」

「はあ、それは……あのですねえ、そのつまり」

「誰か知り合いと似ているのでしょうか」

「ええ、まあ、そっくりな人を見たことがありまして」

「なるほど、それが魯文さんですか。しかしまた、珍しい名前ですね。どこかの戯作者《げさくしゃ》の名前のようだ」

各務の口から「戯作者」という言葉を聞いて、水鳥は心底から驚いた。なにかを言おうとするのだが、唇が無用の動きをするばかりで、本来の機能が発揮されない。

「ああ、戯作者というのは、近世の頃のいわば小説家のようなもので」

「知っています。わたしは国文科ですし、その時代が卒論研究のテリトリーですから」

ようやくこぼれた言葉に、今度は各務が驚きの表情を見せた。

「国文科……なんだ僕の後輩にあたるのですか。すると、まさか魯文というのは」

「そんなことはありません！　仮名垣魯文であるはずがないじゃありませんか。あの人は百三十年以上も前の人です。わたしがその人の容姿を知っているはずがありませんし、ましてや仮名垣魯文が『盛りのついた猫をズタ袋に押し込んで水に放り込んだって、もちっとはましな声を出す』と、守田勘弥に言われていたなんてことをって、いやだ、わたしはなにを言っているんだろう」

立て板に水の水鳥の語りを、ぽかんと口を開けたまま聞いていた各務が、途端に大きな声で笑い始めた。

「なるほど、もう身体は大丈夫のようだ。それにしても、盛りのついた猫を云々《うんぬん》、は良かったねえ。いや良くないのかな、まあどちらにしても同じだ。そうなんですよ、この声については、子供の時分からの悩みでねえ。うちの親などは『達彦は生まれたときから変声期だった』なんて、ひどいことをいう。今ではすっかり諦めていますけれどね」

「ごめんなさい！　そんなつもりじゃなかったんです」

「気にしないでください。それはそれとして、また気になる名前が飛び出しましたね。今度は守田勘弥ですか。確か守田座の座主ですね。河竹黙阿弥が守田座の座付き作者で、数々のヒット作を上演し続けていた」

「そう、その守田勘弥です！」

といってから、水鳥は自分の三度の失言に気づいて口を噤《つぐ》んだ。

「ははあ、卒業論文のことで頭が一杯らしい。なにを見てもその時代の事物にオーバーラップさせてしまうのでしょう。女子学生をそこまで有頂天にさせて、なおかつ守田勘弥や仮名垣魯文が登場するとなると……もしかしたらあなたの卒論のテーマは澤村田之助じゃありませんか」

いきなり核心をつかれて、水鳥は目を見開いたまま閉じることができなくなった。

「どうして、わかるのですか」

「ぼくも卒論テーマが近世から明治にかけての戯作文学でしてね。どうしても歌舞伎《かぶき》には触れねばならなかったし、そうなると当然のことながら『團・菊・左』に触れ、そして澤村田之助に行き着くのは、自然の成り行きでした」

「そういうことでしたか」

各務の言葉が、自分の身に降りかかりつつあるオカルティズムの片鱗、あるいはその影響によるものでないことを知って、水鳥は安堵《あんど》の溜息を吐いた。

「で、卒論はどうですか、目処は立っているのですか」

「なかなか、難しいです。澤村田之助という人がどんな性格の持ち主で、周囲をどのように引き回していたのか、それがはっきりしないと、当時の田之助ブームの原点は語ることができないのではと思って」

思い切って、澤村田之助が眠る練馬区の受用院という寺へ先日行ってみた、そういった途端に各務の表情に奇妙な曇りが浮かんだ。困惑とも、迷いとも、不審ともとれる、そのいずれでもなく、同時に全てでもある、形容しがたい顔つきで、

「申し訳ありません。お名前を聞くのを忘れていました」

各務がいった。

「早峯……ですけれど。早峯水鳥です。国文科四年生の」

各務の変貌ぶりに戸惑いながら水鳥が名前を告げると同時に、「早峯」と鸚鵡《おうむ》返しの悪声がつぶやかれた。

「どうかしたのですか」と問うても答えのない時間がゆっくりと過ぎ、やがて、

「歴史学科の高野教授をご存じですね」

各務が問いかけてきた。その名前に聞き覚えがないではない。確か講義を勝手に休講にして、行方をくらました教授がそのような名前ではなかったか。情報を伝えてくれたのは友人の鮎川知美である。そのことを思い出しつつ、

「ええ、名前だけは」

と答えると、各務の表情が一層険しくなった。

「やはり、そうですか。それで、どのような関係なのですか、彼とは」

「どのような関係って、そんな、なにもありません」

「そんなはずがないでしょう」

各務の無遠慮な物言いに、水鳥は次第に腹が立ってきた。先程まで感じていた好感が、次第

に霧散していった。声のトーンを下げ、きっぱりと、

「どういうことですか」

水鳥は逆に問うてみた。

「本当に高野教授のことはなにも知らないのですか」

「教授が学生に黙って講義を休講し、行方をくらましているという話は知っています。すでに学内では有名な噂《うわさ》話ですから」

日頃は噂話などしない鮎川知美が、情報源であることをふまえた上でのブラフだったが、効果は思った以上にあった。再び各務の表情が激変したのである。

「……そんな噂が！」

「で、どうしてわたしが高野教授のことを知っていなければならないのですか」

「………」

「その沈黙は、どのような意味を持っているのですか」

ややあって、各務が元の表情に戻った。その上で「不躾《ぶしつけ》なことを言ってしまいました」と、素直に謝罪するので、水鳥の機嫌の虫も少しだが収まった。だが、まだ釈然としないものが残っているのは確かである。

「なにがあったのですか」

「彼となんの関係もないのであればそれでいい。ちょっと気になることを小耳に挟んだのですが、多分なにかの偶然か、あるいは間違いでしょう。あなたを見ればすぐにわかることだ。あ

なたは断じて犯罪に手を染めるような人じゃない」

人を安心させようとして、かえって不安にさせる言葉付きで各務がいった。本人にその気はないのだろうが、なにせあの悪声で話されると、人は勘ぐりたくもないことを勘ぐってしまう。そのようなマイナス効果を各務の悪声は持っているようだ。

「各務さんの話の方がよほど気に掛かるのですが」

「申し訳ない。忘れてください」

「と言われましても、ねえ」

学内にそのような噂話が流れているとは知らなかった、たぶん、あなたの名前が出たのもなにかの偶然にちがいない。そのようなことをしどろもどろの口調と、なお一層の悪声で並べ立てた上で、

「早峯さんは、今朝の新聞を読んでおられませんね」

各務が、確信的にいった。

「そういえば……今日は朝から気分が優れなかったものだから」

おかしな夢を見たおかげで、とはいわなかった。

「だったら、部屋に帰って確かめてみるのがよろしいでしょう」

と、謎めいた言葉を残して、各務は教場から出ていった。

部屋に帰った水鳥が、各務の言葉の意味を確かめようと、新聞を取り上げたその時だった。

「早峯さん、早峯水鳥さんいらっしゃいますか」と、コーポラスのドアを叩《たた》く音がした。言葉は丁寧でも、どこかに威圧的な響きを持つ声が、さらにドアを叩く。お前が中にいるのはわかっている。出てくるまではこうして叩き続けてやるぞと、ノック音が告げている。

「はい、なんでしょうか」

ドア越しにいうと、

「開けてくれませんか、早峯さん」

はっきりと威圧感を滲ませる男の声が返ってきた。それでも躊躇《ためら》っていると、別の男の声が、こちらは幾ぶん紳士的に、

「夜分すみません。練馬署のものですが、ちょっとお話を伺いたいので、ドアを開けていただけませんか」

その声を信用して、水鳥はドアロックをはずし、チェーンをかけたままドアを開いた。男が二人立っている。どちらも一目で安物とわかる背広姿で、ネクタイをきっちりと締めている。黒いビニール張りの手帳を広げて、二人が身分証を提示した。

「練馬署の灰原《かいばら》です」

「同じく田端《たばた》です」

恐ろしくアンバランスなコンビだと、二人を見るなり水鳥は思った。

灰原は恐ろしく長身で、しかも格闘技にでも通じているのか胸板も胴回りもみっしりと厚い。着ている背広が今にも弾けそうだ。一方の田端は中肉中背、銀縁の眼鏡に細面の面立ちは、ど

こかの雑誌で見かけたような優男《やさおとこ》である。

「あの、なんでしょうか」

二人を招き入れようとドアを開けたが、コンビはその場所から動こうとはしない。

「どうぞ、中へ」

「いえ、ここでお話を聞かせてください。近頃警察官の不祥事が相次いでおりまして……ことに女性からお話を聞く場合は、人目のあるところでと、きつく上から申し渡されているものですから」

田端のやや甲高い声質が、夢の中で聞いた守田勘弥の声に重なった。

「それとも、中で話さねばならない事情が、なにかおありですか」

灰原は、水無瀬源三郎の声質でいった。

夢と現実とが、水鳥の脳内で、また微妙に交差し始めた。

「そんなことはありません」

それだけいって、二人の警察官を凝視した。そうしなければ、今にも明治四年の芝居町にトリップしてしまいそうだった。

水鳥の様子を観察するかのように、あるいは沈黙によって戦闘の準備を整えるかのように見えた田端の口からいきなり、

「あなたが通ってらっしゃる東敬大学文学部の、高野満先生について、二、三伺いたいのですが」

という言葉が、吐き出された。

2

練馬の瑞角寺《ずいかくじ》は、澤村田之助が眠る受用院に隣接している臨済宗系の寺院である。

昨日の朝。いつものように墓所の清掃をしていた寺男のひとりが、隣接する受用院にもっとも近い場所に位置する墓石に異常を発見し、直ちに地元警察署に連絡をしてきた。

「異常ですか」

「はい、墓石にべっとりと血糊がついていたのですよ。それも並大抵の量ではない。下手をすると、その血液の所有者……こんな言い方が正しいかどうかはよくわかりませんがね、その人物の命に関わる量ではないかと、鑑識が判断しました」

水鳥の問いに、灰原が答えた。

さらに鑑識があたりを調査した結果、墓石の周囲にもやはり、相当量の血痕が発見されたという。

「なにか重い物を引きずった跡がありましてね、その痕跡に沿う形でやはり大量の血液が残されていました。それだけではありません」

手帳の中身を確かめながら、今度は田端が、

「まず……ビジネス用の手帳が一冊。それに運転免許証、中身が抜かれた財布、極少量ですが

血痕のついたハンカチ。同じく血痕つきの革靴、これは右足用が発見されたのみです」

「レジスターを打つコンビニの店員が、商品名を並べ立てる口調でいった。

「あの……それはいったい」

　水鳥の質問に答えはなかった。

「免許証にもビジネス用手帳にも、はっきりと高野教授の名前が記されていました。そうそう忘れていました、免許証の中には東敬大学の職員証明書も、ね。これ、どういうことだと思いますか」

「どうって、わたしにわかるはずがないじゃありませんか」

「それはそうですね。警察官でもないあなたが知っているはずがない。まあ、もっと詳しく調べる必要がありますが、我々はこう考えました。これは、この場所でなにか争いがあったのでは、と」

「それはつまり……高野教授が何者かに襲われた、と」

「あくまでも、可能性ですが。重い物を引きずった痕跡からは、かなりの量の毛髪も見つかっています。つまり」

　その場所で襲われた高野は、大量の血痕を体外に放出するほどの重傷を負った。それが死に至るほどのものであるかは全く不明。だが、血痕の量から考えて、かすり傷程度のものでないことは明らかである。たぶん昏倒するか、身動きがとれない状態の高野を、犯人は引きずってどこかに運んだのではないか。

そうしたことを田端は、極めて事務的に言った。田端がしゃべっている間、灰原が腕を組んだまま、じっと水鳥を見ている。話の最中に毛ほどの動揺でもあれば、それを見逃すまいとする目つきである。

この世に生を受けて二十一年。憚《はばか》りながら警察のご厄介になったことは、所有する自転車が盗まれたときに被害届を出しにいった以外に一度としてない。それでも水鳥には、事情を説明する田端と、水鳥を観察する灰原という、二人の役割分担をはっきりと理解することができた。

——あるいは、わざとそれが判るようにしているのかも。

警察機構のことなどなにひとつ知らなくとも、警察官が通常二人で行動することくらいは、テレビドラマから知識を得ている。一人の捜査員も無駄にできないはずなのにどうしてそんな不合理なことをするのか、長年の疑問がようやく解けた気がした。

「高野教授が二週間ほど前から行方が判らなくなっていることは？」

「学内の噂で知っています」

「学内の噂……本当ですか」

「どういうことでしょうか」

「非常に事件性が高い事案ということで、すでに専任の捜査官が周囲の事情を聞いて回っているのです。これを我々は地取り捜査と呼んでいるのですがね。その結果、面白いことが判ったのですよ。血痕の状態、そして瑞角寺の寺男からの証言によって、事件が一昨日の朝、寺男が清掃を終えてから昨日の朝までに起きたことはまず間違いないようです。ところがですねえ、同じ一昨日……といってもこれは昼間のことになりますが、隣接する受用院というお寺に」

そこまで聞いて、水鳥はようやく事態を理解した。

受用院で介抱された水鳥は、住職に問われるままに氏名と身分、そして住所まで正直に答えている。

「わっ、わたしは関係ありません。第一、わたしは受用院というお寺に用があっただけですから」

「なんでも、卒業論文のために受用院にあるなんとかいう歌舞伎役者の墓所を訪ねたとか」

「澤村田之助です。明治時代の名女形《おんながた》の」

「……といわれてもわたしには判りません。ですが、卒業論文を書くのに普通、墓を見てまわったりはしないでしょう。それとも、卒業論文の内容がそうなっているのですか」

畳みかけるような質問に、水鳥は言葉を失った。これはまずい。ここで口ごもるのは絶対まずいと直感が教えているのだが、どうしてもうまい言葉が浮かんでこないのである。

どうして田之太夫の墓を訪ねる気になったのか、水鳥本人にも明快な説明ができないのである。それを他人に理解させることは不可能に近い。強いていうならば、卒論の構成がうまくゆかず、太夫の墓でも訪ねてみたらなにか良いアイデアが浮かぶのではないか、そう思ったことが理由だが、

――ぜったいに納得しないいな。この二人は納得しない。特に大男の灰原の目が「そろそろ自白してもらおうか」と明らかに言っているもの。

瞬時に、取調室で裸電球のデスクライトを顔面にあてられ、自白を強要されるおのが姿を想像して、水鳥は暗澹《あんたん》とした。

「……ファンなんです。田之太夫の」

ようやく言葉を絞り出し、田端と灰原を交互に見た。

「なんですって」

「だから、卒論を書いているうちに、田之太夫のファンになってしまったんです。ファンですもの、お墓にお参りに行っても不思議はないでしょう」

「そのナントカ太夫とはいったい」

「澤村田之助は、今から百三十年ほど前の女形です。そして当時は、田之太夫と呼ばれていたんです。愛称です」

その時大男の灰原が、ごつい身体の造りからは絶対に想像する事のできない女性アイドルの名前を挙げ、さらに彼女の愛称をあげて、

「そういったものと同じということですかな」

自分の発言にさすがに照れたのか、言葉の後にコホンと空咳をした。

「そうです、まさにそうなんです」

夢中でそういうと、今度は頭脳担当の外見を持つ田端が、考え込んでしまった。

灰原の背広の内ポケットから、これまた似合いそうにないさわやかなメロディが流れ出した。彼が先ほど口にしたアイドルの、新曲である。芸能界のことなど興味のない水鳥でも、街のそ

ここで流れるメロディラインは耳にしたことがある。その音源が携帯電話であることを知って、水鳥は思わず噴き出していた。それとは全く反対の表情、つまりは殆ど憎悪に近い目つきと口元とで、田端が灰原を睨《にら》んでいる。

「はい、灰原です、そうですか、結果が出ましたか」

そういいながら、灰原が腰を低くし、田端に向かって拝む仕草をする。

『だから、その軽薄な音楽を着信音にするのはやめろといっているだろうが！』

『すみません。でも自分は＊＊＊ちゃん命でありまして。これだけは』

『言い訳をするんじゃない』

こうした二人の無言のやりとりが、水鳥にははっきりと聞こえた。想像したのではない。言葉として、会話として耳の奥に響いたのである。脳髄の中心部に、細く冷たい針でも打たれたように、微かな痺《しび》れが広がっていった。痺れは波紋に似て、少しずつ広がって行くようだ。

水鳥が暮らすコーポラスは、やや高台にある。そしてドアの前の共同通路からは、なだらかな坂の下に広がる夜の街を一望することができる。その景色が好きで、ここを借りたはずの、その夜景が全く別のものに見えた。別のものであるはずがない。けれど水鳥の目には一瞬、外の空間に広がる闇《やみ》と、そこに明滅する光の粒とが、まるで見知らぬ世界の模様に見えたのである。

「……きれい、まるでお伽噺《ときばなし》の世界のよう」

我知らずそうつぶやくと、田端がたちまち怪訝《けげん》そうな表情になった。

「なんですか、それは」

その硬質な声が、水鳥を現実に引き戻した。

「いえ、なんでもありません。夜景が今日はずいぶんときれいに見えるなと思って」

「そうなんですか。まあ、そりゃあね」

振り返って同じ夜景を見ながら、田端が言葉を曖昧《あいまい》にした。なかなか良い景色であることは否定しないが、うっとりと見入るほどのものではない。田端の表情がそういっている。

「ところで」と、灰原が田端に向かっていった。

「つい今し方、鑑識の正式な検査結果が出ました。現場に残された毛髪は、確かに高野教授のものでした。自宅から採取した毛髪と完全に一致したそうです。念のためにＤＮＡ鑑定にもかけますが、まず間違いはないだろう、とのことです」

そう報告する灰原は、完全に警察官の口調になっている。口調ばかりではない、顔つきも、そして全身から噴き出す気配そのものが、法の番人になりきっている。その変貌ぶりが、水鳥にはなぜか好ましく思えた。


血塗られた墓石が発見されたものの、当の高野教授の遺体はどこからも発見されない。正確には、高野教授の生死さえもはっきりとはしないのだが、少なくとも世のマスコミは教授がすでに死亡しているという前提に立って、猛烈な取材攻勢を大学にかけてきた。学生を装って学内に無断で侵入し、勝手にカメラを回すことなど彼らにとっては良心の呵責《かしやく》以前の問題であるらしい。

突然リポーター風の中年男から、マイクを突きつけられることもしばしばで、終《しま》いには大学側から全マスコミに向けて学内での取材禁止命令が出された。同時に学生には、掲示板を通じて「無責任な受け答えをしないよう、善処して欲しい」旨の通達書まで張り出された。別に誰になにを聞かれたところで、答えるべきものを持っていない水鳥にとっては、彼らはいてもいなくても自分とは関係のない、別世界の住人だった。それよりも早く卒業論文を書き進めなければならない。気に掛かるのはそのことのみだった。

どこから嗅ぎつけたのか、受用院での一件が彼らに伝わるまでは、である。

犯行が行なわれたその当日、同じ大学に通う女子大生が現場に隣接する受用院で倒れていた。そのことがマスコミに漏《も》れた瞬間から、水鳥の周囲から平穏というものが全て、消えた。学内はおろか、キャンパスの周辺を歩いただけで、たちまちカメラクルーに囲まれ、マイクが突き出される。

高野教授とはどんな関係なのか。

事件とは本当に無関係なのか。

同じ質問が繰り返され、やがてコーポラス周辺にまで取材攻勢が及ぶに至って、水鳥は決心した。幸いなことに卒論を除いて、必要な講義はない。卒業に必要な単位は前期で全て取得しているのである。

いくつかの重要な資料を鞄に詰め、それ以外は全てコピーにとって整理した。

——冗談じゃない！

人の生活も信条も無視するようなマスコミの理不尽さよりも、そこから逃げ出さなければならない理不尽さに、水鳥は涙をこぼしそうになりながら旅支度を整えた。

システム手帳から二枚の名刺を取りだした。

灰原と田端が、帰るときに置いていったものである。なにか思い出すことがあったら連絡をして欲しい。言葉ではそういっていたが、水鳥には「自白する気になったら」としか聞こえなかった。これで彼らにも連絡を取らずに行方をくらませたら、どんな判断をされるか判らない。

ここでは卒論を仕上げることができないから、故郷に帰る。

そう連絡するつもりで、二枚の名刺を見比べた。どちらを呼び出そうか。名刺に書かれた電話番号は、全く同じ数字が並んでいる。しばらく考えて、プッシュボタンを押し、

「すみません、灰原さんをお願いします」

そういって自分の名を告げると、

「ああ、早峯さんですね。あいにくと灰原は出かけておりまして。ええ、わたし田端です、どうかしましたか」

甲高い声を聞くや、受話器を床にたたきつけたくなった。そうしなかったのは、田端という警察官に不審を抱かれたくなかったからに他ならない。

「一応、ご連絡をと思いまして。わたし、しばらく故郷の長野に帰ることにしました」

「長野に……それはまたどうして」

「それは警察が一番よくご存じなんじゃありませんか」

「どういうことですか」

「わたしはなにも知らないし、教授とも面識はないって言ったじゃないですか。どうしてそれなのに、受用院でのことがマスコミに知られちゃうんですか」

「マスコミに？　いや、うちはなにも漏らしたりはしていませんよ」

「毎日、毎日、マスコミの取材が大変なんです。大学はおろか、部屋の外にも出られない状態で」

「ちょっと待ってください。あなたが関係がないことはすでに証明されていますよ、ええ、あなたが提出した卒業論文のテーマを大学からいただきました。確かにナントカいう役者のことを……」

「澤村田之助です！　田之太夫！！！」

「はい、そうですね。澤村田之助でした。それにあなたとは学部も違うし、接点がなにもないことが判っておりますよ」

気がつくと、己の頰《ほお》に熱いものが伝っているのを感じた。声も幾分上擦《うわず》っているようだ。ああ、わたしは泣いているのだな。しかもヒステリックに喚《わめ》きながら。

みっともない女を見事に演じきっている。

「でも、マスコミはいるんです。わたしのことを教授と特別な関係にあった学生みたいな眼で見て」

「待ってください、それはおかしい」

「おかしくなんてありません。あなた方警察以外に、わたしのことを知っている人はいないはずでしょう」

「誤解です。それは本当に誤解です」

「とにかく！　わたしはこれから長野に帰ります。帰って卒業論文を仕上げます。年明けまでは向こうで暮らしておりますので、なにか連絡事項がありましたら」

そう言って水鳥は、実家の電話番号を教えた。

そして、電話を乱暴に本体に戻した。そのまま床に座り込み、水鳥は膝《ひざ》を抱えて泣き出した。ぐしゃぐしゃになろうが関係ない。鼻水もへったくれもあるものか。どうせ誰も見ていないのだから、思いっきり泣いてやる。


『そんなにやけになっちゃいけないよ。せっかくのご愛敬が台無しだもの』


歯切れの良い、少女の声が聞こえた。

腫れぼったい瞼《まぶた》を思いっきり見開いて、他に誰がいるはずもない部屋の中を思わず見回した。確かに聞こえた声の出所を、どこかに求めようとして何度も首を動かし、視線を移動させるのだが、もちろんそのようなものがあるはずがない。

「なんなのよ、いったいどうしてしまったの！」

水鳥はこめかみを握り拳《こぶし》で打ち、そして精神の均衡を保とうとした。

——あのとき……二人の刑事がやってきたときもそうだった。

見慣れたはずの夜景が、どうしてあんなにも美しく見えてしまったのか。まるで、生まれて初めて光の海を見た別世界の住人の感性が、水鳥の精神に入り込み、そして感応したようだった。

同じ事がキャンパスでもあった。十七階建ての本館の建物を見上げたまま、不意に声を失ってしまったのである。そのような建築物など存在しない、どこか遠い世界からの旅人の感性が、水鳥の中で反応したようであった。

別世界の住人、遠い世界からの旅人、それがどこなのか。水鳥の理性は答えを求め、そして解を得ながら、それを否定している。

そこは電気をエネルギーとした光源が存在しない世界であり、コンクリートと鉄筋を使った高層ビルなどあり得ない世界。

——つまり百三十年前の世界！

あの猿若町の守田座に出入りし、必死に戯作者の道を究めようとする「お峯」の感性が、水鳥の精神とシンクロしているとしか思えなかった。

「でもどうして！」

水鳥が知りうる限りの知識を動員したところで、その答えが出せるとはとうてい思えなかった。といって、安易なオカルティズムによって事態の解説を試みるほど、愚かでもない。水鳥

はこの数日でかなり目減りしたのではないかと思われる理性の、最後の一滴を絞りきる思いで、

「……仕方ないか。わたしにだってどうにもならないんだもの」

ひとことつぶやいた。

諦めではないし、また絶望でもない。たとえ現代科学によって説明が付かなくとも、自らの身の上に起きた事実は受け入れるほかない。それが潔いかどうかは別にして、そうでもしなければ精神の歯車が齟齬《そご》をきたしたのだと、自ら認めなければならなくなる。以前に読んだことのある多重人格を扱った小説、

――そこに書かれた症状ともどうやら違うようだし。

こうした諸々の思いを全て整理した上での「仕方がない」なのである。

「わたしの中の同居人さん、よく聞いて。あなたもとんでもないときにとんでもない人の中に入り込んじゃったわねえ。同情申し上げます。あなたがどうしてわたしの中に入り込んじゃったのかは判らないけれど、わたしはあなたを否定しないことにしました。どうやら、あなたに悪意はないようだから。ねえ、あなたは猿若町のお峯なの?」

『そうよ、私はお峯。新七師匠の弟子のお峯です』

自らの内部に向かって発した問いに、答えが返ってきた。

その時、水鳥は極素朴な疑問を抱いた。お峯がこうして自分の精神にシンクロできるのであ

れば、自分もまた猿若町にいるお峯の精神にシンクロできるのではないか。夢の中ではすっかりとお峯の中に取り込まれ、お峯そのものとして明治四年の東京を見聞きした。けれどもっと精神を集中すれば、お峯の意識の中に「水鳥」を、生かすことができるのではないか。

それは即ち、水鳥の感性をもってして生きている澤村田之助に接し、話をすることができるということでもある。

『忘れちゃいませんか。猿若町は今、例のお米＝お富殺しの一件で、上から下までとっちらかしたように大騒ぎしているんですけれど』

「うっ」

平成の現代で事件に巻き込まれ、なおかつ明治にタイムスリップ——そう呼んで良いかどうかは別にして——してまでも殺人事件に巻き込まれることを考えると、気が滅入《めい》りそうになった。いつからトラブルメーカーの宿命を負うようになってしまったのか、少なくともこれまでの人生は平々凡々、波風一つ立てたこともない静かな日々であったはずなのに。あるいはこれまで蓄積された負のエネルギーとでもいうべきものがどこかにあって、それが一気に解放されたのか。

十分に熟慮した上で、水鳥は、

「ま、仕方がないか」

先ほどと同じ言葉を口にした。考えても答えが見つからないのであれば、成り行きに任せる以外にない。そうしたところが、水鳥にはままあった。『それが良くないんじゃありませんかねえ』というお峯の声が聞こえた気がしたが、気づかないふりをした。

いつの間にか、長野に帰る気持ちを失っていることに、その時になって気がついた。よくよく考えてみれば、長野に帰ったところで、あのマスコミの攻勢が止むとは思えなかった。むしろ故郷の人々に迷惑をかけることになる。

「やめた、やめた。どうしてわたしがあんな連中に怯《おび》えて、故郷に帰らなきゃならないの。わたしには天に恥じることなどなにひとつない。堂々とキャンパスを歩いて、卒論を完成させてやるんだから」

水鳥は天井に向かって宣戦布告した。

3

【澤村田之助が、江戸の末期から明治にかけて人々を魅了した女形であったことは紛れもない事実である。その眼差し、身振り手振りは、市井《しせい》の人々を魅了したことであろう。彼が後に脱疽《だっそ》を患い、その役者生命を脅かすことになる踝《くるぶし》の怪我《けが》をしたときでさえも、その患部に巻き付けた赤い布を真似るものが跡を絶たなかったといわれるほどだ。それは現代のアイドルと比較にならないほどの影響力を、社会に持っていた証明でもある。

わたしは、そこに一つの疑問を抱かずにはいられない。

いかにマスメディアが未発達の時代とはいえ、一人の歌舞伎役者が江戸の庶民をそこまで魅了することが、果たして可能であったろうか。ましてや当時は『團・菊・左』と並び称される名優たちが、復興した歌舞伎の世界を闊歩していた時代でもある。

もうひとつ。田之助は脱疽によって両足を失い、後には両手をも失うという、役者としては致命的な運命を背負った役者でもある。いかに美貌《びぼう》を誇っていたとはいえ、役者として自由に動くことも、また細やかな仕草《しぐさ》で情愛に訴えかけることもできなかったのである。彼を襲った悲劇に同情の声はあがっただろうが、それが社会に影響を与えるほどのうねりになり得たかどうか】

ノートパソコンでそこまで打ち、ハードディスクに記憶させたところで、水鳥は背後から肩を叩かれた。友人の鮎川知美が、

「卒論、進んでいるみたいじゃない」

と、声をかけてきた。

「おっ、久しぶりィ！　まあ見てよ。すでに半分近くまでできあがってるんだから」

「いいペースじゃないの」

「まあネ、この調子で書き進めることができれば、あと半月で完成……かな」

「じゃあ、全体の構成も?」

知美の問いに、水鳥はこめかみを拳で二度ばかり打ってみせた。

「全ては、我が頭脳にあり？」

「そういうこと」

水鳥は、澤村田之助の人気の秘密から、当時の世相を浮かび上がらせることを試みていた。人々はなにゆえに、手足を失った女形に熱狂したのか。それほどまでの人気を支えていたものはなんだったのか。

「それって、ただ単に田之太夫がものすごい美貌の持ち主だっただけのことじゃないの。まあ、今から見ればただののっぺりとしたお公家《くげ》顔だけれど……美意識は今と当時とでは相当な違いがあるはずだし。そこに病気で手足を失った悲劇性が加わって」

「……たぶんそうじゃないと思う。いくら顔立ちが美しいとはいっても、役者としての魅力には限界があったはずなの」

「じゃあ、どうして」

「たぶん、江戸の、いえ新都東京の人々は手足を失い滅び行く運命にあった田之助に、江戸の昔そのものを投影していたのではないかしら」

「それはつまり、今はもうないはずの江戸という時代を？」

「江戸時代が、制度として無くなったとしても、人々の心の中からすっかり消えた訳じゃない。だってそうでしょ、まわりを見ればみんなの頭の上にはいまでも丁髷《ちょんまげ》が乗っかっているし、通用するお金だって江戸のまま。そんな中でもっとも江戸を色濃く残していたのが、猿若の芝居町よ。人々は芝居町に通うことで、新たな時代の変革の波によって傷ついた心と体を癒《いや》したはずなの」

「なんだか、耳に痛い話ねえ。まるで現代社会を論じているみたい」

そうなのだと、水鳥は言いたかった。

明治と時代が変わり、多くの人々が変革によって傷ついた。そして古き良き江戸の昔を懐かしんだのである。彼らにとって、形に残る江戸の昔とはなにか。それが澤村田之助という女形だったのではないか。ましてや彼は病に倒れ、今はもう滅びの時を待つばかりの身である。彼こそが江戸そのものであり、彼が役者としての命を絶たれたとき、江戸はこの世から姿を消してしまうことを、人々は共通の認識として感じていたのではないか。そうしたことが、ある時不意に思い浮かび、卒業論文のための構成が極短期間にまとまったのである。あるいは、お峯との奇妙なシンクロ現象が、なにか作用しているのかもしれない。

「ところで」と、知美が話題を変えようとした。その表情がわずかに曇ったことで、彼女がなにをいわんとしているか、水鳥は容易に察することができた。

「……気にしていないよ、わたしはなにも」

「でも、あの連中は相当にしつこいでしょう」

「全く、他にやることはないのかしら。リポーターのくせして取材能力に著しく欠けるわよねえ」

「強いんだ、ドリは」

「なにいっているの、か弱き乙女を摑《つか》まえて。これでも精一杯意地を張っているだけ。だってそうでしょう、ここで引き下がったり逃げ隠れたりしたら、逆に怪しいですと宣言しているようなものじゃない。だからこないだ部屋の近くで寄ってきたリポーターに向かって言ってやったわよ、『二十歳そこそこの小娘をいじめて、なにが楽しいんでござんすか。ちっとはジェントルマン精神って奴《やつ》をもってはいかがですか』って」

「それ……ドリがいったの？」

「そ。蚊とんぼみたいにうるさいテレビ局の馬鹿共に」

「ねえ……ドリって、少し性格が変わった？」

「別に。前から同じじゃないかなあ」

知美の前でとぼけてみたものの、それは水鳥自身はっきりと感じていることでもある。お峯とのシンクロが始まって以来、自分の性格が確かに変わってきたことを認めざるを得ない。自分でも驚くような歯切れの良い台詞《せりふ》が、不意に口を吐いて出てくるのである。

——どうやらお峯という少女は、とんでもなくおきゃんで、おちゃんぴーらしい。

おきゃんも、おちゃんぴーも言葉の意味はほぼ同じ。要するにおてんばということだ。そうした古い言葉が自然と頭に浮かび、理解することができるようになった。

「だいたいねえ、歴史学科の高野教授が殺されたって、連中は断定してるようだけど、彼の死体が発見されたわけじゃないのでしょう」

水鳥の言葉に知美が頷《うなず》いた。

「そうなのよねえ。だいたい免許証や手帳といったものを、あれだけわざとらしく撒《ま》き散らかしていること自体、ちょっと怪しい気がする」

「そういえば知美は、ミステリマニアだっけ」

「ふふ、エラリー・クイーンの論理と、二階堂黎人《にかいどうれいと》の奇跡、芦辺拓《あしべたく》の稚気をこよなく愛する、正当派マニアだったりして」

「ごめんなさい、わたし今挙がった人物がどこの誰なのか、全然判らない」

「本格派と呼ばれるミステリ作家よ。もしかしたらドリって……」

「あははは、推理小説を読んだことって、一度もない人だったりして。で、名探偵・知美ちゃんの推理によると？」

「あれはたぶん、偽装工作よ。死んだと見せかけて教授はどこかに生きているとみた」

「どうして、そんなことをする必要があるの」

「高野教授を抹殺することで、新たな人生を歩もうとした、とか」

「うちの教授って、結構高給取りらしいわよ。その地位を簡単に捨てるかなあ」

「恋する女性と結婚するために、王位を捨てた人っていなかったっけ」

その時だった。

『水鳥さん……水鳥さん、助けて！』

お峯の切迫した声が、頭の中に響き渡った。

第三幕　田之助凶変

お峯は、無限の闇《やみ》に向かって叫んだ。

虚空の闇。押し迫る寂寥感《せきりょうかん》。欲しかったのはただ一明の光であった。

にもかかわらず、お峯に吹き来るのは茫漠とした寒風のみだ。

「助けて……水鳥さん。助けて！」

どこにいるのか判らない。お峯の住む場所とは遠く離れたところにいるとしか思えない、幻の知己に、お峯は声にならない声で何度も救いを求めた。

1

七十をとうに過ぎた老婆が、男女の密事をもっぱらとする曖昧茶屋《あいまいちゃや》で殺害された。

日本橋大伝馬町で手広く商いを営む、勝田屋の下働き、お米である。

殺し場の有様がかくも酷《むご》く、人心いまだ定まらぬ新政府の治世に不都合の段これありと、御上は事件を公けにすることを許さなかった。かといって下手人を野放しにするわけにはいかず、密《ひそ》かに市中見回りの邏卒《らそつ》に探索を命じたのである。そうなれば、いつまでも人の口に戸を立てておくわけにはいかなかった。江戸の昔から、噂《うわさ》話に尾鰭《おひれ》を付けて広めるのが大好き、というのが市井《しせい》の人々のある種の気性でもあった。

「じゃあ、あれかい。七十を超えてもまだ、男と女のそっちの道を」

「絶やすどころか、ますますお盛んで」

「やるねえ。さすがは玄冶店のお富だ。いかもの食いかもしれねえが、一度はお相手をしてもらいたかったぜい。おいらもヨオ」

「よせやい。てめえのおっかさんよりも年食った婆《ばば》ァに、酌なんざしてもらいたかないや」

小屋の木戸を過ぎてゆく人々の、そんな他愛のない話に、お峯はじっと耳を傾けていた。

猿若町の朝は、市中のどの場所よりも早い。幕開けの『三番《さんば》叟《そう》』を演じる、名もない下役の役者、「稲荷町《いなりまち》」とも呼ばれる彼らが小屋入りするのが明けの七つ（午前四時）で、ほぼ同じ時刻に、小屋の証しでもある櫓《やぐら》の太鼓が打ち鳴らされる。その軽快な音色は日本橋や、遠く赤坂まで響くといわれる。

舞台の幕開けは六つ（午前六時）だが、このときはまだ枡席《ますせき》の客も疎らだ。ましてや桟敷《さじき》にやってくる上客などいようはずもない。稲荷町が稽古《けいこ》代わりに演じる三番叟、この他愛のない一幕芝居を、客は客で見るともなく、聞くともなく耳の後ろに流しながら、噂話に花を咲かせている。

「覚えているか、例の勝田屋の一人娘」

「ああ、お田鶴様とかいったっけ。観音様が姿を変えて、現世に現われたとかいわれてた」

「慈悲深いお嬢様だったそうだが、わずか十四で亡くなられたそうだ」

「それとお富、いやさ今はお米だった、殺された色婆とどんな繋《つな》がりがあるというのだ」

「まあ、聞きねえ。お米はナ、お田鶴様に三味線の手ほどきをしていたよ」

「そりゃあ、知らなかった」

「お田鶴様が亡くなった後に、下働きになったそうだ」

誰もいない桟敷席の朱の欄干に、身をもたせかけるようにしている水無瀬源三郎に、お峯はそっと近づいた。二尺三寸の長十手を膝《ひざ》元に置き、ぞろりと足を投げ出した姿がいかにもだらしない。だらしないのだが、一分の隙も見あたらないのが、水無瀬源三郎という男でもある。それが証拠に、お峯の足音をいつの間に聞きつけたのか、右手の指が長十手にかかっている。眼は舞台と枡席との間に泳がせたままだ。振り返りもせずに、

「ずいぶんと早い出仕じゃないか、お峯ちゃん」

源三郎が低い声でいった。

「さすがですねえ。榊原鍵吉《さかきばらけんきち》門下にこの人ありといわれただけのことはある」

「とんだ褒め殺しだの。そんな昔のことは、俺でさえも忘れちまったってのに」

舞台の役者が間を取りつつ、軽やかに跳ねるのと源三郎が振り返るのがほぼ同時であった。お峯の顔を見るなり、その眼が「おっ」と見開かれた。

「顔色が……」

といったまま、言葉が続かない。

その訳をお峯は十分に承知している。己の顔色に全く生気がなくなっていること、それが、ここ十日余りというものろくに食べ物を口に入れていないからであり、またほぼ時期を同じくしてまともに眠れないからであることは、他の誰よりもお峯がよく知っている。

「ずいぶんと其水師匠も酷いことをなさる」

源三郎が、やっとの事でそれだけの言葉を絞り出した。其水師匠とは、お峯の師匠・河竹新七を指している。

お峯の心と体を苛《さいな》んでいるものの正体。それは稀代の女形《おんながた》であり、脱疽《だっそ》によって役者生命を奪われようとしている澤村田之助の、引退興行の戯作《げさく》本を完成させるという大役に他ならない。出し物を『国姓爺合戦《こくせんやかっせん》』の改作と決めたまでは良かったが、それから先が全く進まない。筆はいつまでも半紙の中空一点より動かず、墨跡の染み一つつけることができないでいるのである。

「あの……源三郎さん。どうして師匠は」

「お前さんに大役を任せたのか。そうだね」

頷《うなず》くお峯は、自分の頰《ほお》に涙が伝っていることにようやく気がついた。珍しく唇を引き結んだまま、源三郎がじっと黙り込んでしまった。

澤村田之助という魔性の花を、舞台に咲かせたのは河竹新七といって良い。大当たりをとった『切られお富』を初めとして、彼が田之助のために書き下ろし、そして田之助の名を不動のものとした戯作は数限りない。その田之助が役者生命を終えようとしているのだ。

「どうして黙っているの、源三郎さん。どうして師匠は、ご自分で田之太夫《だゆう》の終《しま》い狂言を書こうとはしないのでしょうか」

「それはだな、つまり」

「私、思うんです。もしかしたら師匠は田之太夫に引導を渡すのが恐ろしいのではないか、と」

人がいつか命を全うしなければならないように、役者の命にも終わりは必ずやってくる。それが遅いか早いかの違いはあれ、河竹新七ほどの戯作者がその道理を解さぬはずがない。

いつまでも進まない創案と煩悶の狭間で、お峯は疲れ果て、そしていつしか師匠である新七に深い疑惑の念を抱き始めていた。

その時、初めて源三郎の顔に笑顔が浮かんだ。

「どうした、お峯ちゃんらしくもねえ。泣きが入るにゃア、ちっと間がありすぎる。もう一踏ん張り、汗水垂らしてみなよ」

「けれど！」

「其水師匠は、きっとお前様に羽ばたいてもらいてえのだ。お峯ちゃんも知っているだろう。先だって師匠と守田の座主、それに桜田治助《さくらだじすけ》師匠までもが木っ端役人に呼び出されたことを」

お峯は、こくりと頷いた。

三人が東京第一大区役所に呼び出されたのはひと月ほど前のことだ。帰ってくるなり河竹新七が、その太い眉《まゆ》を一層太くするように眉根を盛り上げ、低い声で「酒の支度をして欲しい」

といった夜のことを、お峯は忘れることができない。

新七は自ら酒をたしなむことが、ほとんどない。それが、お峯が徳利《とつくり》とぐい呑みを支度するなり、奪うように受け取ったまま戯作者部屋に引きこもってしまった。お峯は恐ろしくてなにをして良いか判らず、かといって師匠に挨拶《あいさつ》なしに小屋を出ることもできずに、その場に立ち竦《すく》んだ。あれ以来耳から離れないのは、聞こえてきた新七の一言である。

「歌舞伎を、猿若町を……殺す気か！」

低く押し殺した声色は、お峯が初めて聞く呪詛《じゅそ》の響きを伴っていた。

あとで聞いたところによれば、役所からの通達は次のようなものであったという。

新政府が誕生し、旧幕は滅びた。日本が生まれ変わったように、人心も生まれ変わらねばならない。西洋を見習い、彼らに追いつくためには人が江戸の昔に戻ることは絶対に許されない。にもかかわらず、猿若町の芝居小屋では、旧態依然の荒唐無稽な狂言が相も変わらず掛けられ、人々はそれに熱中して古き時代の余韻に浸りきっている。これはまことにけしからん事態といわざるを得ない。よってこれより先、芝居にして良いのは勧善懲悪、あるいは実録に沿ったものであること。

河竹新七が呪詛の言葉を吐いたのも無理からぬ話である。歌舞伎《かぶき》とは、所詮《しょせん》は荒唐無稽な話であるし、それらを全て承知の上で花開く娯楽でもある。

——なによりも。

歌舞伎の狂言には『白浪もの』と呼ばれる一つの型がある。盗賊などの悪党を主人公とする話である。これこそは河竹新七のもっとも得意とする手法であり、型でもあった。明治十八年に初演された『四千両小判梅葉《しせんりょうこばんのうめのは》』などを含め、名作と呼ばれた新七の白浪ものを数え上げればきりがない。それさえも演じてはならないということは、新七に筆を折れということではないのか。

その時以来、新七が少し変わった、とお峯は感じている。

もっとも役人の説諭を喜んだ者がいないではない。河原崎権之助《かわらざきごんのすけ》――後の九世・團十郎――などは、日頃史実を重んじる「活歴」を標榜しているだけあって、説諭の内容にいたく感激したという。

源三郎が笑顔とは裏腹の湿った声で言った。

「あるいは師匠は、田之助という花の散り際に、己を重ね合わせているのかもしれねえよ」

「散り際？　まさか師匠までもが引退を！　だめです、そんなことをしたら本当に猿若町は滅びてしまう。師匠は絶対に芝居町に必要なお方なんですから」

思わず上げた大声に、舞台の役者の動きがわずかに鈍《にぶ》った。稲荷町とはいえ、ましてや誰も見向きもしない三番叟とはいえ、あまりのお峯の無礼を咎めるように、きつい視線が投げかけられた。

「先走っちゃいけねえよ」

「でも！」

源三郎が、お峯の手を引いて小屋の表に誘った。

黙ってあとについてゆくと、浅草寺の人混みを抜け、広小路へと続く通りへ出た。門前の店店の賑わいは、以前となんら変わりがない。絵草紙屋の店前では色の贅沢《ぜいたく》を尽くした役者絵がはためき、甘酒屋からは鼻の奥をくすぐるようないい匂《にお》いが流れてくる。

——これがお江戸なんだ。新政府のお偉いさんが、なにをどう弄《いじ》くろうとお江戸が消えるはずがない。

そう思った途端に、お峯には新七の真意がはっきりと見えた。確かにそのような気がした。それまで胸の奥にわだかまっていた鉛の固まりが、すとんと胃の腑《ふ》に落ちて、いつの間にか霧散してしまったようだ。

「そうだったんだ」

「どうした、お峯ちゃん。顔が急に明るくなったようだが」

「そうなの、源三郎さん。師匠はお江戸の火を消したくなかったんだ」

「お江戸の火？　といわれても、俺にはさっぱりと」

大区役所での説諭は、河竹新七という一人の狂言作者に、全く逆の決意をさせたのではないか。もしかしたら、いましも絶えようとする田之助という花に、消えゆく江戸の火を見たのかもしれない。

——だからこそ、師匠！

あなたは、その火を受け継ぐものを一人でも多く残したかったのですね。そう胸の中でいうと、お峯は身体に急速に力が漲《みなぎ》るのを感じた。

広小路をなおも進むと、やがて寛永寺《かんえいじ》の甍《いらか》が見えてきた。

源三郎が入ったのは、池之端《いけのはた》にある一軒の小料理屋だった。

「ここは、なかなかに気の利いたものを食わせるんだ」

小座敷に上がり、床柱に背をもたせ掛けながら、源三郎がいった。すぐに店の者が、桜花の浮いた湯呑みを持ってきた。どうやら品書きなどというものはないらしい。「一通り、見繕ってくれろ」という源三郎に、万事お任せくださいとでもいいたげに頷くのみだ。

まず出てきたのが、湯葉を濃いめの出汁でさっと炊いたもの。削り節の利いた匂いが鼻をくすぐった途端、お峯の腹がみっともないほど大きな音を立てた。

「いやだ、私ッたら、恥ずかしい」

「なにが恥ずかしいものか。それでなくっちゃ、猿若町の小町は務まらねえよ」

自らは銚子を盃《さかずき》へと傾けながら、源三郎が笑う。「たまにはよいわさ」と、お峯にも盃を勧め、その返杯を受け取って、

「どうやら、気持ちがすっきりと晴れたようだ」

と言った。

「私は、師匠のお気持ちを汲《く》み取れない、大馬鹿者でした」

「師匠の気持ち？」

「明けて初春の舞台が、田之太夫の退きの興行。きっと、誰もが江戸の歌舞伎芝居の火はこれ

で消えたと思うに違いない。どっこい、江戸の猿若町は死に絶えたりはしない。たとえお役人が茶々を入れたって、なくなりはしないんです」

「いいぞ、その調子だ」

「河竹新七だけじゃない。次から次へと新たな戯作者が生まれて、猿若町を守り立ててゆくのだと、世間に知らしめたかったのではないでしょうか。だからこそ、田之太夫の見納めの興行という大きな舞台に、私を引っぱり出したかった」

己なりに、大見得を切ったつもりだった。きっと、源三郎ならばこの気持ちを判ってくれるだろう。半ば誇らしい気持ちで顔を正面に向けると、意外なことに気むずかしげな顔つきがこちらを凝視している。立場が入れ替わったようで、

「どうしたんですか」

思わず問いかけてみた。それほど、厳《きび》しい顔つきの源三郎が「太夫の退きの興行」とつぶやき、そのまま石像と化してしまった。

2

お峯の中で一つの案が生まれつつあった。きっかけは、夢の中で見た不思議な光景である。かつて見たことのない、異国の地ともいつか話に聞いたことのある桃源郷ともつかない街の光景が、お峯を突き動かしているのである。

『国姓爺合戦』は、元々異国の地を舞台にした。異色の狂言である。作者は上方歌舞伎の巨匠・近松門左衛門《ちかまつもんざえもん》。全五段の話の中でも、千里ヶ竹の段、楼門《ろうもん》・甘輝《かんき》館《かん》の段が一般的には上演されることが多い。

粗筋はこうだ。

明《みん》帝の怒りをかって日本の平戸《ひらど》に逃れた鄭芝龍《ていしりゅう》は、老一官《ろういっかん》と名乗って雌伏《しふく》の時を過ごしている。やがて明帝がたおれたことを知り、我が子・和藤内《わとうない》をつれて明国へと立ち戻る老一官。明帝を倒した敵将・甘輝の妻こそは、老一官が先妻との間にもうけた錦祥女《きんしょうじょ》である。錦祥女を通して、甘輝将軍に内通を求める老一官と、和藤内。夫と父の間で苦しみ、そして自害して果てる錦祥女。

三者三様の懊悩《おうのう》を描ききる筆運びは、さすが巨匠の作といってよい。

――どうせ、異国の話なのだから。

お峯は舞台を、あの夢の中で見た世界に置き換えようと考えていた。天を突くが如き石造りの楼閣、どこまでも続く広々とした道。行き交う人々の不思議な衣装。この世のどこかにあって、それでいてどこにもない、あの街こそが澤村田之助という巨星の果てる場所には相応《ふさわ》しいのではないか。

昼間は守田座に出仕して新七の身の回りの世話や雑用をこなし、夜、根岸の寮に帰ると灯火の下で戯作のための想を練る。そうした日々が続いたある夜のことだ。寮の木戸が激しく叩《たた》かれ、その応対に出た銀平がひどく慌てた様子で座敷に飛び込んできた。

「お嬢様！　一大事でございますよ」

「どうしたの、そんなに慌てて」

「太夫が……田之太夫が猿若町にお戻りになったそうで」

「じゃあ」といったまま、お峯は言葉を失った。

田之助が猿若町に帰ってきた。滅びの花道を歩むべく、満身創痍の身体を抱えて稀代の女形が帰ってきたのである。その報せを持ってきたのは、小屋の男衆《おとこしゅ》の一人であった。座敷へと上げ、振る舞い代わりに湯呑みへと酒を注いだのは銀平である。長くお峯の身の回りの世話をしているせいか、こうした呼吸には毛ほどの狂いもない。

「それで、太夫は」

「とりあえずは、本宅の方へ」

「で、このような夜更けにどうして根岸の寮にまで、報せを？」

「其水師匠のお言いつけでさあ。明日は小屋へ出仕の必要なし、と。かわりに田之太夫の本宅へ直に来て欲しいとの仰せでした」

「太夫のお宅へ！」

「へえ、師匠もそちらに向かうから、と」

回り舞台の歯車が、思いもよらない速度で動き始めたのを、お峯ははっきりと感じた。新七は、その場で田之助に戯作のことを話すつもりなのだろう。それが吉と出るか、凶と出るか。あまりの緊張感に、背筋が伸びる思いがした。「それから……」と、男衆が躊躇《ためら》いの声音で言い淀んだ。

「まだ、なにか？」

「これは、無理に話さずとも良いといわれたのですが。お峯様は、瀬川如皐師匠のことをご存じで」

ご存じもへったくれもない。勝田屋のお米が殺害される直前、日本橋のとある天ぷら屋で、お米と如皐が言い争っているのを、銀平とともに目撃している。そのことはおくびにも出さずに、

「もちろん。芝居町で生きる私が、知らないはずがないじゃありませんか」

「確かに、でもそうではなくて」

「如皐師匠になにか変事でも」

「勝田屋のお米殺しの一件がありましょう。どうやら水無瀬の旦那《だんな》が如皐師匠に目鼻を付けたらしいと」

「目鼻とは……下手人ということでですか」

「そこまではっきりとしちゃあ、おりやせん。ただ小屋がはねるのを待つかのように如皐師匠の元を訪れ、長いこと話し込んでおいでだとか。これは別の小屋の男衆の話ですが、その時の師匠の顔色がただ事ではなかったと」

水無瀬源三郎ほどの男が、曖昧な手証で誰かを下手人扱いすることはまずあり得ない。それなりの目算があってのことだと、猿若町の誰もが感じ取っているのである。思いはお峯にして

も同じだ。

それ以上のことはなにも聞き出せず、小屋の男衆は根岸の寮を辞した。

濃いめの番茶をもってやってきた銀平に、

「ねえ、銀平。お米さん、いや、玄冶店のお富さんとは、どのようなお人なの」

そう問うたが、返ってきた言葉は極めて曖昧で要領を得なかった。

「お米さんは、二年前になくなったお田鶴さんの三味線の師匠だったのでしょう」

「そう聞いておりますですよ」

「だったらおかしいじゃないの」

お峯は、先だって客が話していた噂話を思い出した。お田鶴に三味線を指南するために出入りをしていたお富ことお米が、彼女の死後にどうして勝田屋の下働きになどなったのか。そのことがまず、腑に落ちなかった。

「それについちゃあ、いろいろいわれていたようでございますヨオ」

銀平の声音が、ますます歯切れをなくしていった。

「いろいろって?」

「まあ、その……なんでございます。勝田屋の主人と、なんといいますか」

銀平の言葉の意味が判らぬほど、世間に疎《うと》いお峯ではなかった。要するに勝田屋の主人が、お米と男女の仲に踏み込んでしまったということだろう。しかし、それはそれで矛盾が生じる。男盛りの大旦那が、今さら七十過ぎの老婆と色恋の道に陥るはずがないというのではない。あの、凄艶《せいえん》ともいえるお米の姿形を、お峯はこの眼で見ているのだ。

「でもね、それはちょっとおかしくはない。いくら激しい色恋でも、所詮は道ならぬ間柄でしょう。だったら、店の中に相手を引き込むなんて」

お峯の言葉に、銀平が激しい驚愕《きょうがく》の色をみせたのは当然のことといえるかもしれなかった。

「お嬢様！」と悲鳴のように叫んだまま、半開きにした口が動かなくなった。辰巳屋の主人・治兵衛から、くれぐれも娘のことを頼むと任され、お峯の守り刀を自任する銀平にとって、彼女の口から色恋の理を聞くとは、思いも寄らなかったに違いない。

「なっ、なんということを、そのようなはしたないことをどこで覚えなすった」

「そんなことは、どうでもいいの。それよりも、どうして三味線の師匠であるお米さんが、その道を捨ててしまったかが、問題でしょう」

「そんなことよりも、お嬢様！」

「話を蒸し返さないで、答えて頂戴」

「…………」

沈黙と絶句は、銀平なりの抗議の印なのかもしれなかった。

その夜、二人のやりとりはそこから先に進むことはなかった。

翌日。言いつけ通りに田之助の本宅に向かうと、新七はすでに座敷に正座して田之助の女房のお貞《さだ》が淹れた茶に口をつけていた。

「遅くなりました」

別段遅れたわけではない。だが、河竹新七が誰よりもせっかちで、約定《やくじょう》の時刻の半刻《はんとき》も前にこの家を訪れていることを承知の上での、形ばかりの詫びである。それが証拠に、

「師匠にもお峯ちゃんにも申し訳がありませんねえ。田之助が、実は、まだ」

床から出てきていないのでと、お貞が恐縮していった。気が急《せ》くに任せて約定よりも早くやってくる戯作者と、約定を約定とも思わず、人を待たせることでさえもまったく気にすることのない奔放な役者とが、すれ違いにならないはずがない。可哀想なのは、間に入っておろおろするばかりのお貞である。

「気にしないでくださいな、お貞さん」

お貞の生家、相模屋政五郎《さがみやまさごろう》の御店《おたな》は、辰巳屋と並びを同じくしている。そのこともあって、お峯とは幼なじみの間柄だ。顔つきこそ幼いが、八つ違いのお貞を、お峯は姉のように慕っている。二人が所帯を持ったのは二年前で、その頃すでに田之助は両の足を切断している。業の塊のような役者の元へ嫁ぐ決心をしたと聞かされ、ずいぶんと驚いたことを今も覚えている。

「ところで、お峯」と言う新七の言葉にお峯は思わず居住まいを正した。

「戯作のことでしょうか」

「他に、ここで問うべきことがあるかね」

あろうはずがない。そのことをわきまえているからこそ、お峯は一層身体を硬くした。

「実は、ご相談があります」

「腹案があると、受け取って良いのだね」

はいと、言おうとしたその時だ。奥の間の襖《ふすま》が開いて、下働きの鐵次郎《てつじろう》に背負われた田之助が、姿を見せた。髪こそまとめ上げた玉結びと、至って簡単なものだが、すでにその面にはうっすらと化粧が施してある。お貞は「まだ寝ている」と言ったが、存外に早くから眼を覚ましていたのかもしれないと、お峯は思った。小屋にいる間ははずしたことのない義足は、まだあてていないようだ。

「こいつはわざわざ、すみません。師匠に待ちぼうけを食わすなんざ、田之助一生の不覚にございます」

言葉とは裏腹に妖艶な笑顔、ということは詫びの気持ちなど欠片もない顔つきで、田之助が言った。新七は、「ウム」と頷いたのみだ。

「で、師匠。あたしの退きの興行、どのような演目の本（台本）ができあがりましたので」

長火鉢にだらしなくもたれた姿が、また奇妙にあだっぽい。腐りゆく花のみが持ちうる爛熟《らんじゅく》の匂いを、田之助は全身から垂れ流しているようだ。

「それについてだが、一つ相談がある。退きの興行の戯作だが、このお峯に任せてみようと思っているのだ」

任せて、という言葉が終わらぬうちに、田之助の三日月眉が、まなじりごとくっと吊《つ》り上がった。薄く紅を刷《は》いた唇が盛大に歪《ゆが》められ、

「冗談じゃア、ねえぜ。其水師匠」

女形とは思えぬ激しい男言葉で、田之助が吐き捨てた。

「冗談をいっているつもりはないよ。お前様のための戯作は、このお峯が完成させる」

途端に、長火鉢の端におかれた湯呑みが、田之助の振り払った小袖《こそで》によってはじき飛ばされた。思わずお峯は「ひっ」と、叫び声を上げていた。田之助の癇癪《かんしゃく》に怯《おび》えたのではない。振り払った拍子に覗《のぞ》いた袖口の中身、田之助の手首から先のその余りの有様に悲鳴を上げたのである。

「いいかい、其水師匠！」と言いながら、田之助が両手をつきだした。女形の着る着物は、手の無骨さを隠すために通常よりも二寸ほど長く仕立てられている。そこからわずかに指のみを出し、色気を醸し出してみせるのである。

その指がなかった。右手は手首から先が。左手は小指一本のみを残して、残りの指全てが切断されているのである。それを敢えてさらけ出し、

「おいらあ、よう。こんな身体になっちまったんだ。それでも贔屓《ひいき》衆を惹きつけるためには、他の誰にも真似のできねえ、本が必要なんだヨオ。判っておくれでないかい、其水師匠。頼むから、こんな小娘に本を任せるなんて情けねえことは、金輪際言いっこなしだぜ」

だが懐手のまま新七は、頷きもしなかったし、そうかとも言わなかった。

二人を前にしたお峯は、絶望の淵に立たされた気持ちになった。

3

お峯が遠い世界の住人である早峯水鳥と会話するためには、いくつかのコツがある。眠っているときはごく簡単に水鳥の意識の中に入り込めるのだが、覚醒時はそうはいかないのである。周囲の雑音は意識を飛ばすためには邪魔でしかないし、そうなるといつだってざわついている小屋の中では、まず無理だ。

おまけに水鳥の住む世界へ意識を飛ばしている最中は、どうやら口は半開き、目は真ん中に寄ったままという酷《ひど》い姿を晒《さら》しているらしい。これは、根岸の寮で意識を飛ばしているのを銀平が偶然に見てしまい、あとで笑い話の種にされたことから判明した。

結局、明かり採りを全て塞《ふさ》いだ布団部屋で行なうのがもっとも適していると、つい最近になって気がついた。が、問題はこれで解決したわけではなかった。周囲を暗くし、物音一つしない布団部屋で意識を集中させるのだが、いつでも水鳥と会話できるわけではないようだ。いくら胸の裡《うち》で「水鳥さん」と話しかけても、答えが返ってこないことがあるのは、どうやら向こう側もその気でなければ会話は成り立たないらしい。

そのあたりの仕組みについてはさっぱり判らないし、なによりも早峯水鳥の住む世界のことが、その根っこの所から理解できないのである。

水鳥は「お峯ちゃんの住んでいる世界の、百三十年後よ」とこともなげに言うが、明日の自分のことも判らないのに、頷けるはずがない。第一、眠っているときに、水鳥の意識に入り込んでみる世界の、なんと奇怪なことか。あんなにも高い建物を、いったいどれほどの大工が集まったら立てることができるのか。道々をすっ飛んでゆく、あの鉄の箱はなんだ。新橋《しんばし》と横浜を結ぶ陸蒸気《おか》を銀平とともに見にいったことがあるが、

――あんなものじゃなかった。

猛獣の唸りにも似た雄叫びをあげているところを見ると、あるいはお峯の知らない化け物なのか。そんな物の怪が跋扈《ばっこ》する世界が、百三十年後のこの国であるものか。

否定しつつ、それでもお峯が水鳥と会話することをやめなかったのは、一つには己の中に住む好奇心の虫がそれを許さないからであり、また、田之助の終い興行に書き下ろす戯作の完成には、水鳥の協力がどうしても必要であったからだ。

――ねえ、水鳥さん！

この日は布団部屋ではなく、寝床に入ってから気持ちを一点に集めて水鳥に話しかけてみた。すると、

『お峯ちゃん、頑張っているねえ』

珍しく、すぐに水鳥からの返事があった。

――ウウン、ちっとも頑張ってやしない。だって田之太夫からはぼろくそにけなされるし、師匠は師匠で「己の力量を信じるべし」って、突き放されてしまうし。私、どうしたらいいのか。

『それだけ期待されているってことでしょう』

——本当にそうかしらねえ。なんだか師匠も太夫も、お腹の中に全く別の気持ちを隠し持っているようで。

と水鳥に話しかけて、お峯はふと昼間のことを思い出した。

『なにか、あったの』

——そう言えば、源三郎さんが同じことをいっていたっけ。

『源三郎さんというと、水無瀬源三郎? ああ、確かお米殺しの下手人の目星を、戯作者の瀬川如皐につけたとか。それにしても驚いたなあ、例の切られお富が実在の人物だったなんて』

——うん、でもまだ怪しいと睨《にら》んでいるだけみたい。

『そうなんだ』


守田座はこの日、昼を過ぎてもいつになく客の入りが悪く、枡席こそそこそこに埋まっているものの、桟敷には誰一人客がいないという有様だった。それを幸いに、まるで伸《の》し烏賊《いか》みたく思う様に身を伸ばして寝そべっているのが水無瀬源三郎だが、木戸銭を払うわけでもないから、無論、この男は客の勘定には入っていない。

「ずいぶんとお暇ですこと」

腕枕の横に腰を下ろしたお峯が皮肉混じりに言うと、

「ずいぶんと言ってくれるじゃねえか」

半眼のまま、眠そうな声が返ってきた。

「瀬川如皐師匠にあたりをつけたそうですね」

「ちぇっ、もう知れ渡ってやがるのか。全く油断も隙もねえ町だ」

「二人は、事件の直前にひどい言い争いをしていたそうですね」

そう言うと、源三郎が驚いたように半身を起こした。

「どうして、そのことを知っているのだ」

実は、二人が争う現場にちょうど居合わせたのだと、種を明かすと、

「なんでえ。だったらお峯ちゃんに話を聞きゃあ良かった。俺手下の小者に小遣いまでやって、ようやくその話を聞きだしたのだぜ」

「それはまた……ずいぶんと間の悪い」

「まったくだ。おまけに如皐の奴め、己には一切関わりのないことだと、鼻でせせら笑いやがった」

自嘲《じちょう》するように言うが、源三郎の眼は少しも笑っていない。それどころか、なにか暗い決意でもあるかのように、お峯には思えた。

「どうして、如皐師匠に目星をつけたりしたのです?」

「そりゃあ、まあ、いろいろと、な」

「いろいろあるなら、どうしてこんな所で油を売っているんです」

「こりゃまた手厳しい、といいたいところだが……お峯ちゃんは俺が油を売っていると思って

いるのかい。だとしたらとんだ眼鏡違いだ。これでも市中見回り・水無瀬源三郎は立派に探索の最中なのだぜ」

「また、調子の良いことを」

「本当さ」

そう言って源三郎は、顎《あご》をしゃくって枡席の客を指した。

客の入りが良くなければ、役者もどうしても芸に身が入らない。そうなると今度は客が舞台に厭《あ》きてしまうという、澱《よど》んだ気配がまた澱んだ気配を生む結果となっている。当然の事ながら枡席はざわめき、舞台などうっちゃって噂話に花を咲かせている。

「聞くところによるとよお、お米ってのはめっぽういい女だったそうじゃねえか」

「いい女どころの騒ぎか。七十過ぎても引く手あまたのお富さん、てなものよ」

「ありゃあいつだったか。田之太夫が切られお富を演じたろう」

「忘れるはずもねえ。河竹新七が書いた如皐の改作だあな」

思わぬところで新七と如皐の名を耳にし、お峯もまた客の会話に聞き入った。

「あのときの田之太夫の艶《えん》な姿を、おいらア、いまだに瞼《まぶた》の裏に焼き付けているほどだ」

「舞台を見ながら、勝田屋の旦那《だんな》がいったそうだ」

「勝田屋って、なんだ、切られお富の舞台を勝田屋の旦那も見たのか」

「らしいぜ。それもお富その人と二人で、な」

「隅におけねえ、話だの。で、どうした」

「お富に言ったそうだ。『本当のところは、どうだったのだえ』と」

「相方はなんと答えた」

「それが振るっているじゃねえか。『まあ、あんなでございましたよ』だと」

「粋だねえ、まったく」

客の噂話を聞きながら、源三郎が「どうだい、面白かろう」と、頬を歪めて笑った。それにどう答えて良いか判らず、お峯が黙っていると、

「噂ってのは、尾鰭《おひれ》をはずしてやれば存外に真実の重みを持ってやがるのさ。人は敢えて嘘《うそ》を吐くこともあるが、噂はいい加減であっても嘘ではない。そこん所をうまく裁量をつけさえすれば、だな」

「思わぬ真実が見えてくる、と」

お峯は、以前に源三郎が奇妙な顔つきを見せたことを思い出した。

――あのときも……確かに。

早朝、幕開けの退屈な三番叟を見ながら、源三郎が客の噂話に耳を傾けていたのではなかったか。かつて奉行所の同心であった頃から、源三郎は「手下」と呼ばれる小者を諜者《ちょうじゃ》代わりに使っていたと、本人から聞いたことがある。そうした人々からもたらされる大ネタ、小ネタが探索には大いに役に立っていたという。けれどそれだけではなかったのだ。

――水無瀬源三郎というお人の耳は、あらゆる場所に網を張り巡らせているのだ。

お峯は改めて、源三郎の鋭さに舌を巻く思いだった。

「で、どうして如皐師匠に目を付けなすったのです。やはり噂話が、教えてくれたのですか。如皐師匠が怪しいと」

「鋭いな。実は……なあ」

そう言って、源三郎は顔を引き締めた。それにつられてお峯も背筋をまっすぐにした。

「田之太夫が横浜に行く直前のことなんだが」

「というと、指を切断する前」

「その通りだ。上野のとある座敷で、太夫と如皐が会っているのを、見た者がいるのさ」

「なんですって！」

「そして、その直後に如皐は、お峯ちゃんも知っての通り、日本橋の天ぷら屋で勝田屋のお米と大喧嘩《おおげんか》をやらかしている」

そう言われても、お峯にはなにがなんだかよく判らなかった。二つの出来事の間に如皐がともに絡んでいることは確かだが、それがどうしたというのだろうか。

「確かに太夫の出世作はお富さん、後のお米さんを下敷きにしたものだったかもしれないけれど」

「ま、俺もそれ以上のことはよく判っちゃいないのだ。せいぜい、お釈迦様が垂らしてくれた細い糸程度の、当てずっぽうの推量でしかないのだが、な」

「当てずっぽうの推量とやらを、聞かせてくださいな」

「ウム」といったきり、また源三郎が黙り込んだ。ややあって、

「お峯ちゃん。太夫は本当に退きの興行をするつもりだろうか」

と言った源三郎の言葉は、あまりに唐突で、お峯を戸惑わせた。

「本当にって？」

「だからさ、澤村田之助という役者から、役者を除いちまったら、あとになにが残るかってことさ」

澤村田之助から役者を取り除く。そのための黒衣《くろご》仕事ともいうべき戯作の執筆に手を染めながら、その後のことを一切考えたことのなかった己の不明を、お峯は恥じた。女形ではなくなった田之助。そんなものがこの世にあって良いはずがない。あり得るはずもない。

「まさか、太夫は」

「その、まさかだよ。座主の守田勘弥がそっぽを向き、猿若町の大黒柱ともいうべき其水師匠がそっぽを向く。それでもなおかつ役者を続けるためには」

田之助が、瀬川如皐と会っていた。そのことの意味をお峯はおぼろげながら摑《つか》みかけていた。

「いや、もしかしたら其水師匠にだって含むところがあるかもしれない。どうも田之太夫にしろ其水師匠にしろ、腹にもう一つ隠し球をもっている気がしてならねえのだよ」

昼間のやりとりを、事細かに話して聞かせたわけではなかった。お峯がはっきりと思い出すことによって、向こうの世界の水鳥にもやりとりは全て伝わるのである。

――ねえ、水鳥さん。太夫はなにを考えているのだろう。

『……』

突然の沈黙が、お峯を不安にさせた。

――どうしたの、水鳥さん。

『うん、どこかが違っている気がしてならないの』

――どこかがって。

『それが判らないから、苛々するのだけれど。わたしたちはどこかでとても大きなものを見落としている気がしてならない。事件そのものというよりは、もっと根本的なもの。事件の奥深いところに眠っているものこそが、全てを説き明かす鍵《かぎ》になるような』

――ああ、私はどうすればよいのだろう。

そう嘆いても、水鳥からの言葉は返ってこなかった。


いつの間にか深い眠りについていたらしい。直前まで水鳥との会話をしていたためか、彼女が語るところの百三十年後の世界とやらは見ることができなかった。

闇の向こうで、人が舞っているのが見える。その姿は徐々に明確になってゆき、やがて田之太夫であることがはっきりと判った。

金糸と銀糸を見事に織り上げた打ち掛けが、それこそ蝶《ちょう》の羽根のようにはためき、踊っている。細く切りそろえた眉をキリリと吊り上げ、眼は半分ほどに細めて苦悶の表情を作っているようだ。あでやかな衣装と舞い、そして相反する苦悶の表情が、人の心に寒風を思い起こさせるほど、悲しげで美しい。

――この人には、絶望の淵に立ってさえ、人を魅了せずにはおかない華がある。たとえ、爛熟《らんじゅく》のうちに腐れ果てようとしていても、人は澤村田之助という役者から目を離すことなどできるはずがない。そのことを誰よりもよく知っているのは、田之助であり、新七であるはずだ。

――ならば、なぜ師匠は終いの興行などと。

その時、田之助の姿が奇妙に歪み、ねじれきってまた別の人物像を浮かび上がらせた。切られお富を演じる、田之助の姿である。

ちがう。田之助ではない。

『ゆすり衒《てらい》はいわねえでも、何れさまがご存じだろよ。年端もいかねえ身の上で、よせばいいのにと人様に異見も度々いわれたが、女のくせに大それた、切られ切られといわれるも疵がなけりゃあ引き眉毛、自前稼ぎか旦那取り…………額にかけて七十五針総身の疵に色恋もさった峠の崖っぷち、打ち込む汐に濡れ手で粟、金は取ってもたかがゆすり、夜盗かっさき屋尻切り、盗みをしたことはねえ』

気っ風の良い台詞《せりふ》を吐き捨てているのは、玄治店のお富だった。

第四幕　入違死物語

1

早稲田大学構内にある、演劇博物館。

早峯水鳥は卒論の仕上げに必要ないくつかの資料を求めて、朝からここを訪れていた。ありがたいことに歌舞伎《かぶき》の世界には、古くからの資料が豊富に残されている。江戸時代の何年、何月、どこの芝居小屋でどんな演目が催され、その時の配役はなにを誰それが演じ、あれをどこそこの役者が演じた、といったところまで詳細に記録が残されている。

まして明治の記録ともなれば、つい先日の出来事のように調べることができた。

――團・菊・左……か。

明治の歌舞伎界を支えたとされる、三人の役者の一文字ずつをとって、こう呼ぶことがある。すなわち市川團十郎（九世）・尾上菊五郎（五世）・市川左團次（初世）の三人である。そこに澤村田之助の名は、ない。

新時代の興奮と不安とを抱えた人々の胸中に極彩色の花火をあげ、驚嘆と歓喜の声に包まれて、そして消えていった立女形《たておやま》。資料から浮かび上がってくるのは、今はもう決して顧みられることのない、時代の端境《はざかい》に咲いたあだ花の姿である。

けれど水鳥は、それだけではないことを知っている。

守田座のお峯という少女の耳目《じもく》によって、いかに当時の人々が田之助に執着していたか。それこそ狂おしいほどの思いでもって、田之助の一挙手に注目していたかを、我が身の体験として知っている。誰もが澤村田之助に、かつてのお江戸の姿を映し見ていたのである。

田之助の出世作である『処女翫浮名横櫛《むすめごのみうきなのよこぐし》』、俗にいうところの『切られお富』の台本を借り出そうとしたところへ、

「相変わらず熱心だねえ、早峯さんは」

背後から突然声を掛けられ、驚いたものの、水鳥は振り返らなかった。振り返らずとも声の主はすぐにわかる。「盛りのついた猫をズタ袋に押し込んで水に放り込んだって、もちっとはましな声を出す」と、守田勘弥が嘲《あざけ》るほどの悪声。その持ち主は仮名垣魯文だけれど、現代にも同じ悪声を持つ人物が一人いる。東敬大学教務課の各務達彦である。

「大変でしたね」と続く言葉にも、水鳥は敢えて反応しなかった。しない振りをした。

歴史学科の高野教授が謎の失踪を遂げてから、すでにひと月が過ぎている。澤村田之助が眠る練馬区・受用院に隣接する寺で、高野教授のものと見られる大量の血痕、及び複数の遺留物が見つかった。発見された毛髪は、高野のものとどうやら一致したらしい。

「マスコミの方は、あれからいかがですか」

「……」

「まだ取材攻勢は続いているのですか」

その時になって水鳥はようやく顔を各務の方へと向けた。

「一時ほどではありませんが、まだ、少しは」

「大学からも、各放送局等にはクレームを付けておいたのですが」

「ああした人々には、大学の神通力など通用しません」

「確かに、そのようだ。困ったものです」

困っているのは自分の方だ。高野失踪の手がかりとなるやもしれぬ物品が発見されたことと、その前日に水鳥が受用院を訪れたこととは明らかに偶然の一致であり、その一事をもって自分と高野との間にあたかも何事かの関係があったかのように勘ぐられることは、迷惑千万以外のなにものでもない。

そうしたことを無言のまま、瞳《ひとみ》に込めた力で水鳥は訴えた。

「困ったどころでは、ないか」

その時になってようやく水鳥は「各務さんは、どうしてここへ?」と訊ねてみた。

「坪内《つぼうち》翻訳版のシェークスピアを探しに」

「坪内って、あの坪内逍遙《しょうよう》ですか」

「うん。困ったことに、うちの大学にはないんだよ。まったく予算が足りない私立大学の悲劇です」

「そうなんですか」

「まさか、ここで君と遭遇するとは思わなかった」

「わたしも」

会話を続けるうちに、いつの間にか各務の悪声が気にならなくなった。音質の悪ささえなければ、十分に気遣いの感じられる、穏やかな口振りなのである。それぞれの用事を済ませ、再び閲覧室で顔を合わせたときには、ごく自然に「食事でも」という流れになった。

「事務方は薄給ですから、高級レストランというわけにはいかないが」

「当方も、学生の身なれば、立場は同じ」

水鳥の口振りに、各務が微《かす》かに反応した。

「君は……不思議な話し方をするね。その、なんといったらよいのか、いささか芝居がかった」

「あら、いやだ」

「よほど熱心に田之助のことを調べているらしい」

二人は早稲田大学を出て、そのまま高田馬場《たかだのばば》方面へと歩きだした。途中の細道を右手に折れ、しばらく歩くと神田川《かんだがわ》に突き当たる。神田川と都電荒川《あらかわ》線とに沿って、明治通《めいじどお》りに向かうと、面《おも》影橋《かげばし》に至る。「あの」と水鳥が声を掛けたのは、各務がどこに向かっているのかが判らなかったからだ。

「すぐ近くに、安くておいしいエスニックレストランがあります。それよりも」

面影橋の袂《たもと》に立った各務は「ここがどのような場所かご存じですか」と、笑顔のまま問いを投げかけた。

「都電の面影橋……でしょう」

　他に思い当たることはない。首を傾げる水鳥に、

「お岩《いわ》と小仏《こぼとけ》小平《こへい》の遺体を表裏に打ち付けた戸板を、流したのがこの場所です」

「お岩と小仏小平って」

「おや、『東海道四谷《とうかいどうよつや》怪談《かいだん》』は知りませんか」

「それくらいは、知っています。鶴屋《つるや》南北《なんぼく》の書いたお芝居でしょう」

　しかし、あの話はそのタイトルが示すように四谷が舞台ではなかったか。確か、四谷に「於岩神社」が祀《まつ》られていると聞いたことがあった。そういうと、「やはり、そうか」と、各務は笑った。

「やはり誤解していますね。いや、あなたを責めているわけじゃない。けれど、あの話の舞台、四谷は新宿《しんじゅく》区の四谷ではありません。多くの人が誤解しているんですよ。四谷怪談の四谷は豊《と》島《しま》区に在るんです。正確にはあったというべきか。ここから目白《めじろ》に向かって急坂を上り、そこから鬼子母神《きしぼじん》方面へと少し歩いたあたりに、田宮伊右衛門《たみやいえもん》の住まいがあったことになります」

　そこで惨殺されたお岩と、道連れの小仏小平を表裏に打ち付けた戸板を運んだのが宿坂《しゅくざか》、通称・暗闇坂《くらやみざか》。戸板を流したのが姿見の川。すなわち神田川である。面影橋も古くは姿見の橋と呼ばれていたという。各務の解説は、水鳥にとって驚きの連続だった。

「しかも、四谷怪談は忠臣蔵と表裏一体をなす物語なんです」

「忠臣蔵って、あの赤穂浪士《あこうろうし》の？」

「そうです。四谷怪談とは、四十七士に加わることも敵《かな》わず、それ故に彼らに悪行の限りを尽くす男の物語なのですよ。お岩は確かにメインキャラクターではあるが、単なる怨念の象徴に過ぎない」

「知らなかった」

「でしょうねえ。お岩の話は知っていても、鶴屋南北の東海道四谷怪談を通しで読んでいる人は少ないから」

国文学科のあなたでさえも、という言葉を遠くで聞いた気がして、水鳥は首をすくめたい気分になった。

さらに路地をいくつか曲がって、住宅街の一角にある小さな店に到着した。

「ここです」

「変わった店をご存じなのですねえ」

もしかしたら、彼女と来たことがあるのですかと鎌をかけると、「叔母がやっている店です」と、あっさりと切り返された。

「高校生の頃からよく店を手伝っていてね。大学生時分はほとんど毎日のように飯を食わせてもらっていました」

すでに午後を二時間ばかり回っているせいか、店内に他の客の姿はない。すぐに厨房から出てきた小太りの中年女性が「アラ、たっちゃん！」と、伸びやかな声で言った。

「悪いね、叔母さん。なにか適当に見繕ってくれないか」

「任せなさい！　まあ、可愛い彼女なんか連れて来ちゃって。死んだ姉さんにも見せてあげたかった」

「勝手な妄想を巡らせないで、早く料理を、ねえ叔母さんったら」

それでもなおかつ、水鳥を値踏みするかのような視線を容赦なく浴びせる中年女性を厨房に押し込め、各務が「すみません、悪意はないのですが」と、何度も頭を下げた。

「いいんですよ」

「決して悪気はないんですが」

「ところで『死んだ姉さん』というと」

「母は、僕が中学生の頃に亡くなりました。それ以前に父は家を出ていましたから、まあ叔母が僕の母親代わりというわけです。止しましょう、こんな話は」

「すみません」

「謝ることなんてないんですよ。それよりも」

間もなく出された料理は、いずれも独特の香辛料の香りがした。

水鳥にとっては、経験したことのない味覚体験だった。

「奇妙だとは思いませんか、例の事件」

鶏肉とナッツ、フルーツを香りの強い醬油で炒めたものを口に運びながら各務がいった。

「奇妙……ですか？」

「そう言っては不謹慎にあたるかな。けれどどうしても気に掛かって仕方がない」

言いながら小首を傾げる各務の姿は、眼光にさえも知性の煌《きら》めきを備えているようでなかなかに見栄えよい。どうしようもない悪声にさえ目を瞑《つぶ》ることができれば、の話ではあるが。もっとも、水鳥はすでにそれに近い状態に陥りつつある。そのことをかなり明確に自覚していた。

「どうしてあんな場所に、遺留品を取り散らかしたのだろう」

あんな場所、とは受用院に隣接する寺のことである。

「血痕、毛髪、引きずった形跡。それに高野教授のものもかなり散乱していたとか」

「さすがに」と、言いかけて各務が唇を引き締めた。

「気になさらないでください。各務さんのお考え通りです。うるさいレポーターや警察官から幾度も聞かされた情報ですもの、内容は正確無比」

「参ったな、決してそういうつもりじゃなかったんだが」

「でも、なにが奇妙なんです」

「うん。いかにもここが犯行現場ですって、状況が、ねえ」

「もしかしたら、各務さんもミステリマニア、ですか」

「も、と言うと、他にも誰か」

「友人が、あれは偽装工作に違いないって。で、高野教授はどこかに生きていて、別の人生を送るのが目的だって、その子がいってました」

「なかなかの卓見だね。だが……」

「どうしました」

「もしかしたら四谷怪談かもしれないなあ、今回のことは」

言葉を濁した各務は、それ以上事件のことに触れようとはしなかった。

二人ではとても食べきれない数の皿が供され、それをなんとか三分の二ほど片づけた段階で、二人の胃袋は限界の悲鳴を上げた。「意外に小食ねえ」という各務の叔母に、精一杯の、というよりは必死の笑顔を向けて礼をいった。すると間もなく、今度は大皿に盛り込まれたフルーツが出てきた。それを見ない振りをして、

「ところで」と、各務が不思議なものでも見るような目つきで、問いかけの言葉を寄越した。話の接ぎ穂を探す素振りで煙草をくわえ、火をつけることもなく、

「以前……そう初めて会ったときのことだけれど、君は不思議なことをいったね」

「そうですか」

「ああ、確かに言った。僕の顔を見るなり、『魯文さん』といった。あれはいったい」

と言われたところで、答えることなどできようはずがなかった。

自分は明治初年に生きる少女・お峯と意識を同化することができる。そこで知った仮名垣魯文は、各務達彦そっくりなばかりか声質まで同じだ。そのようなことを告げたところで、各務がまともに取り上げてくれるはずもないし、下手をすれば精神状態までも疑われかねない。

「なんでもありません、なんでもないんです」

「しかしね。うん、なんと言ってよいのか、実は」

各務は、意外な言葉を口にした。

2

浅い眠りの中で水鳥は守田座のお峯に話しかけていた。

——驚いた。まさか仮名垣魯文さん縁《ゆかり》の人が、わたしのすぐ近くにいたなんて。

『驚いたのは、私も同じ。でもつくづくわかんないものだねえ、人の縁って』

昼間、各務の話は彼が仮名垣魯文の遠縁にあたるというものだった。

——で、そちらの事件はどうなったの。

『暗中模索、五里霧中』

——相変わらず、進展無しかア。

こうして意識の交信をせずとも、ことの成り行きのおよそはわかっている。お峯が見聞きしたものは、意識をシンクロさせた途端、水鳥の意識へと流れ込んでくるからだ。それはお峯にしても同じ事であるらしい。

『ねえ水鳥さん』

——それについては、お断わり。

『まだ、なにも言ってやしないじゃない』

——だってわかるモン。お峯ちゃんが知りたいのは、お富殺害の下手人でしょう。

『だって、水鳥さんが百三十年後の本朝のお人なら、それに芝居町で起きたことが全て詳細に書き残されているなら、お富殺害の下手人だって』

——もしかしたら、判るかもしれない。でも、それをしちゃあいけないって、わたしの直感がいっているの。

『直感ッてなに？』

——まあ、ある種の勘所よ。それともう一つ、お峯ちゃんが知りたいのは田之太夫《だゆう》の行く末でしょう。退きの公演を終えた後の、田之太夫がどのような道を歩むのか。

『そうよ、それを知っちゃあ、なにかまずいの』

ややむきになって問いかけるお峯に、水鳥は言葉を詰まらせた。

今でこそほとんど忘れられた存在の田之助ではあるが、それでも戦前、戦後の一時までは、彼を主人公にした小説、戯曲が多く書かれている。いずれも取るに足らない色事作品ではあるが、それでも中にはかなり忠実に史実に従ったものもある。早稲田の演劇博物館に行けば、さらに詳しいことも判るだろう。

——でもね、お峯ちゃん。あなたがそれを知ることは決して良くないと思う。

『だからどうして！』

——仮に……本当に仮にだよ。田之太夫が恐ろしく悲惨な末路を辿《たど》るとしたら、お峯ちゃん、どうする。

『どうするって。役者が手足を失うんだもの。これ以上に悲惨な末路なんてあるはずがない。

いずれ太夫は消えゆく運命の花なんです』

もしそうだとしても、手中の花が無残に崩れようとするのをお峯は果たして静観できるだろうか。お峯ばかりではない。猿若町に、田之助が消えゆくのを少しでも引き延ばしたいと切望する人間はいくらもいる。そうした人々が、田之助の運命を変えようと考えたところで、なんの不思議もない。

『人の定めは、変えちゃあいけないの?』

——判らない。でもね、人が本来辿るべき運命の路筋を変えるということが、なんだか恐ろしい結果をもたらすような気がしてならないの。

それはすなわち、歴史そのものを変えてしまうということでもある。

たとえば、小石に蹴躓《けつまず》き、打ち所が悪くて死んでしまう人がいるとしよう。その悲運を変えるために誰かが小石を取り除いたとする。本来その場所で死すべき運命を持った人が、生き延びてしまったらどうなるのか。

——どうなると思う?

『いいことじゃないの。不幸がこの世から一つ消える』

——それほど単純なことじゃないわ。その人が極悪人で、世の中に害悪を垂れ流すだけの存在だったら、どうするの。

『小石をそのままにしておけばいい』

——それを誰が決めるのだろう。たとえばその人が子供で、生き延びたために子孫を増やしたら。今現在いるはずのないその人の子孫は、いったいどこに存在すればいいの。

『判らない。そんな難しい小理屈をいわれても、私には判らない』

――それが答えよ。わたしにも判らないし、たぶんどんな賢人にだって、判るはずがない。けれど人の運命を変えてしまうということが、誰にも予測のつかない恐ろしい結果を導くということは、判るわ。

『……………』

水鳥は、意識の交流を中断した。


翌日も、水鳥は早稲田大学演劇博物館を訪れた。

もしかしたら、再び各務達彦に会えるのではないかと密《ひそ》かな期待を抱いたが、それほど現実は優しくはなく、閲覧室には館員以外の人影はなかった。

事務カウンターで、「あの」と声を掛けると、すぐに奥から女性館員が現われた。

「明治四年から五年にかけて、歌舞伎の世界で起きた事件について調べたいのですが」

事件という言葉があまりに突飛に聞こえたのか、女性館員はしばらく考え込んだ後、

「事件というと……どの芝居がどれほど当たったかとか、誰それが役を急に降りただとか、そういったことですか。でしたら当時の評判記でもお出し……」

「いいえ、違います。そうではなくて猿若町近辺で起きた殺人事件なんですけれど」

言葉の最後は、ほとんど消え入りそうになった。

自分がいかに場違いな言葉を口にしているか、十分承知の上での発言だった。

昨夜、お峯との意識の交流では「知らない方がいい」といったものの、水鳥は自らの好奇心に結局負けてしまった。田之助のその後については調べるのはやめよう。そのデータがなくとも卒論は書ける。

——だが、せめてお米ことお富殺しについてだけは。

もしもお米殺しの下手人が捕まらず、未解決になっていたらどうするのだ。互いが見聞きした情報は、意識の交流を開始した途端に流水の如くに相手に伝わってしまう。本来捕まってはいけない下手人が、百三十年前の世界で捕まったとしたら、歴史はどう変わるのか。それこそ、生き延びて子孫を作るべき運命にある人物が、歴史からふっと消えたことになりはしないか。

そうした逡巡《しゅんじゅん》を幾度も重ねた上で、気持ちを固めたのである。

ええい、ままよと、清水の舞台から後先考えずに飛び降りてしまう無鉄砲さは、どうやら母親譲りらしい。

「殺人事件ですか」

「あの……切られお富のモデルになったお人の殺人事件」

「なんですか。それは」

あからさまな不信感を言葉と態度とに滲《にじ》ませて、女性館員が言った。

「ですから、玄治店のお富は明治を機にお米と名前を変え、それでですね、勝田屋という大店《おおだな》の女中になるのですが、これが瀬川如皐の愛人でもありまして」

話をしながら、水鳥は絶望的な気分になっていった。こんな話をして誰が信用などしてくれよう。けれど事実なのだ、と声を大にすればするほど泥沼のような結果が待ち受けている。

「すみません、わたしの勘違いでした」と早口で言って、その場を足早に立ち去った。

神田川沿いの小公園のベンチに、水鳥は腰掛けた。

盛夏の日差しが公園の木立と若葉をすり抜けて、光の粒子となって降り注いでいる。僅《わず》かな風にも粒子たちは乱れ、踊り、水鳥の腕にも頰《ほお》にも光の斑を作っている。あまりの心地よさに目を瞑《つぶ》り、放心した刹那、

『水鳥さん』

お峯の意識がいきなり同調を求めてきた。

『昨夜はあんなに歴史を変えることは良くないって、言ったくせに』

——……うっ。

意識が同調した瞬間に、お峯と水鳥はあらゆる情報を共有してしまう。

——あのね、こんなことを考えてみたのよ。だってそうでしょう、百三十年の時間を隔てたわたしたちが、こうして会話をしていること自体、歴史の流れの中では不自然極まりないことなの。

いくら不自然極まりないと悩んでみても現実は現実で、こうして二人は会話を交わしている。だったら二人が会話をすることさえも、歴史の流れの一つと捉《とら》えることはできないか。

『また、訳の分からないことを。水鳥さんの生きている場所って、皆が皆、小理屈高兵衛さんなのかしらん』

――そうじゃなくてね、わたしがお米殺しを調べ、それをお峯ちゃんに伝えることもまた、歴史が定めた出来事ではないか、と。

まさしく屁理屈に過ぎないことを、水鳥は自覚していた。だとしたら、澤村田之助の行く末だって、調べて悪い道理はない。それがあくまでも、歴史の必然であるというならば、である。

『でも、どうやらお米殺しについてはなにも書き残されてはいないみたいね』

――ほら、水無瀬源三郎さんが言っていたでしょう。御上の方で公表を差し控えているって。

『なにせ、酷《むご》い殺されようだったから』

――それだけじゃないかもしれないよ。もしかしたら、事件は闇《やみ》に葬られてしまったのかもしれない。

『下手人も捕まえずに？』

――あるいは、下手人が判ったからこそ、表沙汰にできなかったとか。

『そんな事って、あるかしらん』

十分にあり得ると、水鳥は思った。

お峯の記憶を通じて、水鳥は明治三年に猿若町を襲った、悪夢のような連続殺人のことを知っている。河鍋暁斎という絵師が書いた一枚の幽霊画を巡り、守田勘弥、河原崎権之助――後の九世市川團十郎――、お峯や師匠の河竹新七らが巻き込まれた、陰惨極まりない殺人事件だった。それとて、結局は闇に葬られた形となっている。

こうした水鳥の思いは、たちどころにお峯に伝わったに違いない。

『あの事件のことが……』

――そう。そしてあのときも事件の中心にいたのは。

『田之太夫。澤村田之助、ああ！』

猿若町は澤村田之助を中心に動いている。手足を失い、際物《きわもの》、見世物よと嘲《あざけ》られても田之助は人々を翻弄《ほんろう》してゆく。田之助のわがままは人を突き動かさずにはいられない。

お峯が過去を振り返り、そうした述懐を抱いたことは水鳥にもはっきりと伝わった。

――つまりはお峯ちゃん。

『やはり今度の事件も、田之太夫が絡んでいると』

――そう考えるべきじゃないかなア。

それがどのような形で、と問われると沈黙する以外にない。けれど彼が無関係であるはずがないというのも、水鳥にとっては動かし難い信念だった。同時にお峯にとっても。

『話は変わるけれど、そっちの魯文さんと、ずいぶんと楽しいお話をしていたでしょう』

――そっちの魯文さんは良かったな。各務達彦という、立派な名前があるのに。

『ホラッ、そちらの事件が四谷怪談かもしれないって』

――ああ、そんなこともいっていたっけ。

『でもねえ、私は鶴屋南北じゃないと思うな』

——どういうこと。

『その消えちまった先生、血塗《ちまみ》れの持ち物を残して姿を消したのでしょう』

——そう。わたしの友人は、死んだ振りをしてるだけだって。

『だったら決まりだ。総身に七十五針の傷を受け、それでも死んだ振りをしているだけといえば』

——切られお富！

明治四年のお峯の世界で切られお富のモデルとなったお米が殺害され、水鳥の世界では切られお富を下敷きにした事件が起きた。果たしてそのようなことがあり得るのか。

——だって、高野教授は男なのよ。

『男が女に早変わり、男を女に変えての改作は、当たり前の世界だもの』

——そんなものかなあ。

『アラ、あまり興趣をそそられないみたいだ』

——あまり関わりたくはない事件だから。

『そうねえ。お江戸の口さがない雀も噂話は大好きだけれど、水鳥さんの世界に巣くう連中はちょっとあくどすぎるからねえ』

——ああ、二度と思い出したくもない。

会話が途切れると同時に、意識の交流回路が急速に遠ざかるのを感じた。意識が完全に解放される直前、「……蝙蝠安《こうもりやす》」という言葉を聞いた気がした。

後期の授業が始まり、水鳥の日常は卒論の完成を第一の目的として動いていた。本来ならばすでに三年生が取りかかっているはずの就職活動は、四年生の水鳥にとっては遠い世界の出来事でしかなかった。

高野教授の失踪事件もまた、水鳥にとっては別世界の出来事になっていった。

少なくとも、そうなるはずであった。

3

キャンパスを出て、最寄りの駅へと向かう途中で水鳥は二人の男の声に呼び止められた。

「あなたは！」

「ご無沙汰しています。練馬署の灰原です」

もう一人は田端である。顔を合わせて楽しい相手ではないが、それでも挨拶《あいさつ》くらいはしようとして、水鳥は二人の警察官の顔つきが尋常でないことに気がついた。緊張と猜疑心《さいぎしん》の狭間を行きつ戻りつしながら、二人の視線は水鳥を捉えたまま離さない。

「あの、高野教授の件で、まだなにか」

しばらくの沈黙の後、「そうともいえるし、またそうでないともいえます」と、灰原が意味不明の言葉を吐きだした。田端は自らに沈黙の役割を与えているのか、腕を組んだまま眉一つ動かそうとはしない。ただ、水鳥を見つめるだけなのだが、それがまた独特の息苦しさを演出しているようだ。

近くの喫茶店に誘われ、そこのシートに腰を下ろすなり灰原がいった。

「……鮎川知美さんをご存じですね」

ご存じもなにもない。今様の女子大生のつき合いが苦手な水鳥にとって、鮎川知美は数少ない友人の一人であるし、また良き理解者でもある。そういおうとして、二人の警察官の尋常ならざる顔つきと、鮎川知美の無邪気そのものの笑顔とが奇妙にオーバーラップするのを感じた。結果として生成されたのは、紛れもない不安と薄ら寒い予感であった。

「なにがあったのですか。まさか知美が事故にでも、ねえ」

「お亡くなりになりました」

「嘘！」

あまりにあっさりとした、だからこそ聞き間違いなどあり得ない明確な言葉で、最悪の情報はもたらされた。

「練馬区上井草《かみいぐさ》のとあるマンションの一室で、鮎川知美さんのご遺体が発見されたのです」

「あの……遺体って、その」

「死因については現在司法解剖中ではっきりとしたことは断言できませんが、たぶん、刺されたことによる失血死でしょう」

「どうして、そんなことに！」

「まだ、詳しいことはなにも判っておりません。ただ、被害者の所有物と見られるバッグから、アドレス帳が見つかりました。そこにあなたの氏名を発見して、正直いって驚きました」

マスコミ向けの警察発表は夕方らしい。とすると、事件が報道されるのは明日以降ということになる。鮎川知美の死は限りなく衝撃的で悲惨な情報ではあるが、全く別のことに思い当って、水鳥は気持ちを暗くさせた。

「どうかされましたか」

「あの、すると、もしかしたら」

高野教授の失踪直後、我が身を襲った最悪の記憶が否応なしに甦る。昼も夜もなく押し寄せるマスコミの取材攻勢。好奇心といえば聞こえはいいが、誰かを貶《おとし》めることに熱中する悪意としかいいようのない情熱を、彼らは報道の自由という言葉に容易に置き換えることができる。それが特権であると妄信している。

——でも。

と、水鳥は思った。

「そうですよね。高野教授の事件と知美の一件とは、まるでベクトルが違う。二つの事件が結びついてこそ、マスコミはわたしを追いかけるはずだもの」

できうる限り楽観的に考えようと努めた。そうでなければ、あまりにやりきれなかった。二人の警察官は、鮎川知美の死を告げに来てくれたに過ぎない。あるいは、彼女がどうして悲惨な犯罪に巻き込まれなければならなかったのか、水鳥がなにか事情を知っているのではないかと、聞き込みにやってきたに違いない。

「そうですよね」と言う言葉は、二人の警察官の暗い表情だけで、簡単にうち消されてしまった。

「鮎川知美さんのご遺体が発見されたのは、東敬大学文学部歴史学科の教授であり、現在失踪中の高野満氏の所有するマンションです」

灰原の言葉はあくまでも簡潔で、さきほどの知美の死を告げる言葉以上に冷静かつ冷酷に聞こえた。

「どうして、そんな場所で！」

「被害者のアドレス帳に、高野教授の詳細な個人情報が記載されていました。住所、電話番号、携帯電話の番号、メールアドレス。誕生日に血液型。これがなにを指し示すか、お判りですね」

「判りたくもありません」

「同じく、練馬区内の寺院で発見された高野教授のシステム手帳にも、同様の記載がありました。もちろん鮎川知美さんの、ですが」

「なにがいいたいのですか」

「二人は極めて個人的な情報を公開しあう間柄だったのですよ」

「そんなことが」

あり得るはずがないと続けることができず、耳を塞《ふさ》ぐのも忘れて、水鳥は灰原を睨《にら》み付けた。

「事実です。鮎川知美さんが高野満氏のマンションに何度か出入りしている姿を、近隣の住民に目撃されています」

「でも、どうしてわたしにそのことを？」

「改めてお聞きします。早峯水鳥さん、あなたは高野教授となにか特別な関係がありましたか」

たった今、高野と知美とが特別な関係があったと告げた同じ唇が、今度は水鳥と彼との関係に言及している。その矛盾を解決する方程式は一つしかあり得なかった。

「馬鹿なことをいわないでください。わたしは高野教授とは一面識もありません。もちろん授業以外は、という意味ですが」

「学科が違うのでしょう」

「大学には一般教養科目というものがあります。ほとんどの学部が、同じ科目を共有していますから、学部が違っても同じ教授の講義を聴講することがあるんです」

ましてや同じ文学部であれば、なおさらだ。一、二年次に水鳥は高野教授の講義をそれぞれ一科目ずつ受けている。

「そうですか」

灰原が、ぬるくなった珈琲をまずそうに啜《すす》った。二本ばかり煙草を灰にして、「申し訳ありませんでした」と、つぶやくようにいった。

「灰原さんもあなたのことを気にかけていたのですよ」

その時になって初めて、田端が口を開いた。

「気にかけて？」

「高野満が失踪し、そして今度は彼の所有するマンションで、女子大生が殺害された。そのどちらにも、あなたというピースが関わっている。これがどのような状況をもたらすか、あなたならお判りですね」

「マスコミは再び飛びつくでしょうね。教授を巡る二人の女子大生の諍《いさか》い。あるいは三角関係の歪《ゆが》んだ清算、とかなんとかこじつけて」

「そうなる前に、事実関係だけを確かめておきたかった。もちろん、不必要な情報を垂れ流しにはしません。けれどああした連中の鼻はよく利きます。こちらが伏せておいたはずの情報が、いつの間にか漏《も》れてしまうんですよ」

三本目の煙草を灰皿で乱暴に消しながら、

「どこかに身を隠しますか。それこそ故郷にでも帰られるとか」

灰原の言葉に水鳥は、首を横に振った。

「わたし……逃げるのはいやです。だってなんのやましいところもないのに、どうしてこそこそ逃げ回らなければならないんですか」

水鳥の言葉に、二人の警察官が顔を見合わせた。

「あの……なにかありましたか」

といったのは灰原だった。

「別に、なにもありません」

「前にお会いしたときと、少し印象が違ったような」

「それよりも教えてください。知美がどうして殺されなければならなかったのか」

「鋭意捜査中としか、申し上げられません」

「でも」と言おうとする水鳥を、灰原が手で制止した。

「警察は、捜査情報をみだりに漏らすわけにはいきません。規則が厳《きび》しいんです」

そう言いながら、灰原は内ポケットから手帳を取りだした。田端の方を向き、

「そういえば、宿題はどうなったのでしょうか」

「はい？　なんですか、灰原さん」

「お願いしていたじゃありませんか」

「それを言うなら、君はどうなんだ」

「申し訳ありません。その件は又別の時にでも……。例の密室の謎はいかがでしょうか」

田端が灰原を見つめ、ややあって納得したように頷《うなず》きながら、自らも手帳を取りだした。

「例の密室ですね。今朝九時半、月極の契約を結んでいた清掃会社の人間が、預かっていたキーを使って部屋に入ると、女子大生の遺体を発見したという、例の事件の例の密室」

二人のやりとりを聞いて、水鳥は口をあんぐり開けた。規則だから情報を漏らすわけにはいかない。けれど二人のやりとりを勝手に聞くのは自由だと、二人は問わず語りに行動で示しているのだ。

「被害者は腹部を二カ所刺されて息絶えていたわけです。しかし失血死と見られることから、創傷を受けてから息絶えるまで、一定の時間があったと見られるわけです。その間に被害者の

とった行動が実に奇妙で、これがなんと部屋中の鍵《かぎ》を閉めて回ったのであります。施錠された部分全てから、彼女の指紋が検出されているので間違いありません」

「いわば、被害者自身が密室を構成したことになる」

「一般的にこうした場合は、被害者が外で刺され、加害者から逃れるために部屋に入って鍵を閉めるというパターンが多いと思われますが」

「だからって、窓まで閉めるのは、いささか厳重かもしれません。被害者が発見された部屋はマンションの十一階。窓の外から侵入できるわけはないし」

「そうなんです。それに現場検証の結果から見ても、被害者が受傷したのは室内に間違いありません」

「では、なぜ被害者は今にも息絶えんとするその大切な時間を、密室づくりなどという面倒な作業に充てたのか」

「携帯電話で助けを呼ぶことも、できたはずでしょうにねえ」

次第に頭の芯《しん》のあたりが、冷たくなるのを水鳥は感じた。

腹部を刺され、恐ろしいほどの苦痛に苛《さいな》まれながら、必死になって部屋の鍵を閉めて回った鮎川知美。その姿が脳裏にはっきりと映しだされる。

――どうして、知美が！

その時、頭のどこかで言葉が閃《ひらめ》いた気がした。だが、あまりに瞬間的で、その意味するところは判らない。

「ねえ、早峯さん。あなたはどう思われますか」

田端の問いに答えることなく、水鳥は立ち上がって喫茶店を辞した。

4

「いかがですか」と、各務が携帯電話に連絡を寄越したのは、午後九時過ぎのことだった。

「ええ、とても快適です」

「それは良かった」

二人の警察官がやってきた日の夜、電話をくれたのも各務だった。大学に練馬署から連絡が入り、水鳥の身を案じてのことだった。灰原と田端からもたらされた情報を告げると、携帯電話を通してもはっきりと分かる硬い声で、「大丈夫ですか」と、各務がいった。マスコミの動きを予想しての言葉だった。

大丈夫です。わたしはもう逃げません。

けれどあなたが思うよりも連中は執拗でしょう。

あまりしつこいようなら、蹴飛《けと》ばしてやります。これでもわたし逞《たくま》しいんです。

それよりも、一時避難しませんか。だって大学にはもう行かなくてもいいのでしょう。

ええ、資料も全て揃っていますから。あとは卒論を仕上げるだけ。

横浜の近くに、ワンルームのマンションがあります。そこに移りませんか。

ワンルームマンションというと、まさか各務さんの？

誤解しないでください。僕の住まいは大学の近くにあります。母が残した僅かな遺産を、叔母が運用して、購入してくれたものです。

こうしたやりとりがあって、水鳥は一時的に住まいを横浜に移した。

「卒論の方はいかがですか」

「順調、順調！　と言いたいところですが、結構、四苦八苦しています」

各務の報告によれば、大学周辺を「徘徊するマスコミ連中」は、相当な数らしい。

「徘徊は、ひどいですね」

「ちっともひどくはありません。あいつらまったく見境というものがない。おまけに周辺の商店街のおばちゃんなんかが、面白おかしく噂話を吹き込むものだから、エスカレートするばかりです」

「で、わたしに関する動きは」

「それは心配ないようです。あなたと鮎川知美さんが友人関係にあったことは、あまり問題にされていませんね。むしろ失踪した高野教授周辺が、相当にきな臭いことになっています」

「あの」と、水鳥は話を別の方向に向けようとした。まったく違う話ではない。事件に関することだ。これまでは、高野教授の失踪についてあれこれ詮索《せんさく》することを、どちらかといえば水鳥は避けてきた。彼の失踪など知ったことではないし、それで周囲をマスコミに嗅ぎ回られるのも、不愉快以外の何ものでもなかった。

だが、友人の知美が高野のマンションで殺害されたとなると、話が違う。

「各務さん、以前ですが今回の事件は四谷怪談がどうのと」

「ああ、あれですか」

「どういうことなのでしょう」

「うん、なんといったらよいのだろう。本当になんとなくなんだよ」

「やはり、四谷怪談の内容と関係があるのですか」

「そうじゃないんだ。一般的な認識の問題、とでもいっておこうか」

「つまり、四谷怪談に関する一般の認識と真実の姿に誤差がありすぎる、と」

「まさにそこだよ」

東海道四谷怪談イコールお岩さんの怨念話と、世間一般には捉えられている。また俗称於岩神社である田宮神社が新宿区四谷に存在することから、物語の舞台がそこであるとも誤解されることが多い。

「けれど現実には四谷怪談は忠臣蔵の裏バージョンであり、舞台は同じ四谷でも豊島区の四谷、だと」

「今はその住所はない。けれど原本にはちゃんと「雑司ヶ谷四谷」となっているんだ。これを事件にあてはめると、どうなる」

「……わかりません」

「実のところ、僕にもよく判らないんだ」

梯子《はしご》をはずされたようで、水鳥は声を失った。

「だが、誤解は時として全く別のベクトルを物語に与えてしまうことがある。そもそも高野教授は本当に失踪などしたのか。遺留品と共に発見された大量の血痕は、なにを意味しているのか。警察は殺人という局面をも考慮しているらしいが、真実は全く別のところにあるのではないか。そんなことを考えていたら、これが四谷怪談とオーバーラップしてしまった」

「ある人が、これは切られお富だと、いいました」

「切られお富？」

その時だ。再び微かな声が水鳥の頭にふっと浮かんだ。

——蝙蝠安、だ。

「そうだ、蝙蝠安なんだ」

「早峯君。どうしたんだ。蝙蝠安がどうしたんだ」

「知美は……鮎川知美は蝙蝠安だったんです。だから殺されなきゃいけなかったんです」

総身に七十五針の大怪我《けが》を負い、それでもお富は蝙蝠安に助けられ、別の人生を歩むことになる。だが、その結果はどうだ。蝙蝠安は彼女の手に掛かって無残な死を遂げることになるのだ。

「早峯君！」

その声を遠くで聞きながら、水鳥は携帯電話のボタンを押して通話を切った。

退廃。『処女翫浮名横櫛《むすめごのみうきなのよこぐし》――切られお富――』という作品を読めば読むほど、胸にわき上がるのはこの言葉である。三世瀬川如皐の当たり狂言、『与話情浮名横櫛《よわなさけうきなのよこぐし》――切られ与三――』を河竹新七が改作したものだが、その存在価値はオリジナルを遙かに凌ぐといってよい。

間男した罪を責め立てられ、お富が総身に七十五針の傷を負わされる責め場。

愛おしい与三郎のためにと、切られお富がかつての旦那・赤間源左衛門《あかまげんざえもん》から二百両の大金をゆすり取るゆすり場。

情人・安五郎《やすごろう》――蝙蝠安――を、包丁逆手に斬り殺す殺し場。

そして、与三郎とお富の出生の秘密と近親相姦の宿縁を示す、外道畜生の場。

どう読みとっても救いようのない、嗜虐《しぎやく》と被虐《ひぎやく》の物語である。幕末の荒廃した世に生きる市井《しせい》の人々が、敢えてこうした芝居を好んだのは、猿若町の外に広がる現実の血みどろ世界に辟易《へきえき》していたからではないのか。

切られお富の物語は、さる名家に伝わる名刀・北斗丸《ほくとまる》が何者かによって盗まれることから始まる。大切な名刀を奪われた罪によって、与三郎の父は切腹、お家は断絶となる。再興のためには、是が非でも北斗丸を探さねばならぬ、与三郎。そうして旅するうちに、木更津《きさらづ》の乗合船で、与三郎はお富と出逢う。互いに惹かれあうものを感じ、一夜の契りを交わす二人。

やがてお富は、盲目の父親・丈賀《じようが》を養うために、ひとのつてを頼って大尽の赤間源左衛門の妾《めかけ》となる。だが運命の皮肉か、鎌倉詣での最中に、お富は今も旅を続ける与三郎と再会してしまうのである。元が愛し合う二人である。たちまち情愛の炎は再燃し、与三郎の小刀で互いの小指を切って、永久の愛を誓い合うのだが。

その傷がお富の生涯を一変させた。小指の契りを見抜いた源左衛門は、お富に間男がいることを責め立て、総身に七十五針もの大怪我を負わせたのだ。てっきりお富が死んだものと勘違いした源左衛門は、その死骸を葛籠に詰めて捨てるよう、子分の蝙蝠安に言いつける。

だが、お富は死んではいなかった。あまりの傷の重さに仮死状態になっていただけだったのである。かねてからお富に邪《よこしま》な思いを抱いていた蝙蝠安は、源左衛門には死骸を捨ててきたと偽り、実は息を吹き返したお富と夫婦となって、薩埵峠《さったとうげ》に茶店を開いた。お富にとって、平穏ともいえる日々はつかの間だった。

やがて峠の茶屋で、お富と与三郎は三度出逢ってしまう。その頃与三郎はようやく念願の北斗丸の在処《ありか》を突き止め、そのための資金二百両の工面に奔走している最中だった。しかも聞けば、与三郎の生家は父・丈賀が若い頃に主家として奉公していた家であるという。愛する与三郎のため、父が今も持ち続ける忠誠心のために、お富は二百両の金策を約束するのだった。

とはいえ、二百両はあまりに大金である。お富は情人の蝙蝠安を伴い、赤間源左衛門の元を訪ねた。今でこそ名代の遊女屋の主人だが、実は源左衛門こそ、かつては奥州一の大盗賊として各地を荒らし回った、観音久次《かんのんきゅうじ》その人なのである。そのことをネタにまんまと二百両をゆすり取る二人。

蝙蝠安は大金を独り占めしようとし、お富もまた彼を殺害してでも二百両を与三郎の元へ届けようとする。そして狐ヶ崎畜生塚の殺し場。あまりに有名な、

『たった一人の父さんと、言い交わしたる与三郎さんに逢いたいばかりで拵えたその甲斐あって廻り合い、名乗ってみれば故主のご子息、なくてならざる短刀の価の金の二百両、それがほしさに三年越し仮にも亭主にしたそなた、殺すも因果殺さるるも、因果と思って往生しねえ。そのかわりにゃあ死んだ跡で一本花に線香の、煙は絶えず手向けるから、それを土産に金を渡し、七本卒塔婆《そとば》になって下せえ

（中略）

おお尤《もっと》もだ、尤もだが亭主を殺すもお主のため、今にわたしも跡から行き冥土で言訳《いいわけ》する程に清く往生して下せえ。南無阿弥陀仏《なむあみだぶつ》』

の台詞《せりふ》と共に、安を惨殺するお富。

晴れて金を与三郎の元に届け、今度こそは夫婦の約束をと、互いに喜び合う二人。だがその場に現われた丈賀の口から語られるのは、おぞましくも悲しい物語であった。

今を去ること二十五年前。自らの女房と主家の奥方の出産とが重なった。その時ふと抱いた悪心から丈賀――当時は忠助――は、主家の赤子と己の赤子を取り替えてしまったのである。その後に生まれたのがお富で、つまり二人は実の兄妹だった。さらに聞けば、本当の主家の子供は五つの歳に迷い子となって行方不明。その目印は左の肘にある星形の痣だという。覚えのあるお富が慌てて蝙蝠安の死骸を確かめると、そこにはくっきりと星形の痣があった。

近親相姦の畜生道と主家殺しの大罪に責めさいなまれるが、それでもお家再興まではと旅を続ける二人。やがて辿り着いた駿州初子ヶ浦で、赤間源左衛門と出逢う。源左衛門は自分こそ

北斗丸を奪い取った張本人であることを告白して切腹。お富と与三郎は、嗣子の与五郎に北斗丸を渡すと、主家再興を喜びながら自害して果てるのだった。

切られお富の物語を、高野教授失踪の謎にあてはめてみると、どうなるか。水鳥は教授のマンションで殺害された鮎川知美に、蝙蝠安のキャラクターを与えることで、事件全体を俯瞰《ふかん》しようとした。

高野教授の血痕及び大量の遺留品が発見された寺院は、さしずめお富の責め場といったところか。ならば知美が殺害されたマンションは、畜生塚となる。

「いや、違うな」

デスクに座り、早稲田の演劇博物館でコピーしてきた、切られお富の台本を前に、水鳥はつぶやいた。

高野満教授は四十八歳。鮎川知美とは二十歳以上の年齢差があるが、恋愛関係に至ったところでさほどの不思議はない。実家はさいたま市にあり、同い年の妻と二十歳になる娘がいる。つまり、知美の遺体が発見された上井草のマンションは、高野の極めて私的な目的に使用される部屋ということになる。

——知美と教授が師弟の間柄を超えた関係であったとしたら。

そう考えた途端に、お峯の意識が同調を求めてきた。

『つまり、そのお部屋は二人にとっての薩埵峠《さったとうげ》』

——そうなのよ。それに大切なのは。

『肝心の与三郎はどこにいるのだろうか、ってことね』

高野教授と知美を巡る事件が、時空を超えて再現された切られお富の物語だとするなら、そこにはもう一人重要な人物が登場しなければならない。すなわち与三郎である。

とは言え、現実の事件と河竹新七の戯作《げさく》とがシンクロしているというのは、あくまでも水鳥の想像に過ぎない。それも、明治初年の芝居町に生きる、お峯の意識と同調したからこその発想と言ってよい。

『なんだか切ないねえ、水鳥さん』

——まさか知美と、こんな形で別れるとは思ってもみなかった。わたしね、彼女とは学校を卒業して、それぞれの道を歩き始めても、折に触れて待ち合わせなんかして、互いの境遇を話し合ったり、笑い転げたりするもんだと、ずっと思っていた。

『だから下手人を捜す気になったんだ』

——まさか！　ただ事件のことをぼんやりと考えていただけ。

『だめだめ、私と水鳥さんとの間に隠し事なんてできるものですか』

——そりゃ、そうだ。

携帯電話の呼び出し音が鳴ったことで、水鳥はお峯との交流回路を断ち切った。てっきり各務が連絡を寄越したのかと思ったが、「早峯さんですね」とスピーカーから呼びかけてきたのは、練馬署の灰原だった。

5

灰原と田端とは、桜木町《さくらぎちょう》で待ち合わせることにした。東急東横線の改札口へと到着すると、すでに二人は指定の場所に立っていた。

「早峯さん、すみません。お忙しいところを」

「いえ、卒論もほとんどでき上がっていますし」

それに鮎川知美の事件に関することなら、どんなに小さなことでも聞いておきたい。そう言おうとして、水鳥はやめた。

「実はこれを見ていただきたいのです」

近くの喫茶店に入るなり、田端が一枚の写真を取りだした。

「これは……」

田端は、それが知美の自宅から発見されたと、説明した。

「それも封筒にわざわざ入れて、本棚の奥に隠すようにして保管されていたのですよ。アルバムはちゃんとデスクの引き出しにしまわれていて、スナップもちゃんと整理されているのに」

「これだけが特別に」

田端は、意味ありげに頷《うなず》いた。

「オートデートで日付が入っているでしょう。どうやら二年前のスナップらしい」

どこかの寺院の境内らしい風景を背にして、三人の人物が画面から笑いかけている。真ん中にいるのが鮎川知美。右手が高野教授だ。

「この左にいる女性は？」

水鳥の問いに、二人の警察官は露骨に失望の色を滲《にじ》ませた。

「そうですか、あなたも知らない女性でしたか」

灰原はそれだけ言って、写真をしまおうとした。「もうちょっと見せてください」と、水鳥は写真を灰原の手から取り上げた。パステルブルーのワンピースがよく似合う、どこか古風な顔立ちの女性である。

「うちの学生ではないみたい」

「どうしてそんなことが、わかりますか」

「すみません、単なる勘です。この人、わたしたちと同年代には見えませんし」

「なるほど、そう言われてみると、ちょっと年上のようですね」

「雰囲気も、ずいぶんと落ち着いている感じ」

では、撮影場所の見当はつかないか。という問いにも、水鳥は首を横に振るしかなかった。寺院の境内には違いないが、それがどこかを特定するには、あまりにもありふれた風景である。右手奥に見える建物にも特徴はない。

「実は大学にも身元確認を要請したのですが」と、灰原が頭を掻いた。その言葉に反応して、田端が憮然とした表情になった。

「なにか、あったのですか」

「実は一連の事件で、マスコミが騒ぎ立てたでしょう」

「わたしもさんざんな目に遭いましたから」

「それについては、本当にすまないと思っています。ですが大学側は」

灰原の言葉を引き継ぐように、

「全ては警察が、マスコミに情報をわざとリークしているせいだと、腹を立てていましてね」

田端がいう。

「それで、非協力的だと」

「そうなんですよ。二年前の日付の写真を見せられ、これが東敬大学の生徒であるか否か確認をしろといわれても、うちの学生部にどれだけの名簿が保管されていると思っているのかと、とりつく島もない有様です」

「だって、実際に警察がかなりの情報をリークしていたのじゃありませんか。違いますか、灰原さん」

「リークといわれるとこちらも、ねえ。一応マスコミさんには捜査状況を説明しなければなりませんし」

「そういって彼らをあおり、情報を引き出そうとしたでしょう」

「そこをつかれると、なんとも弁解のしようがない」

最初のうちこそ、二人の警察官の存在は不気味であったし、高野教授の一件では不愉快な思いもした。だが、水鳥は次第に二人の警察官に、わずかながら好感を抱くようになっていた。どこか憎めないキャラクターなのである。

「その写真、お借りすることができますか」

「借りてどうします」

「わたしなりに調べてみます」

「しかし、それは！」といいかける灰原を、田端が手で制した。見ようによっては小狡《こずる》そうな笑みを頬に貼りつかせ、

「いいんだ。すぐに複写を取って自宅にお送りします」

自宅ではなく、今住んでいる横浜のワンルームマンションの住所を伝えると、田端が一瞬戸惑った顔つきになった。が、事情を説明するとすぐに納得したようで、「大変ですね」と一言だけ言った。

「いいんですか、田端さん。そんなことしたらまた課長にねちねち言われますよ」

「構わない。どうやら早峯さんは、我々とは違った手蔓《てづる》をお持ちのようだ」

田端の言葉に水鳥は、ゆっくりと頷いてみせた。

事情を説明し、写真を差しだすと各務達彦は、「やってみましょう」と簡単に言った。

「大丈夫ですか」

「その警察の人には申し訳ないが、実はさほど難しいことではないんです」

「でも、膨大な数の名簿なのでしょう」

「と、いってもね」

東敬大学の学生名簿は過去三十年にわたって保管されている。かつてはアナログ形式の保管方法で、数量もそれこそ膨大であったが、現在では全てデジタル化されている。と、各務は簡単にいうが、水鳥にはよく理解できなかった。

「というと」

「簡単にいえば、CD－ROMに記憶されている情報をコンピュータで呼び出すだけですから」

まず写真は女性であるから男性データは呼び出す必要がない。女性の年齢から見て、取り出すのはこの五、六年分でよいのではないか。さらに高野教授に関係があるとすれば、文学部に絞り込むことでさらに検索件数は減らすことができる。そうしたことを説明して各務は、「まあ、半日あれば大丈夫だろうね」と笑った。

「そんなに簡単に！」

「それさえも拒否したということは、大学の上層部も相当に頭に来ているらしい」

「でしょうねえ」

ところで、と各務が話題を変えた。

「あなたの友人の……その……鮎川さんの遺体が発見された状況なんだが」

「高野教授の所有するマンションです」

「そうじゃなくて、部屋の鍵が全て閉まっていた、と」

「そのことですか。警察では知美が腹部を刺された後、自ら鍵を閉めて回ったと見ているようです」

淡々と話をする振りをしながら、水鳥はわき上がる激情を必死で抑えた。苦悶にのたうち回る鮎川知美。それでも最後の力を振り絞って部屋の鍵をかけ、そして力つきる鮎川知美。一つ一つの映像が、想像の世界から水鳥に助けを求めている。

――似たようなことがなかったか。

が、それが思い出せないほど、水鳥の脳細胞の一つ一つは怒りの沸点を迎えている。

「どうして、彼女はそんな真似を」

「通常被害者が部屋の鍵をかけて息を引き取るのは、外部に存在する犯人に対する恐怖からだそうです」

「うん、たしかにそんなトリックもあるね」

「トリック、ですか」

「ああ、不謹慎だったね。申し訳ない」

知美が死んだのはミステリやサスペンスの世界ではない。自分のかけがえのない友人は、現実に腹部を二度も刺され、そして大量の血液を撒き散らしながら、息絶えたのである。「トリック」という言葉自体が、死者に対する冒瀆《ぼうとく》に思えて、水鳥は各務を睨《にら》んだ。もう一度「すまない」と各務がいっても、気持ちはいっこうに収まらない。

「なにかが、あるんだよ。鍵を閉めて回ったという行為には」

「それが重要な意味を持つと?」

「そんな気がしてならないんだ。彼女は携帯電話を持っていたんだろう」

「そういえば、同じ事を練馬署の刑事さんがいっていました」

「誰もが気にするはずさ。死に瀕した人間は、決して無駄なことをしないものだ。息があるうちになにかを残すとしたら」

「つまり、犯人に繋《つな》がる、なにか!」

そう言ってすぐに、水鳥は一つの事件を思い出した。

切られお富のモデルとなった、お米殺しの一件である。

6

とんでもないことが判明した、という各務の報せは、水鳥が卒論の仕上げを終えるのを待っていたかのように届いた。電話よりも、会って話がしたい。そういわれて、すぐに横浜のワンルームマンションを飛び出した。

東横線で武蔵小杉《むさしこすぎ》まで。そこからJR南武《なんぶ》線に乗り換えて登戸《のぼりと》へ。小田急《おだきゅう》線に乗って多摩川《たまがわ》を越えれば大学までは間もなくだ。

その時間を見計らうように、正門前に各務が水鳥を待っていた。

「どうしたんです。とんでもないことって」

水鳥の問いには答えずに、各務は腕を引っ張るように講義のない教場へと誘った。「落ち着いてくれよ」と言う言葉が幾度か繰り返され、終《しま》いに「なにがあったんですか」と水鳥が詰問すると、

「彼女の身元が判明した」

「例の女性ですね」

「ああ、五年前までうちの大学に在籍していたんだ」

名前は鳥居香奈恵《とりいかなえ》。文学部の歴史学科であったという。

「歴史学科というと、じゃあ」

「君の想像通りだ。高野教授のゼミに入っていた」

高野と同じスナップに写っていたのだから、それは十分に考えられることではないか。別にとんでもない話でもなんでもない。そう言うと、

「違うんだ。謎の次元がまったく違う」

いつにも増してがなり立てるような悪声で、各務が言った。日頃は冷静なこの男の理性を、なにが狂わせているのか。興奮の度合いが尋常ではない。

「どうしたんです、各務さん。彼女……鳥居香奈恵さんがゼミの人間なら、卒業後もなんらかのつき合いがあっても不思議ではないでしょう」

「彼女は卒業なんてしていない。四年生の半ばで退学届けを出しているんだ」

「だとしても」

「ところが、だよ。彼女の郷里は長野なんだが、退学をした後も帰郷した形跡が全くない。そればかりか」

各務が、息を整えるように言葉を切って、次に驚くべき情報をもたらした。

「彼女が退学してすぐに、郷里の両親から家出人捜索願が、出されているんだ」

「どういうことですか！」

「彼女は五年前から今に至るまで、行方がわかっていない」

「でも、写真は」

スナップは二年前に撮影されている。

水鳥も写真を見て思い出したことが一つあった。知美の着ているシャツだ。それは間違いなく二年前に彼女が購入したものだ。二人して新宿に出かけ、デパートで見つけて発作的に知美が買ったものだから間違いない。

「と言うことは、オートデートを操作して、スナップを二年前に撮影したように見せかけた可能性はなくなるな」

「じゃあ、鳥居香奈恵さんは」

「彼女はなんらかの理由があって五年前に姿を消した。だが、その後も高野教授とは連絡を取り合っていた」

そして鮎川知美を含めた三人は、二年前某所でスナップショットを撮影し、それを知美は誰にも知られぬように保管していたことになる。水鳥の言葉を否定するように「四人だよ」と、各務が言った。

「えっ⁉」

「某所にいたのは四人だ。こいつを撮影した人物がもう一人いる」

「だって三脚を使えば」

各務が写真の一部を指さした。

「ほら、鮎川さんの手の部分が少しブレているだろう。これはたぶん彼女が手を振ってるために、そこだけシャッタースピードがついていかなかったんだ」

「そうか、三脚に向かって手を振る人間はいませんよね」

――それがたぶん、与三郎……。

水鳥は自らの中に、呻《うめ》き声に似た声を聞いた気がした。

各務が発見した「とんでもないこと」は、練馬署の二人の警察官に最大級の驚きをもたらした。水鳥にはそう見えた。

卒論を提出したのち、電話で情報を伝えることも考えたが、結局は練馬署を直接訪ねることにした。二人の顔がどれほどの驚きを見せるか、目の当たりにしたかったからだ。

「本当ですか、それは！」

「迂闊《うかつ》だったな、まさか家出人捜索願とは！」

二人同時に大声を、と言うよりは悲鳴をあげた。

「それにしても、驚きました。これほど短時間に、しかも重大な情報を発見されるとは」

「知美を殺した犯人に、近づけましたか」

「もちろんです。あとはこの鳥居香奈恵の行方さえわかれば」

事件は一気に解決に向かうと灰原はいいたげだが、水鳥はさほど簡単にはいかないだろうと予測していた。それが表情に現われたらしい。田端が、

「なにか、別の情報でも？」

「いえ、なんでもありません。でも、スナップに写った三人のうち、高野教授は今も行方が知れず、知美は殺されてしまいました」

この写真に隠された秘密を解き明かすのは、それほど容易なことではないだろう。言葉にはしなかったが、二人にはそれが通じたらしい。灰原は腕を組んだまま口をへの字に曲げ、田端は手にした煙草に火をつけるのも忘れて、黙り込んでしまった。


その夜。

『ずいぶんと下手人に近づいたみたいねえ』

――そうでもないよ。まだまだ解決にはほど遠い。

『ところで、おかしな事をいっていなかったっけ』

――ああ、知美殺しが、お米殺しに似てやしないかって、あれね。

『それは絶対におかしいと思うな』

――そうかなあ。

『だってお友達の知美さんは、蝙蝠安じゃないの。こっちで殺害されたのはお米ことお富よ。それじゃあお富と蝙蝠安が同じ人になっちまうじゃないの』

――そう言われてみれば、おかしいね。うん、お峯ちゃんの言うとおりだ。

『それにしてもそっちの魯文さん、なかなかの活躍だ。ほれぼれする男っぷりねえ』

――アラ、お峯ちゃんは魯文さんびいきなの。

『って、訳でもありゃしませんけど』

といった会話をお峯と時空を隔てて交わしたのち、ふと各務達彦にこの能力のことを話してみようかと考えてみた。だが慌てて考えをうち消し、「だめだ」と大きな声をあげた。

明治初年の芝居町に生きるお峯と、意識をシンクロさせることができる。そんなことを口にした途端、各務は蜃気楼《しんきろう》のように水鳥の前から消えてゆくことだろう。誰だって、妄信的オカルティズムの信奉者など相手にしたくはない。

「本当に知美は蝙蝠安だったのだろうか」

そう口にすることで、各務のことを頭の中から追い出そうとした。

蝙蝠安は、同時にお富の父・丈賀がかつて仕えた主家の本当の息子でもある。

「まったく複雑なんだから」

そうした観点から見ると、切られお富の物語は、意外性の連続である。「実は」「実は」が幾度も繰り返され、終いには人間関係がよくわからなくなってくるほどだ。それは、今回の事件にも共通している。

「実は高野教授は生きている。実は知美は自殺である。実は鳥居香奈恵も二年前に殺されている。実は二年前の鳥居香奈恵は誰かの入れ替わり」

幾度「実は」と重ねたところで、真相はなにも見えてこない。

翌日。練馬の受用院を訪れる気になったのは、田之助の墓に卒論が完成したことを報告するためだ。線香の匂《にお》いが立ちこめる玄関で声を掛けると、間もなく一人の老僧が現われた。老僧は水鳥のことを覚えていて、「大変でしたな、いろいろと」と、いくつもの意味を含んだ声を掛けてくれた。

「その節はお世話になりました」

「なんの、なんの。で、今日は」

「卒業論文が無事完成したので、田之太夫のお墓にご報告を、と思いまして」

「そうですか。ではごゆっくりと。ああそうだ、熱射病には気をつけて」

初めてここを訪れた日のことだ。あまりに強い日差しに水鳥は意識を失い、彼に助けられている。

「大丈夫です。もう日差しも強くはありませんし」

そう言いながら、

――果たして、そうだろうか。

水鳥は頭の奥で別の声を聞いていた。強い日差しのせいばかりとは言えない、別の要素がそこにはありはしなかったか。

軽い眩暈《めまい》を覚えて、水鳥は思わず頭を押さえた。

「いかがされましたかな」

「なんでもありません。ちょっとお香の匂いにむせたのかも」

そう言って、墓所を目指して歩き出した。

田之助の墓に花を添え、気持ちを込めた礼を言って立ち上がった。

ふと見ると、背の高い樹木のむこうに建物らしきものが見える。どうやら高野の遺留品が残されていた寺院のようだ。見たいと思うわけではないのに、足が自然にそちらに引きつけられた。一歩、二歩、やがて受用院を抜け出ようとする、その直前、

「これはこれは、お久しぶりですな」

ややかすれ気味の、けれどはっきりと明確に発音された声が水鳥に掛けられた。

「あなたは」

「また珍しいところで。今日も田之助の墓に」

そう言って立っているのは、深瀬鴇雄と名乗った老人だった。

背中を一筋の汗が、すっと伝っていった。冷たいのか熱いのかよくわからない、奇妙な汗であった。

第五幕　艶姿夢童女

1

右の手首から先を失い、左は小指一本残して全ての指を、澤村田之助は失った。本人はまだ立女形《たておやま》を張るつもりではあっても、周囲がそれを許さない。

このあたし以外に、贔屓筋《ひいき》を満足させることのできる女形《おんながた》がどこにいる。

贔屓筋はお前様に満足しているんじゃない。ただ物珍しさで見に来ているだけだってことがわからないのかい。それに周囲の役者も言っているんだ。お前様一人を引き立てるために、俺たちは舞台を踏んでいるんじゃないって。

そんなこんなのやりとりが幾度も繰り返され、結局の所、田之助は退きの公演を渋々承知した。

——いや、違う。

「違いますよね、師匠」

守田座の三階、戯作者部屋で本に朱を入れる河竹新七に、お峯は思い切って問いかけてみた。

「なにが違うというのだね」

「田之太夫《だゆう》は、本当のところは退きの興行なんて考えていないのでしょう」

「おかしなことをお言いじゃないか。わたしがお峯に書かせようとしているのは太夫の退きの興行、そのための本だ」

ですが、と躊躇《ためら》いながら、お峯は田之助が瀬川如皐と会っていたことを告げた。

田之助が如皐と会っていたとなると、その目的は二つ以外にない。一つは退きの興行の本をお峯が書くことに納得できない田之助が、かわりに如皐に依頼をしていたか。

「けれどそんなことはあり得ません。だって太夫が師匠を差し置いてそんなことをするはずがありませんから」

如皐の名声は、すでに過去のものだ。残酷かもしれないが、そのことを猿若町の住人ならば誰もが知っている。まして田之助ほどの矜持《きょうじ》の持ち主が、曲がりなりにも退きの公演と呼ばれる舞台に、如皐の新作などかけようはずがない。

「だとすれば、理由は一つしかありません」

「どういうことだね」

「太夫は、猿若町を離れるおつもりではありませんか」

猿若町に自らを必要とする小屋がなければ、外に作ればよい。澤村田之助とはそうしたことを平気で口にできる、いや許される役者だ。無論、このとき新都政府は、歌舞伎《かぶき》の小屋を猿若町以外の場所にかけることを許可してはいない。だが、それがどうした。人形芝居小屋なら、そこここにある。人形芝居で許されるものが、人の芝居で許されぬはずがない。これは田之助一人の思いではない。猿若町では一番奥の、守田座で不遇をかこつ守田勘弥などは、すでに猿若町から出るべく、要職の役人に根回しを始めている。

あくまでも口さがない人々の噂《うわさ》話に過ぎないが、そうした話はお峯の耳にも届いている。ということは猿若町全体に流れる噂だということだ。田之助の耳に届いていないはずがなく、

「ならば、なんの問題があるものか」と、彼が思ったところで不思議はない。

話し終わらぬうちに、新七の太い眉《まゆ》が、眉間でぐっと盛り上がった。

「その……田之太夫と如皐師匠が会っていたという話。どこまで真実の重みを持っているのだろうか」

「源三郎さんの口から聞きました」

「ふむ。ならばいい加減なものではあるまい」

その時だ。小屋の若い衆《しゅ》が「御無礼！」と声を掛けて部屋の中に入ってきた。お峯の存在を一瞬気にかけたようだが、それよりも大事なことを腹に抱えているらしい。つっと新七に近づき、耳打ちするのだが、その声はお峯にも筒抜けに聞こえるほどよく通った。

湯島の大根屋敷から、暁斎先生が消えました。もう三日になるそうです。

暁斎の妻子の様子を見てきてほしいと、新七に頼まれたお峯は仮名垣魯文と共に湯島へと向かった。

「確か……前にもこんなことがあったっけなあ、お峯ちゃんヨオ」

「そうでした。確かあれは皐月《さつき》の」

と言いかけて、お峯はやはりこうして二人して暁斎宅へと向かう途中、あのお米に初めて会ったことを思い出した。

「ねえ、魯文さん。勝田屋のお米さんって」

「お富、じゃなかったお米がどうかしたかい。まあ、無残な殺され方をしたからなあ。まさかあんなことになるとは、思わなかった」

「お調べの方は、どこまで進んでいるのだろう」

「おっ、ちょっと待ってくれろよ」

そう言った魯文は懐から、綴《つづ》り合わせた紙の束を取りだした。横から覗《のぞ》くと小さな文字やら、判読不明の記号、ポンチ絵らしきものなどが、びっしりと書き込んである。なにかの覚え書きのようだが、少なくともこれを見て、内容を理解できる者はいないだろう。

「なんですか、それは」

「よくぞ聞いてくれた。これこそは開化の世間にあって俺の飯の種の種。名づけて魯文犯科帳よ」

「すっごくいい加減で、しかも質の悪そうな金儲け話を考えちゃあ、いませんか」

「当らずとも遠からずだナ」

魯文の言葉によると、こうだ。江戸の昔から瓦版はあるが、開化の世の中ではもう古い。そこで魯文が考え出したのが、瓦版と絵草紙を組み合わせたものだそうだ。

「瓦版と、絵草紙ですか」

「そうよ。この世の中の流れ、様々な事件、新政府の有り様までを絵草紙にして発売するんだ」

「売れますか」

「売らいでか！」

それによると、お米が殺害されたのは、曖昧茶屋《あいまいぢゃや》は曖昧茶屋でも、いくつもの離れを連ねた上物店であったそうな。その一室に最初にお米が到着したのが暮れの六つすぎ。酒と肴《さかな》を注文し、半刻《はんとき》ばかり経ってから瀬川如皐が現われたそうな。

「瀬川如皐！」

「おや、知らなかったかい。奴《やつ》はお米の情夫なんだが」

無論知らない話ではない。だがそのことには触れず「続きを」とお峯は促した。

到着した如皐は酒と肴を注文することなく、「しばらくは二人で話をするから」と、仲居に小金を渡して、部屋に閉じこもった。さらに半刻も経ったろうか、仲居が部屋を立ち去る彼の姿を確認している。「同室の客は、もう少し飲んでいたいというから」と声を掛け、さらに心付けの金を渡している。ところが一刻経っても離れからは誰もでてこない。不審に思った仲居が、部屋の襖《ふすま》を開けようとして、中からつっかえ棒のようなものがかかっていることに気がついた。呼べど叫べど応答はなく、これはいくらなんでもおかしいと、店の若い衆に頼んで襖ごと取り外したところ、

「中には血塗《ちまみ》れのお米が倒れていたそうな」

「ずいぶんと、源三郎さんから聞いた話と、食い違っているみたい」

「そりゃあしかたがない。源さんは御上の手のものだもの。この一件に関しちゃあ、御上は箝《かん》口令《こうれい》を敷いている」

それを独自の探索でもって、ここまで調べ上げたのがこの犯科帳だと、ういきょうを思わせる切れ長の目が得意げに語っている。

「でも、おかしかない？」

「どこが」

「だってお米さんは奉公人だよ。どうして暮れ六つなんて、半端な時刻に曖昧茶屋なんぞに出かけることができたの。その時刻といえば、ちょうど賄《まかな》いでしょう」

「それについては、俺も考えたんだが」

魯文が言い淀んだところで、二人はちょうど暁斎宅に到着した。

新七からの心付けだと、銭の紙包みを渡すと、内儀《ないぎ》のおきんは丁寧に頭を下げた。

本当にどこにいっちまったんだか。皆様もご存じの通り、思い立ったら最後、いつでも糸の切れた凧になるのが、得意のお人だから。どうせ、絵心に誘われてふらっと出ていったんでしょうが、いえね、出ていく幾日も前から様子がどうにも変で、それで其水師匠んとこにだけはお知らせしておこうと思いましてね。

「様子が変、とは」と言う魯文の問いに、

「どうにもおかしかったのですヨオ。もちろん前の日もですが、思い詰めたような顔をしましてね。部屋に引きこもって、一人ぶつぶつとつぶやいているんです」

「つぶやき?」これは、お峯の言葉だ。

『ああすまないことをした。儂《わし》が酒毒に染まり、画業をないがしろにしたばかりに、とうとうこんな仕儀になり果てた』


あれほど好きだった酒まで断って、暁斎はこう言い続けたらしい。

「確かに画業をないがしろに、といったのだね」

「はい、あれほど苦しむうちの人を、あたしも見たことがない」

「もしかしたら暁斎さんは、勝田屋のお米のことを聞きつけて」

「ああ、そうでございますよ。勝田屋さんから報せが入ったんです。そうしたら顔を真っ青にして。それからですよ、うちの人がおかしくなったのは。で、ある日急に絵道具を風呂敷にぶっこんだかと思うと、ぴゅーってなもんです」

それだけ聞くと、魯文が「わかりました」と席を立った。

ご主人のことは心配いらねえよ。居所は必ず突き止めましょう。もっともこの家に帰るのはもう少し遅れることになるやもしれねえが、どうぞ、ご内儀は心配無用で。

そう言って魯文は、お峯を促した。

暁斎邸を出て、家屋が見えなくなるまで歩いたところで「先ほどのあれは、一体なんです」

と、お峯は魯文を詰問した。

「なんのことだい」

「惚《とぼ》けないでください。どうして暁斎さんが、お米さんのことを聞いて、変にならなきゃいけないのです」

「それは、これからわかるって」

いったん上野広小路に出て、二人は日本橋を目指した。これも以前、お峯の身の周りの世話を焼く銀平と歩いた道のりである。あれからいかほどの月日も経っていないのだから、寂れようはあのときのままだ。大通りに沿って歩くと、やがて「勝田屋」と書かれた大看板が眼に入った。「ここだぜ」と、魯文。

「ここって、もしかしたら暁斎さん、ここにいるのですか」

「長逗留の最中だろうよ」

十間間口の広い敷居を跨《また》ぎ、魯文が「いるかね、仮名垣魯文だが」と声を掛けると、すぐに店の者が応対に出てきた。その姿を見て、

——おかしいな。なんだか……。

自らも商家の娘であるお峯は、店の空気に不審なものを覚えた。このご時世だからある程度の不振は仕方がないが、それだけではない滅びの空気が、勝田屋には感じられた。対応に出てきた店の者の態度。うっすらと埃《ほこり》色をした土壁。全てが疲れていて、どこか虚無的なのである。

「旦那《だんな》さんは?」と、魯文が言い終わる前に、濡《ぬ》れ羽色の羽織を着た恰幅の良い中年男が現わ

れた。立ち居振る舞い、着ているもの、どれ一つ取っても十分に上等なのに、やはり男には拭《ぬぐ》いきれない疲労がべったりと貼りついているようだ。

「これはこれは、魯文さん。おやお連れは」

「この子は守田座のお峯ちゃん。ちっとは耳に入っていないかね」

「おお、こちらの娘さんが！　もちろん耳にしておりますよ。猿若町の其水師匠のお弟子さんで、蠟燭《ろうそく》問屋の治兵衛さんところの一人娘でもある」

「とんだ親不孝ものです」と、お峯はぴょこんと頭を下げたところに、今度は、ひどく窶《やつ》れたふうの女性が出てきた。

「おかみさん、無理をなすっちゃいけません」と言う、魯文の言葉で女性が勝田屋のおかみ、おしまであることがわかった。

「時に勝田屋の旦那。御店《おたな》に暁斎さんが来ちゃあいませんかね」

魯文の問いに、勝田屋西右衛門《せいえもん》があっさりと頷《うなず》いた。

「やはり、ここだったか」

「魯文さん、どうしてここだとわかったの」

「そりゃあ、奥にゆけばわかる。上がらせてもらいますよ」

造りは立派だが、あまり手入れの良くない廊下をまっすぐに突っ切り、いくつかの客間を覗いて、最後の奥の間に目指す人はいた。唇に二本の筆を咥《くわ》え、前屈《まえかが》みになって暁斎は絵に挑んでいた。

「これはいったい」

「こちらの娘さんが亡くなったのは二年前さ」

勝田屋の一人娘であるお田鶴が、流行《はや》りの病で亡くなったことはお峯も知っている。また、まだ貧しかった頃の暁斎を、なにかと面倒をみたのが勝田屋であったことは、魯文から聞いた。

「暁斎さんはねえ、あの子が死んだときに誓いなすったのさ」

お田鶴様は天に召されたのだ。それは菩薩があの子をあの世に招いたからに他ならない。だからお田鶴様が向かったのは、極楽でもなければ地獄でもない。あの子のためにだけある、特別な場所だ。儂はそれを描いてお目にかける。

そうして描き始めたのが、地獄極楽めぐり図と題された一連の絵だそうだ。

二人の来訪にも気づかないのか、一心不乱に絵筆を走らせる暁斎の背後から、その絵を覗き込んで、お峯は驚いた。

この世に、これほどの先を感じさせる絵を、お峯はかつて見たことがない。

それはまさに、地獄でも極楽でもない、夢の世界だった。

あの世でお田鶴を迎えるのは観世音菩薩だ。彼がこの不思議な世界の案内人でもある。お田鶴を迎えた宴会の席では、閻魔《えんま》大王が酔って剽《ひょう》げた踊りを演じ、すでに酔いつぶれた青鬼が、童子鬼に抱えられ、連れ出されようとしている。

変わって隣の絵には、繁華街の様子が描かれている。すでに亡くなった人気役者・市村竹之丞《いちむらたけのじょう》の芝居見物に、東海道四谷怪談ののぞきからくり。梯子《はしご》芸の下で見得を切っているのは、忠臣蔵七段目の大星由良之助《おおぼしゆらのすけ》ではないか。

「これは、もしかしたら」

「どれもこれもあの子が好きだったものだよ」

それほどまでに愛された娘だったのだと、お峯はその時初めて、店全体を覆う衰亡の気配の意味を知った。両親ばかりではない。店の者も、魯文も、そして暁斎までもがお田鶴という娘を愛していたのだ。そして、彼女の死によって与えられた打撃から、未だ立ち直ってはいないのである。

「けれど、それとお米さんとの一件は」

「たぶん、暁斎さんはこう考えた。これらの絵はお田鶴様の供養のためにと発心し、描き始めたものだ」

ところが、暁斎にとっては辛い荒行でしかなく、いつしか完成の日の目を見ぬままに、筆を中断してしまった。そのことを怒り、神仏は天罰を暁斎ではなく、お田鶴の三味線の師匠であったお米に与えたのだ。

「少なくとも、暁斎さんはそう考えた」

その言葉に、お峯は黙り込んだ。

2

お峯も、仮名垣魯文もそこにはいないかのように、暁斎は一心不乱に絵筆を運んでいる。その筆さばきには一点の乱れもなく、見ているものに寒気さえ覚えさせるほどの鋭さだ。内儀のきんには「酒毒に染まり、画業をないがしろにした」と告げたそうだが、実際はそうでないことをお峯は知っている。飲めば斗酒《としゅ》も辞さずの暁斎だが、どれほど飲んで帰宅しても、絵日記と「筆直し」と称する観音菩薩像の筆写を行ない、翌朝には一家の誰よりも早く起床して、「起きろ起きろ、儂はもう一仕事終えたぞ」と家族を叩《たた》き起こすという。暁斎にとって絵は生きることそのものに他ならず、たとえどのような理由があったとしても、それをないがしろにすることなどあり得ない。古今の風俗、諸風景、図像にも造詣が深く、「いついかなる時代の人物、風景でも、即座に描き分けてみせる」と周囲に豪語するのも、日頃の修練があるからこそだ。

その、当代無比とも言える絵筆が、信仰にも似た無我の域で紙面を縦横無尽に駆け回っている。「こいつは——」といったきり、魯文が言葉を失っている。それはお峯にしたところで同じであった。

勝田屋の女中が酒入りとおぼしき鶴頸と茶碗をもってやってくると、ようやく暁斎は顔を上げ、初めて二人に気がついたのか、「おっ」とひとこと声をあげた。

「ずいぶんとご執心じゃないかね、暁斎さん」

「という訳じゃないが、ね」

手酌で茶碗へと鶴頸の中身を注ぎ、一息に飲み干して、暁斎が大きく息を吐いた。まるで絵筆を操っている間、息を継ぐことさえ忘れていたかのようだ。そうして立て続けに二杯、三杯と茶碗酒をあおるのだが、暁斎の表情は依然として硬い。三人三様に抱えた思いは、沈黙という形を取らざるを得なかった。

「よろしいですかな」という男の声が、その場の空気を変えてくれた。勝田屋西右衛門である。とんだ不調法で申し訳ないのだがと、西右衛門の口調は、どこか卑屈で含羞《がんしゅう》さえ帯びている。

「どうなさった、勝田屋さん」

「いや、暁斎さんの手を止めるつもりはないのだが。その……お峯さんにちょっと」

「私にですか」

「ええ、向こうの客間で茶でもと、思いましてね」

「ありがとうございます。けれどどうぞお構いなく。私は暁斎さんの無事さえわかれば、それでよいのですから。すぐにでも退散させていただきます」

「そう言わずに、是非とも」

含羞というよりは、哀願の口調であった。それほどまでにおっしゃるならと立ち上がり、ひとり西右衛門に従うと、中庭の離屋へと案内された。細部を見渡すまでもなく、勝田屋の豊富な財力を遺憾なく表わす、見事な造りである。躙《にじ》り口こそついてはいないが、どうやら茶室として使われることもあるようだ。ただし、勝田屋全体を覆っているどこか投げやりな気配、退廃と諦観の気配だけは隠しようがない。

離屋でお峯を待っていたのは、勝田屋内儀のおしまだった。先ほど店先で見かけた折は浅葱《あさぎ》色の紬《つむぎ》であったが、いつの間に着替えたのか、紺地の市松格子に変わっている。変わったのは着物ばかりではない。長患いでもしているかのように窶《やつ》れ果てていたおしまの顔色に、うっすらと生気が蘇っている。

「あなたが辰巳屋のお峯さん。ようこそおいでくださいました」

「はじめまして」

「格式無用の場所ですから、どうぞお気楽に」

格式無用とはいっても、湯気を立てる茶釜から、作法通りに茶を点《た》てられたのではこちらも作法に従わないわけにはいかない。今でこそ芝居小屋出入りの戯作者《げさくしゃ》見習いだが、商家の箱入り娘であった時分に一通りの習い事を身につけている。

己の立ち居振る舞い、仕草の一つ一つをおしまが凝視しているのを、お峯は痛いほどに感じた。かといって、人様の家の娘を品定めするような、無遠慮で意地悪な視線では、決してない。長く渇望していたものを、ようやく手に入れることができた喜びゆえに、慈しまずにはいられない、眼差しである。

「結構なお点前でした」

「お粗末様です」

二つの眼差しが離屋の一点で交わった刹那、お峯は彼女の思いを理解した。確かにそう思った。

——この人は亡くなったお田鶴さんを私の中に見いだそうとしている。母として娘にしてやりたかったこと。娘と二人で話し合い、笑い、そして見届けてやりたかった行く末。今となっては全て幻でしかない。だからこそ、同じ年頃のお峯を離屋に招いたのではないか。

「まさしく天女のような娘でした」

唐突なおしまの一言が、全てを告げていた。

「流行病《はやりやまい》だったそうですね」

「ほんの二、三日寝付いたかと思ったら、そのまま……！」

顔を斜め下に傾けたまま、おしまは言葉を続けることもできずに手拭《てぬぐ》いを目のあたりにあてた。突然の発病と他界は、娘を溺愛した母親から生きる気力さえ奪い取ったのだろう。おしまばかりではない。お田鶴の死によって勝田屋そのものから、気力が失われたのである。「気がすんだかね」という西右衛門の言葉にもまた、未だ癒《いや》されてはいない痛みが否応なしに感じられた。

芝居小屋の戯作者を目指しているとか。ずいぶんと大変な世界なのでしょう。若い身空でたいしたもんだ。それにしても辰巳屋の旦那も思いきったことしなすった。だってそうでしょう。芝居小屋といえば、廻りは若い男ばかり。しかも役者にしたいようないい男、いや違った、役者そのものなんだから。おや、笑いなさいましたね。ああ、いい笑顔だ。若い娘の笑顔というものは、それがあるとないとでは大違いだ。

お峯を笑わせようとして口にした言葉に自ら傷ついたのか、西右衛門がふと唇を閉ざした。なにか話の接ぎ穂を探そうとするのだが、うまくいかないらしい。諦めたように西右衛門は頸を左右に振り、しばしうなだれた後に懐から桐の細長い小箱を取りだした。それをお峯の前に差しだす。

「なんでしょう」

「開けてみてはくれませんか」

言葉に従うと、中に見事な彫金の簪《かんざし》が現われた。

「これはいったい」

「なにもいわずに受け取って欲しい。できればその髪に挿して見せてくれると嬉しいのだが。わたしと家内とに」

簪の彫りは鶴翼《かくよく》に菊。ふんわりと丸く彫られた鶴翼が、菊の花弁を守っている図である。

「生前、娘にせがまれましてね。本所菊川町《ほんじょきくかわちょう》の彫り師に注文をしておいたのだが、仕上がりが届けられたのはあの娘の初七日を過ぎてからだった。こいつを見るたびに娘のことが思い出され、悔しいやら呪わしいやらで、ずっとしまい込んでいたのだが」

「これを、私にですか」

「お峯さんが御店に来られたときに、わたしはてっきりお田鶴が帰ってきてくれたものと思ってしまった。いや、顔形が似ているわけじゃない。けれどどことなく、雰囲気がねえ。ついぞこのようなことはなかったのだが」

娘も芝居小屋が大好きでと、おしまが付け加える。ついと膝《ひざ》を立て、お峯に近寄って簪を取り上げ、髪へと運んだ。

ああ、本当によくお似合いだ。まるでお田鶴が戻ってきたかのようだ。その簪を挿して猿若町へゆくことをことのほか楽しみにしていたからねえ。

西右衛門もおしまも、涙を流さんばかりに目を細める。

「お田鶴様は、それほど芝居街が？」

「ああ好きでしたよ。ことに音羽屋《おとわや》――尾上菊五郎《おのえきくごろう》――がご贔屓でねえ」

「おまいさま、あの娘は――山崎屋《やまざきや》――後の市川團十郎――の「活歴」とやらも良いと褒めておりましたよ」

「そうだった、そうだった」

活歴とは、市川團十郎が提唱する新歌舞伎で、世話物や白浪物といった荒唐無稽な芝居立てでは、いずれお客衆に飽きられる。これからは真の歴史、生きた歴史に根ざした芝居にしなければならぬ、というものだ。ただし贔屓筋の間では「生きた歴史かなにかは知らぬが、山崎屋の芝居は退屈でならねえ」と、あまり評判が芳しくない。

「では、田之太夫のこともさぞや贔屓になさっていたことでしょう」

お峯の言葉に、夫婦が顔を見合わせ、そして顔色を曇らせた。

「それが、ねえ」

「どうかなさいましたか」

「実は……お田鶴は田之太夫があまり好きじゃなかった。一度芝居小屋に連れて行ったことがあるのだが、急に帰ると言い出してね」

西右衛門の言葉に、お峯は戸惑った。今も昔も、あの澤村田之助を嫌う女が、この街にいようとは思わなかったからである。脱疽《だつそ》を病み、四肢不自由となった今でも小屋には女の客が絶えたことがない。いや、病めば病むほどに凄《すご》みをましてゆく技の切れに、時として「どうして退きの興行など考えねばならないのか」と、素朴に悩むことがあるほどだ。しかも、自分はそのための本を書かねばならない。

「でもどうしてお田鶴様は」

「あれは太夫が右の足をお切りになったときだったか。芝居を見ながらお田鶴が泣くのです。『この人は滅びの宿命を背負っている、とてもじゃないが見ていられない』とね」

「ずいぶんと心根の優しい、そして鋭い娘さんだったのですね」

「今にして思えば、あのときすでに自らの死を予感していたのかもしれない」

そういうと夫婦は黙ってうなずき、二人して目頭に光るものを溜めた。

小屋のこともありますからと座を立とうとすると、おしまがとたんに縋《すが》りつくような目つきになった。

後生ですから、これっきりだなんて情けないことを言わないでくださいね。どうかこれからもちょくちょく遊びに来てやってくださいな。わたくしも主人も、お峯さんがきてくれるのを心待ちにしていますから。

その言葉に笑顔を返しながらも、お峯はなにか重いものでも背負わされたような気持ちになった。

夫婦の招きに応じたのには訳があった。殺害されたお米ことお富は、現場となった湯島の曖昧茶屋に、暮れの六つ刻《どき》に現われていたという。商家にとって暮れ六つは、仕舞い支度やら賄いやらで、猫の手も借りたいほどの忙しさなのだ。自らも商家の娘であるから、そのことはよくわかっている。たとえ、お田鶴の死からこっち、すっかりと左前になってしまった勝田屋とはいえ、閑散としていたはずがない。そのことを問いただしてみたかったのだが、夫婦にお米のことを問うのは、あまりに酷すぎる気がしたのである。

――しかたがないか。

帰りにそのことを魯文に告げると、「お峯ちゃんらしいや」と、半ばからかうような言葉が返ってきた。

「そう言えば魯文さん。暁斎さんちに向かう途中、気になることを言ってやしませんでしたか」

「俺が娘心を誑《たぶら》かすようなことでも言ったかい」

「好きにおなぶりなさいな。そうじゃなくって、殺害の現場のことで」

現場は離屋になっていたはずだ。しかも内側からつっかえ棒のようなものが噛《か》ませてあって、店の若い衆が襖ごと敷居からはずさねばならなかったという。

「それがどうかしたかい」

「変じゃありませんか。中からつっかえ棒が嚙ませてあったとなれば、こりゃあもうお米さんが自らそうしたに違いない。外からは余人が入ることのできない部屋の中で、あの人が死んでいたとなればこれは普通、自害とされるのではありませんか」

「ふむ、そりゃあ、そうだ」

「どうしてお役人は、未だに探索を続けているのでしょう」

「さすがに、いいところをつくじゃあないか」

「その口振りでは、なにかわかっていることがあるのですね」

「大切な商売ネタだ。おいそれとは口にするわけにはいかないが、お峯ちゃん相手では仕方がないか」

そういって、魯文が懐から「魯文犯科帳」と命名する紙の束を取り出した。

「実はな、つっかえ棒というのがくせ者なんだ」

「そうねえ、離屋につっかえ棒なんておよそ似つかわしくないもの」

「いや、ま、さほど珍しくはないんだがね」

「そうなんですか」と問いかけると、とたんに魯文が気むずかしげな顔つきになった。自らの言葉を悔やむかのように、頰を上気させながら「まっ、まあ、いろいろあるわさ」と、言葉を濁らせる。

「ああ、なるほど。男女の睦言をじゃまされたくないために」

「お峯ちゃん！　お前さん、なんてことを」

今度は魯文の顔が半泣きになった。

お願いだから辰巳屋の旦那の前で、そんな恐ろしいことを口にしないでくれろ。まるで俺がお峯ちゃんに悪い言葉を吹き込んでいるようじゃないか。おとっつあんのことだからあまり言いたかないが、辰巳屋の旦那を怒らせると、地獄の閻魔《えんま》様の次っくらいに怖いと、評判なんだぜ。

それを無視して、お峯は先を促した。

「それがね、つっかえ棒代わりに使われていたのは竹の杖だった」

「竹の杖！」

「しかもそいつの持ち主というのがね」

そこまで聞いて、お峯は全てを理解した。

「杖の持ち主は、瀬川如皐師匠だったのですね」

「図星だ」

それだけではない。官憲が事件を自殺ではないと判断した理由は、室内の状況にあった。

「お米は腹を幾度も刺されて死んでいた。女が自害するとなりゃア、普通は喉《のど》をひと突きにするか、もしくは心の臓だろう。これだけでも自害でないことは明白だが、それ以上にすさまじいのが室内の模様だった」

一面血の海とは、あまりに使い古された言い回しだが、そうとでも言わなければしようのないほどの惨状であったという。

――一面血の海……⁉

お峯は頭の芯のあたりに鈍い痛みを覚えた。

同じ言葉をどこかで聞きはしなかったか。

「そう……それじゃあまるで水鳥さんのお友達が殺害された状況と同じじゃない！」

そういってしまって、今度はお峯が激しく後悔した。

「なんだい、そりゃあ」

「いえ、なんでもないの」

「なんでもなかないだろう。その水鳥とかお友達ってのは、どこの誰だい。最近、お峯ちゃんは妙なことを口走ると、芝居街でも評判だ。つい先だっては、鉄のばかでかい箱が通りを突っ走ってゆくなんて、口走ったそうじゃないかね。それともなにかい。其水さんの申しつけがあまりに厳《きび》しくて、それが気持ちの重荷になっているのかい。だったら俺がひとつ、話をつけてくれようさ。だいたい其水さんも人が悪い。よりによって田之太夫の退きの興行、その大切な本をお峯ちゃん一人に押っつけるなんて」

「違うんです、魯文さん」

「なにが違うと言うのだえ」

お峯は言葉に詰まるしかなかった。今から百年以上も先の世界に生きる水鳥と、交信できるのだ。そしてその世界とは、我々の想像を遥かに凌駕する驚異の世界なのだといって、理解されようはずもない。それこそ「頭がおかしくなった」と、自ら触れ回るようなものだ。黙り込んでいると、とたんに魯文が「ははあ」と、自らを納得させるように頷いた。

「そういうことかい」

「…………」

「なんだお峯ちゃんも、一言いってくれりゃあいいのだ。あれもこれも、全ては新しい本の中身なのだね」

「そっ、そうなの」

「そこまでのめり込めるとは、いや、うらやましい限りだ」

「ねえ、魯文さん」と、お峯は話を元に戻そうとした。

そこまで部屋の中が血塗れになるということは、よほど大きな騒ぎがあったに違いない。だとすれば、店の人間がそれほどの大騒ぎに気づかなかったのはなぜだろう。

「俺もそこが気になっていたんだ」

男と女の秘め事にもいろいろあって、中にゃあ、盛りのついた猫みたく大騒ぎする野郎がいるとは聞いているが。

そうつぶやいて、魯文は再び口に手を当てた。

3

小屋に戻ると、澤村田之助の家から使い文《ぶみ》が届いていた。

『ごつごうつけていただきたく、おあいしたくそうろう』

と、女文字そのものの筆跡で書かれている。近くにいた若い衆に「これは、いつ届けられましたか」と問うと、ほんの先刻と答えが返ってきた。とりあえず、戯作者部屋へと向かい「戻って参りました」と声をかけた。

「……お入り」

「暁斎さんですが、勝田屋さんにご逗留でした」

「勝田屋というと、あの日本橋の」

「ずいぶんとお世話になったそうですね。暁斎さんがまだあまり売れていない頃に」

「そういう話を聞いたことがある」

勝田屋の亡くなったお田鶴のこと、その供養絵のことなどをかいつまんで話すと、新七は太い眉を上下させて「ウム」とうなった。

「ところで師匠、田之太夫から使い文が届いているのですが」

「なんといってきたかね」

「ただ『お会いしたい』とだけ」

「向こうが会いたいというなら是非もないが……ところでお峯」

新七の眉が、また大きく動いた。

新作の状況はどうなっているると、その顔が問わず語りしている。いつまでも引き延ばしておくわけにはいかなかった。田之助の退きの興行は年が明けてすぐと決まっている。

「荷が……重すぎるかね」

「もう少し。あとせめて五日、お待ちください。それまでに話の目鼻を必ず付けます」

そうは言って戯作者部屋を辞したものの、胸の裡《うち》にはほのかな算段があるばかりで、詳しいことなどなにも考えていない。

賄い小屋で茶を飲みつつ思案に思案を重ね、それでもなんら答えがみつからぬままに、いつの間にか眠り込んでしまったらしい。

お峯の意識は水鳥と同調していた。

『驚いたなあ、お米殺しの状況が、知美の事件とそっくり同じだなんて』

——でしょう。危ういところで魯文さんに私たちの秘密が知れるところだった。

『知れたところで、信じてもらえるはずもないけれど』

——それにしても、内側からつっかえ棒なんて。

『こういう状況を、密室というの』

——密室？　ずいぶんとおもしろい言葉だこと。

『そちらの時代でも、海の向こうではすでに推理小説というジャンルが生まれているはずよ。

犯罪を、天才的な探偵が推理によって解決する話』

——ふうん、白浪物みたいね。

『ちょっとだけ違うかもしれない。でも、まあ当たらずといえども遠からずか』

——それで、密室というのは？

『内側から鍵《かぎ》をかけられ、外からは誰も入れない状況の中で、殺人事件が起きるの』

——なんでそんな面倒くさいことをしなければならないの。細工する暇があったら、さっさと逃げちまえばいいのに。

『そこが問題なんだな。一般的には、被害者が自殺したかのように装うのが密室の第一の目的とされているわ。けれど、今回のケースはそれに当てはまっていないみたい』

——でしょう。官憲はお米さんが誰かに殺害されたものとして探索中だし。

『こちらの警察も、事件として扱っているみたい』

——じゃあ、意味が無いじゃありませんか。

『いや、意味は必ずある。ただわたしたちが気づいていないだけで』

それはいったいと、水鳥の意識に問いかけようとして、不意に交信がとぎれた。

お峯ちゃん、お峯ちゃんってば、起きなよ。こんなところで眠りこけちゃ、風邪をひく。

肩を揺さぶられて、お峯は目を覚ました。

「あ、ああ、源三郎さん」

「源三郎さんじゃねえぜ。昼間っから大きな口を開けて居眠りとは、どこか体でも悪いんじゃないかい」

「大丈夫です。ちょっと考え事をしていたら眠ってしまったみたい」

「ならいいが」

「源三郎さんこそ、どうしてこんな時間に」

まさか探索方の仕事を怠けて小屋がよいですか、と笑うと、水無瀬源三郎が顔を真っ赤にして「そんなことがあるかい」と、言い訳した。

「これでもちゃんとした、仕事だよ」

その言葉にお峯は、閃くものを感じた。

「まさか瀬川如皐師匠の件で」

とたんにお峯の唇が、「大声はまずい」と源三郎の指で塞《ふさ》がれた。

「それほど大きな疑いがかけられているのですね」

「参ったなあ、お峯ちゃんには」

「だって現場となった曖昧茶屋の離屋は、内側からつっかえ棒がかかっていたそうじゃありませんか」

内側からつっかえ棒といっても、全く出入りができないわけではない。事実、店の若い衆が、襖を敷居からはずしてしまったというくらいだから、その逆も可能なはずだ。問題は、つっかえ棒が如皐の持ち物である竹の杖であったということだ。

ねえ、そうでしょうというと、源三郎は目を見開いて、

「どっ、どうしてそのことを！　そいつは秘中の秘とされている」

「ところがどっこい、人の口に戸は立てられない」

「むう」と言ったきり、源三郎は黙り込んでしまった。

瀬川如皐には、どうも芳しくない噂がある。最近の如皐の作はどれも精彩を欠き、各小屋からも遠ざけられつつあるという。むろん、本人もそれに気がつかぬはずがない。なんとかしようと、あっちこっちに声をかけているようだが、これまた空振りに終わっているようだ。ところが最近、近しいものに「これで終わりはしない。きっとまた一花咲かせてみせる」と、奇妙に強気な言葉を漏《も》らしているという。

源三郎がそうしたことをぽつりぽつりと話したのは、ややあってからのことだった。

「奇妙に強気な言葉、ねえ」

「たぶん……そいつに一枚嚙んでいるのは」

引き絞った唇が何をいわんとしているか、お峯には痛いほど理解できた。

如皐の復活劇の舞台裏には、あまりにも大きな名前が見え隠れしている。

――田之太夫！

お峯もまた、その名前を口にすることだけは、どうしてもできなかった。

第六幕　夢酔殺傷場

1

長い夢を見ている気がした。

――長い長い悪夢。

そして今でも水鳥はその夢から、醒《さ》めてはいない。現実を理性が否定し続けるかぎり、この状態が終焉を迎えることはないかに思われた。

高野教授の行方を追いなさい。

鮎川知美を殺害した犯人を捜しなさい。

鳥居香奈恵の正体を探りなさい。

声は幾重にも重なり、水鳥の脳を刺激するけれども、どこかで実感とかけ離れている。

『田之太夫《だゆう》はねえ、この世の全てを恨み抜いて死んでいったのですよ』

脳裏によみがえった口舌の刃《やいば》が、水鳥の全身を貫いた。

ほんの一週間前のことだ。練馬の受用院の澤村田之助の墓の前で、謎の老人、深瀬鴇雄の口から漏《も》れ出た言葉である。ごくごく何気ない口調ではあったが、そのひとこと一言が今も記憶の奥底に鮮明に刻まれている。

この世の全てを、ですか。

そう、己に課せられた過酷な運命も、そこへ救いの手をさしのべてくれなかった世間の人々も。恨んで恨んで、ああ、いっそ己とともに滅びるがいいと、そればかりを願って狂死したのですよ。

けれど……脱疽《だつそ》は現代の医学をもってしても難病であると聞いています。彼を救うことなど、明治初年の人々にできようはずがないじゃありませんか。

それは理屈です。あの男に理屈など通用しない。それが許される役者でもあったのですよ。だからこそ田之太夫はあがいた。水死する間際の人間が全身でもがき苦しむように、あがいて、あがいて、あがき抜いた末に精神を病んだのです。

そして、世間を恨んで死んでいったと？

お前たちなどにあたしの芸がわかってたまるものか。おお、いっそ来世にでも飛んでいって、あたしは新たな花を咲かせてみせる、とね。

来世、ですか。

澤村田之助という稀代の女形《おんながた》が、果たして来世など信じていたのだろうか。たとえそれが真実であったとしても、なにゆえ深瀬鴇雄は百数十年も前の役者の心まで見抜くことができるのか。次々に湧き上がる疑問に共通する答えは一つきりほかになかった。

もしかしたら深瀬さん、あなたは澤村田之助の意識と同調することが……。

そう問いかけようとして振り返ると、すでに深瀬鴇雄の姿はどこにもなかった。

「……さん。水鳥さん、どうしたのですか」

破鐘にも似たひどい声が、自分の名を呼ぶのに気がつき、同時に今いる場所が長野県諏訪《すわ》市へと向かう電車の中であることにも、水鳥は気がついた。

「どうしたのですか、ぼんやりとして」

悪声の主は、各務達彦である。

「すみません、考え事をしていました」

「仕方がありませんね。こう次々と事件が起きたのでは。きっと精神が疲れているのですよ」

「澤村田之助のことを考えていたんです」

「脱疽で手足を失った？　あの伝説の女形ですか」

「わたしの卒業論文のテーマでもありました」

「そうでしたね。で、田之助が、なにか」

澤村田之助の滅びの様は、ちょうど江戸という時代が滅んでゆく過程にぴったりとシンクロしている。だからこそ、江戸の火を消したくない人々は、あれほどまでに田之助の滅びを一瞬でも先に延ばそうと力を尽くしたのだ。けれど、その人力もむなしく、田之助は狂死し、江戸の火は完全に途絶えてしまう。

「まるで、あらかじめ予定されたプログラムが、正確無比に発動したみたい」

「面白い言い方をしますね」

「もしかしたら、田之助が狂死せずに、従って江戸の文化がはっきりと生き残るという選択肢は存在しなかったのでしょうか」

「全ては結果論でしょう。安手のSF小説ではないのですから、現実の世界にファットイフは存在しません」

どうしてそんなことを思いついたのかと、各務の表情が問わず語りに告げていた。

「『切られお富』のことも気になります」

「今度は、戯作《げさく》ですか」

「もちろん、各務さんは『切られお富』のことはご存じですよね」

「読んだことはありますよ」

「『切られお富』は、河竹新七の戯作の中でも、きわめて異質な光を放つ作品です。幾重にも重なるどんでん返しと裏の逸話が緻密に交差して、見るものに先を読ませない複雑きわまりない展開です」

「そうともいえるね。なるほど……そう言われてみると今回の事件と似ていなくもないな」

依然、高野教授は行方不明のままだし、鮎川知美が作った密室の謎も解けてはいない。新たに鳥居香奈恵という女性のことが浮かび上がるが、彼女と事件の関係は全く不明だ。だからこそ、彼女の生まれ故郷である諏訪を目指して、各務と水鳥は車中の人となった。警察は警察で捜査を進めるであろうが、ここまで事件に深く関わってしまっては、無関係ではいられない。そういって各務を強引に誘ったのは水鳥であった。

「どうやら水鳥さんは、新七の作品と事件の関連にこだわっているようだが」

「あら、それを先に言い出したのは各務さんじゃありませんでしたっけ」

「そうだっけ」

「今回の事件は、四谷怪談に似ているって」

「ああ、そんなことを言った記憶もあるなあ」

「ひどい、口から出任せだったのですか」

「とばかりも言えないさ。きわめて直感的な言葉なんだよ。そして人の直感は時として真実に最も早く到達するための、最良の乗り物たりうる」

その言葉の中に、水鳥はふと違和感を覚えた。嘘《うそ》の匂《にお》いをかぎ取ったわけではなかった。各務の言葉を借りるなら、「直感的な」なにかが、目覚めたのかもしれない。

——どうしてわたしたちは諏訪に向かっているのだろう。

——もちろん、鳥居香奈恵のことを調べるために。

——どうして鳥居香奈恵なの。

——だって、知美の本棚に隠されていたスナップ写真に彼女の姿が写っていたもの。

果たして澤村田之助の滅亡しない歌舞伎《かぶき》の世界は存在しただろうか。別の選択肢は用意されていなかったのだろうか。鮎川知美の本棚に隠されていたスナップ写真は、本当の意味で隠されたものだったのだろうか。誰かになにかの選択肢を与えるための道具立てに過ぎないのではないか。

恐ろしい速度で、水鳥の脳細胞は疑問を紡いでいった。

「……もしも、全てが筋書きどおりだったとしたら」

「筋書きっていったい」

「わたしの考えすぎでしょうか。高野教授失踪から始まって知美の死、そして謎の女性の出現と、まるで話がきれいにつながりすぎていませんか」

「おかしなことを言うね。つながりが見つからないからこそ、僕たちはこうして諏訪に向かっている」

「事実のつながりではなくて、現象のつながりです。まるであらかじめ用意された選択肢をたどるように、わたしたちは動いていませんか」

「考えすぎだと思いますよ」

でも、となおも言い募ろうとしたが、水鳥には続く言葉が思い浮かばなかった。

上諏訪駅で下車し、二人はタクシーに乗り込んだ。鳥居香奈恵の実家は、車で三十分ほど走った山間にあった。駅前の賑やかさが別世界のような、自然の色濃い山里である。近所を訪ねて回ることもなく、二人は目指す家をすぐに見つけた。というのも、周囲にほとんど民家らしいものが見つからなかったためだ。

声をかけるとすぐに老婦人が姿を現わした。

突然申し訳ありません。わたくし東敬大学の教務課に勤務する各務と申します。実はこのたび大学の出身者名簿を作成することになりまして。つきましては一応中退者の方にも現在の様子などを伺いたいと思いまして、こうしてお邪魔した次第です。

——驚いた。たいした役者じゃないの。

水鳥の気づかない所でよほど練習したのか、よどみない各務の言葉を、半ばあきれながら聞いた。

「香奈恵のことですか……実は家出人捜索願を出して以来、音信はないのですよ」

「すると五年前と状況は変わっていないと」

「どこで、なにをしているんだか。いえね、生きてさえいてくれたらほかにはなにも望みはしないのですが」

「それにしても鳥居君は、どうして大学をやめたりしたのでしょうか。あんなに優秀だったのに。家庭の事情でも?」

「そんなものはありません。私どもも面食らったほどです」

「彼女、退学届けを出す直前に教務課にやってきましてね。ひどく落ち込んでいたものだから、心配になって声をかけてみたんです」

「そうです! うちにも電話をかけてきて、ひどく落ち込んだ声でねえ『大学をやめることになるかもしれない』って……そりゃあ驚きましたよ」

「あるいはその件と失踪にはなにか関係があるのかもしれませんねえ」

心当たりはありませんかという各務の言葉に、鳥居香奈恵の母親は首を横に振るばかりだった。「なにか、思い当たることがあったら」と、各務は名刺を渡し、大学もなるべく気にかけるようにしておきますと言い残して、二人は鳥居家を辞した。

バス停まで歩いて時間を確かめると、幸いなことに二十分ほどで諏訪駅行きが来ることになっている。すっかりペンキの剝《は》げたベンチに座り、水鳥は各務に問うた。

「あれ、本当ですか。鳥居香奈恵が教務課にやってきたって」

「…………」

「驚いた。それじゃあ枡落《ます》としじゃありませんか」

「とまで、言われるほどのことじゃないと思うが、まあ、あれくらいの演出はね、必要だと判断したんだよ」

それにしても古い言葉をよく知っていると、各務は感心したように言った。枡落としとは、ネズミ取りの罠の一種である。転じてペテンにかけることを示す言葉になった。全てはお峯の意識から吸収した知識である。

「先ほどの君の言葉だけど」

「枡落としは言い過ぎでした。すみません」

「違うんだ。電車の中で言っていたでしょう。我々はまるであらかじめ用意された選択肢をたどっているようだ、と」

「ええ、確かに」

「どうもその言葉が気になってしまってね」

「さっきはわたしの考えすぎだって言ったくせに」

「そうなんだが……実は……ある出来事を思い出したんだ」

「ある出来事？」

「僕が仮名垣魯文の遠縁に当たることは、前に言ったよね」

思いがけない名前を各務の口から聞いて、水鳥は当惑した。次の言葉を待ったが、各務は考え込んだまま唇を動かそうとはしない。やがてバスがやってきて、二人を上諏訪駅前まで運び、さらに新宿行きの電車の車中に至っても、各務の態度は変わらなかった。

水鳥は水鳥で、別のことを考え始めていた。

先ほどの鳥居香奈恵の母親のことが、気になったのである。

「ねえ各務さん」と、声をかけると、ようやく顔を上げて「うん？」と、生返事を寄越した。

「鳥居香奈恵の母親だけど、どうして警察のことを話さなかったのかしら」

「どうしてって」

「おかしいとは思いませんか。警察はわたしたちに先んじて、あの家に行ったはずでしょう。だったら『警察の人にも申し上げたことだけど』とか、『ついこないだも警察の人がやってきて、同じことを訊ねていった』とか、そんな言葉があるのが普通じゃありませんか」

「そういえば、そうだね」

「それに各務さんについても、もっと疑いの眼を向けるべきじゃありませんか。だって鳥居香奈恵は中退しているんですよ。出身者名簿に載せるのはどう考えたっておかしいし、それにわざわざ実家を訪ねるなんてことを、するはずがないじゃありませんか」

ましてや、自分の娘が犯罪に巻き込まれている可能性があると、警察から聞かされていればなおさらのことだ。

「うん、そう言われると、返す言葉がないね」

「でしょう」

だが、その答えは以外にも簡単に解くことができた。

その夜、練馬署の灰原から電話があったからだ。

『困るじゃないですか、早峯さん。勝手に鳥居香奈恵の実家を訪ねるなんて。確かに彼女の身元を割り出してくれたことには感謝しています。だけど、私たちもまだ接触していないんです。ここから先は警察の仕事です。それに殺人事件が絡んでいるんですからね。くれぐれも軽率な行動は慎んでください。いいですね』

聞きようによっては身勝手きわまりない言葉を一気に吐き出し、灰原の電話は唐突に切れた。しばらく受話器を睨《にら》みつけ、ついでにあっかんべーとばかりに舌まで出して、ようやく腹の虫がわずかに治まるのを感じた。

――そっちの動きがトロすぎるんじゃない。

なおも胸の中で悪態をついているところへ、またも電話がかかってきた。

「僕です、各務です」

「ああ、各務さん、ちょうど良かった」

昼間の疑問が解けましたと告げると、あまり気のない返事が受話器の向こうから聞こえた。

「昼間の続きなんだが、僕のことについての方の」

「たしか、各務さんが仮名垣魯文の遠縁に当たるという」

「当時彼の近くにいた人間……実はそれが僕の直接の親戚に当たるんだが、彼が奇妙な聞き書きを残しているんだよ。明治の初年に、湯島の出会い茶屋で奇妙な殺人事件が起きてしまったらしい。結局はうやむやのまま、闇《やみ》に葬り去られたというんだが、魯文はそれに直接関わっていたと、聞き書きにはある」

事件がお米――お富――殺しを指していることは間違いない。水鳥は心臓が急激に鼓動を速めるのを首の血脈で感じていた。

「その事件って、あの」

「茶屋の一室で、老婆が一人殺されていたんだよ」

「下手人は捕まったのですか」

「下手人は良かったな。だが言ったろう、うやむやになったって」

犯人が捕縛されずとも、どこの誰かぐらいはわかったのではないか。そう問いかけようとすると、その前に、

「魯文は事件のことをこう語ったそうだ。『天地《てんち》大戯場《たいぎじょう》。全ては一幕の芝居のごとし』とね。

天地大戯場というのは、確か小林一茶《こばやしいっさ》の言葉ではなかったかな。この世の全ては芝居舞台の出来事に過ぎぬ、くらいの意味だろう」

「じゃあ、魯文さんはお米殺しも芝居に過ぎないと……」

言ってから、しまったと思った。しまったと思い、各務が聞き流してくれればよいがと切に願ったが、そうはいかなかった。

「どうしてその名前を知っているんだい。僕は老婆、としか言わなかったはずだ。確かに殺害されていたのはお米という名の女性だ。だが、そんなことがあったという記録は、その聞き書き以外にはないはずだ。少なくとも、僕は見たことがない。それとも水鳥さん、あなたは僕の知らない資料を見たことがあるのかい」

矢継ぎ早に繰り出される質問に、水鳥は一つの言葉さえも答えることができなかった。

「水鳥さん……」と、各務の言葉が急にトーンダウンした。

「まあ、いい。いずれその件に関しては詳しく聞くことにしよう」という言葉が、天使の声に聞こえた。

「ごめんなさい」

「それで、魯文の言葉なんだがね、もしかしたら、彼はこう言いたかったのではないだろうか。この事件は、まるで誰かが筋書きを書いたように見える、と」

「どういうことでしょうか」

「残念ながらわからない。けれどこの言葉と、君の言葉とを今回の事件に当てはめて考えようじゃないか」

高野教授が失踪し、彼と関係があったと思われる鮎川知美が殺害された。そこには五年前にやはり行方がわからなくなっている鳥居香奈恵という女性が、どうやら関与しているらしい。

「これが全て犯人サイドの思惑であったとしたら、どうなる？」

「わかりません、わたしには」

「僕たちは警察も含めて一定のベクトルに沿って動いている。とりあえず鮎川知美さん殺害の犯人を捕まえるべく、二人の失踪者を追うというベクトルでね」

「そのベクトルが全く違っている？」

「うん。言い換えるなら、全く違うベクトルを持つ犯罪を覆い隠すために、このベクトルは用意されたということになる」

「すると、その鍵《かぎ》となるのが」

「たぶん……例の写真を撮影した人物ということになるね」

受話器の向こう側に、微《かす》かに風の音を聞いた気がした。音質が良いものだから気づかなかったが、どうやら表から携帯電話を使ってかけているようだ。

「各務さん、今どこにいるんですか」

「ん？　ああ、叔母さんの家の近くだよ」

「というと、面影橋の」

「そうだよ」

「本当ですね、本当に面影橋なんですね」

「どうしたんだい、急に」

電池が切れたのか、そこで通話がとぎれた。近くの公衆電話から、もう一度かけ直してくるかと思って待ったが、各務達彦からの電話はなかった。

不意にいやな予感におそわれた。

鮎川知美と最後に言葉を交わした日のことが、なぜかしきりと思い出されて仕方がなかった。それを言葉にすると、予感が現実になりそうで怖かった。事件に積極的に関わったことを、水鳥は初めて後悔した。

2

各務からの電話を受け取ったとき、水鳥が漠と感じた不安が現実のものとなったのは三日後のことであり、そしてその凶報をもたらしたのも一本の電話だった。

まだ日も落ちきらない午後六時過ぎ、「早峯さんですね」と、携帯電話から聞こえてきたのは、練馬署の灰原の声である。声音にどこか堅さがあるのを感じ取ると、それだけで水鳥の心臓は早鐘を打ち始めた。

「はい早峯です、なにか」

「あくまでも確認ですが、各務達彦という男性をご存じですね」

「……はい」

はいと答えて次の瞬間、水鳥はそのまま通話スイッチを切ってしまいたい衝動に駆られた。一連の事件さえなければ、警察組織の人間などとは一面識もない、市井《しせい》のどこにでも存在している民間人として日々暮らしているはずだった。けれど現実に灰原は水鳥の電話番号を知っているし、そして彼からの電話が朗報であった試しは、未だかつてない。

――いやだ、いやだ。もう誰も失いたくない！

「聞いていますか」と、灰原の声はいっそう厳《きび》しさを増したようだ。

「各務さんになにかあったのですか？」

あったのですね、と本当は問い質《ただ》したかったが、それを口にすると現実はもっと残酷な知らせを告げそうな気がして、あえて疑問符を付け加えた。

「各務達彦氏は、現在長野県諏訪市内の病院に収容されています」

「諏訪市ですって！」

その町をほんの三日前に各務と二人で訪れたばかりだ。事件の経緯とともに浮かび上がった、鳥居香奈恵の実家がある町である。なぜその町にという疑念の一方で、彼の遺体が発見されたという知らせでないことを、水鳥は生まれて初めて神仏に感謝した。

「彼……病気ですか、それとも怪我《けが》でもして」

「頭部を強く殴られたようです、諏訪大社をご存じですか」

「はい、名前だけは」

「今朝、上社の神社の境内で倒れているところを、禰宜《ねぎ》のかたが発見しました」

遠く離れた所轄管内で起きた事件について、灰原が知り得たのにはいくつかの偶然が重なったらしい。たまたま鮎川知美殺害の一件について、大学の事務局に聞き込みに出かけたところへ諏訪署からの連絡が入ったという。「各務」という名前に反応したのは、水鳥と二人して、鳥居香奈恵の実家を訪ねた事を灰原が知っていたからである。

「それで、意識はあるのですか」

「いえ……精密検査の結果、脳波等に異状はないそうですが、後頭部にかなり大きな裂傷がありますし、出血もひどかった。それで意識の方はまだ」

「どうして各務さん、そんなところに」

「それをお聞きしたいのは、こちらの方ですよ。あなた方は先日、鳥居香奈恵の実家を訪れたばかりでしょう。どうしてまた」

「わかりません。本当にわからないんです」

もしかしたら、という思いはあったが、情報として灰原に告げるにはあまりにあやふやで、言葉にすることはできなかった。各務が再び諏訪市に向かったということは、一連の事件における鳥居香奈恵の役割がどこにあるのか、を探ろうとしたに違いない。そして、あるいは彼女が握っているパーツが、諏訪大社に関係しているのかもしれなかった。

「早峯さん、もうこれ以上は危険だ。事件には関わらずに、おとなしくしていて下さい」

いいですね、と灰原はくどいほど念を押して、電話を一方的に切ってしまった。各務が入院している病院名を尋ねる間もなかった。

――どうするか。

病院を訪れるべきか否かで迷ったのではなかった。どうやって病院名を突き止めるか、思案したのである。地元警察に問い合わせてみても、よけいな詮索《せんさく》をされるのが落ちであろうことは火を見るよりも明らかだ。

「それしかないな」と声にして、水鳥は急いで部屋を出た。

向かったのは面影橋にある、各務の叔母の店である。父親は早くに家を出た上に、母親が彼が中学生の頃に亡くなっていると、以前に聞いたことがある。だとすれば各務の受難の知らせは、確実に叔母の元にもたらされているはずだ。

いくつかの私鉄とJR線を乗り継ぎ、高田馬場に到着したのは午後七時半過ぎのことだった。早稲田駅から都電荒川線に乗り換えて面影橋に向かうよりは、高田馬場駅から歩いた方が時間的には遙かに早い。そう教えてくれたのは各務だった。

店のドアを開けようとしたところへ、店内から小太りの中年婦人が飛び出してきた。

「あなたは!」「あの……」という二つの言葉が交錯した。婦人の右手に大きめのボストンバッグが握られていることで、水鳥は彼女が各務の入院する病院へ向かっていることを素早く察した。

「わたしも連れて行ってください」

「えっ」

「各務さんの病院に行かれるのでしょう」

「どうしてそのことを」

「さっき、警察から電話連絡をいただきました。彼が諏訪の病院に入院しているって」

「そう。そうなの、じゃあ一緒に来てちょうだい。たった今病院から二度目の連絡があってね、達彦の意識が戻ったって」

達彦の叔母——斉藤牧恵《さいとうまきえ》——の運転する車で諏訪に向かう間、水鳥に問いかけられたいくつかの質問は当然の成り行きといえた。

達彦はどうして諏訪市などに出かけたのか。

誰がなんのために彼をこんなにもひどい目に遭わせたのか。

そもそも大学の一職員でしかない達彦が、どうして警察沙汰に巻き込まれねばならないのか。

水鳥と達彦は単なる友人でしかないのか。それとももっと……ｅｔｃ．ｅｔｃ。

そして、牧恵の質問に対して一つとして明確に回答できないのも事実であった。甥のことを一心に案じる牧恵に対して、自分たちが殺人事件に関わっているなどと言えようはずがないし、達彦が諏訪市を再び訪れた理由については、水鳥にも不明だ。達彦の目的がわかれば犯人の目星もつくかもしれない。しかし現段階では仮説めいたものを口にする段階ですらない。

——ましてやわたしと達彦さんとの関係なんて。

友人と呼べばよいのか、あるいは戦友か。それともバディとでもいう関係だろうか。ほのかな思いが二人の間に横たわっていたとしても、それを温め合うには状況は最悪だ。甘いささやきなど悪趣味でしかない場所に、二人はいる。

ごめんなさい。

水鳥が言えるのはたった一言だった。

諏訪市に到着したものの、すでに午後十一時を回っていたために達彦を見舞うことはできなかった。なんとかビジネスホテルを探し当て、翌朝一番に二人は病室に向かった。

わざとらしいほど白い部屋に、頭部を幾重にも包帯で覆われて、達彦は眠っていた。その頬《ほお》はどす黒く痩《こ》けているようだ。いったんは意識を回復したものの、頭部の痛みがひどく、鎮痛剤を与えられて眠っているのだという。説明してくれたのは看護婦ではなく、この事件を担当している私服の警察官だった。

「まあ、命に別状はないようです。ご安心ください」と、何気なく本人は言ったつもりだろうが、その一言が牧恵を激怒させた。

安心などできるはずがないじゃありませんか。達彦は襲われたんですよ。後頭部を思いっきり殴られて、倒れているところを発見されたんです。命に別状がなければそれでよいと思っているのですか。警察の捜査はどれくらい進んでいるのですか。

牧恵の怒りが一段落するのを待って、水鳥は「犯人の目星は」と警察官に聞いてみた。「財布が奪われていますから、物取りの可能性が高いでしょう。最近ではこのあたりも物騒でしてね。オヤジ狩りですか。若い連中が数人がかりで中高年や若い社会人にも襲いかかる事件が、いくつか発生しています」

けれど事件を目撃した人物はいない。少なくとも現段階では見つかっていない。従って物取りと単純に断定するわけにはいかないだろう。そう言い置いて、警察官は改めて、各務達彦が諏訪市を訪れた理由について、問い質してきた。

「やはりあれですか。大学の関係者ということで、なにかの研究とか」

諏訪という町が、歴史学上、あるいは考古学上、民俗学上という広範囲の学問において、かなり重要なポジションを占めていることくらいは水鳥も知っている。「多分そうではないかと思うのですが」と言葉を濁すと、警察官は馬鹿に物わかりの良い表情で、簡単に納得した。

「となると、偶発的な事件という線が濃くなりますねえ」

目撃者も見つからず、しかも命に別状がないとなると捜査は難航するだろう。というよりは警察としてもさほど大がかりな捜査陣を組むことが難しいと、警察官の口調が告げている。事件に重い軽いはないというのはあくまでも建前で、現実には犯罪の種類と度合いによって、つぎ込まれる熱量にも差異が生じるのだろう。

「ではまた、なにかありましたら改めてご連絡差し上げます」と、これ以上にない形式的な言葉を残して警察官が病室から消えた。

たった一人いなくなっただけで、室内の温度が急速に下がった気がした。そう思わせるほどの静寂が、部屋を支配している。時折、各務達彦が漏《も》らすうめき声が二人をはっとさせるのだが、会話を紡ぎ出すことはなかった。

ややあって、牧恵が達彦の持ち物を整理し始めた。水鳥も見知っているキャンバス地のショルダーバッグと、襟元に焦げ茶色の血痕がこびりついたウィンドブレーカー。事件を解決するに当たって重要な証拠となりうるものはなにもないと、警察が判断した上で返してくれたのだろう。

——……！

バッグの中身を牧恵がベッドサイドのテーブルに広げるのを見て、水鳥は異変に気づいた。

「どうしたの？」

「いえ、ちょっと」

各務が常に携帯していたはずの、革張りの手帳が消えていることに気づいたのである。そこには、一連の事件に関することが綴《つづ》られている。

——それが消えている。ということは……。

やはりという思いと、どうしてという思いが同時にあふれた。

各務達彦はやはり事件のことを調べていた。むろんなんの理由もなしに諏訪市を訪れるはずはないから、彼が事件の核心に迫るべくこの町を訪れたことは間違いない。そして、達彦は何者かに襲われたのである。

「これ、どうなっているのかしらね」

という牧恵の一言が、水鳥を現実に引き戻した。

「これって？」

「上着よ。なんだか変なの。わたしは今風のファッションには疎《うと》くて。でも変なのよ。ポケットがどこにもないのに、なにかが入っているみたいなの」

ウィンドブレーカーを受け取り、牧恵が指さす辺りを探ってみると、なるほどなにか板状のものが入っているようだ。ちょうど例の革張りの手帳ほどの大きさである。表地と裏地のフリースとがチャックで接合されているのを発見して、ようやく水鳥は納得した。「コンポーネントタイプなんだ、これ」

「コンポーネント?」

「要するに表地と裏地が独立しているんです。二つの着衣を別々に着ることもできるし、こうやって二つをチャックで接合し、一着の上着として着ることもできるんです」

自らの言葉に、水鳥は胸の高鳴りを覚えた。

――もしかしたら。

接合のチャックを引き下げると、フリースについているポケットに目指すものがあった。各務の手帳である。彼を襲った犯人もまた、達彦の上着がコンポーネントタイプであることに気づかなかったに違いない。

「あら、これはわたしが三年前にプレゼントした手帳だわ」

「そうですか。たまたまここにしまっておいただけでしょう」

「まったく、うかつなんだから」

「各務さんらしい」

牧恵が極力手帳に興味を持たぬよう、水鳥はさりげなく会話を続けた。

達彦がわざわざそんなところに手帳を隠しておいたのは、自分が襲撃されることを察知していたからではないか。とりもなおさず、それは彼が事件の核心に近づきつつあったことを示している。そのことを牧恵に知られてはならないと、とっさに思った。

これからの治療方針について説明したいという、担当医師からの連絡を受けて牧恵が病室を離れた隙に、水鳥は手帳をもって表に出た。すぐ近くのコンビニで、必要と思われる部分のコピーを取るためだ。歩きながら走り読みする水鳥の目に「五年前、御柱祭《おんばしらまつり》」という言葉が飛び込んできた。

「五年前の御柱祭って……」

その祭りが何年かおきに行なわれることは、ニュースで見たことがある。急斜面を長大な丸太が滑り降りる映像、丸太に乗った無数の人々が振り落とされる映像がすぐに思い出された。

次のページには、
高村英二《たかむらえいじ》。

佐伯勇作《さえきゆうさく》。

佐藤哲治《さとうてつじ》。

という三人の名前と、それぞれの連絡先が記されている。「原点は鳥居香奈恵の失踪にある」「なぜ彼女は失踪しなければならなかったのか」「高野ゼミの合宿でなにが起きたのか」という走り書きは、さらに次のページに記されている。

そこにいたって水鳥は達彦の意図を正確に読みとった。達彦は全ての原点を五年前の鳥居香奈恵の失踪に求めたのである。

「だとすると、三人の男性の名前は、五年前のゼミ合宿に参加したメンバーである可能性が高いわね」

コピーを取りながらつぶやくと、すっと背筋に冷たいものを感じた。

そこでなにかが起きて、鳥居香奈恵は失踪した。五年の時を経て事件は再びよみがえり、結果として高野教授は失踪し、親友の鮎川知美は命を失ったことになる。これ以上事件に関わってはいけないという灰原の言葉が、急に現実の重みとなってのしかかってきた。

不意に、水鳥は意識が遠い時空の彼方に飛ぶのを感じた。

3

『じゃあ、そちらの事件は五年前の出来事が因果となって』

――因果は良かったな。でもどうやらそうみたい。

『そしてこちらの事件は、二年前のお田鶴様の死がとっかかり』

――いずれも過去の亡霊がよみがえったことが原因らしいわ。

病院の屋上の片隅で、水鳥は意識を過去に向かって開いている。会話の相手は明治初年の芝居町で、戯作修業に励むお峯である。

『それにしてもそちらの魯文さん。ずいぶんと災難でしたねぇ』

――命に別状はないとしても、ひどいことをする。人の命をなんだと思っているのだろう。

『それだけ必死だという事じゃないのかなあ、下手人も』

——にしたって、ひどすぎるわ。

『おやおや、各務さんとかいいましたっけ、そちらの魯文さん。そのお人のことになると随分語気を荒くするんだ』

——茶化さないでほしいなあ。わたしだっていつ同じ目に遭うかもしれないのに。

『そこが肝要ですよ。これから水鳥さんはどうするおつもりで』

——正直言って、迷っている。

『各務さんとやらの仇討ちにとっかかるか。それともここは官憲に任せて身を潜めるか』

つらい選択ですねと言いながら、お峯の口調は奇妙に明るい。まるで水鳥の気持ちを見透かしているかのようだ。二人の意識は相互回線のようなもので、隠し事ができない。各務の仇討ちができるか否かは別にして、犯人を放っておけない、半ば意地ずくの思いが伝わっているのだろうか。

ところで、と間をおいて。お峯が深瀬鴇雄老人のことを話題にあげた。

『もしかしたら、かのお人も私たちみたいに時空の壁を越えて、話をすることができるかもしれないって』

——うん。そんな気がする。しかもその相手は……。

『田之太夫じゃないかと、水鳥さんは推察しているわけだ』

——そんな気がしてならないのよ。

第七幕　裏表廻舞台

1

守田座に反古《ほご》紙の鬼が棲みついてしまったらしい。昼間っからうんうん唸ったまま、せっせせっせと反古紙を生み出しているという。あな、恐ろしや、恐ろしや。

「本当だな、こりゃあ。まさしく恐ろしや、じゃないか」

「お好きになぶるがいいわ。そのうち地べたに這《は》いつくばってお見それいたしましたと、頭を下げなきゃならない傑作をものにして、鼻面に突きつけてやるんだから」

「そいつぁ、楽しみだ。楽しみついでといっちゃあなんだが、小腹が空かないかい」

仮名垣魯文にそう言われたとたん、お峯の帯の下から、クウとかわいらしい音がした。そういえば朝餉《あさげ》に味噌《みそ》汁と一膳《ぜん》飯を食べたきり、なにも口にしていないことに気がついた。先ほど聞いたのが八つ半の鐘だから、腹の虫が癇癪《かんしゃく》を起こすのも無理はない。

「どうだい、たまには鰻《うなぎ》でもやらないか。中荒《ちゅうあら》のぷっくりとしたところで飯をかっ込むのも悪くないぜ」

「ずいぶんと豪儀なお話ですねえ、でも、私の財布を当てにしたって駄目ですよ」

今月はそれでなくとも物いりで、おまけに座の客入りがよくないものだから、座主の守田勘弥のふところがこれまた渋い。もっとも……戯作者《げさくしゃ》見習いの身の上であるから、守田座からもらう給金などは雀の涙ならぬ、みみずの涙ほどではあったが。

「戯《ざ》れ言《ごと》がきついぜ。俺がいつお峯ちゃんのふところを当てにした。ええっ！」

「先月二回。先々月一回、その前の月はどうしてもほしい草紙があるからと、私の財布ごともっていっちまいましたね。あとで返ってきたのは財布だけ」

「……うっ」

「ああ、そうそう。門前通り裏の一膳飯屋の女将《おかみ》、ええっと、確かおらくさんとか言いましたっけ。言《こと》づてを頼まれましたよ。掛けで飲み食いするのも男の甲斐性だろうが、たまにはそれを支払う甲斐性も見せてくれって」

掛け売りの催促をしているわりには、奇妙に色っぽい目をしていたのはなぜだろう。あれは金を支払ってくれというよりも、たまには顔を見せてくれという謎掛けじゃないだろうか。

そう告げると、魯文の顔色がひょうたん色に変わった。

「ありゃあ、その……なんだあな。よせやい、よしておくれよお峯ちゃん。どうして俺があないかず後家と……そんな仲になんなきゃあ、ねえ」

「あら、そんな仲って、どんな仲」

目を白黒させ、天井を見回したり手近な柱に突きをくれたりして誤魔化そうとする魯文を、お峯はそろそろ許してやる気になった。

「そうですねえ、たまには本所あたりで鰻でもいただこうかな」

「そうこなくちゃいけない。ちょうど画文の銭が入ったところなんだ。今日ばかりは俺が御金蔵だ」

ついては入江町《いりえちょう》近くに、めっぽううまい川魚料理を食わせる店ができたそうだ。たいした評判らしいから、一度見聞にいこうじゃないか。うまけりゃ結構、評判ほどじゃなかったらこの魯文さんが大目玉を食らわせてやる。

大きく見得を切り、そのまま花道を突き進む勢いで魯文がお峯の手を引いた。いささか強引すぎるきらいはあるが、いやだからこそお峯は嬉しかった。

――なにが画文料が入ったよ。見え透いた嘘《うそ》ばっかり。

もともとなにをやって日々の糧を得ているのか、よくわからない男である。一応は物書きで、戯作もいくつかものにしているらしい。というのも、お峯が知る限り仮名垣魯文はいつだって素寒貧《すかんぴん》で、腹っぺらしで、それでいてちっともうらぶれたところがない。まったくとらえどころのないとしかいいようのない、不思議な人となりであるからだ。あるいは、明治という新時代を誰よりも面白がっているのは、魯文のような人間ではないだろうか。好奇心に目を光らせ、なにか面白いことはないか、どこかに夢中になれるものが転がってやしないか。そうだ、仮名垣魯文と河鍋暁斎は、まさしく時代を楽しみ、遊ぶことにかけての天才なのだ。

――でも……。

多くの人は江戸を懐かしみ、今しも吹き消されようとする蠟燭《ろうそく》の灯火を、皆で手をかざすようにして守ろうとしている。殊に猿若町に生きる人々には、その気持ちが強い。

「ああ、でも一人、違うお人がいるな」

通りを歩みながら、あれこれと考え事をしていたお峯は一人ごちた。

「どうしたい、急に」

「ううん、なんでもない。ちょっと考え事をしていたの」

「また、戯作のことかい。忘れっちまいな、こうして表に出たときくらい」

「そうじゃないのよ。猿若町の人々は皆、かつてのお江戸の火を守ろうとしているけれど、ただ一人だけ、それを良しとしないお人もいるなって」

「ふん。山崎屋の権ちゃんかい」

新しい時代には新しい芝居が必要だ。そのためにはこれまでの荒唐無稽な話に頼っていてはいけない。新たなる芝居。それは活きた歴史に学んだものでなければならない。

「すなわち……活歴か」

「そいつが悪いとはいわないが、なにもこれまでの芝居を糞味噌に貶《けな》すこたあないんだ」

「山崎屋さんにだってそれなりの事情もあるし」

「要するにこれまでの芝居じゃア、単なるヘボだってことだろう」

「それをいっちゃあ、身も蓋もない」

山崎屋の権ちゃん、すなわち七世河原崎権之助は、いずれ市川團十郎の大名題を継ぐことを約束された男だ。が、その評判はあまり宜しくない。やや口ごもったような口吻《こうふん》が聞き苦しいと、酷評する向きさえある。だからこそ、新たな芝居に己の役者生命をかける気になっているのだろう。

軍鶏鍋屋《しやもなべや》やそば屋などが建ち並ぶ、入江町のどん詰まりに、目指す店はあった。

「魚矢三《うおやさ》……ここだ、ここだよお峯ちゃん」

「へえ、なかなか小ぎれいなお店」

「見かけに騙されちゃ、いけねえよ」

魯文が言ったとたん、案内の小女が「騙されるのも一興」と、素っ気なく言った。その一言が絶妙で、お峯は思わず噴き出した。

座敷に通されると、まず磯の匂いがぷんとした。潮の上げ下げの激しい土地柄であるから、たぶん満ち潮なのだろう。海の水が近くの掘り割りまで入ってきているに違いない。鰻のお重を二人前と香の物、それに川魚のよいところを二、三品。お銚子は適当にと、座敷付きの女中に注文を済ませると、

「それで、どうかね。戯作の方は」

と、魯文がいった。

――やはり、そう来たか。

「先ほどは忘れっちまえなんて、言ったくせに」

「そりゃあ、そうだが、まあ、なんだ」

今日の御金蔵は自分だ、などと大見得を切ったが、魯文にそんな余録などあろうはずがない。本当の御金蔵は師匠の新七か、

――あるいはお父っつぁんか。

田之太夫《だゆう》の退きの興行にかける芝居。その本作りに苦しみ、焦るお峯の胸中を察して魯文に金を渡し、それとなく励ましてやってくれろと、頼んだのではないか。

鰻は注文してから魚体をさばき、焼き、そして蒸してさらにタレで焼き上げるからどうしても時間がかかる。面倒な話を持ちかけるのに、実に適した料理といえるかもしれない。

「最後の場面はできているんです」

「というと」

国性爺の錦祥女を浪速《なにわ》かどこかの芸妓に置き換える。その女と最愛の男との別れを、舞台でたっぷりと演じてもらうのだ。同時にそれは、舞台から贔屓《ひいき》筋に向かっての、田之太夫の別れでもある。

「白浪の泡にひとしき人の身は、夜半の嵐の仇桜、明日をもまたで散ることあれば、これがお顔の見納めかと、思いまわせばまわすほど、お名残惜しう、ござります」

「そいつが、田之太夫の退きの言葉にもなるってわけか」

「おかしいですか」

「いや、おかしかねえ。そいつはいいよ、俺は気に入ったね」

「魯文さんにそう言ってもらえると」

「おっと、喜ぶのはまだ早い。そこまで思案が進んでいるってのに、反古紙ばかり作るってのが、納得いかねえなあ」

「それは！」

お峯は絶句した。

別れの地は、遠い異国にしてはどうだろう。意識を交換できるようになった、早峯水鳥のいる世界。目を見張るような建物と、大きな鉄の箱が狂ったように走り回る世界。夜でも昼のごとく光に包まれた奇跡の国。そうした案は次々に浮かぶのだが、どうしても切ない男女の別れにはそぐわない。

――そう。次々と人が殺されたり、傷つけられたりするにはとてもふさわしい場所だけれど。私の芝居には……。

そう考えると、今度は水鳥が巻き込まれている災難が気になりはじめる。当然の事ながらお米殺しの顚末《てんまつ》が頭の中にでんと居座る。するとお峯の筆は、一文字として書けなくなってしまうのである。

「いろいろ、考えてはいるんですけどねえ。女が船で遭難して、異人さんに助けられるとか」

「実は芸妓には旦那《だんな》がいて、そいつは何年もの間、女が生きていることを信じて捜し続けるとか、どうかねお峯ちゃん」

「訪ね歩いた末に、たどり着いたのが遠い異国で」

「やれやれやっと巡り会えた。ああ、愛おしや」

「ところが女はすでに異人の妻となっていて、子までなしている」

「かつての夫との切ない別れ」

「……これがお顔の見納めかと、思いまわせばまわすほど、お名残惜しう、ござります。って、あれ？」

「できたじゃねえか。そうだな、さしずめ場面は倫敦《ロンドン》じゃあどうだい」

「倫敦って？」

「えげれす国の都だとよ」

「というと、お江戸みたいなところ」

「らしいぜ」

ちょうど頃合いを見計らったように、鰻が運び込まれた。

魯文の絶妙の合いの手によって、話の大筋が思いもかけずにできあがってしまった。それが心の重しを取り外してくれたのだろうか。鰻云々《うんぬん》というよりも、お峯は久々に口にするものを美味しいと思った。

「さて……お次はもう一つの難題だ、ナ」

瞬く間に鰻を食い終え、さらに別の皿まできれいに平らげた魯文が、盃《さかずき》を口に含みながらいった。「お峯ちゃんにはつれえ話かも知れねえが」と、付け加えたところを見ると、あまり面白い話題ではないようだ。

「お峯ちゃんも水無瀬の旦那から聞いているだろう。田之太夫が手指を切断するために横浜に向かう直前、瀬川如皐と会っていたという話」

「……はい」

水無瀬源三郎はこうも言った。もしかしたら澤村田之助は退きの興行などするつもりがないのではないか、と。

「でも、それはよく考えれば無理な話です。だって、退きの興行のことは誰もが承知した上でのことだし」

それに、とお峯は唇をかみ、首を横に振った。

両足を失い、今また手指を失った田之太夫はさながら生き人形だ。そりゃあ五体をそこまで欠いた役者がどれほどの芝居を見せてくれるのか、客は物珍しさでやってくるかもしれない。けれどそれはしょせんは見世物の類《たぐい》に過ぎない。断じて田之助の「芸」を見に来るわけではないのだ。

見世物は、早晩飽きられる。

そしてどこの座主もそのことを心得ている。なによりも、座主も贔屓も、田之助の華やかなりし時を知り、その艶姿《あですがた》をいつまでも忘れることはない。見世物になった田之助など、見たくはないはずだ。

「退きの興行が終われば、どこの座主も田之太夫を使ってくれるとこなんて」

ふと、お峯は思った。あるいは西国ならどうだろう。それこそ浪速や京の都ならば。まだまだ田之助は受け入れられるのではないか。

そういうと、今度は魯文が首を横に振る番だった。

「駄目だよ。京、大阪に行こうとも手足を切った女形《おんながた》が見世物以上になれるはずがない。それを良しとする田之太夫でもあるまいに」

「じゃあ、打つ手はもうなにもないじゃありませんか」

盃を置き、懐手《ふところで》になった魯文が、「あるには、ある」と小声でいった。その顔つきがひどく神妙で、おまけに厳《きび》しい。別人にでもなったようだと、お峯は言葉を掛けそびれた。「あるには、あるんだよ。田之太夫を生かす奇策が」

「だって……魯文さんだって」

「田之助そのものが、座主になっちまえばいいんだ」

「そんな馬鹿な！」お峯は大きな声を上げていた。

いくら万両積んだところで、猿若町に自らの芝居小屋を売りに出す座主がいるとは思えなかった。御上のお目こぼしでようやく生きながらえている、場末の小屋ならいざ知らず、大きな芝居小屋は風紀紊乱《びんらん》を防ぐために猿若町に集められ、そこから出てはならぬというのが、昔からの御定法《ごじょうほう》だ。それは明治の代になっても変わりない。

「ところが、御定法が変わるという噂《うわさ》が流れているんだ」

「変わってどうなります」

「猿若町以外の場所にも、大きな小屋を掛けられるようになるそうだ」

役所にそのことを訴え、奔走しているのが他ならぬ河原崎権之助であるという。いつまでも猿若町にいたのでは、己の目指す新しい芝居は作れない。いっそまったく違う場所で小屋掛けできれば、との思惑らしい。

「すると……田之太夫にだって」

「新たなお触れが出れば、小屋を掛けることができる」

「だったら退きの興行なんて考えなくていい」

「そいつとこいつとは別物だ。お峯ちゃんだってわかっているだろう。見世物になった田之太夫なんざ、誰も見たかないさ。それをわかっていないのは……」

「太夫、その人」

「そして、今じゃどこも使ってくれそうにない、落ち目の戯作者、だな」

戯作者がいなければ新作を掛けることはできない。それはすなわち、目の前に衰亡の道が開けているようなものだ。

「だから、田之太夫は瀬川如皐と会っていた」

「しかも、だ。小屋を掛けるといっても犬小屋じゃないんだ。地べたを借りて、しかも小屋とは名ばかりで、こいつは大きな屋敷並みに造作がかかる」

「当然の事ながら、費《つい》えも馬鹿にならない」

「たとえ千両役者であったとしても、その内情は皆、火の車だ」

小屋掛けには莫大《ばくだい》な費用を必要とする。

お峯には、おぼろげに事件の輪郭が見えてきた。

己を生かすためには新たな小屋を造るしかない。そのために必要な金をどうするか。そして瀬川如皐には、勝田屋に出入りするお米の存在があった。左前になっているとはいえ、未だ勝田屋は大身代だ。

——そこで、なんらかの思惑が絡み合い、悲劇が起きた。

もしも、である。その推量が正しかったとしたら、とお峯は思った。

あくまでも己を生かそうとする田之助の執念に、不謹慎ではあるが、とてつもなく美しいものを感じた。

2

お峯は今でも折々に思い出すことがある。今生に生まれて十と四年目。官軍がお江戸に攻め入り、混乱と争乱の中で明治新政府が産声を上げた年のことだった。覚えているのはそのことではない。蠟燭《ろうそく》問屋の主である父・治兵衛にせがんで、はじめて訪れた猿若町の光景だ。風にはためく色とりどりののぼり。威勢のよい呼び声。そこここから漂う茶屋のよい香り。歩く人人。どれもが光り輝いて見えたものだ。

長州者《ちょうしゅう》だろうと薩摩《さつま》者だろうと知ったことか、べらぼうめ。お江戸は猿若町の芝居の火を、消せるものなら消してみやがれ。こちとら腰の据わった江戸っ子だ。七度死しても必ず甦り、贔屓《ひいき》の役者に威勢のよいかけ声の一つもがなってみせる。

中でも光り輝いていたのが澤村田之助だった。『大晏寺堤《たいあんじづつみ》』で春藤次郎右衛門《しゅんどうじろうえもん》を演じた田之助だが、そのころすでに彼の右足は主人と永久の別れを済ませていた。にもかかわらず、その姿の艶《えん》なこと。お峯には田之太夫の体が不思議な光にでも包まれているかのように見えたものだ。

「だがナ、お峯ちゃん。よっく考えてくれろよ。太夫はしょせんは時代に咲いたあだ花だ。確かに田之助はあらゆるわがままが許される名女形ではあろうさ。河竹の新七さんに向かって『其水に新作を書いてもらえ』なんて台詞《せりふ》を言えるのは、奴《やっ》ぐれえのものだ。だがな、あだ花はどうあがいたってあだ花なんだ。散る宿命は避けることはできねえよ。ましてや、散るがいやさに他人様を追い落とすような真似は、いくら奴でも許されまいよ」

と、お峯の脳裏に昨日の魯文の言葉が甦った。

白浪ものと呼ばれる芝居がある。まだ江戸の火が華やかなりし頃、河竹新七がもっとも得意としたものだ。要するに泥棒、押し込み、強請《ゆすり》、たかりといった悪行を生業とするものたちの物語である。悪は悪だが、それをいかに粋に演じるかが戯作者の腕の見せ所であり、役者の技量でもある。たとえば『白浪五人男』の弁天小僧《べんてんこぞう》。女装の盗賊・弁天小僧が、もろ肌脱いで浜松屋から金をむしり取るゆすり場は、物語屈指の見せ場である。徹底した悪、そして悪のみが許される啖呵《たんか》。人々は悪の色気に酔い、そして胸躍らせる。

「だがな」と、また魯文の言葉が聞こえた気がした。

芝居の中の悪と現世の悪とは、決して同じものではない。同じであってよいはずがない。

「でもね、魯文さん」と、通りを一人で歩いていることも忘れて、お峯は自らの胸の裡《うち》に向かって言葉を発していた。上野広小路から大通りを経て、日本橋へと向かう道すがらである。

でもね、魯文さん。このままでは田之太夫は本当に猿若町から消えてしまう。私が書いた戯作によって、退きの公演をうたねばならなくなる。そんなのはいやだ。絶対にいやだ。

瘧《おこり》でもついたかのようにかぶりを振るお峯は、肩にそっと置かれた手の感触に後ろを振り返った。

「源三郎さん！」

「どうやらお峯ちゃんも勝田屋の旦那に呼ばれた口らしいな」

「じゃあ、源三郎さんも」

ああと言って、水無瀬源三郎がうなずいた。ついこないだまでは羽織姿であったが、今は髪型も短く整え、それが官憲の制服なのか、深い紺色の洋装である。とはいっても、その腰に差しているのは物々しい金色のサーベルなどではなく、相変わらずの長十手ではあるが。

水無瀬源三郎を上から下まで睨《ね》め回し、お峯は「へえ」と感嘆の声をあげた。

「どうせ、馬子にも衣装と言いたいのだろう」

「そんなことはありませんよ。でもずいぶんと変わるもんだ」

「不思議なものだな。ついこないだまでは官憲なんざ、クソ食らえと思ってはいたが」

「今じゃ、宗旨替え、ですか」

「どうやら人は、なりが変わると魂まで変わっちまうものかもしれねえな」

「変わってしまう……それって少し切ないですねえ」

ふむといったきり、前に向かって歩き出した源三郎の後をお峯は追った。驚くべきことだが、源三郎は歩き方まで変わっていた。どちらかといえばだらしのない、いつだって風任せにふらりふらりと歩んでいた男が、目的に向かって一心に歩を進めている。

――人は変わる。世間も変わる。

芝居町という、いつまでも江戸の火を絶やさぬ場所で生きるお峯にとって、それは少なからぬ衝撃であった。


今朝ほどのことだ。

小屋がはねたら店によってほしい。

日本橋の小間物問屋・勝田屋の西右衛門からの言づてがお峯のもとに届けられた。魯文の助言もあって、ようやく戯作の筆が乗りかけていたこともあり、勝田屋の手代への返事を渋るお峯に「いっておいで」と声を掛けてくれたのは新七だった。

「けれど……」

「魯文さんから聞いているよ。戯作の方もようやくまとまりを見せているというじゃないか」

国姓爺の錦祥女の件《くだり》を改作するという案、なかなか宜しいではないか。舞台を倫敦に置き換えるというのも秀逸だ。

そう言ってもらえただけでお峯は宙にも舞う思いがした。

「あとは一息に仕上げるのみだ。だったら勝田屋さんの招きに応じて、今夜はいっときの骨休みを我が身に与えるがよい」

「このまま仕上げにかかった方が」

「それはお前様の勝手だが……ともかく今夜は勝田屋にいっておいで」

「なにが待っているのでしょうか」

お峯は勝田屋夫妻が自身に対して、過剰な思いを抱いていることを見抜いている。ほんの二年前まで、天からの授かりもののようにかわいがっていた一人娘のお田鶴が、流行病《はやりやまい》で亡くなってからというもの、勝田屋からは生気の火が途絶えてしまっている。そんな折にお峯は二人の前に現われた。姿形が似ていようはずもないが、それでも年頃の娘であることには違いない。

――あの人たちは、わたしにお田鶴様を重ねようとしている。

その気持ちがわからぬではないが、どうしても重荷に思えて仕方がない。河鍋暁斎を訪ねた時に、西右衛門からもらった簪《かんざし》は、未だに桐の箱にしまったままであった。

「どうやら、暁斎さんの絵が仕上がったらしい」

「あの絵が！」

「地獄極楽めぐり図……というそうだ。いずれも趣向にあふれたものだと、魯文さんがいっておったな。なんでもあの世に旅立った勝田屋の一人娘が、観音様に誘われてあの世めぐりをする続き物だとか」

「はい、私も途中までなら見ましたが」

そりゃあ見事なものでした、というと、新七は腕を組んだまま、唇をへの字に曲げた。

「そうか、暁斎さん、魂を入れなすったか」

「まちがいなく」

「それが、悪い方に転がらねばよいがな」

「どういうことですか」

「わたしにもわからん。だがね、あのお人が魂を入れなすった絵は、必ずや現世になにがしかの影を落としてしまう。そういう宿命なのやもしれんな」

かつて、暁斎の書いた一枚の幽霊画が、猿若町全体を揺るがせる大事件に発展したことがあった。田之助、菊五郎、権之助といった名題《なだい》の役者ばかりかお峯や新七まで巻き込み、小屋そのものの屋台骨をつぶしかねない事件だった。

「では師匠はまた、暁斎さんの絵が事件を巻き起こすと」

「そうならぬことを祈っている。だからこそ、お峯に見てきてほしいのだ」

その一言が、お峯の決意を促した。


勝田屋に到着したのが夕七つ半。すぐに大広間に通されると、そこにはすでに魯文の姿があった。水無瀬源三郎のなりを見るや、「こいつぁ、いい」と一人手を打つ魯文に、

「よせやい、照れるじゃないか。第一に、だ。このなりでこいと言ったは魯文さんよ、あんたじゃないか」

源三郎が顔を紅くした。

――魯文さんが、官憲の服を着てこい、ですって。

源三郎の言に、お峯は再び衝撃を受けた。

仮名垣魯文の官憲嫌いはほとんど病と言ってよいほどで、源三郎が今のお役についたときには「奴とは九里縁切りだ」とまで言いきったほどだ。むろん長きにわたるつきあいがそう簡単に切れるはずもないが、それでも時には周囲をひやりとさせるような悪態を平気でつくのが、魯文という男だ。間違っても、源三郎に官憲の制服を着てこいなどと言うはずがない。

二人の顔を交互に見回していると、そこへ勝田屋西右衛門と暁斎が姿を見せた。暁斎が手にしているのは長い紙の巻物である。例の完成絵であることは想像に難くなかった。

「ご一同様にはわざわざのご足労、心よりお礼申し上げます」

西右衛門が深々と頭を下げた。

「あの……お内儀《ないぎ》は」と、魯文が聞くと、皆にわかるほどはっきりと顔を曇らせた西右衛門が、それでもきっぱりとした口調でいった。

「長患いが未だ本復ならずということもありますが。今日の話はあれには聞かせとうございません。それで本所の寮のほうへやっております」

「そうでしたか」

まもなく箱膳が運ばれた。八百膳《やおぜん》に作らせたものらしく、塗り箱のふたにかの店の家紋が大きく書かれている。

「こいつは豪儀だ。いやさ、八百膳の仕出しとはね」

続いて吸い物椀。和《あ》え物らしい小鉢が次々と並ぶ。「まずは暁斎さんの絵の仕上がりを祝って」と西右衛門が言葉を発する前に、すでに魯文と源三郎は箱膳の虜《とりこ》になっている。鶴頸の五合徳利《どつくり》を左手に、片膝を立てたまま茶碗酒をあおっているのは暁斎である。恐ろしいまでに統一性のない、おのが生きる様は己にしかわからぬと公言してはばからぬ輩《やから》にふさわしい光景に、お峯は半ばあきれ、半ばそれを喜んだ。

――誰も変わるもんか。暁斎さんも魯文さんも……それに。

着衣は人を変えるものらしいといった源三郎でさえも、鰆《さわら》の西京漬けと格闘しつつ目尻を下げているではないか。

「ときに、こいつを見ておくれでないか」

と言ったのは暁斎だった。その指が手妻のように巻紙をはじくと、なにかがほどけて、巻紙がするすると開いた。一枚ではない。すぐに次の絵がほどけ、また次の絵が。結局皆の前に四枚の絵が広がった。「地獄極楽めぐり図なり。如何《いかが》」と、一言だけいうと暁斎はまた茶碗酒をあおるだけの人となった。

「如何といわれてもなあ」

そのときだった。お峯の記憶に、ある状況が甦った。かつて暁斎が五世菊五郎に送った一枚の幽霊画には「如何」と一言のみ書いた文が添えられていたそうな。それが猿若町を巻き込む大事件の始まりだった。と、いつかお峯は新七から聞いたことがある。

如何。

まさしくこれは、暁斎が人々を事件の渦に巻き込むための符丁ではないのか。

「瀬川如皐殿をご存じですね」

唐突な西右衛門の言葉に、お峯は思案の闇から現世へと引き戻された。

もちろんその名を知らぬはずがない。そう言おうとしたところで、お峯は胸の裡がすとんと軽くなるのを感じた。

——なんだ。私たちはもう十分すぎるくらい事件に巻き込まれているじゃないの。切られお富ことお米は茶屋の離れで惨殺されたし、どうやらそのことで暁斎は地獄極楽めぐり図の完成を急いだらしい。ついでにいえばお峯の時代から百年以上も離れた世界に生きる早峯水鳥は、よく似た事件に巻き込まれて孤軍奮闘しているらしい。とっくに事件の真ん中にいる自分を改めて発見した気がして、お峯は気を楽にしたのである。

「如皐師匠がどうしたのですか」

「実は……先日来よりたびたび如皐殿が店においでになります」

「それってまさか」

鰻屋で交わした魯文との会話が思い出された。

「もしかしたら勝田屋さん。如皐師匠は新しい小屋を掛けるから、お前様に金主になってくれと言ってきたのじゃありませんか」

「どうしてそれを！」

お峯は魯文を見てうなずいた。

「どうやら俺たちの推量が、当たっちまったようだね」

「らしいですね」

再び二人でうなずいているところへ源三郎が割って入った。

お前さんがただけで納得されてはかなわない。詳細を話しておくれと言われて、お峯は田之助と如皐の企《たくら》みを話して聞かせた。

新政府のお触れが変われば、猿若町以外の場所でも小屋を掛けることができる。瀬川如皐と田之助は密《ひそ》かにそれを企んでいるのではないか。だが、小屋を掛けるには莫大な費えが必要とされる。

「それじゃあ二人は……」絶句する源三郎を追いかけるように、

「如皐殿は申されます。二千両もあれば十分だから、と」

「二千両!」「なにを考えてやがんだ、あの落ち目野郎!」

西右衛門の言葉とお峯の驚愕《きようがく》、それに魯文の罵声《ばせい》が連なった。

「田之太夫の芸と己の新作とがあれば、連日大入りは間違いない。そうなれば二千両が三千両にも四千両にもなって返ってくると」

「だが、勝田屋さんは申し出を断わった。そうですね」

「魯文さんのおっしゃる通りです。田之太夫の病は今や江戸の誰もが周知のところ。とてもじゃないが、見世物小屋に二千両もの大金を投じる気にはなれませぬ」

見世物小屋。という言葉がお峯の胸に口舌の刃となって突き刺さった。

「確かになあ。最初のうちこそ物珍しさで客を集めることができようが」

「手足を失った太夫の姿を、果たして女衆《おんなしゅ》が見る気になりましょうか」

確かに商売は小さくしてしまったものの、今もって勝田屋の身代は揺るぎない。主に悪い遊び癖があるわけでもなく、また御店《おたな》の中に獅子身中の虫を飼っているわけでもない。決して二千両は揃えるに不可能な金子ではないが、

「わたくし、納得のいきかねる銭はびた一文とて出すつもりはございません」

西右衛門はそう言った。

「すると、如皐は態度を急変させた?」

といった源三郎には、早くも事件の裏側が見えてきたらしい。

――そうか、それで魯文さん、源三郎さんに官憲の制服でこいなんて。

魯文は旧友の水無瀬源三郎を招いたのではなかった。あくまでも官憲の源三郎をこの場に呼びたかったのだとお峯は確信した。

同時に、瀬川如皐の思惑をも推察することができた。

如皐と田之助にはどうしても新しい小屋がほしい。如皐にとっては新作を掛ける小屋が、田之助にとっては己の芸を朽ち果てさせぬための小屋が、どうしても必要なのだ。

「で、如皐師匠はなんと言ってきたのです」

瀬川如皐はなにかを知っている。それは勝田屋に関わることに違いない。いや、もっという

ならば、お田鶴とその死に関することではないのか。そのことを種に、如皐は勝田屋から二千両もの大金を引き出そうとしている。

「かの者はもうしました。金主にはどうしてもなってもらわねばならぬ。そうでなければ、別の小屋で面白い新作が掛かることになろう、と」

「面白い新作？」

そのとき、茶碗酒に飽きたのか、暁斎が顔を上げた。

「新作というのがな、『夢天女地獄極楽道行《ゆめのてんにょじごくごくらくのみちゆき》』だとさ、ふざけてやがるぜ」

「それってまさか」

「ああ、どこかで儂《わし》が書きかけの絵の外題を聞きつけたらしい」

おまけに如皐は暁斎にも申し入れたらしい。そのような新作ができたら是非にでも芝居絵をお願いしたいと。

「夢天女地獄極楽道行……ですか。いったいどんな話なのでしょう」

お峯の問いに、西右衛門は答えられなかった。

『狂乱廿四孝』は一九九五年小社より刊行され、二〇〇一年角川文庫に収録された。『双蝶闇草子』は「ＫＡＤＯＫＡＷＡミステリ」（角川書店）二〇〇一年八月号〜二〇〇三年五月号に不定期に連載された作品である。

解説

浅野里沙子

北森鴻は一九六一年十一月十五日、山口県にて生まれる。大学卒業後に編集プロダクション勤務、のちにフリーライターの仕事をしながら小説を書き、一九九五年、『狂乱廿四孝』にて第六回鮎川哲也賞を受賞した。その後一九九九年には『花の下にて春死なむ』で第五十二回日本推理作家協会賞を受賞。その後も様々なジャンルのミステリを書き続け、二〇一〇年一月二十五日急逝、突然の訃報に誰もが驚いた。

デビュー作である『狂乱廿四孝』が明治時代の話なのに対し、今回併録された『双蝶闇草子』は、現代と明治四年との二場面で展開される話である。『双蝶闇草子』は、二〇〇一年に「KADOKAWAミステリ」で連載が始められたのだが、その時のインタビューで北森さんは、『狂乱廿四孝』がどのようにして書かれたかについて答えている。

『双蝶闇草子』はデビュー作の『狂乱廿四孝』の第二部にあたるが、これは当初から三部作にしたいという構想があったという。澤村田之助が死ぬときまでが第二部、第三部で彼が死んだ直後のことを書いてみたい。だがもともとは、河鍋暁斎のことを書きたかったのだそうだ。

事の始めは、連載を始める七、八年前に江戸東京博物館の「河鍋暁斎と江戸東京展」で暁斎が描いた幽霊画を見た時で、これをモチーフに書いてみたいと思ったのがきっかけとなった。その幽霊画の周辺を調べていくと、歌舞伎役者「團十郎・菊之助・左團次」の時代に、両手両足を脱疽《だっそ》で失った悲劇の名優である女形《おんながた》澤村田之助がいたことがわかった。つまり、幽霊画の周辺を調べていくうちに、自然に話の構成までできてしまった、ということを話している。

それが鮎川賞受賞作の『狂乱廿四孝』となり、『双蝶闇草子』となったのである。北森さんは当時ライターをしていて、書く記事は医療から軟らかいものまで多岐にわたり、色々なものを調べるのは得意で、メモ魔と自称するくらいだったから、小説にしたいネタは様々にお持ちだったのではと思う。

実は私と北森さんは、結婚を約束した仲であった。共に要介護者の親を抱えており、俗に言う遠距離恋愛を続けていた最中での、北森さんの急逝であった。突然の連絡とその後の葬儀は、今も思い出したくない記憶として、私の中にある。しかも気持ちの整理がつかない日々ながら、家族の入院や死去が続き、様々な思いの中であっという間に数年が経ったというのが現実である。その間にも、自分の作品以外に北森さんの遺作の書き継ぎなどをしていたが、今ようやく少し落ち着いて、「北森鴻」という人物を捉えられるようになった気がする。

『狂乱廿四孝』は、江戸時代の風情を色濃く残す明治の芝居小屋が舞台。主人公は蠟燭《ろうそく》問屋の一人娘お峯で、守田座の座付き作者河竹新七の弟子である。物語はお峯が、当時爆発的な人気を誇っていた立女形《たておやま》の澤村田之助の舞台を見る場面から始まる。この時、すでに両足を失っていた田之助が舞台を縦横に動き、田之助復活を印象付ける見事な舞台。だがそれがすでに滅びの道、これから続く事件の発端とも思える出来事が始まる。謎の仕掛けは緻密《ちみつ》で、実在の人物を題材としながら、よくここまで考えたものだと——しかもデビュー作で——、何度読み返しても思ってしまう。

これほどまでに深い造詣を見せる本作だが、北森さんは特に歌舞伎が好きというわけではない。暁斎の幽霊画を見たことから歌舞伎界を題材として、この作品を書くに至った。しかしよくこれだけ複雑な素材を選んだものだと思うが、インタビューでも語っているように、北森さんは「明治時代」が好きなのである。それが『蜻蛉始末』（文春文庫）や暁斎の弟子にスポットを当てた『暁英　贋説・鹿鳴館』（徳間文庫）などの作品を生むことになる。

『双蝶闇草子』では、『狂乱廿四孝』の世界とともに、現代の場面も描かれる。主人公は東敬大学に通う早峯水鳥。この東敬大学、北森さんのシリーズ作品の主人公蓮丈那智《れんじょうなち》が准教授を務める大学である。ちらりと那智と思しき人物が登場するのは北森さんらしいが、水鳥が友人の鮎川知美に就職のことを聞かれて、同じ文学部の歴史学科などは、就職状況が悲惨である。元が教員になるか、博物館・資料館などの学芸員になるか、あるいは出版の世界に足を突っ込むかでつぶしが利かない、などと言っている。北森さんは歴史学科を専攻した。まさにその状況で、希望の職につくことを夢見たがかなわず、その報を教授に駆り出された発掘現場で聞いて、苦い思いを味わった。そして、出版界に足を踏み入れることになったと聞いたことがある。

水鳥は東敬大学の国文学科で学んでいる。三年次に「近世芸術論」の講義を受けて、歌舞伎役者、三世・澤村田之助に興味を持ち卒論の題材に決めるものの、書き進める決定打がなく考えあぐねた末に、彼の墓所に行くことにする。

田之助の眠る墓所「受用院」では、中年男、深瀬鴇雄に声を掛けられる。夏も盛りだというのに、薄い茶の背広を一分の隙も無く着こなしながら、汗一つかいていない謎の紳士。田之助の墓所を教えてくれる、陽炎《かげろう》のような人影が重なる人。水鳥は念願かなない田之助の墓参りをするも、そこで倒れ、その夜に夢うつつの中、不思議な体験をする。明治四年の江戸で、河竹新七の弟子であるお峯として様々なことを見聞きするのだ。その日は座元の守田勘弥の使いで、河鍋暁斎の所に赴く。そこで出会う老女お米が、事件の中心となる。

そんなことを見聞きしたバーチャル体験を振り返り、あれこれ考えている時に具合が悪くなる水鳥。そんな時に、明治時代にお峯がコンビを組んだような仲の、仮名垣魯文に悪声までそっくりな各務達彦が声をかけてくれた。彼は東敬大学の教務課勤務。

卒論の話になり、知美から行方不明になっていると聞いていた歴史学科の高野教授との関係を尋ねられる。やがて警察が下宿を訪ねてきて、高野の死体は発見されていないが、死ぬほどの傷を負ったと判断される現場が、水鳥が訊ねた田之助の墓のある寺院の隣だったと言って、水鳥に事情を聞く。こうして水鳥はその事件に巻き込まれていく。そして明治時代では老女お米が惨殺された事件を、お峯が追っていく。水鳥とお峯が思考を交わして話が進むのだが、この時空を超えたふたつの事件が、実は歌舞伎の筋立てで解ける、構造は同じなのではと考えて推理が進んでいく。

実は色々な謎をちりばめる手法は、蓮丈那智シリーズの長編『邪馬台』でもとられ、ともかく人の興味を引く様々な場面や推理がこれでもかと投げ込まれるのも、北森作品の特徴であろう。

共に色々な場面や謎をたくさん入れ込む、北森マジックとも呼ぶべき先の読めない展開をする本作と『邪馬台』は、理由は違うが共に未完となっていた作品だ。

『邪馬台』は北森さんの急逝により未完成となり、新潮社の「未完ではミステリとして出版できない」という方針で、私がその先を書くこととなった。創作ノートに記されたことはほんの少し、プロットもなければストーリーに関する記述も皆無で、せいぜい作中作のロジックくらい。結局ほとんどを創作して、完結に至ったのである。

話としては起承転結の「転」くらいまでは進んでいたので、北森さんが書いた部分をテキストとして物語を収束させる方向で進め、どうにか完結させることができた。だがこの『双蝶闇草子』は、北森さんの体調不良の時期と重なり、休載などを繰り返し、その後雑誌自体が休刊となって、本にもならずに未完のままとなったのである。また、作品自体が「承」の部分に差し掛かったあたりで、ともかく筋立ても謎もどうにも読めない段階であった。その上、すでに十五年ほど前の作である。

北森さんは、初期の頃は作品に関係して調べたことはノートにびっしり書いていたが、どの作もプロットとなるものは皆無なのだ。話の筋を箇条書きのようにラフに書いたものはあっても、きちんと筋立てしたものはない。しかも、年々「書く」という作業はせずに、ほぼ頭の中で組み立ててしまって、書き記すという行為をすることはなくなってしまったようだ。それは、『双蝶闇草子』も同様なのである。書き継ぐための元となる物が存在しないため、書き継ぎたくとも書けないのである。ここまで謎がちりばめられている面白いストーリーなのに、完結のしようがないのは、残念としか言いようがない。

お米ことお富は、以前の情人であった瀬川如皐と揉めており、なんと殺害される直前にはその如皐と曖昧《あいまい》茶屋《ぢやや》で会っている。現場は密室。下手人は誰で、なぜお米は殺されたのか？　そして、現代で起こった教授失踪、親友の死、一枚の写真、襲われた各務。いったいどこで全てが絡み合い、謎が解けるのか。

しかも単に謎があるだけでなく、現代も過去も、全てのことが「歌舞伎」につながっている。いや、絡み合うことそのものが実に歌舞伎的であるのだ。歌舞伎演目を次々にあげ、『四谷怪談』か『切られお富』か、などなどと謎解きが進む。この殺され方はこの演目なのか、どの役なのか。歌舞伎に精通していなくとも、その多様さ、関連付けは楽しむことができる。しかし惜しむらくは、未完なのである。出来上がっていたら、『狂乱廿四孝』第二部として、多くの方に読んでいただけただろうと思うと、悔しさがこみ上げてくる。

二〇〇八年、京都で開催された「絵画の冒険者　暁斎　近代へ架ける橋」。勝田屋のお田鶴のために描いた巨大なサイズの絵も、展示されていた。北森さんは、この展覧会を訪れている。ひとつひとつをじっくり眺めていた北森さんの足が止まった。

「またこの絵に会えるとはなあ」

しみじみと、感慨深い声だった。視線の先には、タイトルそのもの、おどろおどろしい『幽霊図』があった。件の、この本に関わるあの幽霊画である。痩せさらばえた老女と思しき幽霊が、行灯《あんどん》の光に照らされてたたずむ。北森さんの脳裏には第二部の続き、そして第三部の展開が渦巻いていたかもしれない。

機会があったら見ていただけたらと思う。実に不思議な幽霊の絵。この物語の発端である。そしてその絵の前に立ったら、語り掛けてくれるかもしれない。不可思議な、昔々起こった出来事を。ただ、この『幽霊図』、北森さんが見た時は国内の機関が所蔵していたが、今はロンドンにあるらしい。お峯が田之助の退きの興行の為に改作しようとした戯作は、ロンドンを舞台に展開しようとしていた。これは時を経た偶然なのだろうか。

今ここに、一枚の幽霊画から始まった物語が終焉を迎える。悲しいが、永遠に……。私が願うのは、このふたつの物語を堪能してほしいということである。そしてできるならば、他の北森鴻作品を手に取り、北森フリークとなっていただければと思うのである。

著者紹介　1961年山口県生まれ。駒澤大学卒業。95年『狂乱廿四孝』で第6回鮎川哲也賞を受賞しデビュー。99年『花の下にて春死なむ』で第52回日本推理作家協会賞を受賞。主な著作は『狐罠』『凶笑面』『孔雀狂想曲』『暁英　贋説・鹿鳴館』など。

狂乱廿四孝／双蝶闇草子

2016年10月28日　初版
2025年3月28日　再版

著者　北《きた》森《もり》鴻《こう》

発行所　(株)東京創元社
代表者　渋谷健太郎

162-0814 東京都新宿区新小川町1-5
電話　03・3268・8231-営業部
03・3268・8201-代表
URL　https://www.tsogen.co.jp
組版　暁印刷
印刷・製本　大日本印刷

乱丁・落丁本は、ご面倒ですが小社までご送付ください。送料小社負担にてお取替えいたします。

ISBN978-4-488-43412-0　C0193